AF525797

Nach diversen Stationen weltweit hat sich **Lili B. Wilms** mit ihrer Familie im Süden Münchens niedergelassen. Als Ausgleich zur Tätigkeit der nüchternen Wortdrechslerei im Hauptjob schreibt die Hybridautorin gefühlvolle Liebesgeschichten aller Art, aber immer in queerem Kontext. Aus einer tiefen Sehnsucht heraus setzt sie ihre Protagonist:innen an die Orte, die sie besucht und wo sie gelebt hat. So träumt sie sich dahin zurück. Getreu dem Motto »jeder Mensch verdient ein Happy End«, ist sie immer auf der Suche nach dem perfekten (und romantischen) Finale für ihre Charaktere.

An Unfair AFFAIR

EINE MM OPPOSITES ATTRACT ROMANCE

LILI B. WILMS

Erstausgabe Februar 2025

An Unfair Affair

ISBN 978-3-98998-926-9
E-Book-ISBN 978-3-98998-667-1

Covergestaltung: D-Design Cover Art
Umschlaggestaltung: ARTC.ore Design
Unter Verwendung von Abbildungen von
stock.adobe.com: © alesgon , © Александр Боярин , © Sashkin
Lektorat: Tanya Carpenter
Satz: dp DIGITAL PUBLISHERS GmbH
Druck und Bindung: Books on Demand GmbH, Norderstedt

Teil 1 – Finley

Kapitel 1

März

Elliot ergriff mein Handgelenk und drückte zu. »Bitch, nimm deine Finger weg.«

Ich funkelte ihn an. Zumindest versuchte ich es über die Strobe-Lichter. »Bitch, lass mich dich hübsch machen!«

Mein bester Freund grinste. »Es geht dir nicht um mich! Es geht dir um dein Shirt!« Über den Lärm um uns herum brüllten wir uns an, um uns verständlich zu machen.

Ein Mix aus Freude und Genervtheit darüber, wie gut mich Elliot kannte, brodelte in mir.

Ich reckte mein Kinn in seine Richtung. »Du denkst, dein sexy Arsch kann mein Shirt so halbherzig durch den Club schleifen und alles passt. Das ist kein Gammellook. Mehr Einsatz bitte.«

Elliot lachte lauthals. Zumindest sah es so aus, wie er mit weit geöffnetem Mund seinen Kopf zurückwarf und sich sein Brustkorb hob und senkte. Über den wummernden Bass drangen die Laute aus seinem Hals nur wie eine entfernte Ahnung zu mir. Elliots feine Züge mischten sich mit den Lichtern, Lauten und der

Atmosphäre des Clubs und ich konnte ihm nur staunend zusehen. Er war atemberaubend. Doch sofort wanderte mein Blick zurück zu dem Shirt, das er trug und das ich entworfen hatte.

In einer schnellen Bewegung zupfte ich an dem weiten Kragen und zog es über Elliots Schulter. So sollte es sein.

Mein Mitbewohner hob den Kopf und sah mich schmunzelnd an. »Babe, nichts könnte die Schönheit dieses Teils schmälern. Entspann dich. Ich habe schon mindestens sieben Leuten dein Instagram-Handle genannt, die wissen wollten, wen ich trage.«

Ich seufzte. Nicht, dass Elliot das wiederum hören konnte. »Die wollen das wissen, weil du ein Model bist.«

Er nahm mein Gesicht in beide Hände und drückte meine Wangen zusammen, sodass ich sicher aussah wie ein Fisch. Zu mir gebeugt brüllte er: »Sie fragen, weil das Zeug scheiße heiß aussieht.« Ich schüttelte ihn ab und sah mich um.

Die bunten Lichter des Clubs tanzten über die Menschen, Wände und die Theke, an der wir standen. Doch, was mich atemlos machte, war ihr Spiel auf Elliots weißer Haut, in seinen roten Haaren und wie sie sich im Stoff des Shirts verfingen und seine Ausstrahlung damit noch verstärkten. Als ob das nötig gewesen wäre. Sie spiegelten sich in all dem wider, saugten sich fest und flackerten gleichzeitig darauf herum. Bewegten sich mit Elliot – im gleichen Takt, in dem er zur Musik wippte.

Der Anblick ließ mich fast vergessen, dass ich selbst eines meiner Designs trug. Ich sah an mir herab. Nun – ich war kein Model. So viel war sicher.

Aus dem Augenwinkel sah ich eine mir bekannte Person, auf die ich keinen Wert legte. »Shit. Luis ist da«, murmelte ich vor mich hin.

Mit einer eleganten Bewegung schob mich Elliot um sich herum, sodass ich mit dem Rücken zu meinem Ex stand. Anscheinend konnte mein Mitbewohner mittlerweile schon Lippenlesen oder er hatte Luis ebenfalls gesehen. Über meinen Gemütszustand war er jedenfalls bestens informiert.

Luis tauchte mit seinem neuen Partner – seinem Verlobten, um genau zu sein – überall in London auf, wohin ich mich auch drehte. Fast so, als wäre es Absicht. Innerlich schüttelte ich mich. Luis hatte nur eine lange Tradition meiner Expartner fortgesetzt. Ich war ein Zwischenstopp auf dem Weg zum Happy End. Happy für meine Verflossenen, nicht für mich. Zum Glück war ich nicht auf der Suche nach einer dauerhaften Partnerschaft. Im Moment war ich voll und ganz auf meine Karriere konzentriert. Ich wollte meine Mode bekannt machen. Ich wollte mein eigenes Label. Da war für eine Beziehung keine Zeit. Die selbst auferlegte Datingpause nach Luis war längst überfällig gewesen. Auch wenn ich diesem seine große Liebe gönnte – ich hatte heute Abend keine Lust, mir die beiden Turteltauben anzusehen.

Elliot strich mit seinen Händen über meine Brust und riss mich aus meinen Gedanken. Ich grinste ihn an. Von außen betrachtet hatte seine Berührung vielleicht etwas Sexuelles an sich. Für mich war es eine Gelegenheit, dem Material nachzuspüren. Ob das Metall wirklich an keiner Stelle kratzte. Das war deshalb wichtig, weil es in Streifen an mir hing. Die Vorstellung, dass sich ein Käufer die Brustwarzen wund rieb, wenn man die Nacht durchtanzte, war unerträglich.

Elliot legte seine Hände um meine Hüften und zog mich im Rhythmus mit. Richtig. Wir waren hier, um den Alltag zu vergessen und nicht an Jobs, Exfreunde, Aufträge oder an den Mangel solcher zu denken.

Zwischen Bar und Tanzfläche wurden wir aneinandergedrückt, rieben uns an den Körpern um uns herum, taumelten durch die Musik.

Elliots Atem strich um mein Ohr. »Anscheinend hat gerade noch jemand entdeckt, wie heiß deine Teile sind.« Er deutete mit seinem Kinn über meine Schulter.

»Luis?«, fragte ich. Doch Elliot schüttelte den Kopf.

Ich versuchte, mich umzudrehen, doch mit eisernem Griff hielt er mich fest. »Lass ihm die Gelegenheit, näher zu kommen«, säuselte er.

Im Augenwinkel versuchte ich zu erkennen, wen Elliot meinte. Doch die Masse aus tanzenden Körpern bildete in meiner Peripherie eine Einheit aus zuckenden Gliedmaßen und schwankenden Leibern.

Durch die Gerüche aus Schweiß, Parfüms und Deos drang ein intensiver holzig-trockener Duft über meine Schulter. In dem Moment erwartete ich ungebetene Hände auf meinem Rücken, an meiner Seite. Doch sie blieben aus. Nur eine Präsenz bewegte sich hinter mir. Neben mir. Eine angenehme Wärme, die sich an mich heranschlich. Anders als die hektische Hitze der Tänzer um uns herum.

Wie in einem aufgeladenen Windhauch trieb die ganze Anwesenheit an mir vorbei. Ein eleganter Kerl in weißem Hemd und Anzughose drängte sich an die Bar hinter Elliot, lehnte sich mit dem Rücken an das kleine freie Fleckchen und hob den Kopf.

Unsere Blicke kreuzten sich und seiner brannte sich unter meine Haut. Fuhr durch meine Augen in mich hinein. Himmel!

Elliot drückte meine Seite und lehnte sich mir entgegen. »Entdeckt? Ich war mir zuerst nicht sicher, aber der hat nur Augen für dich.«

Mein erster Reflex war zu verneinen. Doch der Typ schaute mich immer noch direkt an. Er neigte seinen Kopf leicht und die Bewegung brachte meinen Blick auf seine Lippen. Diese verzogen sich zu einem kaum merklichen Grinsen und unwillkürlich musste ich auch lächeln.

»Er hat dich schon seit Minuten beobachtet. Ich dachte ja zuerst, er will mit mir flirten. Aber er hat mich gar nicht wahrgenommen.« Elliots Stimme war heiß an meinem Ohr.

»Hab ich gar nicht mitgekriegt.«

»Weil du nur an deine Designs denkst.« Er legte seine Arme auf meinen Schultern ab in einer lockeren Umarmung und ich schüttelte den Kopf. »Entspann dich!«, forderte Elliot.

Ich schloss meine Augen und ließ mich von seinen Bewegungen treiben. Hinter meinen geschlossenen Lidern wirbelten die Lichter. Vorsichtig öffnete ich die Augen. Noch immer fixierte der Typ mich regelrecht mit seinem Blick, während er nun an einem Drink nippte.

Ein Bär mit breiten Schultern und unschuldiger Miene robbte sich an Elliot ran, der mich entschuldigend ansah. Ich schob ihn von mir und ließ die beiden die Tanzfläche aufmischen.

Innerhalb einer Sekunde erschien mein Beobachter neben mir. »Darf ich?« Er musste sein Gesicht nah an meines bringen, damit ich ihn verstand. Sofort wich er jedoch wieder zurück und nahm seinen feinen Duft mit. Es kostete mich tatsächliche Anstrengung, mich zurückzuhalten, um ihm nicht hinterher zu wanken.

Anscheinend waren meine Bemühungen nicht so erfolgreich, wie ich dachte. Ich stolperte leicht und der Typ hielt mich an meinem Ellbogen, bis ich wieder sicher stand. Seine hellbraunen Locken wippten leicht vor seiner Stirn. Er beugte sich zu meinem Ohr. »Ich will mich nicht aufdrängen, aber die Gelegenheit ...« Er deutete über seine Schulter in die grobe Richtung, wo Elliot seinen Bären erklomm. »... musste ich nutzen.«

Ich atmete seinen Geruch aus frischem Aftershave, süßlichem Haarprodukt und etwas ganz Eigenem tief ein. Wahrscheinlich Schweiß – getränkt in Pheromonen. Mit dem Anzug sah er vermutlich älter aus, als er war. Seine Gesichtszüge wirkten streng. Konzentriert. Aber seine Augen leuchteten schelmisch. Fast jugendlich.

Er ließ meinen Ellbogen los und fuhr meinen Unterarm entlang bis zu meinem Handgelenk. Bevor sich seine Hand von mir löste, griff ich seine Finger.

Er drückte meine Hand leicht und zog mich zu sich auf die Tanzfläche. Die andere Hand legte er an meine Seite und fuhr die Struktur meines Shirts nach. Eng aneinandergereihte glänzende Streifen, die meine Haut durchblitzen ließen, wenn ich mich nur in die richtige Richtung bewegte. Und wenn jemand seine Finger darin vergrub. Heiß brannten sich seine Fingerspitzen auf meiner Haut ein. Ein erregender Effekt. Ruckartig zog der Kerl seinen Arm zurück. Auf seinem Gesicht spiegelte sich Überraschung.

»Das ist interessant.«

»Interessant?« Ich zog eine Augenbraue hoch.

Er lachte, sodass sich Grübchen in seine Wangen schoben. »Das Shirt. Es sieht fantastisch aus. Der Effekt ist interessant.«

Ich zwinkerte ihm zu. »So ist es gedacht.«

Mit dem Kinn deutete er ein Nicken an. Seine Lippen formten ein *Gut*. Diese Lippen. Ob er Filler hatte? Sie waren so voll. Aber sie kräuselten sich natürlich, wenn er sie leicht spitzte.

Er zog mich enger an sich, sodass ich sein Gesicht nicht mehr sehen konnte. Doch die Konturen seines Körpers waren eine hinreichende Entschädigung dafür. Er bewegte uns im Rhythmus des Beats. Elliot sah mich über die Köpfe der Tanzenden hinweg fragend an und ich schloss demonstrativ die Augen. Als ich sie wieder öffnete, war Elliot samt seinem Bären verschwunden. Dafür wurde meine Aufmerksamkeit auf meinen Rücken gelenkt, über den mein Tanzpartner strich. Unfähig einen klaren Gedanken zu fassen, imitierte ich ihn. Fuhr mit einer Hand über den crispen Stoff seines weißen Anzughemdes, das sich über seine Schultern spannte. So schlicht wie edel. Seine Wirbelsäule entlang klebte es auf seiner Haut. Verband sich mit seinem Schweiß. Ich wollte meine Finger in dem Hemd vergraben und es ihm vom Körper reißen.

Stattdessen löste er sich und deutete mit dem Kopf zurück zur Bar. »Wollen wir was trinken?«

Nicht wirklich, aber warum nicht? Ich nickte und ließ mich von ihm hinter sich herziehen.

Ich bestellte ein Wasser und der Typ deutete dem Kellner an, dass er selbst auch eines wollte. Wie selbstverständlich zahlte er für uns beide und gab mir die Glasflasche. »Ich bin Archer.«

»Finley.«

Er musterte mich. Das jugendliche Funkeln seiner Augen war zu einem ernsthaften Abschätzen geworden. Ich kam mir wie ein Objekt vor und wollte mich da raus winden.

Archer lächelte leicht. »Finley«, wiederholte er. So als ob mein Name irgendeiner eigenen Feststellung bedurft hatte. Er sprach ihn mit einer Autorität aus, bei der sich mir die Nackenhaare hätten aufstellen sollen. Stattdessen richtete sich etwas anderes auf.

Archer schlug seine Hemdsärmel um, ohne mich aus den Augen zu lassen. So als wäre er sich seiner Wirkung auf mich bewusst und würde meine Wehrlosigkeit genießen.

»Bist du oft hier?« Lahm. Ich war so lahm.

Er schüttelte den Kopf. »Ich bin selten in London. Aber heute musste ich raus.«

»Ach ja?« Ich rechnete nicht damit, dass er mir Gründe nennen würde. Typen wie Archer waren in einer anderen Liga. Angefangen von seinem Akzent, der geradewegs Upper Class schrie. Mit Sicherheit war er auf einer Eliteschule gewesen.

Meinen Straßenjargon würde ich ein Leben lang nicht ablegen können. Die Höflichkeit, mit der er auftrat, verriet nicht nur seine guten Manieren. Vor allem waren sie ein Zeichen für seine Selbstgewissheit. Das Bewusstsein, dass die Welt einem zu Füßen lag. Während ich für jeden noch so kleinen Schritt kämpfen musste, wusste Archer, wo und wie er bekam, was er wollte.

Falls er *mich* wollte, war das hier und jetzt ganz in meinem Sinne. Ich befand mich in einer Datingpause. Aber ich war kein Mönch. Und ich hatte nicht vor, einer zu werden.

»Du siehst angestrengt aus.«

Ich schüttelte den Kopf. »So sieht das aus, wenn ich jemanden verführen will.«

Archer lachte und sah mich wieder mit strahlenden Augen an. Während er sich nach vorne beugte, strich er über meine Seiten. »Ich dachte, den Part übernehme ich.«

Ich grinste. Er machte es mir leicht. Seine charmante Art war zum Dahinschmelzen. Und ich war mir ziemlich sicher, dass wir beide dasselbe Ziel hatten.

Ich griff nach seiner Hand. »Dark Room?« Ich zog ihn sacht in die Richtung der Sexräume, die der Club bot, damit jeder, der wollte, auf seine Kosten kam.

Archer hielt mich fest und lächelte. »Sofort. Lass uns das Wasser austrinken. Und ich will dich gerne noch ansehen.«

Ansehen? Ok.

Er zog mich zu sich und löste unsere Hände. Die kalte Wasserflasche rieb er über meinen Unterarm, was mir Gänsehaut bescherte. Scharf sog ich die Luft ein.

Mit seiner anderen Hand zupfte Archer an meiner Unterlippe. Ganz leicht. Sanft rieb er seinen Daumen darüber. »Weich.« Ich konnte das Wort gar nicht hören. Vielleicht bildete ich mir ein, dass er es sagte.

Vorsichtig biss ich in seinen Finger und sprach darum herum. »Hart.«

Archers Lächeln wurde breiter. »Eine interessante Kombi.«

»Schon wieder interessant?«

Er neigte sich mir entgegen zu meinem Ohr. Mein Körper richtete alle Sinne darauf, was er mir zu sagen hatte. Stattdessen nippte er an meiner Ohrmuschel. Leckte daran entlang zum Läppchen.

Ich schnappte nach Luft. »Fuck.«

Archers tiefes Lachen vibrierte gegen mich. »Ist es nicht schön, die Erwartung darauf noch hinauszuzögern?«

»Na, ich weiß nicht.«

In der nächsten Sekunde war ich gegen seinen Körper gepresst. »Ich sage dir, dass es so ist.«

»Du sprichst für dich selbst, mein Lieber.«

Archer fuhr mit seiner Hand über meinen Nacken in die unteren Spitzen meines Haaransatzes. Ein Schauer lief über meinen ganzen Körper und ich zitterte leicht. Oh. Scheiße. Ja. Es war, als ob er Gedanken lesen könnte.

»Die Spannung, diese Reaktionen aus jemandem zu locken, wenn man sie nicht zu Ende führen kann, gibt einem so viel. Umgeben von zu vielen Menschen. Stell dir vor, wie es wird, wenn ich dich ganz für mich habe.«

Mein Schwanz wusste schon genau, wie das werden würde und drängte sich Archer entgegen. Dieser tat so, als hätte er nicht die geringste Ahnung, was sich da gegen seinen Oberschenkel presste.

»Bist du dir sicher, dass du hierauf verzichten willst?« Ich drückte mich enger an ihn.

Archers leises Lachen strich über mein Ohr. »Von Verzicht habe ich nicht gesprochen. Ich rede von freudiger Erwartung. Dich bis auf die Haut auszuziehen. Jeden Fleck deines Körpers zu küssen. Dich unter mir in meine Matratze zu drücken.« Feucht strich er mit seiner Zunge erneut über mein Ohrläppchen. »Über dir. In dir.«

Ein Stöhnen entwich mir, das sich verdächtig hoch anhörte. Als ob der Typ meine innersten Gedanken lesen könnte.

»Wie hört sich das für dich an?«

Ich nickte. Reden war in dem Lärm ohnehin schwierig.

Die Berührung von Archers Finger, hauchzart über meine Handkante, setzte ein Kribbeln in mir frei.

»Du darfst dich selbst nicht anfassen.«

Mein Wimmern amüsierte ihn nur weiter und Archer griff mein Handgelenk. »Erst, wenn ich es dir erlaube, darfst du kommen.«

Ich atmete tief ein. Seine Berührung lief über meine Haut direkt in mein Gehirn und arbeitete dort ganz eigene Befehle ab. *Es ist Zeit*, sagte es mir. Klar und deutlich.

Meine Finger fanden Archers Hüften und ich vergrub sie darin. »Wir sollten jetzt wirklich los.«

»Du wirst spätestens in meinem Bett lernen müssen, darauf zu warten, was ich dir sage.«

»Wird erledigt. Ist quasi erledigt. Wir müssen nur noch in deinem Bett ankommen.«

Archer strich über meinen Unterarm zu meinem Ellbogen. »Dann nehmen wir meinen Wagen?«

Ich lehnte mich leicht zurück und musterte ihn. Zum Glück war ich völlig nüchtern. Dennoch sollte ich zuerst Elliot Bescheid geben. Um dann im Wagen irgendeines Archer in dessen Wohnung zu fahren? Na ja, irgendwie mussten wir ja zu ihm kommen.

»Ich sag nur rasch meinem Freund Bescheid.«

Archer nickte und ergriff meine Hand. »Dann los.«

Wir drehten uns zurück zur Tanzfläche und ich suchte Elliot.

Dank seines *Tanzpartners*, der nahezu alle überragte, fand ich ihn sofort und ging auf ihn zu.

Mit meiner Hand auf seiner Schulter machte ich auf mich aufmerksam.

Er drehte sich zu mir und sah über mich hinweg zu Archer. Seine Augenbrauen hoben sich und sein Blick wanderte zu mir zurück.

»Wir gehen.«

Elliot ließ seinen Bären los und griff meine Hand. »Wohin? Wieso nicht hier?«

Kopfschüttelnd neigte ich mich zu ihm. »Archer will zu sich nach Hause.«

»Hat dein Handy genügend Akku?« Elliot zog die Stirn kraus.

Richtig. Ich holte es aus der Tasche, bestätigte, dass mein Akku voll aufgeladen war und wir checkten, ob die *staysafe-App* einsatzfähig war. Auf unseren beiden Displays fanden wir unseren Punkt, der unseren Standort anzeigte, direkt übereinander. Dass einer von uns mit jemanden nach Hause ging, war keine Seltenheit. Das letzte Risiko konnten wir nicht ausschließen, aber so sicherten wir uns soweit wie möglich ab.

»Ich schau immer wieder nach, wo du bist«, meinte Elliot.

Ich nickte und drehte mich zu Archer. »Wohin fahren wir?«

Er hob sein Handy in Richtung meines besten Freundes. »Hast du Bluetooth an?«

Elliot nickte.

»Ich drop meine Adresse auf dein Smartphone.«

Elliot schaute auf sein Telefon und kurz darauf brummte auch meines in meiner Hand. Mein Freund hatte mir den Kontakt weitergeleitet. Eine digitale Visitenkarte mit einer Adresse in Kensington. *Fancy.*

Archer neigte den Kopf. »In Ordnung für dich?«

»Wir können auch zu mir in die WG im East End fahren. Whitechapel ist gerade nachts sehenswert.«

Er nickte. »Davon gehe ich aus. Aber wenn es dir nichts ausmacht, würde ich gerne die Nacht mit dir in meinem Townhouse verbringen.« Archer fuhr mit den Fingerspitzen zwischen die Stränge meines Shirts. Feine Striche auf meiner Haut. Meine ganze Aufmerksamkeit richtete sich auf die Pfade, die er auf meinem Körper hinterließ. Mit der anderen Hand hob er mein Kinn. »Bedenken?«

»Hm?«

Ich sah ihm direkt in die Augen. »Ich war nur gerade abgelenkt.«

»Ach ja?« Er streckte seine Finger und fuhr über meinen Bauch.

Scharf sog ich die Luft ein. »Schluss jetzt. Wir gehen.«

Ich zog ihn hinter mir her und lief auf den Ausgang zu.

Wir zwängten uns zwischen den Gästen hindurch. Draußen schlug mir kühle Nachtluft entgegen.

»Weißt du, wo es hingeht?« Hinter mir lachte Archer.

»Ähm ... nach Kensington?« Mit ausladenden Gesten fuchtelte ich herum. »In die Richtung!«

Ich spazierte los und Archer zog mich am Arm zurück. »Komm her. Mein Wagen steht bereits da drüben.«

Ein Luxusfahrzeug mit abgedunkelten Fenstern wartete auf der gegenüberliegenden Straßenseite. Keine Ahnung welche Marke. Es interessierte mich aber auch nicht.

»Du fährst?«

Archer schüttelte den Kopf und griff meine Hand. »Nein. Mein Fahrer.«

»So, so.«

Am Wagen trat besagter Fahrer hervor und öffnete uns die Hintertür. »Sir.« Er verbeugte sich leicht und Archer nickte ihm zu.

»William. Danke fürs Warten.«

William lächelte nur geschäftsmäßig und die Tür fiel hinter uns zu.

Die Wärme im Inneren des Wagens empfing uns und unter mir knarzte das Kunstleder, als ich mich setzte.

Das Einzige, was diesem Teil fehlte, war eine Trennwand nach vorne. Ich warf Archer einen Blick zu. Wir konnten doch nicht rummachen, während sein Fahrer direkt vor uns saß.

Archer zwinkerte mir zu und strich sich über den feinen Stoff seiner Hose. Diese Marke interessierte mich brennend. Ich kam aber nicht dahinter. So wie sie an seinen Beinen saß, war sie vermutlich maßgeschneidert. So sah selbst der nobelste Anzug von der Stange nicht aus.

Die Lichter Londons huschten an uns vorbei.

Bars, Clubs, Theater machten Platz für Restaurants, Hotels und schließlich für Wohnungen. Schicke Wohnungen. Und Häuser.

Keine Gegend, in der ich mich normalerweise rumtrieb.

Was für eine unerwartete Wendung für eine Nacht. Unerwartet – und ich befand mich nicht mehr auf gewohntem Terrain.

Kapitel 2

Wir fuhren an den Kensington Gardens vorbei, bogen in eine Seitenstraße ein und das Auto wurde langsamer.

Vor einem weißen freistehenden Haus, zwischen zwei rote Backsteingebäude geschoben, hielten wir an.

Die Tür zum Gehweg wurde geöffnet und ich stieg hinter Archer aus dem Auto.

Mein Blick haftete an dem Haus. Drei Fensterreihen übereinander. Vier Fenster nebeneinander breit. Fuck. »Mit wie vielen Leuten lebst du hier?«

Hinter uns fuhr der Wagen davon.

Die kalte Nachtluft strich unter meine Klamotten meine Haut entlang. Unwillkürlich schlang ich die Arme um mich.

Archer zog mich zu sich. »Du holst dir noch den Tod.«

»Wie dramatisch!« Ich verdrehte die Augen und war dankbar für seine Körperwärme.

Mit seiner freien Hand schloss er die Tür auf.

Das Licht ging an, ohne, dass irgendjemand einen Schalter betätigt hatte, und ohrenbetäubende Stille empfang uns.

Nach dem Lärm der Nacht und den Fahrgeräuschen war sie fast bedrückend.

Ich drehte mich in Archers Umarmung und schlang meine Arme um seinen Hals.

Die metallischen Teile meines Shirts klimperten unter seinen Fingern und die zarten Töne beruhigten mich.

Archers Einrichtung sah ich nur am Rande meines Sichtfeldes. Einfach. Klare, gedeckte Farben und Linien. Abstrakte Kunst an den Wänden. Und ... Archer vor mir.

Mit meinen Fingern tippte ich seinen Hals entlang. Bis zu seinem Haaransatz. Der Dunst der Nacht und sein Aftershave hingen an ihm. Ich atmete tief ein.

Archer packte meinen Hintern und ich schnappte nach Luft. Meine Unterlippe fuhr über die Bartstoppeln seiner Wange.

»Siehst du? Die Ernte ist doch viel befriedigender als das Warten.«

Archer leckte über meine Ohrmuschel und fuhr meinen Oberschenkel entlang. »Weil wir uns so lange zurückgehalten haben.«

Ich lachte und griff nach seinem Handgelenk. »Ganze ...« Ich drehte seine Uhr zu mir. »Vierzig Minuten.«

»Du bist mir schon ein bisschen früher aufgefallen.« Er hielt mich an sich. Mit einem Knurren vergrub er seine Zähne an meinem Hals.

»Ist das so? Hm ... ich hatte dich gar nicht gesehen, bis du dich an mir vorbeigequetscht hast.«

»Du ...« Er packte mich an den Seiten.

Ich sprang hoch und schlang meine Beine um seine Hüften.

»Dann werde ich wohl dafür sorgen müssen, dass ich zumindest jetzt einen bleibenden Eindruck hinterlasse.« Er lief los und ich klammerte mich an ihn wie ein Segler an den Mast während eines Sturms.

Unser Lachen trug uns die Treppe nach oben.

Eine Stimme in mir forderte, dass ich mich umsah, mich mit meiner Umgebung vertraut machte. Aber Archers Nähe, seine Küsse, sein Lachen erstickten meine Vorsicht.

Heute durfte ich rücksichtslos sein. Mir den Spaß gönnen, den ich verdient hatte.

Jeder Raum, den wir betraten, wurde beleuchtet.

»Dimmen«, raunte Archer.

Ich hob den Kopf. Wir waren im Schlafzimmer angekommen.

Die Leuchten an der Wand senkten ihre Kraft.

»Dreißig Prozent!«, befahl Archer und sofort gab das Licht ein bisschen weiter nach.

Warm schwächte es die Kanten der modernen, geradlinigen Einrichtung.

Das Zentrum des Bettes bildeten ein großes Kissen und eine überdimensionale Decke, die über die gesamte Breite und das Fußende hinaus reichte.

Am Singlestatus gab es spätestens jetzt keine Zweifel mehr.

Archer legte mich in der Mitte des Bettes ab, streifte seine Schuhe ab, zog mir meine aus und beugte sich über mich. Mit einer Hand strich er über meine Wangen und ich hob den Blick in seine Augen.

»Was willst du?«

Ich streckte meine Arme. Fuhr mit den Fingern über seine Oberschenkel, die harte Wölbung in seinem

Schritt, den Hosenbund entlang und steckte einen Finger durch eine Öffnung seines Hemdes zwischen zwei Knöpfen.

»Das, was du angeboten hast. Sieh mich an. Entdecke mich.«

Archer fuhr mit seinem Daumen über meine Wangenknochen.

»Und dann drück mich unter dich. Nimm mich ganz.«

Seine Finger vergruben sich in meinen Haaren. Er zog am Ansatz.

Ein prickelnder Schmerz flatterte über meine Kopfhaut. Ich gab dem Ziehen nach, lehnte mich in Archers Hände und stöhnte.

»So ergeben«, wisperte er.

Er hatte ja keine Ahnung, wie ergeben ich sein konnte.

Ruppig griff er unter meine Achseln und schob mich auf dem Bett höher.

Unter einem Quietschen fiel ich rückwärts und plumpste in die Decke. Ich griff hinein und mein Gehirn analysierte automatisch das Material. Weich und stark. Ganz sicher reine Baumwolle. Lange Fasern. Sehr lange Fasern. Ich hätte nichts anderes als ägyptische Baumwolle erwartet.

Der Stoff fühlte sich jedoch noch weicher und eleganter an. Da war keine weitere Faser verarbeitet. Aber was fühlte ich da unter meinen Fingern?

Meine Füße wurden in die Luft gehoben. Archer streifte die Socken von mir und hielt mich an den Fußgelenken fest.

Der weiche Stoff meiner weiten Hose fiel bis über meine Knie zurück. Angelehnt an die japanischen

Hakama, hatte ich eine Art Hosenrock designt. Es gab nichts Bequemeres. Oder Moderneres.

Archer führte eine Hand meine Wade entlang, strich über die Kniekehle, bis in meine Leiste. Er fuhr den Stoff, der über meinem Schoß zusammenlief von innen nach.

»Faszinierend. Was gibt es hier noch zu entdecken?« Er strich zurück, sodass seine Fingerspitzen den Stoff anhoben. »Findet man nicht in jedem Laden.«

Ich schnaubte leicht und fuhr mit den Fingern über seinen Kopf. »Die findet man in gar keinem Laden.« Leider. Denn ich hatte noch keinen Shop gefunden, der meine Designs oder dieses spezielle Teil, abnahm. Und das Geld, um mir einen Showroom zu mieten, hatte ich auch nicht. »Exklusiv für mich geschneidert.«

»Oh.« Archer löste den Knoten der Stoffbänder, die die Hose wie ein Gürtel um meine Hüften festhielten. »Mir war nicht bewusst, dass man sich auch solche Hosen maßgeschneidert anfertigen lassen kann. Obwohl ...« Er sah meinen Oberkörper entlang, bis er mir direkt in die Augen sah. »Für Geld ist ja bekanntlich alles möglich.« Sein Blick war kalt. Berechnend. Er musterte mich wie eine Auslage in einem Laden.

Ich zog meine Hand zurück, fühlte mich mit einem Mal unwohl. Ein Lächeln zog an seinen Lippen, das seine Augen nicht erreichte.

Doch Archer schüttelte, was auch immer ihn gerade so ergriffen hatte, ab und machte sich wieder an meiner Hose zu schaffen.

Ich räusperte mich. »Das weiß ich nicht. Diese habe jedenfalls ich selbst designt und genäht.« Meine Stimme zitterte leicht, gefärbt von der Unsicherheit, die Archers Stimmungsschwankung mit sich gebracht hatte.

»Ja?« Er grinste wieder. So als wäre das gerade nicht passiert. »Praktisch.« Die Bänder fielen auseinander und der Stoff klaffte auf.

Archer richtete sich auf. Fuhr über mein Shirt. »Das auch?«

Nickend streckte ich ihm meine Hand entgegen. Er setzte einen Kuss mitten in die Innenfläche.

»Sexy. Und wie zieht man das an, ohne es auseinanderzureißen?« Mit den Fingerspitzen tippelte er über die Elemente meines Shirts.

»Tja. Das wird mein Geheimnis bleiben.«

Wir lachten.

»Aber ich könnte dir zeigen, wie man es auszieht.«

Archer schob es mit beiden Händen meinen Bauch entlang. Küsste die Stelle unter meinem Nabel. Biss leicht hinein.

Ich sog die Luft ein und er leckte über die Haut. Mit beiden Händen griff ich den Saum des Shirts, räkelte mich auf dem Bett, bis ich es endlich über meinem Kopf hatte.

Klimpernd ließ ich es auf den Boden gleiten.

»Ein schöner Anblick.« Archer strich über meinen Bauch, meine Brust, bis er schließlich an meinen Brustwarzen ankam.

Er drehte sie zwischen seinen Fingerspitzen. Der stechende Schmerz breitete sich wohlig über meine Haut aus. Das Loslassen vibrierte pochend nach.

»Mehr«, wimmerte ich.

»Mhm …« Archer strich meinen Körper hinab und zog an meinem Hosenbund. »Oh!« Sein Ausruf war amüsiert. »Was haben wir denn da?«

Ich wackelte mit meinem Hintern hin und her. Archer hatte ja keine Ahnung, was für Unterwäsche ich eigentlich trug.

Mit dem Finger fuhr er über den Bund meines Jockstraps.

»Rot«, flüsterte er.

»Passend zum Grau meiner Hose und dem Silber des Oberteils«, antwortete ich.

»Verstehe.«

Unterwäsche war etwas, das ich nicht designte. Aber ich sparte nicht an ihr. Auch wenn das Teil nur aus einem Gummiband und einem Stoffhauch bestand, war es exquisit. Spitze. Mit einem Schnürband, das über meinem Schwanz zusammenlief und darüber mit einer Schleife zugebunden war.

Statt sich damit zu beschäftigen, zog Archer meine Hose komplett von mir und setzte sich zwischen meine Beine. Sein Hemdstoff strich über mich. Er hob mein Bein an und legte es auf seine Schulter.

Ich wand mich vor ihm. »Fass mich an.«

»So?« Er strich über meinen Oberschenkel.

Ein Jammern drang aus mir.

»Oder so?« Archer küsste sich von meinem Fußgelenk bis zu meinem Knie.

Es war zu wenig. Viel zu wenig.

Ein schmerzhafter Stich fuhr durch mein Bein. Archer leckte über die Bissstelle. Sie kribbelte. Wurde warm.

»Ja!«

Er knabberte weiter. Setzte Biss um Biss näher an meinen Schritt heran.

Jedes Mal, wenn er seinen Mund öffnete, stöhnte ich auf.

In meiner Leiste leckte er über die dünne Haut dort, ließ seine Zähne darüber kratzen.

Ich erwartete den Biss, doch er kam so vehement, dass ich aufschrie. Archer packte meine Eier und zog an ihnen.

Ein Prickeln jagte durch meinen Körper, über meine Beine, meine Wirbelsäule, bis in meine Haarspitzen.

Archer stützte sich über mich und küsste mich. Er presste seine Lippen auf meine.

Ich zog an seinen Klamotten. Öffnete seinen Gürtel. Schob meine Hände in seine Unterwäsche, verkrallte mich in seinem Hintern und Archer presste seine Erektion gegen meine.

Er drehte uns, dass ich auf ihm zum Liegen kam.

Ich rollte meine Hüften gegen ihn. Hart und heiß pochte sein Schwanz durch seinen teuren Hosenstoff.

Archer öffnete seinen Mund und er verlor jeglichen Anschein von Beherrschung.

Ein weiteres Mal drehten wir uns auf der Matratze. Immer noch landeten wir nicht auf dem Fußboden. Wie groß war dieses Ding bitte?

Mein Puls beschleunigte und schwer atmend kam ich unter Archer zum Liegen.

Dieser zog sich über mir sein Hemd aus und warf alle seine Klamotten ohne großes Aufheben neben das Bett.

Ich griff nach ihm, doch er entglitt mir und stand auf.

»Hey, wo willst du hin?« Ich stützte mich auf meinen Ellbogen hoch.

Archer ging zu dem Schrank gegenüber des Bettes und öffnete ihn.

In einem Fach waren fein säuberlich Kissen aufgereiht. Darunter befanden sich Tuben. Mehr konnte ich nicht erkennen. Archer warf mir ein Kissen zu, griff noch mal in den Schrank und schloss dann die Türen.

Mit Gleitgel, einer bereits geöffneten Tücherbox und einer Packung Kondomen kam er auf mich zu. Na, das nannte ich mal organisiert.

Ob ich, wenn ich wieder ging, mein Kissen selbst zurück räumen musste? Ob jeder von Archers Liebhabern ein eigenes Kissen hatte? An Plätzen mit Namen versehen?

Wie im Kindergarten meiner Geschwister, wo jeder seine Tasche auf seinem angedachten Platz zu verstauen hatte. *Ich will den, mit dem Igelbild,* schoss es mir durch den Kopf und bei der Absurdität des Gedankens lachte ich laut auf. Das rechteckige Kissen drückte ich an mich. Der Bezug war genauso weich wie der der Bettdecke.

Archer legte Tücher und Kondome auf dem Bett ab. Er kniete auf der Matratze neben mir und zog die Augenbrauen hoch. »Was ist so witzig?«

Ich schüttelte den Kopf und strich über seine Oberschenkel. »Nichts. Gar nichts. Die Fantasie ist mit mir durchgegangen.«

Er neigte den Kopf leicht, beließ es aber dabei. Wir hatten Wichtigeres zu tun, als uns um meine wirren Gedanken zu kümmern.

Mit geübter Leichtigkeit öffnete er das Gleitgel und presste es auf seinen Zeigefinger.

»Was magst du noch? Ein bisschen Schmerz?«

Ich nickte. »Nähe. Enge. Bedräng mich.«

Er musterte mich mit einer Ernsthaftigkeit, dass ich seinem Blick kaum standhalten konnte. Langsam und in kontrollierten Bewegungen neigte er sich zu mir herab zwischen meine Beine. Mit seinem Handrücken drückte er meine Knie auseinander. Sein Blick wanderte zwischen meine Beine.

Mein Schwanz wölbte den Stoff aus. Doch diese Reibung war zu wenig. Machte mich unruhig. Ich brauchte mehr Widerstand. Wollte mich anfassen. Wollte, dass Archer mich anfasste.

»Was magst du eigentlich?«

Archer hob den Kopf und schmunzelte. »Das hier. Das mag ich.« Er tippte die Unterseite meines Oberschenkels an. »Hintern hoch.«

So als hätte ich nur auf seinen Befehl gewartet, leistete ich ihm Folge. Archer zog mit seiner trockenen Hand das Kissen aus meinen Händen und schob es unter meinen Hintern.

Er atmete hörbar aus. »So ist es richtig.« Die Hand platzierte er unter meiner Kniekehle und hob meine Beine an. Weiter und weiter, bis sie fast komplett gegen meinen Oberkörper gedrückt wurden. Die Yogastunden und Hüftöffnerübungen zahlten sich aus. Mit ein bisschen Willen brachte ich meine Knie bis zu meinen Ohren. Das hatte ich bereits unter Beweis gestellt.

Sein Blick suchte meinen. Schwer atmete ich gegen die Bedrängung an und nickte. »Ja! So.«

Mit dem Handrücken der Hand voller Gel strich er über meinen verpackten Schwanz. Leckte sich über die Lippen. »Wie er wohl aussieht.«

Ich hob das Becken an und legte meine Hände an den Bund des Jockstraps. »Das kann ich dir problemlos zeigen.«

Ein scharfer Schlag gegen meine Hand ließ mich zusammenzucken. Der Arsch hatte mich angeschnippst. »Hey.«

Sofort strich er über die Stelle. »Nichts überstürzen. Hast du noch was vor heute?«

Hatte ich. Ich wollte gefickt werden. Aber in dem Tempo, in dem das hier vorwärtsging, wurde das so schnell nichts.

Archer lehnte sich über mich. »Geduld.« Er verschloss meinen Mund mit seinem. Wie magisch angezogen, hob ich meine Beine um seine Hüften, klammerte mich an ihn und drückte uns aneinander. Ich rieb mein Becken an ihm. Endlich. Endlich Reibung.

Er ging in der Bewegung mit. Wir stöhnten beide in den Kuss.

»Du bringst mich völlig aus dem Konzept«, flüsterte er gegen meine Lippen.

»Wie wunderbar«, wisperte ich zurück.

Unter meinem Protest löste er sich von mir und richtete mich wieder vor sich, wie er mich wollte. Der untere Rücken über dem Kissen angehoben. Mein Loch wie auf dem Präsentierteller.

Erneut strich er über den Stoff meines Jockstraps.

Ruckartig hob ich das Becken an, suchte den Kontakt zu seiner Hand.

Archer schüttelte nur schmunzelnd den Kopf und strich mit dem kühlen nassen Finger voll Gleitmittel über meinen Damm. Auf meinem Loch stoppte er, tippte dagegen. Kreiste den Finger, bis er ihn endlich in mich dippte.

»Ah!« Ich hob den Hintern weiter, drängte seinen Finger in mich.

»So ungeduldig!« Archer presste mein Bein weiter gegen meinen Bauch. Schob einen weiteren Finger in mich, einen dritten. Dehnte mich. Rieb über die Nervenenden meines Eingangs. Drängte sich tiefer.

Meine Atmung wurde schwerer. Je mehr mich Archer reizte, umso schwieriger wurde es, gegen den Druck meiner Beine Luft zu bekommen. Es war perfekt.

Fast perfekt.

Archer ließ mich los und wischte sich die Finger an ein paar Papiertüchern ab.

Die Menge an Luft, die plötzlich in mich strömte, befreite mich nicht. Ohne Archers Hände auf mir fühlte ich mich verlassen.

Dieser zog sich ein Kondom über. Ich starrte auf seinen Schwanz. Nicht der Längste, den ich je gesehen hatte. Aber vermutlich der mit dem größten Umfang. Mein Blick wanderte über Archers flachen Bauch, seine rasierte Brust, die breiten Schultern.

Gleitgel tropfte aus der Tube auf seine Spitze und er verrieb es um seinen Ständer, schaute auf, griff meinen Fuß und hob meine Beine an.

»Eigentlich dachte ich, ich nehme dich heute von hinten. Aber das hier hat seinen ganz eigenen Reiz.«

Er beugte sich über mich und legte sich auf mich.

Ohne mich aus den Augen zu lassen, schob Archer seinen Schwanz in mich. Langsam, kontrolliert, unaufhaltsam.

Sein Gewicht sank dabei auf mich herab. Drückte auf meine Lungen. Jeder meiner Atemzüge erfolgte gepresst.

Ich wurde zu einem Paket zusammengeschoben. Zum Zerbersten voll. So als würde die kleinste unkontrollierte Bewegung zum Zerreißen meiner Nähte führen.

Unter einem tiefen Laut versenkte sich Archer bis zum Anschlag in mir.

Hektisch sog ich den Sauerstoff ein, den ich noch durch meine Atemwege brachte.

Archer fuhr in meine Haare, hielt meinen Kopf. Strich über meine Kopfhaut. »Antippen oder ein *Stopp* genügt.«

Ich nickte.

Archer rollte die Hüften und wie von selbst schlossen sich meine Augen.

Fuck. Mein Schwanz war zwischen uns eingeklemmt.

Bei jeder Bewegung Archers rieb er gegen meinen Bauch.

Archer zog sich zurück und jagte sich tief in mich. Immer wieder. Jeder Stoß hämmerte zielsicher auf meine Prostata. Sternchen blitzten hinter meinen geschlossenen Lidern auf.

Ein ziehender Biss an meinem Ohrläppchen holte mich zurück. »Bleib bei mir!«, hauchte mir Archer heiß ins Ohr und biss erneut zu.

Süß vermischte sich der Schmerz mit der Euphorie, die sein Schwanz aus mir hervorholte.

»Mehr!«, jammerte ich.

Archer hob den Kopf und schob meine Knie so weit auseinander, dass meine Beine an seinen Seiten auseinanderfielen. Sofort schlang ich sie wieder um seine Hüften.

Ohne seinen Rhythmus zu unterbrechen, stützte er sich mit einer Hand neben meinem Kopf ab und strich mit der anderen über meine Wange, meinen Hals, zwirbelte meine Brustwarzen.

Pure Lust fuhr zwischen meine Beine und ich reckte meinen Kopf nach hinten.

Archers Finger zurück an meinem Hals waren wie eine Offenbarung. Er strich ihn seitlich entlang, presste die Fingerspitzen gegen meinen Pulspunkt, fuhr weiter bis zum Ansatz meines Brustbeins und ließ die Hand dort zum Ruhen kommen.

Mein Atem kam schneller. Die Spannung trieb ihn an.

Archer streckte die Finger bis zu meinem Kinn und erhöhte den Druck gegen die Seiten meines Halses.

»Ja!«, keuchte ich hervor.

Meine Wahrnehmung verengte sich auf den Mann über mir.

Ein Schleier der Zufriedenheit senkte sich auf mich und ein leichter Schwindel kroch in meinen Kopf. Mir wurde warm und meine Eier zogen sich zusammen.

Genug.

Ich legte meine Hand über Archers Finger. »Stopp.«

Sofort löste er den Griff und der Druck verschwand. Ich wurde wieder klarer, während Archer immer schneller in mich stieß. Jede Bewegung massierte meinen Ständer. Meine Eichel rieb gegen den Bund des Jockstraps, meine Spitze schob sich daran vorbei.

Mit seiner nun freien Hand griff Archer in mein Haar und zog an den Strähnen. »Jetzt darfst du kommen.«

Die Worte hoben mich über den Rand und mit einem Schrei kam ich zwischen uns.

Archer hielt meinen Kopf und trieb sich gewaltvoll in mich, bis er in einem letzten Stoß innehielt, in mir pulsierte. In einem langen Ausatmen sank er vollständig auf mich herab. Sein Gewicht deckte mich zu. Hielt mich warm und dämpfte die letzten Schauer, die durch meinen Körper jagten.

Ich hielt meine Augen geschlossen und vergrub mein Gesicht in Archers Halsbeuge. Er zog mich enger an sich. Küsste meinen Scheitel und strich über meinen Rücken.

»So gut!«, flüsterte er. Vielleicht bildete ich es mir auch nur ein oder dachte es selbst laut.

Tu mir einen Gefallen und wirf mich nicht raus, war das Letzte, was ich dachte, bevor ich in einen tiefen Schlaf fiel.

Doch nicht ich ging. Als ich aufwachte, war Archer verschwunden.

Kapitel 3

Die Schwere des Schlafs drückte meine Augen zu. Krampfhaft quälte ich die Lider auf und ich sah mich um.

Archer war nicht im Bett neben mir. Ich fuhr über das Laken. Kalt. Er musste schon vor einer Weile aufgestanden sein.

Ich lauschte in die mir unbekannte Wohnung hinein. Doch nur die Geräusche des Verkehrs von draußen drangen in das Schlafzimmer.

Mit einem Arm aus dem Bett angelte ich nach meiner Hose. Grundgütiger wir hatten uns gestern nicht mal sauber gemacht.

Ich hob die Decke an und sah an mir herab. Shit. Der Jockstrap klebte an mir, wie Folie um Schokolade gewickelt. Bevor ich mich anzog, musste ich das Teil loswerden.

Meine Füße berührten den Teppich und ich unterdrückte mit Müh und Not ein Stöhnen. Wie ungeheuer weich er war, hatte ich gestern in der Hektik gar nicht gespürt.

Mein Weg zum angrenzenden Bad war wie ein Gang auf Wolken.

Die Tür war nur angelehnt und ich lugte durch den Spalt. Auch hier kein Archer zu sehen.

Unter größtmöglicher Verachtung meiner Entscheidungen, mich nicht nach dem Sex am Vorabend umgezogen zu haben, schälte ich meine Unterwäsche von mir und legte sie auf einen Vorsprung der Badewanne.

Frische Handtücher, eine eingepackte Zahnbürste, Shampoo, Duschgel, Deo alles stand bereit. Ich verstand das mal als Einladung und stellte mich unter die Dusche. Der warme Strahl massierte meinen Rücken und der Duft von Archers Duschgel brachte Erinnerungen an die letzte Nacht zurück.

Ich verteilte den Schaum auf meinem Oberkörper, meinen Beinen. Von meiner Leiste bis zu meinen Knien reihten sich rote Love Bites aneinander. Mit den Fingerspitzen fuhr ich darüber. Archer hatte die Haut nicht verletzt, aber doch merklich seine Spuren hinterlassen. Noch waren sie rot. Hoffentlich wurden wenigstens ein paar der Bisse blau. Eine Stelle war leicht geschwollen und erhaben.

Archer hatte innerhalb kürzester Zeit meine Vorlieben herausgefunden. Vor allem hatte er sich nicht gescheut, sie umzusetzen.

Wo war der Herr des Hauses jetzt?

Zu einer morgendlichen Nummer hätte ich nicht nein gesagt. Die stand wohl nicht zur Debatte. Zumindest musste ich wissen, ob ich mich einfach verpissen sollte.

Mit geputzten Zähnen und den Überresten der Nacht im Ausguss zog ich mir – ohne Unterwäsche – meine Hose und mein Shirt an. Auf dem Boden fand ich auch meine weißen Socken und Schuhe. Ich schlüpfte aus der Schlafzimmertür und sah mich auf dem Stockwerk um. Noch zwei verschlossene Türen.

Im Stockwerk unter mir polterte Geschirr.

Immer dem Geräusch nach, lief ich die Treppe hinab. Diese führte in den Flur, den ich gestern noch wahrgenommen hatte. Direkt vor mir befand sich wohl das Wohnzimmer.

Zu meiner rechten Seite, also gegenüber der Haustür, drangen die Küchengeräusche bis zu mir.

Ich schob die Tür leicht auf und erstarrte.

Statt Archer betrachtete mich eine Mittfünfzigerin mit hochgezogenen Augenbrauen.

Okay.

»Guten Morgen!«

Ich riss meinen Kopf zu Archers Stimme herum. Er lehnte bereits wieder im Anzug und geschniegelt und gebügelt an einer Frühstückstheke, die die Küche von einem Esszimmer trennte. Vor ihm waren geschnittene Früchte und Gemüse, Toast und Marmelade aufgebaut.

»Eier, Speck, gebackene Bohnen?«

Mein Blick schnellte zurück zu der Frau in Kochschürze mit kurzen braunen Haaren und genervter Miene.

»Äh. Nichts danke«, erwiderte ich.

»Du kannst gerne noch was essen«, schaltete sich nun Archer ein. Er faltete die Zeitung – wer um alles in der Welt las noch eine Papierzeitung? – zusammen und deutete auf den Stuhl neben sich. »Zumindest ein Tee? Oder Kaffee?«

Ich schüttelte den Kopf. »Tee ist gut. Und ich will mich nicht aufdrängen.«

Archer deutete nochmals auf den Stuhl neben sich.

Mit der Gewissheit, dass die Frau hinter mir ihre Blicke in meinen Nacken getackert hatte, setzte ich mich zu ihm.

»Bedien dich!« Er deutete auf das Essen vor uns. »Helen macht dir auch was anderes, wenn du willst.«

Besagte Helen brachte mir mit ihrem kühlen Blick vor allem ihre Verachtung entgegen. Sie stellte eine Tasse vor mich und goss aus einer weißen Kanne dampfenden Tee hinein. Dazu stellte sie Zucker und Milch.

Ich nahm von beidem und trank einen Schluck.

Sogar der verdammte Tee war besser als alles, was ich je getrunken hatte.

Archer schob sich eine Erdbeere in den Mund und ich sah zu, wie die rote Frucht zwischen seinen Lippen verschwand.

So entwickelte ich auch langsam Hunger.

Mit einem fragenden Blick hielt er mir eine unter die Nase.

Ich ergriff sie und biss hinein.

Fuck, war die gut. Der Geschmack explodierte in meinem Mund und das Fruchtfleisch war wie Samt auf meiner Zunge. Mir entschlüpfte ein Laut von Wohlgenuss.

Archer lachte leise und schob mir die Schale von Erdbeeren zu. »Nimm ruhig!«

Mit einem Finger zog ich das Porzellan zu mir. »Ich will dir nichts wegessen.« Und auch, wenn das Zeug unfassbar lecker war, ich hätte nichts dagegen, meine Finger wieder in Archer zu vergraben.

Aber der war zwar freundlich, jedoch in seiner Haltung distanziert.

Das mochte an der guten Helen liegen, oder daran, dass er einfach keine Verwendung mehr für mich hatte. Es war wie es war.

»Keine Sorge. Ich bin ohnehin auf dem Sprung.«

»Oh.« Ich sah ihn von Kopf bis Fuß an. »Musst du zur Arbeit?« So sah er zumindest aus. Es war Sonntag und ich hatte frei, aber das galt ja bekanntlich nicht für alle Menschen.

Archer stand auf, strich über seine Anzughose und knöpfte die Weste zu.

Bei all der Mode, die ich liebte, ein Mann in einem perfekt sitzenden Anzug war es, wovon ich nie meine Augen lassen konnte.

»So in der Art.« Schon wieder lächelte er mich so seltsam unverbindlich an. »In zwei Stunden geht mein Flieger nach Singapur. Mein Fahrer dürfte jede Minute hier sein, um mich abzuholen.«

»Oh.« Okay. Ich stand auf. »Dann geh ich auch besser.«

Archer nickte. »Wie du willst.«

Nicht, dass ich damit gerechnet hatte, aber dann war ein Wiedersehen wohl nicht geplant.

»Wie lange wirst du denn in Singapur sein?«

Sein Blick huschte zu mir, blieb einen Moment zu lange auf mir haften. »Das ist nicht absehbar. Da das Haus von Helen und dem Personal versorgt wird, ist es auch nicht notwendig für mich, zu planen.«

Woah, woah, woah! Ich hatte nicht vor, ihn zu stalken. Auch wenn ich nichts gegen eine Wiederholung gehabt hätte, ein Nein verstand ich durchaus.

Ich setzte mein unverbindlichstes Lächeln auf, das mehr als Abwehrmauer diente als alles andere. Nicht umsonst arbeitete ich seit Jahren in der meistbesuchten Filiale eines hotShops in London. Dem angesagtesten Klamottenladen für alle bis dreißig. Oder Leuten, die es in Gedanken geblieben waren.

Jedenfalls wusste ich, wie ich unliebsame Kunden loswurde.

Das galt auch für One-Night-Stands, die sich zu wichtig nahmen.

Ich sprang vom Stuhl, schob mir eine letzte Erdbeere zwischen die Kiemen und nahm einen Schluck Tee. Shit, der war zu gut.

»Na, da wünsche ich viel Spaß.« Ich spazierte zur Küchentür.

Helen hatte sich mittlerweile dem Herd zugewandt.

Ich drehte meinen Kopf noch mal zu Archer, der mich anschmunzelte. Er nickte und ich winkte mit meinen Fingern über meine Schultern.

Sein Lächeln, das fast wieder so warm war wie in der vergangenen Nacht, vergrub sich in meinem Kopf, als ich das Haus verließ.

Noch bevor ich die Wohnungstür aufschloss, hörte ich das Geschrei dahinter. Freddie brüllte in sein Telefon und wanderte im Wohnzimmer auf und ab.

Ich betrat unsere WG und mein Blick fiel auf Elliot, der auf dem Sofa lag, sein Smartphone vor der Nase.

Er schaute zu mir und wir beide verdrehten die Augen. Es gab immer Drama mit Freddie. Wenn nicht mit einer seiner Freundinnen, dann mit einer Schwester oder Kollegin. Der Mann zog Probleme an. Oder Frauen, beladen mit Problemen. Vielleicht war auch Freddie das Problem und er steckte die Frauen in seinem Leben damit an. Bei ihm handelte es sich um eine klassische Huhn-Ei-Frage. Niemand wusste, wo der Anfang war. Aber allen war klar, da, wo Freddie war, herrschte Chaos.

Doof nur, dass sich das auch auf unser WG-Leben erstreckte.

Elliot hob die Decke über seinen Knien an und klopfte auf das Sofapolster. Ich kuschelte mich zu ihm und er steckte seine Nase in meine Haare.

»Mhm, frisch geduscht. Wie war es?«

Ich rutschte meinen Hintern zurecht und legte mich in seinen Arm. »Es war gut.«

»Ja? Hört sich nicht überzeugt an.«

»Doch!« Ich nickte. »Keine Ahnung, was ich dachte, was heute Morgen passiert. Wir hatten eine gute Nacht. Aber natürlich wird nicht mehr daraus. Muss es gar nicht. Will ich gar nicht. Na ja. Stinkreicher Schnösel halt. Mit Chauffeur und Personal. Die Köchin hätte mich heute früh am liebsten in hohem Bogen aus dem Haus geworfen.« Ich lachte. »Andere Welt einfach.«

Freddies Geschimpfe wurde immer lauter.

»Was hat er denn?«, fragte ich Elliot.

Der hob eine Schulter. »Seine Schwester. Keine Ahnung. Freddie und sein Drama.«

Ich nickte. »Und wie war deine Nacht?«

»Ganz ohne Köchin und Personal.« Elliot lehnte sich schwer in die Sofakissen. »Nur ne schnelle Nummer im Dark Room. Nichts Spektakuläres. Aber ich war so entspannt, bis dieser Zirkus hier losging.« Er deutete auf unseren Mitbewohner.

Seufzend drehte ich diesem den Rücken zu. »Schauen wir einen Film? Ich muss heute nicht arbeiten.«

»Sehr gut. Ich muss mich entspannen. Morgen drei Castings.«

Ruckartig schob ich mich hoch. »Elliot! Das ist fantastisch! Für welche Label? Ach, ist egal! Das sollten wir feiern.«

Er fuhr sich durch die Haare und lächelte. »Ja. Es ist toll. Aber wir feiern erst, wenn sie mich nehmen. Ich bin ein bisschen sauer, dass mir meine Agentin erst heute Bescheid gegeben hat. Da hätte ich mir den Abend gestern gespart. Aber heute heißt es Maske, fasten, Pilates.«

»Okay. Da bin ich dabei. Also, bei der Maske. Ich werde heimlich essen und dich beim Pilates anfeuern.«

Das Kissen traf mich aus dem Nichts mitten im Gesicht und wir brachen in Gekicher aus. Hinter uns fluchte Freddie.

Gedankenverloren strich ich über die Innenseite meiner Oberschenkel. Die Stellen, an denen mich Archer markiert hatte. Eine schöne Erinnerung.

Das hier war mein Leben.

Jemand wie Archer war unvorstellbar darin.

Wie von der Tarantel gestochen setzte ich mich auf. Shit. Mein Jockstrap.

Die Aufregung verpuffte so schnell, wie sie gekommen war. Ich ließ mich zurücksinken und seufzte. Unfreiwillig war wohl ein Teil von mir bei ihm zurückgeblieben.

Kapitel 4

April

Elliot warf die Arme in die Luft und hüpfte vor mir auf und ab.

Lachend zog ich ihn an mich. »Ich muss bald los. Nicht alle von uns sind Supermodels, die eine Mittwochnacht durchmachen können. Ich muss morgen arbeiten.«

»Ich weiß!«, brüllte er und tanzte weiter wie ein wild gewordenes Huhn. »Aber das Shooting war so toll.« Elliot ließ die Arme sinken. »Trotzdem brauche ich bald ein neues Engagement. Sonst musst du mich wieder im Laden ein paar Schichten übernehmen lassen.« Er kräuselte die Stirn und zog eine Schnute.

»Nein! So weit kommt es nicht. Lass dir nicht vom einfachen Volk die Laune verderben. Morgen wirst du bereits Einladungen zu zehn neuen Castings haben.«

Er legte seine Arme auf meine Schultern. »Vielleicht sollte ich mit dir heim?« Er schob die Unterlippe vor und neigte den Kopf zur Seite, was eindeutig signalisierte, dass er eigentlich keine Lust hatte, jetzt schon zu gehen.

»Nein!«, entschied ich daher auch grinsend. Ich schob ihn von mir. »Du feierst heute. Du hast es verdient.«

Elliot lächelte mich schief an. »Es war so toll!«

Ich grinste. »Du hast es ein- bis zweimal erwähnt.«

Und schon hüpfte er wieder davon.

Mein Kopfschütteln sah er wohl gar nicht mehr. Ich drehte mich auf dem Weg zu unseren Mitbewohnern an der Bar um und rannte gegen eine solide Wand aus weißem Hemd und muskulösen Oberkörper.

»Sorry«, murmelte ich und wollte mich vorbeischieben.

Der Griff an meinem Oberarm ließ mich aufblicken.

»Archer!«

Statt mich loszulassen, griff er mich fester und strich mit seinem Daumen über meinen Bizeps.

»Da bist du ja!«

Ich neigte mich ihm entgegen. Hatte ich mich verhört?

»Ich bin wo?«, fragte ich.

»Hier! Ich hatte gehofft, dich hier zu treffen.« Er sah über meine Schulter, wirkte für einen Moment, als ob er ganz in Gedanken wäre, und ließ mich nicht los.

Er hatte gehofft, mich hier zu treffen?

Mehr als einmal in den vergangenen drei Wochen hatte ich an unsere Nacht gedacht. Die roten Flecken waren nach zwei Tagen verschwunden gewesen. Der eine hatte sich verfärbt und war nach fünf Tagen verblasst.

Eigentlich hatte ich Archer schon fast vergessen.

»Ein großer Zufall. Elliot feiert ein Fotoshooting. Ich bin mitgegangen, aber ich muss morgen raus zur Arbeit. Also ... fünf Minuten später hätten wir uns verpasst.«

Archer wendete mir wieder den Kopf zu und sah mich aus zusammengekniffenen Augen an. »Als Designer?«

»Na ja. Im Moment verkaufe ich hauptsächlich Klamotten von der Stange an irgendwelche Touristen.« Ich hob mein Kinn. Es gab keinen Grund, sich dafür zu schämen. Ich arbeitete in jeder freien Minute an meinem zweiten Standbein. Aber bis ich davon leben konnte, musste ich auch irgendwie die Miete bezahlen.

»Klar.« Archer nickte.

Wir sahen uns an. »Du bist wieder hier?«

Erneut nickte er. »Seit Samstag. Morgen Mittag geht es nach Tokio.«

Nun nickte ich. Was waren wir? Die Versammlung der Wackeldackel?

Archer trat auf mich zu und strich über meinen Unterarm. Offensichtlich hatte er sich wieder gefangen. Er sah mir direkt in die Augen. »Hast du noch was vor? Außer nach Hause gehen?«

Meine Lippen zuckten zu einem Schmunzeln. »Warum?«

Er grinste zurück. »Komm mit zu mir!«

Keine Frage.

Fuck. Was machte ich hier? Mein Herz tat einen Satz.

Ich nickte und schaute mich nach Elliot um.

Archer beugte sich zu mir und nahm mein Kinn zwischen seine Finger. Er wartete ab. Ich stellte mich auf die Zehenspitzen und überbrückte den winzigen Abstand zwischen uns.

Sofort öffnete er seinen Mund, sog gierig an meiner Zunge. Knabberte an meinen Lippen. Hungrig. Drängend.

Er schob seine Hand auf meine Hüfte und vergrub seine Finger schmerzhaft darin.

Ja. Ich wollte ihn spüren. Wollte, dass er mich hielt.

»Na, wen haben wir denn da?« Elliots Stimme driftete zwischen uns und wir auseinander.

Herausfordernd und mit blitzenden Augen sah er zwischen Archer und mir hin und her.

»Elliot, bleibt Freddie?«

Mein bester Freund drehte sich zur Bar. »Die ganze Mannschaft passt auf mich auf.«

Archer ließ seine Hand von meiner Hüfte auf meinen unteren Rücken gleiten. Verstärkte den Druck seiner Finger auf mir.

»So, so«, meinte Elliot. »Selber Ort?«

Archer nickte.

»Drop mir doch noch mal schnell deine Kontaktdaten. Ich hab sie gelöscht.«

Widerspruchslos hielt Archer sein Handy hoch und schickte mittels Airdrop den Pin mit seiner Wohnung an Elliot.

»Können wir?« Mit dem Kinn deutete er Richtung Ausgang.

Ich umarmte Elliot schnell. »Repeats are for creeps«, flüsterte er in mein Ohr.

»Ich bin kein Kostverächter und weiß, wann Nachschlag gut ist.«

Lachend haute mir Elliot auf den Hintern und sprang davon.

Wie drei Wochenenden zuvor wartete William vor der Tür und schien nicht überrascht, mich zu sehen.

Auch diesmal verschwendeten wir keine Zeit, als die Tür hinter uns ins Schloss fiel. Ich sprang in Archers Arme, der meinen Hintern packte.

Mit meinen Beinen um seine Hüften trug er mich die Treppe in sein Schlafzimmer hoch, dort stellte er mich ab und öffnete sofort seine Weste und seinen Gürtel.

Ich streckte mich und vergrub meine Nase an seinem Hals. Fuck. Dieser Duft. »Du riechst genau wie vor drei Wochen.«

Archer lachte. »Nach Schweiß?«

Kopfschüttelnd sog ich hörbar den Atem ein, seufzte genießerisch. »Frisch und elegant und wie Wasser mit einem Hauch Minze. Nein. Vielschichtiger. Kräuter. Apfel. Vielleicht noch Rosmarin?«

»Das bin dann wohl weniger ich und mehr mein Parfüm.« Archer lachte leise und streckte seinen Hals.

Ich küsste die Stellen, an denen ich die größte Duftquelle ausfindig gemacht hatte. »In jedem Fall passt es zu dir.«

»Dann ist es umso bedauerlicher, dass ich kurz duschen muss. Neben Tom Ford klebt noch der Stress des ganzen Tages an mir.« Er ließ alle Klamotten auf den Boden fallen. »Mach es dir bequem. Ich bin sofort bei dir.«

Ich fuhr über den Streifen nackte Haut, der sich vor mir zwischen Knopfleiste und der anderen Seite des Hemdvorderteils eröffnete. »Kann ich mitkommen?«

»Ah. Klar.«

Der eine Knopf an meinem eigenen Hemd ließ sich leicht durch das Loch drücken und der schwarze Stoff glitt von meinen Schultern.

Das eigene Design, das ich heute unter dem Hemd trug, war minimal. Ich griff an den kleinen Verschluss unter meinem Brustbein.

»Warte.« Archer fuhr die hellen Metallstäbe nach, die über meine Schlüsselbeine liefen, meinen Brustmuskel einrahmten, auf meinen Rücken führten. »Darf das nass werden?«

»Hm. Ausnahmsweise?«

Er grinste. »Kannst du heute eine Ausnahme machen?«

Das würde ich wohl.

Archer öffnete den Knopf an meiner Jeans von der Stange und schob sie über meine Hüften.

Hinter meinen hauteng anliegenden, durchsichtigen Panties, auf denen kleine Kirschen aufgedruckt waren, drängte mein Schwanz in die Freiheit. Archer ließ die Enden der Samtschleife, die am Bund hing, durch seine Finger gleiten. »Sind Schleifen dein Ding?«

»Unter anderem.« Meine Stimme kratzte.

»Zu blöd, dass wir sie loswerden müssen.«

Archers Worte wirkten wie ein Startschuss. Wir rissen uns die Klamotten vom Leib und waren in zwei schnellen Schritten im angrenzenden Bad unter der Dusche.

Der Wasserstrahl erwärmte sich sofort und ich atmete gedehnt aus. Auch mein Tag war stressig gewesen. Die Temperaturen in London stiegen, obwohl es erst April war und die Stimmung der Kunden wurde immer aufgeheizter. Manchmal hatte ich das Gefühl, die Leute gingen nicht einkaufen, um sich neue Klamotten zu besorgen, sondern um mit dem Personal zu streiten und möglichst viel Chaos in einem Laden anzurichten.

Archer wusch sich die Haare und seifte sich ein. Ich hätte ihm stundenlang zusehen können, wie er über seine Arme, seinen Oberkörper, seine Erektion strich.

»Komm her.« Ganz der Gentleman, der er war, zog er mich an meinem Ständer zu sich.

»Hey!«, protestierte ich. Doch mein Widerspruch ging sofort in dem Druck seiner Hände unter. Er strich über meinen Bauch, unter meine Achseln, auf meinen Rücken – ließ das Metallteil um meinen Oberkörper aus – und packte meinen Hintern. Zog meine Arschbacken auseinander. Das Wasser lief darüber hinweg und Archer folgte ihm mit einem Finger. Sacht strich er über meine Öffnung.

Ich legte meine Stirn auf seiner Schulter ab und spürte seinen Berührungen nach. Archer fuhr über meine Seiten, griff meine Eier. Das Ziehen, die Spannung, der Druck, den er erzeugte, riefen ein Kribbeln am Ende meiner Wirbelsäule hervor.

Mit dem Blick nach unten gerichtet, massierte er meinen Ständer.

»Und das habe ich mir entgehen lassen.«

»Selbst schuld.«

Ich fuhr von seinen Schultern zu seiner Brust und griff seine Erektion. Hart und samtig. Ich schob die Vorhaut zurück, legte seine Eichel frei. Rot und aufgepumpt. Mit dem Daumen strich ich eine Vene entlang.

Das Wasser stoppte und ich ließ meine Hand sinken.

»Komm mit.« Archer trat vor die Glaswand und rubbelte sich mit einem Handtuch ab. Er reichte mir ebenfalls eines und ich mummelte mich darin ein, folgte ihm ins Schlafzimmer, wo er die Tür des Sexschrankes öffnete und zwei Kissen herausholte.

Mein Blick fiel auf etwas Rotes, das in dem Regal daneben lag, und ich sog scharf die Luft ein. Ups. Mein Jockstrap hatte es wohl in das Kabinett der sexuellen Eroberungen geschafft.

Über seine Schulter warf Archer mir einen Blick zu. Er hob eine Augenbraue. »Was ist?«

»Ähm. Mein ...« Ich deutete auf den Schrank.

»Oh!« Er fischte das Teil heraus und reichte es mir. »Ich war mir nicht sicher, ob das ein Versehen war.«

Ich schnappte mir meine geliebte Unterwäsche. Offensichtlich war sie gewaschen, es klebten keine Ergussreste daran. Nur weicher, gemütlicher Stoff, der himmlisch nach Lavendel roch. »Du kannst mir glauben, freiwillig würde ich das gute Stück nicht aufgeben. Ich dachte schon, ich hätte dich verloren.« Theatralisch drückte ich den Jockstrap an mich.

Archer drehte sich zurück zum Schrank. »Brauchen wir heute Kondome?« Er hielt mir die Packung entgegen.

»Hm.« Das Letzte, an was ich heute gedacht hatte, war, mir jemanden aufzureißen. Ich war in keiner Weise vorbereitet und schüttelte den Kopf. »Ist das ein Problem?«

Mit gerunzelter Stirn und dem Gleitgel in der Hand kam Archer auf mich zu. »Natürlich nicht.«

Er legte seine flache Hand auf meine Brust und schob mich rückwärts zum Bett.

Sein Handtuch fiel zu Boden. Meines warf ich hinterher.

Mein nackter Hintern landete auf seinen scheiß-weichen Laken.

»Was für Material ist das? Ägyptische Baumwolle?«

Archer zog eine Augenbraue hoch. »Warum?«

»Die Fasern sind wahnsinnig stabil. Aber ich habe noch nie so weiche Baumwolle gefühlt. Eigentlich deutet das alles auf ägyptische Baumwolle hin. Allerdings fühlt sich diese anders an. Vielleicht gibt es einen Unterschied in der Webart, die ich nicht kenne.«

Archers Mundwinkel zuckten. »Sehr gut. Aber du liegst falsch.«

»Verdammt.« Ich griff noch mal in das Bettzeug. »Was ist es?« Die Enttäuschung darüber, dass ich sie nicht erkannte, dämpfte meine Erektion gewaltig.

»Sea Island Baumwolle.«

»Ah«, entfuhr es mir. »Natürlich. Ich habe schon von ihr gehört. Aber noch nie welche in der Hand gehabt. Teurer als Ägyptische.«

»Vor allem ist sie weitaus seltener. Exklusiver.«

Ich rutschte auf dem Bett zurück und hielt den Blick fest auf Archer gerichtet. »Und exklusiv ist dir wichtig.«

Seine Mundwinkel zuckten. Nicht amüsiert. Seine Augen hatten eine Härte angenommen, die mich schaudern ließ. »Ja. Exklusiv.«

Er kroch auf das Bett und schüttelte dabei diesen beunruhigenden Gesichtsausdruck ab. »Und was ist das hier?« Er deutete auf meine Brust, streckte sich und fuhr die Metallstäbe entlang.

»Das ist auch exklusiv. Das gibt es genau einmal. Mein Design. Ich habe es aber nur einmal gemacht. Eine Spielerei. Ich mag ungewöhnliche Materialien.«

»Einzigartig also?«

Ich nickte.

»Und nebenher verkaufst du Klamotten anderer.« Er strich über meinen Fußrücken.

Mein Herz tat einen Satz bei seinen Worten. Das Verkaufen war nebenher. Auch, wenn ich es die meiste Zeit tat. Aber mein Herz lag bei meiner Mode.

»Bis ich genügend Geld mit meinen Designs verdiene, werde ich das so weitermachen.«

»Schlau. Vernünftig.«

Ich spreizte meine Beine. »So ist es. Aber jetzt ist mir nicht nach Vernunft.«

Archers Blick haftete auf meinem Mund. »Auch sehr vernünftig.«

Ein Lachen brach aus mir. »Es ist also vernünftig, unvernünftig zu sein?«

Er nickte mit ernsthafter Miene. »So ist es.«

In einer fließenden Bewegung sprang er wie ein Puma auf mich zu und lachend verknäulten wir uns ineinander. Archer packte grob mein Kinn und küsste mich.

Genauso gierig, wie er es im Flur getan hatte. Nach Luft ringend wich er zurück. Starrte mich aus weit aufgerissenen Augen an. »Verdammt. Hatte ich es mir also doch nicht eingebildet.«

Ich legte den Kopf schräg, schüttelte ihn leicht. »Was ...?«

Ohne mir eine Antwort zu geben, packte er mich an den Hüften und drehte mich auf den Bauch. Sofort griff er wieder zu und hob meinen Hintern an.

Mein Gesicht war in die Kissen gedrückt und ich atmete schwer gegen die Polster an.

Der grobe Schmerz, als sich Archers Finger in meine Arschbacken vergruben, schoss in mein Gehirn und kippte eine Tonne Endorphine aus.

Atemlos stöhnte ich in die Matratze.

»Okay?«, fragte Archer.

Ich nickte.

Er griff mich fester. »Ich kann dich nicht hören.«

»Ja«, krächzte ich.

Das brachte mir einen Biss in die rechte Seite ein. Sofort küsste Archer die Stelle und leckte darüber.

Saugte sich schmerzhaft daneben fest und arbeitete sich so über meinen Hintern.

Das Empfinden wurde ungleich vervielfacht, weil ich ihn nicht sah. Nicht abschätzen konnte, wohin er seinen Mund als Nächstes setzte. Die Überraschung war ein Kick.

Archer zog meine Arschbacken auseinander und pustete über meinen Eingang. Automatisch zog ich mich zusammen. Und hob von der Matratze ab.

Wie feuchter Samt strich seine Zunge über mein Loch.

»Argh ...« Mein Schrei wurde von den Kissen erstickt.

»Mehr?« Archers Stimme hörte sich an, so wie ich mich fühlte. Gespannt zum Zerbersten. Geladen vor Lust.

Mit seiner Zungenspitze reizte er meine Nervenenden, drängte sich in meinen Eingang. Mein ganzer Körper vibrierte unter dem Ansturm von Empfindungen.

Ich griff nach meinem vernachlässigten Schwanz. Doch Archer schob meine Hand zur Seite und griff selbst zwischen meine Beine. Zog meine Erektion zu sich nach hinten und widmete sich weiter meinem Hintern.

Ich drängte mich ihm entgegen. Er hielt mich fest. Sein Reizen machte alles schlimmer, denn es war zu viel und gleichzeitig nicht genug. Ich brauchte mehr.

Archer ließ mich los und ich fiel erschöpft nach vorne. Er legte sich auf mich und sein Gewicht presste mich auf den weichen Stoff. Eingequetscht zwischen Archers Körper und der Matratze, rang ich erleichtert nach Atem.

Sein harter Schwanz kam in meiner Poritze zum Liegen. Angefeuchtet von seinem Speichel und Vorsaft glitt er widerstandslos hindurch.

Ich schob meinen Hintern hoch. Versuchte es zumindest. Erfolglos. Zumindest fand meine Erektion auf der exquisiten Edelbaumwolle eine gewisse Reibung.

Archer schob sich erneut über mich und nippte an meiner Ohrmuschel. »Kann ich auf dir kommen?«

»Ja! Ja, mach es!«

Das Gewicht über mir verschwand. Stattdessen wurde ich von Archers Oberschenkeln an den Hüften in den Schraubstock genommen.

Seine Atmung wurde schneller, das schmatzende Geräusch wie er sich wichste, drang klar und deutlich zu mir.

Die Bewegung auf mir stockte. Unter einem Stöhnen trafen weiche, nasse, warme Tropfen auf meinen Rücken. Langsam rannen sie über meine Seite hinab. Ein abstruses Gefühl.

Archer legte sich neben mich und zog mich an sich heran. Eine Hand fest in meinem Nacken griff er mit der anderen nach meiner Erektion, massierte sie. »Wie willst du kommen?«

Nicht sein Ernst. Ich lachte. »Ich will jetzt einfach erlöst werden.«

Archer drückte einen Kuss auf meine Stirn. »Immer noch so ungeduldig.«

Ich schob mein Becken vor in seine Hand. »Keine Lektion jetzt«, knurrte ich.

Sein Lachen hatte etwas Diabolisches. »Geduld ist eine Tugend.«

»Sagt derjenige, der sich auf mir einen runtergeholt hat.«

Er lachte lauter. »Ich gebe zu, es macht Spaß, dich ein bisschen zu quälen.«

»Dagegen habe ich grundsätzlich auch nichts. Aber jetzt ...«

Archer erhöhte das Tempo um meine Erektion, bewegte seine Hand schnell auf und ab. Die andere legte er leicht um meinen Hals, ohne Druck aufzubauen. Das Gefühl seiner Finger auf meiner Haut reicht schon. Das Flirren in meinem Körper zog sich in meiner Körpermitte zusammen, auf den Punkt, an dem Archer uns verband. In heißen Schüben kam ich über seine Hand.

Alles in mir ließ los, gab nach und ich sank in Archers Armen zusammen.

Sofort drückte er mich an sich. Hielt mich. Küsste meinen Scheitel.

Seufzend schmiegte ich mich an ihn, hätte es mir gerne gemütlich gemacht und abgeschaltet, doch die Gedanken rasten sofort. Morgen musste ich arbeiten. Die U-Bahn fuhr nicht mehr. Ein Taxi nach Hause konnte ich mir eigentlich nicht leisten.

»Was ist los?« Archer strich über meinen Nacken. »Gibt es ein Problem?«

Ich hob meinen Kopf. Er sah mit zusammengepressten Lippen auf mich herab. »Kein Problem. Nicht wirklich.« Ich atmete schwer aus. »Morgen früh arbeiten.

Jetzt eine Stunde durch die Nacht ist ziemlich ungemütlich.«

»Dann bleib.« Er legte sein Bein über meinen Oberschenkel.

»Und mache was?« Ich grinste ihn breit an. »Spiele Prinzessin für einen Tag?«

»Blödsinn.« Er setzte einen Kuss auf meine Nasenspitze. »Wir schlafen jetzt. Morgen früh ruf ich dir ein Uber. Du kannst ein T-Shirt von mir haben. Brauchst du sonst etwas von dir daheim für die Arbeit, was du nicht dabeihast?«

Nun zog ich die Augenbrauen zusammen. »Warum?«

»Was warum? Es ist mitten in der Nacht. Wir beide brauchen den Schlaf und ich bin sicher, wir finden eine Lösung für morgen früh. Ich würde dir William geben, aber ich muss morgen selbst zum Flughafen. Wenn ein Uber für dich okay ist?«

Ich schnaubte. Was glaubte Archer, in was für Verhältnissen ich lebte. »Ist schon okay. Ab fünf kann ich die U-Bahn nehmen.« Bei dem Gedanken drehte sich mir der Magen um. Eine Stunde nach Whitechapel. Fertig machen. Zurück in die Innenstadt. Whatever. Meine morgendliche Designstunde war morgen ohnehin tot. Ich würde den Rest der Woche jede freie Minute daran arbeiten. Das Geld für ein Uber sparte ich mir lieber.

»Lass mich das Uber bezahlen. Ich wünsche mir, dass du hierbleibst. Ich lade dich auf eine Uberfahrt ein.«

»Warum eigentlich?« Ich stützte mich auf einen Ellbogen hoch und stellte meinen Geisteszustand infrage. Obwohl ich Archer nicht kannte, hatte ich keinen Zweifel, dass er zu seinem Wort stand. Warum also nahm ich eine geschenkte Uberfahrt nicht einfach an?

Weil ich Archer gegenüber nicht in der Schuld stehen wollte. Weil ich wollte, dass wir *auf Augenhöhe* waren?

Ein völlig absurder Gedanke. Als ob wir das je sein könnten. Zwischen uns lagen Welten, das begriff ich durchaus.

»Was warum?«, durchbrach er mein Grübeln.

»Warum soll ich bleiben?«

Archer lehnte sich zurück und schlängelte seinen Arm weiter um meine Hüfte. »Keine Ahnung. Ich hab an dich gedacht. Und als ich aus Singapur zurückkam, ...« Er redete nicht weiter, sondern fuhr über meinen unteren Rücken. »Ich dachte, eine Wiederholung wäre schön.«

»War es. Die Wiederholung.« Aber es gab keinen Grund, noch zu bleiben. Warum nur wollte das nicht über meine Lippen?

Sekunden verstrichen. »Klamottenverkäufer in Whitechapel also?«

Ich lachte. »Nein. In Whitechapel lebe ich mit Elliot und anderen Freunden in einer WG. Ich arbeite in einem schicken hotShop. Die gibt es nicht in Whitechapel.«

Archer malte mit seinem Zeigefinger Kreise auf mein Schulterblatt. »Das letzte Mal, dass ich mit jemandem zusammen gewohnt habe ...« Er stockte. »Also, die letzte WG, wenn man das so nennen möchte, in der ich gelebt habe, war im Internat.«

»Oho. Ich vermute mal, dein Internatserlebnis hat wenig mit meiner WG zu tun. Hattet ihr eine Putzfrau?«

Archer schlang seinen Arm enger um mich. »Das kann man so nicht sagen.«

Ich lachte gegen seine Brust. »Das ist eine einfache ja oder nein Frage.«

»Ich werde keines deiner Vorurteile bedienen. Wir wurden immer angehalten, unsere Sachen in Ordnung zu halten, unsere Zimmer aufzuräumen und ...«

»... und den Rest hat euch jemand hinterhergeputzt.«

Er knurrte mich an und biss in mein Ohrläppchen.

»Lass los du verzogener Rowdy!« Spielerisch knuffte ich gegen seinen Bauch.

Archer lockerte seinen Griff und seufzte. »Ach ja. Die Freundschaften, die ich dort geschlossen habe, bestehen immer noch.«

Das wiederum konnte ich mir vorstellen. Elende Seilschaften, die die Upper Class bereits im Kindergarten knüpfte. »War es eine reine Jungenschule?«, bohrte ich weiter. »Ich bin sicher, das war es, was den Reiz ausgemacht hat.«

Archer rieb sich über das Gesicht. »Was willst du hören? Dafür hat mein Vater nicht das ganze Geld an die Schulleitung überwiesen, aber ...«

»Oh ... ich sehe es vor meinem inneren Auge.«

Unser Lachen verebbte. Was taten wir hier?

»Weiß er es jetzt? Dein Vater? Dass du auf Männer stehst?« Ich hatte nicht das geringste Recht oder die geringste Veranlassung, diese Frage zu stellen. Sie war völlig irrelevant für alles, was da zwischen Archer und mir lief.

Doch er nickte. »Ja. Meine Familie, Arbeitskollegen, eigentlich alle wissen, dass ich schwul bin. Wenn man sein eigener Chef ist, hat das gewisse Vorteile.« Er zuckte mit einer Schulter. »Andererseits sehen das nicht alle internationalen Geschäftspartner gerne.«

»Was machst du denn auf deinen ganzen Reisen?«, hakte ich nach.

»Wir kaufen Unternehmen auf, päppeln sie hoch, verkaufen sie wieder oder gründen ein Subunternehmen. Oder wir zerstückeln sie in ihre Einzelteile. Das, was den größten Profit gibt. Und du?« Er hob den Kopf und küsste meine Haare. »Ein queerer Designer ist nicht so problematisch. Oder bediene ich mit so einer Aussage ein Klischee?«

»Tust du. Aber es enthält natürlich auch eine Wahrheit. Im Laden, so wie ich aussehe, wenn ich mit Leuten bezüglich meiner Designs rede, wird es fast erwartet. Aber sobald ich heimkomme, zu meiner Mum, in meine alte Siedlung ...« Mein Atemzug drängte mich näher an Archers Brust. »Da bin ich nicht der cute Twink. Da bin ich eine Schande für die Männerwelt!« Warum zum Henker erzählte ich diesem Kerl das alles?

Archer zupfte an den Metallstäben um meine Brust. »Das ist so richtig scheiße. Zum Aushängeschild dort und zur Angriffsfläche da. Du bist so viel mehr.«

War ich das? Woher wollte Archer das wissen?

»Jetzt bin ich jedenfalls müde.« Ich steckte meinen Kopf in seine Halsbeuge. Mein Blick blieb auf einem roten Fleck auf seinem Oberarm hängen. »War ich das?« Mit einem Finger strich ich über die Stelle.

Archer schüttelte den Kopf und griff an seinen Bizeps. »Ein Feuermal.«

»In Herzform.« Sacht strich ich die Konturen des Mals nach. »Du trägst quasi dein Herz auf dem Oberarm.«

Archer lachte, hob meinen Arm, beugte sich darüber und saugte die Haut ein. Der feine Schmerz fuhr mir durch den Körper und ebbte sofort ab.

Er lehnte sich leicht zurück und begutachtete sein Werk. »Und du bist jetzt Träger eines Halbmonds.«

Ich schaute auf die Stelle, auf der Archer den Fleck hinterlassen hatte. »Sehr schick.« Grinsend strich ich darüber. Begleitet von einem diffusen Gefühl von Verbundenheit. Doch auch das konnte mich nicht weiter wachhalten und ich gähnte hinter vorgehaltener Hand.

»Schlaf!« Archer zog mich an sich, küsste meinen Scheitel ein weiteres Mal. Er reichte mir sein Handy. »Stell den Wecker, wie du ihn brauchst.«

Schnell tippte ich die geschätzte Uhrzeit ein, zu der ich spätestens aufstehen musste, um nicht in komplette Hektik zu verfallen.

Absurd.

Und dennoch genoss ich die Nähe. Die Fürsorge.

Bei Archer zu sein, fühlte sich wie Urlaub an. Von der Verantwortung für meine Familie, von meinen Geldsorgen.

Er sorgte dafür, dass ich kam, dass ich genügend Schlaf hatte, dass ich rechtzeitig aufstand und dass ich rechtzeitig zur Arbeit erschien.

Der Duft des Duschgels, darunter Archers eigener Geruch, die Wärme seines Körpers lullten mich ein und ich driftete in einen tiefen Schlaf.

Mit einem Ruck wachte ich auf. Archers Telefon brummte auf dem Platz neben mir.

Draußen dämmerte es leicht.

Von Archer war – wieder mal – nichts zu sehen.

Zeit, mir darüber Gedanken zu machen, hatte ich aber nicht. Ich sprang unter die Dusche, putzte die Zähne – mit einer weiteren neuen Zahnbürste –, schlüpfte in meinen frisch gewaschenen Jockstrap, meine Jeans und betrachtete das einfache weiße T-Shirt, das neben meinen Sachen lag.

Zwischen meinen Fingern erspürte ich das Material. Fuck, kaufte er auch T-Shirts nur aus Sea Island Baumwolle?

Ich öffnete den Verschluss des Metall-Harness und sah mich im Spiegel an. Die Abdrücke zogen sich über meinen Oberkörper und ich fuhr sie nach. Diese Erinnerung würde schnell verblassen.

Shit. Ich hatte vergessen, meinen Hintern zu begutachten, bevor ich mich anzog.

Ein Blick auf die Uhr zeigte mir, dass ich für diese Art von Firlefanz keine Zeit mehr hatte.

Vielleicht würde ich die Spuren der Nacht noch heute Abend sehen, wenn ich meine Jeans wieder auszog.

Ich schlüpfte in das T-Shirt. Etwas zu weit spielte es um meine Hüften, war ein bisschen zu lang.

Trotzdem, oder gerade deshalb, fühlte es sich genau richtig an. Ein Walk of Shame in Style.

Ich drehte meine Schulter leicht nach vorne. Das T-Shirt verdeckte Archers Biss auf meinem Oberarm gerade so. Nur der Rand blitzte unten hervor. Mit den Fingerspitzen fuhr ich darüber. Es fühlte sich anders an als Archers Mal. Natürlich tat es das.

Kurzerhand knotete ich den überschüssigen Stoff an meiner Hüfte zusammen. Das Ergebnis brachte einen feinen Streifen Haut zwischen T-Shirt-Ende und Jeansbund zu Tage.

Im Schlafzimmer fiel mir diesmal meine Unterwäsche von der Nacht zuvor direkt ins Auge und ich stopfte sie mit dem Harnisch in meine Hosentasche.

Absichtlich vergessen. Von wegen! Ich schnappte mir mein Oberteil, rollte es zusammen und klemmte es unter meine Achsel. Anschließend machte ich mich auf die Suche nach dem Hausherrn.

Wie drei Wochen zuvor lief ich die Treppe hinab und erwartete dasselbe Bild, das mich damals empfangen hatte.

Eine grummelnde Helen und Archer im Anzug.

Ich war mir nicht sicher, was mich mehr verblüffte. Dass Helen nicht da war oder dass Archer nicht im Anzug vor mir stand, sondern in Laufsachen.

Himmel. Was war mit ihm kaputt?

»Nicht ausgelastet? Langweilige Nacht gehabt?«, flötete ich und spazierte auf ihn zu.

Lachend schob er mir auf der Frühstückstheke eine Tasse entgegen. »Ganz und gar nicht. Aber ich sitze heute dreizehn Stunden im Flieger und musste mich vorher noch bewegen. Der Tag hat leider nur vierundzwanzig Stunden.«

Ich griff nach der Tasse und sah hinein. Tee. Mit Milch. Genau in der Färbung, in der ich ihn trank. Er war noch heiß. Mit spitzen Lippen nippte ich daran. Ein Hauch Zucker zur Milch.

Perfekt.

»Passt?«

Ich schaute auf und nickte. Zufall? Hatte er sich gemerkt, wie ich meinen Tee trank? Dass ich Tee trank?

»Ich hätte auch Süßstoff hier. Oder Honig oder ...?«

»Er ist genau so, wie ich ihn trinke. Danke dir. Das brauche ich gerade dringend.« Ich nahm noch einen vorsichtigen Schluck, um mir den Mund nicht zu verbrennen. Archer trank aus seiner eigenen Tasse.

Aber was trank er? Kaffee? Tee? Wie?

Ich wollte in die Tasse sehen, aber zu welchem Zweck? Reine Neugier?

Wenn ich ihn küsste, konnte ich es vielleicht herausfinden.

Getrieben von meiner Mission, ging ich einen Schritt auf ihn zu. Unmissverständlich wich Archer zurück.

Er schaute auf seine Uhr am Handgelenk. »Dein Uber ist in zwei Minuten da. Und ich muss unter die Dusche. Mein Flug nach Tokio wartet nicht.«

Richtig. Er war höflich.

Wahrscheinlich war seine Neugierde nun befriedigt.

Die Distanz zwischen unseren Wohnungen war nicht zufällig so weit auseinander.

Dazwischen lag eine komplette Stadt. Ein komplettes Leben. Eine komplette Gesellschaft.

Nur weil er kein arroganter Arsch war, hieß das nicht, dass außerhalb des Bettes irgendetwas zwischen uns lief.

Was beruhigend war.

Ich trank weiter von meinem Tee, stellte die halbleere Tasse auf die Theke zurück und rückte mein Hemd vom Vortag unter meiner Achsel zurecht. »Dann ... wünsche ich dir eine gute Reise.«

Archer nickte. Genau wie beim letzten Mal. »Ich dir auch. Zu deiner Arbeit.«

Das entlockte mir ein Lächeln.

Er war ein netter Kerl.

Wir hatten aber nichts miteinander zu tun.

Auch, wenn ich wissen wollte, nach was sein Mund gerade schmeckte. Was sich in seiner Tasse befand. Wie sein Schweiß roch, den er vom Joggen mitgebracht hatte. Was er in Tokio machen würde.

Doch diese Tür blieb geschlossen.

Kapitel 5

Wenn ich so weiter machte, kaute ich mir die Lippe blutig. Die Alternative war, laut zu brüllen, was keine Option war, wenn ich Laras Freundschaft nicht komplett verspielen wollte.

»Man sieht deine Entwicklung, Finley. Aber für die Sommerkollektion wird das nichts. Ich habe die Stellfläche schon an LeVon gegeben. Zwar auf Kommission und ich gehe davon aus, dass seine Teile wieder schnell weggehen, aber …« Sie seufzte theatralisch und ich griff meine Nasenwurzel. »Weißt du Darling, ich muss auch auf meinen Namen achten. Und wenn der Platz weg ist, der mir die Miete einbringt, ist er weg.«

»Wenn es dir um den Platz geht, kann ich sicher helfen. Ich könnte ein Konzept entwickeln, um zumindest zwei bis drei Teile auszustellen. Das muss nicht direkt im Schaufenster sein.« Obwohl das wirklich nice wäre. »Sondern auch an der Wand. Ich habe so Aufsteller …«

»Schätzchen, Schätzchen! Moment! Nein. Hör zu. Sollte LeVon so schnell weggehen, dass sich eine weitere Ausstellung vor der Herbstkollektion lohnt, verspreche ich dir, gebe ich Bescheid. Okay?«

Was blieb mir anderes übrig?

Meine Zähne knirschten, so sehr biss ich die Kiefer zusammen.

»Danke, Lara.« Für nichts.

Wir beendeten das Gespräch und ich ließ mein Telefon sinken.

Damit war nichts verloren. Was mir niemand nehmen konnte, war meine Website.

Mein Gewische über das Touchpad brachte mir aber auch weder mehr Abonnenten für meinen Newsletter noch mehr Follower auf Instagram oder höheren Traffic auf meiner Seite. Fuck! Ich widmete mich wieder den Dingen, die ich wirklich konnte. Nähen.

Ein Schrei riss mich aus meinen Gedanken. Zum Glück hatte ich den Stoff nicht über die Stichplatte gezogen oder mir in die Hand genäht. Der Schreck saß aber so tief, dass meine Finger zitterten.

Freddie stürmte – immer noch brüllend – in das Gemeinschaftswohnzimmer mit dem Telefon am Ohr. »Ich mach dir auf!«

Unwillkürlich legte ich einen Arm um meine alte Nähmaschine. Mit der anderen Hand zog ich meinen geliebten Stoff zu mir. Ich hatte viele Schichten im hot-Shop gearbeitet, um mir die paar Yard Tencel leisten zu können. Das Letzte, was ich jetzt brauchte, war Freddie, der mir meinen Schneidertag versaute.

An der Tür nahm er eine schluchzende Frau in den Arm. Na bravo.

»Lindy, komm rein!«

Ach, Freddies Schwester. Ich schwankte, ob ich sie begrüßen oder ihnen ihre Privatsphäre lassen sollte.

Lindy trat in die Wohnung und Freddie zog zwei große Koffer hinter sich her. Seine Schwester trug einen Monsterrucksack auf den Schultern.

»Hey!«, machte ich auf mich aufmerksam.

Lindy lächelte und sofort füllten sich ihre Augen mit Tränen.

»Was ist denn los?«, fragte ich und ging auf sie zu. Weg von meinen Nähsachen.

Sofort ließ sie sich in meine Arme fallen.

»Es tut so gut, nette Menschen zu sehen«, schluchzte sie. »Fin, du glaubst nicht, was mir passiert ist.«

Da ich keinen Zweifel hatte, dass ihr Bruder es mir schnellstmöglich im Detail sagen würde, hielt ich sie einfach.

»Das Schwein Edgar hat sie vor die Tür gesetzt«, erfüllte Freddie meine Erwartung sofort.

Ah. Das war wohl der letzte Exfreund.

»Wo soll ich denn jetzt nur hin?«, jammerte Lindy.

»Du wohnst bei mir«, stellte ihr Bruder fest.

Wo genau?

»Äh, Freddie!« Hinter uns ertönte die Stimme unseres anderen Mitbewohners Ralph. »Hi, Lindy. Du kannst natürlich erst mal hier unterkommen. Aber euch ist klar, dass wir hier voll sind. Abgesehen davon, dass die Nebenkosten höher werden.«

»Aber ich hab keinen Job«, wimmerte Lindy. »Freddie?«

»Leute!« Freddie stellte sich in die Mitte des Raumes. »Es ist doch klar, dass ...«

»Freddie, du kannst nicht einfach über die WG hinweg Entscheidungen treffen. Du hast nicht mit mir geredet und mit Charles auch nicht. Das hätte er mir gesagt. Fin?«

Ich schüttelte den Kopf.

»Hat Elliot was gesagt?«, hakte Ralph nach.

Erneut schüttelte ich den Kopf. Ich wollte Lindy nicht in Schwierigkeiten bringen. Aber, wenn wir uns nicht an die Hausregeln hielten, flogen wir alle. Unser Vermieter war kein Wohltäter.

»Freddie!« Ralph sah ihn anklagend an.

Lindy weinte vor sich hin.

»Jetzt setz dich doch erst mal. Für ein paar Nächte geht es sicher.« Mein Blick huschte zu Ralph, der die Augen verdrehte.

»Von mir aus. Aber wenn Elliot und Charles zurück sind, besprechen wir das. Und dann muss eine Lösung her.« Ralph betonte jedes Wort laut und deutlich.

»Die ist absolut einfach«, behauptete Freddie. »Lindy schläft bei mir. Das mit den Nebenkosten fällt nicht ins Gewicht und Lindy kommt selbstverständlich für ihr Essen selbst auf.«

Ich sah zwischen allen hin und her, warf einen Blick auf meinen Stoff, den ich dringend verarbeiten wollte, und gab keinen Mucks von mir.

Ralph winkte ab und drehte sich um. »Wir reden noch.«

Freddie und Lindy gingen in sein Zimmer und ich setzte mich auf das Sofa.

Meine Konzentration war dahin. Das Geschwisterpaar verstrickte sich sofort in eine Diskussion darüber, wo Lindys Klamotten hinsollten.

In unsere Zimmer passten genau ein Bett, ein Stuhl mit einem kleinen Brett an der Wand als Tisch und ein wackliger Schrank. Lindys Koffer fanden keinen Platz in Freddies Zimmer, da war ich sicher.

Nach einer halben Stunde kam Lindy zu mir und plumpste auf die Couch. »So ne Scheiße.«

Ich stoppte meine Maschine und nickte ihr zu.

»Was machst du da?« Sie deutete auf mein Shirt in der Nähmaschine.

»Ich nähe Applikationen auf das Shirt.«

»Cool. Kann ich nicht.«

Ich zuckte mit einer Schulter. »War wahrscheinlich das Einzige, von dem ich unbedingt wollte, dass es mir meine Mum zeigt.«

»Cool«, sagte sie erneut.

Ich wusste nichts über die Eltern der Geschwister. Aber da sie, wie wir alle in dieser Bude, in der schlechtesten Gegend Londons hockten, waren sie eventuell nicht die größte Stütze für ihre Kinder.

Eine Benachrichtigung poppte auf meinem Handy auf und ich schaute darauf.

Das war ein Fake. Sicher war die Bestellung schon storniert. Ich musste die Benachrichtigung dreimal antippen, um sie endlich öffnen zu können.

Da stand es. Schwarz auf weiß. Jemand hatte zwei Shirts und eine Hose bestellt und schon bezahlt. Von meiner Website. Nicht von Etsy oder so. Die Person war auf meiner Website und hatte drei Teile geordert.

Sofort lief ich in meine kleine Bude und kramte durch mein *Lager*. Mit zittrigen Fingern ging ich durch die Materialien. Es war alles da, was ich benötigte. Natürlich war alles da! Ich stellte nie etwas auf die Website, das ich nicht mindestens einmal produzieren konnte. Ich hatte ein paar Teile vorgefertigt, aber nichts war in der passenden Größe da.

Die Gedanken rasten durch meinen Kopf. Wie schnell konnte ich produzieren? Für das einfache Shirt brauchte ich nicht länger als drei Stunden. Das schaffte ich heute Abend. Die Hose war sicher aufwändiger. Dafür kalkulierte ich vorsichtshalber sechs bis sieben Stunden ein. Das konnte ich morgen nach der Arbeit bis in die Nacht hinein schaffen.

Die große Frage war, wie lange ich für das Shirt mit Tüllbild brauchte.

Das Ding zu nähen war das eine. Den Tüll zurechtzuschneiden musste ich schon mit deutlich mehr Konzentration vornehmen. Auf meinem Handy checkte ich noch mal das Bild, das mit dem Tüll dargestellt werden sollte. Eine Katze. Mit geschlossenen Augen. Zum Glück. Die Linien waren etwas leichter zu machen als die runden und kleinteiligen Details eines Auges. Dennoch war es nicht so einfach abzuschätzen wie die Herstellung des Shirts. Für die gesamte Bestellung drei Tage? Aber mit Arbeit und unvorhersehbaren Vorfällen?

Ich checkte die Mail nochmals. Gab es Besonderheiten, wurde eine Deadline gesetzt? Innerhalb einer Woche musste ich das im Karton verpackt fertig haben. Okay.

Ich bestätigte den Eingang der Bestellung und machte mich sofort an die Arbeit.

Fünf Tage später verfluchte ich mein Leben.

»Lindy, ich müsste hierhin.«

Sie zog die Decke weiter über sich und streckte ihre Beine in meinen Tüll. »Wieso gehst du denn nicht in dein Zimmer?«

Für einen kleinen Moment war ich versucht, sie zu fragen, wieso sie nicht in ihres ging. Kindisch.

Stattdessen schluckte ich meinen Ärger hinunter. »Du weißt, wie klein unsere Zimmer sind. Ich kann dort nicht arbeiten.«

»Das ist echt krass. Das stimmt. Ich bin so froh, dass ich hier ins Wohnzimmer ziehen konnte.«

Hm. Um mich herum stapelte sich ihr Krempel.

Es war schier unmöglich, mich auf meine Arbeit zu konzentrieren. Aber ich musste endlich fertig werden.

Elliot kam durch die Wohnungstür. Sein Anblick war die reinste Wohltat.

Vorsichtig legte ich das Bügeleisen zurück und ging auf meinen besten Freund zu. »Wie war es in Paris?«

»Mal sehen. Ging recht schnell. Kein gutes Zeichen.« Er ließ seine Tasche auf den Boden fallen und schloss mich in die Arme. »Aber was ist hier los?« Mit hochgezogenen Augenbrauen sah er sich in unserer Wohnung um.

»Meine Nähsachen. Lindy ist gestern ins Wohnzimmer gezogen. Die Launen von Charles und Ralph kannst du dir vorstellen«, murmelte ich ihm zu.

Elliot ging auf den Tüll zu. »Hey. Du bist ja fertig! Nach deinem letzten Bild, das du mir geschickt hast, dachte ich ja, du setzt die Bude in Brand, aber das ist doch klasse!«

Ich fuhr mir durch die verstrubbelten Haare. »Ich weiß nicht.« Lindy hatte ihre Nase in ihr Telefon gesteckt, dennoch wollte ich nicht vor ihr lästern. Ich war nicht gut auf sie zu sprechen. Einen Tüll hatte sie mir *versehentlich* zerrissen. Einen zweiten hatte ich mit dem Bügeleisen komplett versengt, weil ich mich von ihrem Gestreite mit Edgar am Telefon hatte ablenken lassen, während ich die Katze in den Stoff einbrannte.

Mit gesenkter Stimme wandte ich mich an Elliot. »Es ist besser als zuvor ja. Aber ich muss noch in die Details gehen. Ich glaube, es ist noch nicht perfekt.«

Er musterte den Stoff mit zusammengezogenen Augenbrauen. »Fin, das ist fertig.«

Kopfschüttelnd hob ich das Teil leicht an. »Nein. Ich muss sicher noch ...«

Elliot nahm mein Handgelenk und ich hob meinen Blick. »Du sitzt seit Tagen nur daran. Warst du mal draußen?«

Ich schüttelte den Kopf. »Ich will das fertig kriegen.«

»Das ist fertig.« Ich setzte an, um zu protestieren, doch Elliot unterbrach mich. »Du brauchst Abstand. Lass es wenigstens heute Abend liegen, geh mit mir aus und morgen schaust du mit frischem Blick darauf.«

»Aber ...«

»Fin! Für mich ist das fertig. Okay, ich bin nicht der Schöpfer deiner Vision. Aber das ist der dritte Entwurf. Und du musst es wann wegschicken?«

Ich senkte den Kopf. »Übermorgen. Spätestens.«

»Also.« Elliot packte mich an den Schultern. »Im Flair soll heute Troy Darling sein.«

»Der Fotograf?«, stieß ich keuchend hervor.

Elliot nickte. »Und ich weiß, es wird nichts dabei rumkommen, aber vielleicht ...«

Wir wurden von Ralph und Freddie unterbrochen. »Das ist eine simple Berechnung Fred. Das ist der Anteil an Nebenkosten, den du für deine Schwester tragen musst.«

Freddie riss Ralph den Zettel aus der Hand. »Das sind Schätzungen. Sieh sie dir an. Sie macht doch gar nichts.«

Kopfschüttelnd schloss ich die Augen. Ich musste hier raus. »Lass mich kurz alles wegräumen, und die Teile sicherstellen. Dann mach ich mich fertig.«

Als wir das Flair betraten, war der Laden bereits zum Bersten voll. Der Rhythmus der Musik packte mich und ich tanzte mich durch die Leute.

Elliot deutete über die Menge. »Da hinten sind ein paar Leute aus Paris.«

Ich winkte ab. »Geh ruhig. Ich hol uns was zu trinken.«

Er gab mir einen Kuss auf die Wange und lief davon.

Schwungvoll drehte ich mich zur Bar. Mein Blick fiel auf den Mann, der im Anzug mit angestelltem Bein an der Theke lehnte und mich direkt ansah.

Mein Puls wurde schneller. Die Erinnerung an seine Nähe waberte durch meinen Kopf. Sein Blick fühlte sich wie eine Berührung an.

Der Bass der Musik war wie eine Trommel, die mich vorwärtstrieb.

Ohne den Blick von Archer abzuwenden, bewegte ich mich auf ihn zu. »Fancy, dich hier zu sehen.«

Ein Schmunzeln spielte um seine Lippen und er neigte den Kopf. »Ich bin nur hier, um dich zu sehen.«

Es gab keinen Grund, dass mein Herz ein bisschen stolperte.

»Ist das so?«

Archers Lächeln wurde breiter. »Das ist so. Ich hatte die Hoffnung fast aufgegeben. Es ist schon spät.«

»Musst du denn ins Bett?«

Er stellte sich auf beide Füße. »Müssen nicht. Aber ich will. Und ich will dich mit in mein Bett nehmen.«

In meiner Tasche vibrierte mein Telefon. Ich zog es heraus und sah unseren WG-Gruppenchat. Charles, Freddie und Ralph hatten ihre Diskussion darauf ausgeweitet.

Shit.

Im gleichen Moment kam eine Nachricht von Elliot durch.

Die können mich mal.
Ich übernachte heute bei Laurence.
Ich sehe, du bist auch versorgt?

Auf Zehenspitzen suchte ich die Menge nach Elliot ab und fand ihn schließlich in einer Gruppe von Models.

Er grinste mir zu.

Archers Präsenz hinter mir griff mich.

Ich nickte Elliot zu.

Bis morgen!

»Na dann, los gehts in dein Bett!«, sagte ich zu Archer und steckte das Telefon weg.

Seine Mimik entspannte sich und er griff meine Hand.

Seine Haut war kühl. Mit den Fingerspitzen verstrich ich den Schweiß darauf.

Unsere Atmung beruhigte sich. Archers Finger lagen noch locker um meinen Hals. Ließen die Luft darunter passieren. Spielten dort mit meiner Fantasie. Er zog die Hand zurück und streichelte meine Hüfte.

Es fühlte sich seltsam vertraut an, dabei war es nur Sex. Das dritte Mal. Aber mehr nicht.

»Wie war Tokio?« Shit. Warum fragte ich das?

Archer lehnte sich leicht zurück. »Tokio?«

»Mhm. Ja, da warst du doch grade.«

»Ach so!« Er rutschte wieder an mich ran und zog mich in seine Arme. Unsere Ergussreste zwischen uns störten ihn anscheinend kein bisschen. »Dazwischen war ich noch in Chicago.«

»Ah.«

Er streichelte meine Seiten weiter. Fuhr in meinen Nacken. »Tokio war sehr erfolgreich.«

»Erfolgreich? Hast du gar nichts von der Stadt gesehen?«

Archer brummte vor sich hin. »Aus den Fenstern eines Notariats schon, ja. Da hatte ich einen tollen Blick auf den Kaiserpalast.«

Ich schnaubte. »Das wars?«

Sein Lachen drückte seine Brust an mich. »Ich kenn die Stadt schon. Und die Geschäfte waren zu dringend. Da hatte ich keine Zeit übrig für was anderes.«

»Schade.« Ich kuschelte mich an ihn. »War es stressig?«

Er hielt kurz inne und griff dann in meinen Nacken. »Hm, darüber habe ich mir ehrlich gesagt keine Gedanken gemacht. Ich wollte im Flieger nach Chicago schlafen.«

»Und hast du da geschlafen?«

Er lachte. »Ein bisschen. Hauptsächlich habe ich gearbeitet.« Er strich mit seinen Lippen über meine Stirn. Das tat er dauernd. Diese Küsse auf meinen Kopf, Stirn,

Scheitel. »Aber genug von mir. Wie waren deine Wochen? Was machen die Designs?«

Mit einem Ruck setzte ich mich auf. »Diese Woche hatte ich drei Bestellungen, die ich alle geschneidert habe.«

Archer stützte seine Wange in seiner Hand ab. »Das ist toll.«

»Das ist es wirklich.« Ich sah in sein Gesicht hinab. »Ich weiß nicht, ob du mich verarschst. Mir ist schon klar, dass du viel größere Räder drehst.«

»Hey!« Er legte seine Hand in meinen Nacken und zog mich zu sich. »Jeder muss klein anfangen. Ich meine das völlig ernst.«

»Okay.« Ich hob den Kopf. »Jedenfalls waren es eine Hose und zwei Shirts. Eins davon mit Tüllapplikation. Ich ähm ...« Nun kam ich mir doch albern vor. Was interessierte Archer meine Spielerei mit Tüll?

»Erzähl, ich will es wissen!«

»Also gut. Ich schmelze in den Tüll mit einem Bügeleisen Bilder.«

»Wie?« Archer zog die Stirn in Falten. »Das kann ich mir nicht vorstellen!«

»Warte.« Ich streckte mich neben das Bett runter und angelte mein Telefon aus meiner Hosentasche. »Ich habe Fotos hier.«

Ich hielt ihm mein Smartphone unter die Nase und knabberte auf meiner Unterlippe herum. Er war immer todschick gekleidet, aber ob ihn derartige Trends interessierten?

Archer nahm mir das Telefon aus der Hand und starrte mit zusammengekniffenen Augen darauf. »Das hast du gemacht? Mit einem Bügeleisen.«

»Ja!« Ich strich über die Bilder. Zeigte ihm welche, wo ich ganz am Anfang meiner Katze war. »Siehst du. So fange ich an. Und irgendwann sieht es so aus. Ein süßes kleines Kätzchen.«

»Wow! Das ist unglaublich. Du bist ein Künstler. Ich kann mir richtig gut vorstellen, dass jemand so durch London läuft.«

»Die Bestellung geht tatsächlich nach Paris.«

Archer lächelte. »Ein internationaler Geschäftsmann.«

»Ha, ha!« Ich nahm ihm mein Telefon ab.

»Ernsthaft. Nur weil ich mich so langweilig anziehe, heißt das nicht, dass du nicht international Erfolg haben kannst. Genau solche Designs kann ich mir in Harajuku vorstellen. Oder am Times Square.«

Ich legte mich zurück in die Kissen. »Ich war noch nie außerhalb Englands. Harajuku stelle ich mir fantastisch vor.«

Archer beobachtete mich, strich durch meine Strähnen. »Es ist auch fantastisch anzusehen. Mir sagen die meisten Outfits nichts, da ich die Spiele und die Animes nicht kenne. Aber deine Katze wäre dort sehr gut aufgehoben und wertgeschätzt.«

Mit geschlossenen Augen spürte ich seinen Berührungen nach. Sanft. Gezielt. »Wo fliegst du als Nächstes hin?«

»Chicago. Schon wieder.«

»Hm. Morgen?«

Die Pause, die folgte, war geladen von seinem Zögern. Ich hielt meine Augen geschlossen. Es war nur eine Frage der Zeit, bis ich etwas Unpassendes sagte, was diese Blase hier zum Platzen brachte.

»In zwei Tagen«, murmelte Archer.

Ich schmunzelte. Wenn er jetzt dachte, ich nahm dies zum Anlass, um unsere Nacht zu verlängern, musste er sich keine Sorgen machen. »Schön«, antwortete ich nur.

»Finley?«

»Ja?« Ich streckte mich weiter in Archers Finger, die durch meine Haare fuhren.

»Du solltest bei mir einziehen!«

Meine Augenlider flogen auf und ich starrte an die Zimmerdecke. Moment.

Ich hatte mich verhört. Ich sollte mich anziehen? Nein. »Bitte was?« Ich schob mich zum Sitzen hoch.

Archer zog seine Hand zurück und verschränkte die Finger hinter dem Kopf. »Es ist die beste Idee.«

»Für wen? Oder was? Archer?« *Bist du noch ganz bei Trost?*

Er zuckte nur mit den Schultern. »Wenn ich hier bin, will ich dich sehen. Es ist unpraktisch, die wenige Zeit, die ich habe, in diesem Club abzuhängen, in der Hoffnung, dich dort zu treffen.«

Abgesehen davon, dass das ganz schön arrogant war. Nur, weil ich bisher mit ihm gegangen war ... »Du hast schon was von Telefonen gehört, ja? Wir können uns schreiben und dann treffen.«

Er schüttelte den Kopf.

»Telefon? Sagt dir nichts?«, meinte ich mit einer ordentlichen Spur Sarkasmus.

Archer verzog den Mund. »Nur dass wir uns nicht falsch verstehen. Ich will keine Beziehung. Mit meinen Reisen und meinen Terminen ist das gar nicht möglich. Nimm das bitte nicht persönlich.«

Nun hob ich die Augenbrauen.

»Hey.« Er fuhr über mein Knie. »Für mich ist es einfach praktisch, dass du hier bist. Ich habe faktisch nicht die Zeit, mit jemandem Kompromisse einzugehen. Wenn du hier bist, entfällt das alles.«

»Sag mal, hörst du dir zu? Bin ich hier zu einem Vorstellungsgespräch für die Position einer Edelnutte? Ich wohne hier und wenn du Lust hast, haben wir Sex?«

Endlich setzte er sich auf. »Natürlich nicht. Du wohnst kostenfrei hier. Ohne jegliche Gegenleistung. Auch nicht Sex. Wenn wir beide Lust haben, wenn ich hier bin, steht uns aber dieser Tanz nicht im Weg. Solange ich nicht hier bin ...« Er überlegte. »... kannst du im Prinzip tun, was du willst. Außer Sex. Das ist ein exklusiver Deal. Keine anderen Typen, während der Zeit unserer Vereinbarung.«

Er meinte das ernst. Er war nicht ganz dicht. »Archer!«

»Finley!«

Ich schnippte mit einem Finger gegen seine Brustwarze. »Autsch.«

»Dir ist schon klar, dass ich mich damit sozusagen in deine Gewalt begeben würde?«

Er gluckste. »Tust du das nicht bereits?«

Als ich die Stirn runzelte, bemühte auch er sich um Ernsthaftigkeit, obwohl ich ihm ansah, dass ihn das alles eher amüsierte. Was mich wiederum ärgerte. »Okay, Finley, was hättest du deiner Meinung nach zu befürchten?«

»Du könntest mich einsperren. Mir alles wegnehmen – Ausweis, Handy. Mich als deinen Sexsklave halten oder sonst was. Hört man häufiger.«

In seinen Augen blitzte es. Amüsiert oder teuflisch? Ein Kribbeln überlief mein Rückgrat. Nicht wirklich angenehm.

»Wenn ich das vorhätte, warum habe ich das nicht schon längst getan? Die Möglichkeit bestand jetzt schon drei Mal.«

Ich schürzte die Lippen, überlegte kurz. »Um mich in Sicherheit zu wiegen.«

Archer schnaubte. »Und dann gebe ich deinem Freund meine Adresse, damit er mir die Polizei auf den Hals hetzt, wenn er dich nicht mehr erreichen kann?«

Touché. Zumal wir inzwischen wussten, dass die Angaben zu Archers Wohnsitz korrekt waren.

»Vielleicht bist du gut im Spuren verwischen.«

»Du liest zu viele Krimis«, knurrte er. »Und ich habe es nicht nötig, dich zu etwas zu überreden, was du nicht willst. Das ist ein Angebot. Keine Drohung!«

Mist. Etwas in mir zog sich zusammen, weil ich ihn nicht verärgern wollte, obwohl mir mein Verstand sagte, dass meine Bedenken keine Spinnereien waren. Man las ständig von solchen Fällen in den Medien.

»Das gleiche gilt ja auch umgekehrt«, versuchte ich ihn dennoch zu besänftigen. »Du kennst mich ebenso wenig! Du weißt, aus welcher Gegend ich stamme, aber weder, wo genau meine WG sich befindet, noch, wo meine Familie lebt. Ich könnte ein Drogendealer sein. Ein Dieb. Ein Psychopath. Du lässt jemanden Wildfremden hier wohnen?« Oder fühlte er sich vor mir so sicher, dass ihn das nicht interessierte? Ein kleines Würstchen von der falschen Seite der Stadt, das froh sein konnte, dass sich Archer mit ihm abgab. Natürlich hatte er keine Bedenken. Wahrscheinlich würde er mir irgendwelche Hunde an den Hals hetzen, wenn ich nur einmal falsch nieste in seinem Haus.

Er packte unvermittelt meine Hände und hielt sie fest, was mich zusammenzucken ließ, weil es für Sekunden wie eine Bedrohung wirkte, bis sein Griff sanfter wurde und er mit den Daumen über meine Handrücken strich. »Du wärst nicht ganz allein hier. Helen, William, der Hausmeister, das Putzpersonal, die Überwachungskameras ...«

Mein Blick flog durch das Schlafzimmer.

»Nicht hier drin! Draußen. Und an der Haustür.« Er holte tief Luft, schloss einen Moment die Augen und sah mich dann mit einem Blick und einem Lächeln an, die mir beide unter die Haut krochen. »Ich will sagen, du kannst hier nichts anstellen, ohne, dass es unbemerkt bleibt. Es ist ein Angebot. Du hättest jede Menge Platz, deine Ruhe und von hier aus hast du es kürzer zur Arbeit, oder?«

Ich nickte. Das waren in der Tat unleugbare Vorteile. Gegebenenfalls konnte ich hier auch meine Nähsachen ausbreiten.

»Und du würdest zu einer Wiederholung nicht nein sagen!«

»Bist du dir da so sicher?«, fragte ich mit einem Schmunzeln.

»Da bin ich mir sicher! Keine Verpflichtungen. Meine Termine sind nur so unvorhersehbar. Ich bin überraschend doch in London und dann verpasse ich dich, weil wir uns auf kein Date einigen können. Verschwendung. So etwas vermeide ich lieber.« Er ließ meine Hände los. »Und seit du von deiner WG erzählt hast, denke ich an das Internat und wie gut es mir getan hat, mit jemandem zusammen zu leben. Jemandem, der da ist, der aber nichts von mir erwartet. Das war eine schöne Zeit. Und ich verspreche dir, wenn es nicht klappt oder du doch lieber woanders lebst, lösen wir unser Arrangement wieder auf. Ich schmeiße dich nicht raus. Ich werde so oft unterwegs sein, dass du genügend Zeit hast, dir was zu suchen.«

Da machte ich mir wenig Sorgen. Ich würde schon irgendwo unterkommen, wenn er sein Wort nicht hielt. War ich immer.

Die Gegend war unbezahlbar. Im wahrsten Sinne des Wortes für mich. In so einem Haus zu leben. Ich könnte mir vielleicht ein Arbeitszimmer einrichten. Und jeden Tag eine Stunde länger schlafen. Warum nicht mal vom Kuchen der Superreichen naschen? Der Sex war jedenfalls nicht zu verachten. Unsinn! Ich riss mich aus meinen Träumereien.

»Archer, so verlockend das klingt. Nein. Das ist eine verrückte Idee.«

Er leckte über seine Lippen. »Ich bin noch zwei Tage da. Überlege es dir! Ich kann dir gerne eine schriftliche Zusammenfassung des Angebots schicken. Als Sicherheit sozusagen.«

Ich lachte. Er war splitterfasernackt aber durch und durch Geschäftsmann.

»Danke, aber ich denke, das wird nicht nötig sein. Wenn du dich melden willst, sobald du wieder in London bist, gebe ich dir gerne meine Nummer.«

Er schüttelte den Kopf. »Ich werde mich nicht melden, um zu fragen, ob du Zeit für mich hast.«

»Du läufst mir in den Club hinterher!«, schoss ich sofort dagegen.

»Das ist was anderes.«

»Aha.« Wie kindisch war er bitte? Ging es ihm nur darum, mir seinen Willen aufzuzwingen? Das Misstrauen kehrte zurück und verstärkte sich eine Sekunde später noch, denn Archer griff nach meinem Telefon und entsperrte es. Ich schnappte nach Luft. Hatte der Penner meinen Code beobachtet, als ich ihn eingegeben hatte?

»Das ist meine Nummer. Falls du es dir überlegst und einziehen willst, gib mir Bescheid. Für anderen Firlefanz habe ich keine Zeit.« Er sagte es so kühl, so kalkulierend, dass ich ihm am liebsten das Telefon über den Schädel gezogen hätte.

Ohne die Nummer zu prüfen, nahm ich das Telefon an mich. Die Stimmung war dahin. Heute würde ich in den sauren Apfel beißen müssen und mit dem Nachtbus eine Runde durch London drehen. Ich schlug die Decke zurück.

»Wo willst du hin?« Archer packte mein Handgelenk.

»Nach Hause.«

»Warum?«

»Fragst du das allen Ernstes?«

Er hatte den Anstand, verlegen den Blick zu senken. »Bleib.« Mit seinem Daumen strich er über meinen Handrücken. »Du hast das gerade völlig in den falschen Hals bekommen, und so würdest du noch mal die Vorzüge sehen, die mein Angebot beinhaltet.« Er lächelte mich so offen an, dass meine miese Laune sofort ins Wanken kam.

»Das ist nicht der Punkt. Das hast du verstanden, ja?«

»Ja. Trotzdem. Bitte bleib. Ich schlafe so gut mit dir in meinem Bett. Wenn du jetzt gehst, kriege ich vermutlich kein Auge zu, bis ich aus Chicago zurückkomme.«

»Spinner. Ich glaube dir kein Wort« Trotzdem legte ich mich zu ihm zurück.

Sofort zog er mich an sich und küsste meinen Kopf. »Ich wollte nicht die Stimmung versauen. Lass uns schlafen.«

»Okay.« Ich vergrub meinen Kopf an seiner Halsbeuge und atmete ihn ein. Deo. Aftershave. Duschgel. Frischer Schweiß. Und Archer. Irgendetwas ganz Eigenes, das ihn ausmachte. Wie der Duft von frischem Gebäck in einer Bäckerei?

Ich fuhr die Stellen nach, wo er seine Liebesbisse gesetzt hatte. Auf meinem Oberschenkel. An meiner Seite.

Archers Umarmung wurde schwächer. Seine Atmung tiefer. Er schlief sofort ein.

Hier einziehen. Was für eine Schnapsidee.

Ich bekam die ganze Nacht kein Auge zu.

Kapitel 6

Meine Schläfen pochten.

Fünf neue Bestellungen. Zwei aus Rom, eine aus Berlin und zwei aus Dublin. Als ich Archers Wohnung verlassen hatte, wurden die Benachrichtigungen bereits auf meinem Handy angezeigt.

»Alles okay, Schatz?« Meine Mum stellte eine Tasse Tee neben mich.

»Ja sicher.« Ich schaute von ihrer Nähmaschine auf.

Die Haustür fiel ins Schloss. »Mum!« Mein kleiner Bruder stürmte in die Küche. »Oh. Finny!« Er donnerte seinen Rucksack unter den Tisch und gegen mein Bein. »Ich hab Hunger.«

Mit dreizehn war er fast schon so groß wie ich und würde mich sicher um etliche Zentimeter überholen.

»Kartoffelpüree, Würstchen, Soße und Erbsen sind im Kühlschrank. Ihr müsst es euch selbst warm machen. Ich hole die Zwillinge gleich aus dem Kindergarten und muss dann in die Nachtschicht.«

Shit. Ich hatte so viel zu tun. »Soll ich …?«

»Nein, Schatz. Du machst deine Sachen. Yolanda passt auf die drei auf.«

»Ich brauche niemanden, der auf mich aufpasst«, moserte Thomas und presste die Lippen aufeinander.

Ich musterte ihn nachdenklich. In seinem Alter hatte ich noch geglaubt, dass wir eine heile Familie wären.

Heute wusste ich, dass die Bilder meiner Kindheit nichts als Lügen waren, egal wie sehr Mum beteuerte, unser Erzeuger hätte uns geliebt. Ich wusste es besser. Er war nichts anderes gewesen als ein Egomane mit Allmachtsfantasien. Auf so jemanden würde ich nie wieder reinfallen, das hatte ich mir geschworen.

Thomas war damals zu klein gewesen, um das zu begreifen. Er sah nur den Mangel – an Geld ebenso wie an Zeit für ihn und später die Zwillinge. Ich konnte ihm nicht vorwerfen, dass er glaubte, allein kämpfen zu müssen. Dabei hatte er mich. Aber das sah er nicht, und ich fühlte mich augenblicklich schuldig, weil ich ihm nicht vermitteln konnte, dass er sich auf mich verlassen konnte.

Vielleicht, weil mein größter Beitrag für unsere kleine Familie gewesen war, ebenfalls zu gehen. Dabei war ich nur ausgezogen, um Mum zu entlasten, nicht, um sie und meine Geschwister allein zu lassen.

Meine finanzielle Unabhängigkeit hatte sie nicht nur materiell auf stabilere Beine gestellt, sondern auch mental entspannt. Eine Person weniger, um die sie sich sorgen musste. Das hieß nicht, dass wir uns egal waren. Aber wir lebten getrennte Leben.

Archer wollte, dass ich bei ihm einzog.

Immer wieder schüttelte ich den Kopf über die Situation. Wir kannten uns doch gar nicht.

Die Aussicht, in einem derart schicken Haus zu leben, war verlockend. Aber das stellte keine Grundlage dar. Für was genau eigentlich? Eine WG?

Himmel, Leute mit zu viel Geld hatten die verrücktesten Ideen.

Andererseits hatte ich auch nicht alle Leute in meiner WG gekannt, als ich dort eingezogen war. Elliot hatte ich erst da kennengelernt.

Nach zwei gescheiterten Wohnungsvermittlungen und ein paar kalten Nächten auf der Straße hatte ich von einem Bekannten erfahren, dass Charles Mitbewohner suchte.

Bei Archer einzuziehen, war eigentlich nichts anderes. Oder?

Wollte ich mir diese Schnapsidee wirklich schönreden?

Mietfrei. Und Sex, wann immer Archer danach war.

So hatte er es nicht gesagt. Und es wäre nicht das schlechteste aller Arrangements.

Trotzdem.

»Kommst du voran?«, unterbrach Mum meine Gedanken. »Meine Nähmaschine ist leider nicht die beste.«

Das war sie tatsächlich nicht, aber hier hatte ich wenigstens Ruhe. »Passt schon. Es ist grad so viel los in der WG. Ich musste ein bisschen was voranbringen. Ich habe wieder mehr Bestellungen.«

»Ich freu mich für dich! Du wirst es schaffen, das weiß ich.«

Egal, wie schwer es unsere Familie manchmal hatte, meine Mum glaubte an jedes ihrer Kinder. Auch an mich und meine Luftschlösser von der großen Designerkarriere.

»Erst mal bin ich froh, dass ich mich heute bei dir ausbreiten konnte, Mum.«

»Immer gerne. Jetzt wird es aber auch hier chaotisch, wenn die Kleinen kommen.«

Thomas stopfte sich mittlerweile die Würstchen in den Mund und rührte in seinem Kartoffelbrei herum.

»Hast du noch Hausaufgaben? Ich könnte dir helfen, bevor ich losmuss«, bot ich an.

Mein Bruder schüttelte den Kopf. »Ich treffe mich noch mit Freunden.«

Meine Mutter und ich wechselten einen Blick.

»Welche Freunde?«, hakte sie sofort nach.

»Kennst du nicht«, nuschelte Thomas.

»Thomas«

»Nur zum Fußball. Sonst nichts.«

Die Miene meiner Mum bröckelte. Sie biss die Kiefer zusammen. »Versprich es mir. Mach keinen Quatsch. Auch wenn Yolanda da ist, will ich, dass du dich um deine Geschwister kümmerst.«

Ich sagte nichts. Das Gefühl in dieser Zwei-Zimmer-Wohnung kannte ich noch zu gut. Es war immer zu eng, man trat sich auf die Füße. Ich konnte es Thomas nicht verdenken, wenn er jede Chance nutzte, rauszukommen. Mittlerweile verstand ich aber die Sorgen meiner Mum besser. Die Jungs, mit denen Thomas abhing, waren nicht alle astrein. Zumindest die, mit denen ich ihn vor ein paar Wochen gesehen hatte.

»Was sagst du? Ich verdien mit den Teilen ein bisschen extra was dazu und dann schauen wir mal wieder ein Spiel zusammen. Ich lade dich ein.«

Er grinste mich an. »Okay.«

»Und dafür bleibst du bis dahin sauber, ja?«

Thomas verzog das Gesicht. »Ich bin sauber.«

»Jungs. Ich muss los. Du bist weg, bis ich zurück bin?«

Ich stand auf und umarmte meine Mum. »Leider. Wir haben eine WG-Besprechung.«

»Ich drück die Daumen, dass eure Besprechung gut läuft.«

Das hoffte ich auch.

»Lässt du deine Nähsachen hier?« An der Tür drehte sich meine Mum noch mal um. Ich schaute den mit Krempel vollgestopften Flur entlang.

»Nein, ich nehme alles wieder mit. Ich bin schon weit gekommen.«

Ich verabschiedete mich von Thomas und meiner Mum und fuhr vollbepackt zurück in die WG.

Dort empfing mich eine heftige Diskussion, die ich bereits durch die Tür hörte.

»Ich bin der Hauptmieter.« Charles sprach also ein Machtwort.

»Bitte setzt mich nicht auf die Straße«, jammerte Lindy.

Ich stahl mich durch die Tür und setzte mich zu Elliot auf das Sofa. »Hab ich was verpasst?«

Er schüttelte den Kopf. »Warum bist du zurückgekommen? Das hättest du dir sparen können.«

Ich lehnte mich an ihn, stellte mir dieselbe Frage.

»Ist ja okay!« Ralph fuhr sich durch die Haare. »Aber euch muss doch klar sein, dass hier im Wohnzimmer zu leben nicht geht.«

»Wir sind an einer Lösung dran!«, behauptete Freddie.

»Jedenfalls müsst ihr euren Krempel aufräumen. Fin, das gilt auch für dich. Deine Näherei hat ein Ausmaß angenommen, das wir als WG nicht mehr bewältigen können. Zumindest bis Lindy ausgezogen ist, musst du das Wohnzimmer räumen.«

Schlagartig war ich hellwach und setzte mich aufrecht hin. »Aber das geht nicht. Gerade jetzt habe ich endlich ein paar Bestellungen, die ich fertigmachen muss. Ich kann es mir nicht leisten, eine Pause zu machen. Jeder Kunde und jede Kundin ist für mich überlebenswichtig.«

Charles sah mich aus aufgerissenen Augen an. »Das nimmt unglaublich viel Platz ein.«

»Ich kann versuchen, in meinem Zimmer zu nähen.« Verdammt, die Enge würde mich erdrücken. »Aber für das Bügeln des Tülls brauche ich Platz. Und Zeit.« Das Gehetze mit allen im Nacken letzte Woche hatte mich ziemlich viel Geld und Material gekostet. Das konnte ich mir nicht leisten.

»Alles ist nicht möglich. Fin, du bist zahlender Mieter.«

Alle Augen richteten sich auf mich. Scheiße.

»Ich ...«, fing ich einen Satz an, von dem ich nicht wusste, wie ich ihn zu Ende bringen sollte. »Ich könnte Lindy vielleicht mein Zimmer überlassen. Auf Probe.« Auf Probe? Für Lindy oder für mich? Wieso sagte ich das überhaupt?

Elliot fuhr zu mir herum. »Was hast du vor? Gehst du zu deiner Mum?«

Ich schüttelte heftig den Kopf. »Nein, das geht nicht. Aber ich hätte vielleicht eine andere Option.«

Er senkte das Kinn und sah mich eindringlich an. »Was für eine Option und wieso weiß ich nichts davon?«

Tja, das war dann wohl untergegangen.

»Bevor ich aber etwas verspreche, muss ich kurz telefonieren. Eventuell hat sich das auch zerschlagen.«

Vielleicht hatte Archer im Licht des Tages betrachtet keine Lust mehr auf einen Mitbewohner. Schnapsidee. Mit zittrigen Fingern zog ich mein Handy aus der Tasche und ging in mein Zimmer. Ich stolperte über meinen Beutel, den ich zwischen Sofaecke und Eingang abgestellt hatte. Hier war wirklich kein Platz.

Wahrscheinlich war er schon unterwegs nach Chicago oder sonst wohin.

Ich starrte auf die Nummer. *Wenn du einziehen willst, ruf mich an.*

Als ich sein Haus verlassen hatte, hatte ich mir geschworen, dass ich diese Nummer nie anrufen würde. Trotzdem hatte ich sie nicht gelöscht.

Wie von selbst tippte mein Finger auf die Nummernkombination und eine Verbindung wurde hergestellt. Es tutete nur zweimal und Archer nahm mit einem scharfen »Ja?« ab.

»Hier ist Finley.«

Am anderen Ende dröhnte Straßenlärm in den Lautsprecher. »Finley?«

Ungläubig? Oder wusste er nicht, wer ich war?

»Ja, ich ... wir ... hatten uns ... du hattest angeboten, dass ich ...« Shoot me now!

»Ich weiß! Ich bin nur überrascht. Völlig egal. Ich hatte dich gebeten, mich nur anzurufen, wenn du bei mir einziehst.«

Oh, da fühlte ich mich natürlich willkommen. Sarkasmus aus! Konnte er sich noch unhöflicher anhören?

»Deshalb rufe ich an.« Das sollte doch klar genug sein.

»Du willst einziehen?«

Ich rieb über meine Nasenwurzel. »Wenn du es dir anders überlegt hast, ist das kein Problem. Ich dachte, ich frag nur mal.«

»Natürlich habe ich es mir nicht anders überlegt. Ich ähm ...«

Archer unsicher zu hören, machte mich wahnsinnig.

»Ich bin nur schon unterwegs zum Flughafen.«

Shit.

»Das ist aber kein Problem«, fuhr er fort. »William kann dich holen.«

»Nein! Wirklich. Keine Umstände! Wenn ich schon einziehe, dann lass mich das wenigstens selbst machen.«

»Okay.«

Ich holte tief Luft und sah mich in meiner Bude um. »Ich packe und schau mal, wann ich loskomme. Wenn ich so weit bin, gebe ich dir Bescheid. Ich weiß, du willst nicht gestört werden, aber ...«

»Das geht so nicht. Ich schicke dir Williams, Helens und Mr Fletchers Nummern. Setze dich mit allen in Verbindung und gib deine Ankunftszeit bekannt. Du wirst erwartet werden und in den Haushalt eingeführt.«

In den Haushalt eingeführt. Würde ich da auch wieder ausgeführt werden? Shit! Was tat ich hier? Das war alles eine Nummer zu groß! Es fühlte sich falsch an. Aber hatte ich eine Wahl? Wenn ich in Ruhe meine Designs schneidern wollte, eher nicht. »Okay?«

»So machen wir es.«

Ich kaute auf meiner Unterlippe herum. Was sollte ich auch sagen? Beggars can't be choosers.

»Dann geben dir William und so Bescheid?«, fragte ich kleinlaut.

»Ja. Wenn du Fragen hast, sind Helen oder Mr Fletcher die richtigen Personen.«

»Wann ...?« In was manövrierte ich mich hier rein? »Wann kommst du denn zurück?«

»Das weiß ich noch nicht. Ich muss jetzt auch los.«

»Dann guten Flug.«

»Okay!« Ohne ein weiteres Wort legte er auf.

Meine Ohren rauschten. Hatte ich mich wirklich gerade bei Archer einquartiert?

Mit dem Telefon noch in der Hand ging ich zurück in das Wohnzimmer.

Elliot kam auf mich zu. »Und?«, flüsterte er mir zu.

Ich nickte. »Ich ziehe bei Archer ein.«

»Dem Typen aus dem Flair?« Er vergrub seine Finger in meinem Unterarm. Ich drehte ihn aus seinem Griff.

»Ist schon okay. So kann Lindy hierbleiben, ich störe nicht mit meinen Stoffen und Ralph und Charles sind beruhigt.«

»Fin, du kennst den doch gar nicht. Oder ist da mehr?«

»Nein! Er wird die meiste Zeit auch gar nicht da sein. Deshalb das Angebot.«

Elliot zog die Augenbrauen zusammen und sah mich aus verkniffenen Augen an. »Das Angebot? Finny, ich weiß, wo seine Wohnung ist. Ich habe die Adresse gesehen. Ich will dir nicht zu nahetreten, aber ich befürchte, auch mit den gestiegenen Bestellungen wirst du dir die Miete dort nicht leisten können.«

»Ich muss nichts bezahlen.« Wenn man es laut aussprach, hörte es sich komisch an.

»Wie? Aber, wieso sollte er dich umsonst dort wohnen lassen? Seid ihr zusammen? Fin, was läuft da?«

Hinter Elliots Rücken verstummten die Gespräche. Mein bester Freund ließ aber nicht locker.

Irgendwie musste ich ihn beruhigen. Und mich auch. »Es sind einfach praktische Überlegungen. Ich brauche mehr Platz, er hat wenig Zeit und würde mich, wenn er in London ist, gerne sehen.«

»Bist du jetzt ein Callboy? Du bezahlst ihn mit Sex? Also, wenn du ein Sexworker sein willst, rede ich dir nicht rein. Aber woher kommt das?«

»So ist das nicht!«, unterbrach ich ihn. »Mal ehrlich, ob ich jedes Mal mitlaufe, wenn er wieder im Flair auftaucht, oder gleich bei ihm bin, wenn er von einer Reise zurückkommt, macht doch keinen Unterschied. Außer, dass wir das WG-Problem gelöst haben und mein Arbeitsweg deutlich kürzer wird.«

»Finley! Das ist doch Quatsch. Niemals ist es damit getan. Da steckt doch was anderes dahinter. Mach das nicht!«

»Was ist jetzt?« Charles stellte sich neben uns. »Ziehst du jetzt aus oder nicht?«

Ich schaute zu Elliot. »Nein.«

Mein bester Freund schloss die Augen und senkte mit einem langen Atemzug das Kinn. »Gut.«

»Ich will weiter offiziell Mieter bleiben. Aber ich ziehe bei Archer ein. Mit Lindy einige ich mich, was sie mir von der Miete ersetzt.«

Elliot riss den Kopf herum und funkelte mich an. »Fin!«

Charles nickte bestimmt. »Alles klar. Lindy, du kannst hierbleiben, solange Fin weg ist. Den Rest klärt ihr untereinander.«

Elliot schüttelte den Kopf, umarmte mich dann trotzdem. »Das wird böse enden. Aber du weißt, wohin du gehst, wenn alles den Bach runterläuft.«

Ich küsste seine Wange. »Danke!«

Er half mir, meinen Kram zu packen, und nach nur zwei Stunden war ich abfahrbereit.

Archer hatte mir sowohl die Nummer von William als auch die von Helen geschickt.

Mein Finger kreiste um den Kontakt von Helen. Irgendjemandem musste ich Bescheid geben, wann ich ankommen würde.

Meine WG konnte es kaum erwarten, damit endlich wieder Ruhe einkehrte.

»Ich bringe dich«, Elliot nahm meinen Rucksack. »Lass uns alles nach unten bringen, einer passt auf und dann kannst du ein Uber rufen.«

»Danke! Fühl mich völlig überfordert.«

Er nickte. »Ich halte es nach wie vor für eine beschissene Idee.«

»Ich will es zumindest versuchen, bis ich die Bestellungen abgearbeitet habe. Ehrlich, das hilft auch mir gerade.«

Elliot sah mich eindringlich an. »Okay. Aber sobald irgendwas nicht passt, bist du da raus. Du rufst mich an und wir beide teilen uns mein Bett.«

»Hier in der WG? Da passt du alleine kaum rein.«

»Das ist egal. Wir finden eine Lösung.«

Ich umarmte ihn und drückte ihn, dass mir selbst die Luft wegblieb. »Was würde ich ohne dich tun?«

»Gute Frage.« Er wiegte uns hin und her. »Egal, wo du bist, ich bin einen Anruf entfernt.«

»Danke!«

Ich schrieb Helen, die mich prompt an Mr Fletcher verwies. Der erwartete uns bereits in Archers Haus.

»Guten Abend, Sir«, begrüßte er mich.

»Guten Abend, Mr Fletcher. Vielen Dank, dass Sie mich in Empfang nehmen.«

Er deutete eine Verneigung an, ohne die Miene zu verziehen. »Selbstverständlich. Ich bringe alles ins Haus, während Sie sich verabschieden.«

»Ich ... ähm.« Mein Blick huschte zu Elliot, der mich mit großen Augen anstarrte.

»Nein!«, wisperte er mir zu. »Ich will sehen, ob das alles okay ist.« Ob er ähnliche Gedanken hegte wie ich, als Archer mir das Angebot unterbreitet hatte? Verstehen könnte ich es, aber vor allem wollte ich diesen Kasten gerade jetzt nicht allein betreten. Ich brauchte jemanden an meiner Seite, dem ich vertraute und der mir Halt gab. Der mich erinnerte, dass ich alles schaffte, was ich wollte. In dem Moment kam William dazu und musterte uns mit gerunzelter Stirn.

»Ähm, Mr Fletcher, Elliot würde gerne helfen.«

Der Hausverwalter zog eine Augenbraue hoch und presste die Lippen aufeinander. »Das wird nicht nötig sein.« Er klang ärgerlich. Hatte er keine Lust, jetzt noch für mich zu arbeiten? Das musste er ja gar nicht. Hatte ich ihn in irgendeiner Form beleidigt? Wir starrten uns schweigend an. Mr Fletcher schob seine Schultern zurück, baute sich vor mir auf. Fast drohend. Ich würde nicht nachgeben. Nicht in diesem Punkt. Schließlich wechselte er mit William einen langen Blick und deutete daraufhin ein Nicken an. »Wie Sie wünschen.«

Gemeinsam schleppten wir meine Taschen – die Nähmaschine, meine Stoffe, die wenigen Sachen, die ich hatte – in das Haus.

Mr Fletcher dirigierte alles in die Mitte des Eingangsbereichs und William beobachtete uns mit verkniffenem Mund.

Ich konnte meine Neugierde fast nicht bändigen. Natürlich hatte ich das alles schon gesehen. Aber ich war in den Momenten so mit Archer beschäftigt gewesen, dass ich nicht auf Details geachtet hatte. Die Kameras, die auf den gesamten inneren Eingangsbereich gerichtet waren, hatte ich bisher definitiv nicht bemerkt.

»Lord Ferringsworth bat mich, Sie in den Haushalt einzuweisen.«

»Wer bitte?« Ich sah William an und schüttelte irritiert den Kopf.

Dieser presste die Lippen aufeinander und musterte mich eingehend. Seine Oberlippe zuckte, als unterdrückte er ein höhnisches Lachen. »Der Earl of Ferringsworth.« Er sagte es so, als müsste ich wissen, wer das war.

Irgendwas entging mir gerade. »Wer soll das sein?«

Elliot zog mich am Ärmel. »Fin, schau mal.«

Er hielt mir sein Handy unter die Nase.

Ich blickte auf die Seite.

Ein Wiki-Eintrag.

»Archer ist Politiker?« Warum erzählte er dann, er hätte ein Unternehmen?

»Meine Güte!« Elliots Stimme war getränkt mit Ungeduld. »Archers Vater ist im House of Lords. Archer ist sein ältester Sohn.«

Von Mr Fletcher kam ein ungläubiges Schnauben. Wir schauten ihn beide an. »Wirklich sooo eine große Überraschung?« Erneut zog er eine Augenbraue hoch. Sein Gesichtsausdruck war eine Mischung aus Zweifel, Ärger und Ungeduld. »Kommen Sie nun? Ich würde dem Earl gerne berichten, dass ich meine Aufgaben nach seiner Anordnung erfüllt habe.«

»Okay?«

Mist. Ich hasste Überraschungen. Egal, was Mr Fletcher andeuten wollte, mich hatten diese Infos komplett kalt erwischt. Auch, wenn das alles recht überstürzt passiert war, hatte ich gedacht, ich wüsste im Großen und Ganzen, auf was ich mich einließ. Anscheinend nicht. Diese Ungewissheit bereitete mir Bauchschmerzen. Gleichzeitig musste ich die Bestellungen fertig machen. Also Augen zu und durch.

In meinem Leben war ich mehr als einmal in einer unangenehmen Situation gewesen. Damit zurechtzukommen, hatte ich gelernt.

Leute sahen immer wieder auf mich herab. Was Mr Fletcher von mir dachte, konnte mir herzlich egal sein. Ich musste weder mit ihm noch sonst jemandem hier befreundet sein. Essen konnte ich mir selbst zubereiten. Wenn mir noch jemand sagte, wo die Waschmaschine stand, war ich bereit für mein Leben hier. Ich würde der autonomste Gast sein, den dieses Haus je gesehen hatte.

»Willst du gehen?« Elliot hatte seinen Arm um meine Hüften gelegt und flüsterte in mein Ohr. Natürlich war ihm die Spannung aufgefallen. Mr Fletcher konnte seinen Missmut mir gegenüber überhaupt nicht mehr verstecken. Aus seinem Blick sprach reine Verachtung. Hatte er was gegen schwule Männer? Warum arbeitete er dann für Archer? Was war sein verdammtes Problem?

Ich schüttelte den Kopf. »Ich bleibe erst mal und rede mit Archer. Danach kann ich mich immer noch umentscheiden«, wisperte ich zurück.

Elliot griff meine Hände und drückte sie. »Okay. Aber falls du Hilfe brauchst ...«

Ich nickte, gab ihm einen Kuss und ließ ihn los.

Mr Fletchers Kälte, mit der er uns ansah, nahm mir den Atem. »Ihr *Freund* geht?« Er betonte das Wort Freund, als wäre Elliot ein Massenmörder, der sich das Haus unter den Nagel reißen wollte, um Partys darin zu feiern. Was bitte stimmte mit diesen Leuten nicht? War es die reine Skepsis Menschen gegenüber, die nicht mit einem goldenen Löffel im Mund geboren worden waren?

Ich nickte nur. Alles in mir sträubte sich dagegen, mich klein zu machen und irgendjemanden zu beweisen, dass ich würdig war, hier zu sein. Ich hasste diese Vorurteile, die einem immer wieder entgegenschlugen.

Elliot ging. Die folgende Tour, mit der Mr Fletcher mir das gesamte Haus zeigte, war unheimlich. Immer wieder betonte er, dass Überwachungskameras das gesamte Areal filmten. Aus Sicherheitsgründen. Der Earl war ein wichtiger Mann. Das hatte ich langsam verstanden.

Nun kannte ich zwar jeden Winkel von Archers Zuhause, kam mir aber so fehl am Platz vor, wie noch nie in meinem Leben.

Als wir in dem Gästezimmer ankamen, befanden sich bereits alle meine Taschen darin.

Mr Fletcher drehte sich auf dem Absatz um und nahm seine Kälte mit sich.

Mir blieben nur noch ein Raum, ein bisschen Luft und ziemlich viele Fragen.

Kapitel 7

»Wende dich an Mr Fletcher, wenn du etwas brauchst.«

Eine Woche bei Archer und die Sprachnachricht war alles, was ich von ihm gehört hatte, auf meine Frage, was ich bei ihm im Haus zu beachten hatte.

Zum Glück hatte ich genügend zu tun, sodass ich mir darüber keine Gedanken machen konnte. Eigentlich.

Immer noch schlich ich in dem Haus herum, um nicht negativ aufzufallen. Damit niemand merkte, dass ich nicht hierhergehörte.

Auch, wenn mir der Hausherr – der Earl of Ferringsworth – offiziell eine Wohnerlaubnis erteilt hatte, hieß das nicht, dass ich tatsächlich hier sein sollte.

Im Flur begrüßten mich bereits die Geräusche aus der Küche und innerlich fluchte ich.

Obwohl mich jeder in diesem Haushalt hasste, wurden sie nicht müde, für mich zu kochen, mir die Wäsche aus der Hand zu reißen, mir jede Kleinigkeit abzunehmen.

Es war unangenehm.

»Mr Parker.«

Verdammt und zugenäht. Helen konnte Frequenzen wahrnehmen, die jedem anderen menschlichen Gehör verschlossen waren.

»Hallo Helen. Wie geht es Ihnen?« Ich trat in den Durchgang zur Küche.

Sie drehte sich nicht mal zu mir um.

»Das Essen ist gleich so weit. Gedeckt ist bereits. Sie können sich setzen. Was wünschen Sie zu trinken?«

Ich atmete tief ein und aus. Höfliche Ablehnung. Es war so offensichtlich, dass sie mich nicht vermissen würde, wenn ich wieder ging. Könnte mir egal sein und war es letztlich auch. Aber ungewollt zu sein, fühlte sich einfach immer beschissen an.

»Es ist nicht nötig, dass Sie für mich kochen. Wirklich. Sehen Sie?« Ich ging zum Kühlschrank. »Da sind die Sachen, die ich für mich eingekauft habe. Ich mach mir einfach ein Sandwich.«

Sie kräuselte die Lippen und hob beide Augenbrauen. »Fünf Minuten, falls Sie sich frisch machen wollen.«

Jeder Muskel in meinem Arm war gespannt, als ich langsam die Kühlschranktür schloss. Spielte es irgendeine Rolle, was ich sagte oder wollte? Nun, in diesem Haus wohl nicht. Oder wollte sie einfach das Essen nicht wegschmeißen müssen, das sie jetzt eh schon zubereitet hatte?

»Okay. Danke für Ihre Mühen. Aber wie ich schon sagte, Sie müssen das nicht für mich machen. Oft weiß ich nicht, wann ich nach Hause komme, oder ob ich mich noch mit Freunden treffe. Es wäre sehr schade, wenn Ihre Arbeit umsonst wäre. Sie können einfach so tun, als wäre ich nicht da. Das wäre mir lieber. Dann habe ich nicht das Gefühl, dass ich Ihnen Umstände bereite.«

»Das wäre Ihnen lieber? Wenn man nicht so genau auf Sie achtet? Das kann ich mir vorstellen.« Sie drehte sich ruckartig um und sah mir direkt in die Augen.

»Äh, ja.« Das hatte ich doch gerade gesagt. Trotzdem hatte ich das Gefühl, wir redeten von zwei verschiedenen Dingen. Ich wollte sie doch nur entlasten.

Ihre Lippen zuckten. So als wollte sie mir noch etwas sagen.

Doch der Moment war so plötzlich vorbei, wie er gekommen war. »Falls Sie nicht entsprechend Ihres *Arbeitsplanes* nach Hause kommen, wird das Essen warm gehalten.«

Sie stellte einen perfekt angerichteten Teller auf meinen Platz am Esstisch.

Polenta. Gemüse. Eine Soße, die nach orientalischen Gewürzen roch. Drei verschiedene Gläser. Bier, Wein, Wasser.

Ich setzte mich und zog die Wasserflasche, die bereits am Tisch stand, an mich. Im selben Moment räumte Helen die beiden anderen Gläser weg.

»Essen Sie doch mit mir, Helen!«, forderte ich sie wie jeden Tag auf.

»Ich arbeite. Im Gegensatz zu ...« Sie warf mir noch einen pikierten Blick zu, vervollständigte den Satz aber nicht, sondern verschwand aus der Küche. Nebenan hörte ich sie durch das Haus rumoren.

Und wie jeden Tag schaute ich mich um. Ich lebte im Luxus. Mutterseelenallein.

Es gab schlimmere Schicksale, das war mir durchaus bewusst.

Trotzdem schmeckte das fantastische Essen schal.

Ich steckte das Bügeleisen an und wartete darauf, dass es heiß wurde, als mein Telefon klingelte.

Hastig griff ich danach. Es rutschte fast aus meinen Fingern.

»Ja?«

»Hallo, Schatz!« Es tat gut, die Stimme meines besten Freundes zu hören. Trotzdem war da ein Funken Irritation in mir, dass wieder nicht Archer am anderen Ende der Leitung war. War es ihm wirklich komplett egal, dass ein wildfremder Mensch in seinem Haus wohnte?

»Elliot! Was ist los? Wieso rufst du an?«

»Darf ich meinen besten Freund nicht einfach anrufen?«

Ich schnaubte vor mich hin und hielt zum Test meine Hand vor die Bügelfläche. »Nein. Ein Telefonanruf ist ein Notfall. Kannst du nicht wie ein normaler Mensch eine Nachricht schreiben?«

»Pfff. Da weiß ich ja, woran ich bin.« Ich hörte das Lachen in seiner Stimme. »Nein, mal im Ernst.«

Shit. Es gab tatsächlich einen Grund, dass er anrief. »Ja?«

»Ich wollte nur wissen, wie es meinem Lieblingsmenschen geht?«

Meine Schultern sackten hinab. »Du musst dir um mich wirklich keine Sorgen machen. Ich lebe hier im Paradies. Bin grade dabei, an einem Tüll zu arbeiten.«

»Mehr Aufträge?«

»Ja, tatsächlich. Nur Einzelteile. Aber trotzdem, ich bin sehr happy damit.« Und genau deshalb stellte ich mir keine Fragen darüber, wie mein außergewöhnliches Arrangement mit dem Earl zukünftig konkret aussehen würde. »So ganz allein ist es schon sehr einsam manchmal. Was sagst du zu einem Netflix-Abend? Ich kann in die WG kommen?« Nach der offensichtlichen

Abneigung Mr Fletchers gegenüber Elliot fühlte es sich immer noch falsch an, jemanden hierher einzuladen.

»Oh, Babe! Das wollte ich dir erzählen. Ich bin für ein paar Tage in Mailand. Also, hoffentlich einige mehr. Die Kampagne soll direkt nach dem Casting starten. Ist das okay? Brauchst du mich? Soll ich heimkommen?«

»Nein! Um Himmels willen! Ich freu mich für dich!«

»Tut mir leid, dass ich nichts gesagt habe. Es ist so viel schief gegangen in letzter Zeit, ich wollte nicht unsere Hoffnung vergeblich hochhalten.«

Das Problem kannte ich zu gut. »Jetzt hat es ja zum Glück was gebracht. Wenn du wieder da bist, treffen wir uns.«

Bei Elliot im Hintergrund wurden Stimmen lauter. »Fin, ich muss. Wenn du okay bist?«

»Klar! Ich muss ohnehin weiterarbeiten.«

»Sobald ich zurück bin, melde ich mich. Küss dich!«

Wir beendeten das Gespräch und ich nahm endlich das Bügeleisen zur Hand.

Es war totenstill im Haus.

Dank der Überwachungskameras überall fühlte ich mich beobachtet und einsam gleichzeitig.

Ein Traum.

Solange Elliot in Mailand war, könnte ich eigentlich in die WG zurück. Das Bett wäre frei.

Ich seufzte in die Stille meines goldenen Käfigs. Das war auch keine Lösung.

Meine Arbeit lenkte mich ab und so schaffte ich zwei Stunden an den Bestellungen. Noch beim Wegräumen meiner Stoffe fiel mein Blick auf mein Telefon, aus dem Musik dudelte.

Ohne weiter darüber nachzudenken, knipste ich ein Foto meiner Entwürfe, die an der Wand klebten, und schickte es Archer.

Kleines Wohnungsumstyling ;)

Anders als zuvor wurde die Nachricht sofort als gelesen markiert. Wie versteinert, starrte ich auf unseren Sprachverlauf, der sich aus drei Nachrichten von mir zusammensetzte.

Die Pünktchen hüpften im Schreibfeld. Verschwanden.

Irritation über mich selbst blubberte in mir hoch. Er hatte klar und deutlich gesagt, dass er keinen Kontakt wünschte. Keine Beziehung. Ein reines Abkommen. Um mir das ganz deutlich zu machen, warf ich das Telefon auf das Bett vor mir.

Im nächsten Moment vibrierte das Smartphone auf der Matratze und schlängelte sich leicht vorwärts.

Was zum Teufel? War das Elliot?

Ich kroch auf das Telefon zu und schaute auf den Namen des Anrufers.

Earl of Ass. Ich war so frei gewesen, ihm den Namen zu verpassen, da er einen feinen Hintern hatte. Und ein bisschen ein Arsch war.

Hastig griff ich nach dem Telefon. Das war meine Gelegenheit. Endlich konnte ich die Fragen loswerden, die mir unter den Nägeln brannten:

Durfte ich Gäste empfangen?

Inwieweit durfte ich das Gästezimmer umbauen, um es für mich praktischer zu gestalten?

Konnte ich Helen irgendwie dazu bringen, mich in der Küche kochen zu lassen, ohne, dass sie mich mit ihren Augen aufspießte?

Wieso fühlte ich mich beobachtet?

Und die restlichen tausend Fragen, die sich so in einem Herrenhaus anhäuften.

Oder kam ich gar nicht dazu und erhielt jetzt eine Standpauke, weil ich mich nicht an unsere Abmachung gehalten hatte und ihn mit Fotos nervte?

Scheiß drauf. Dann zog ich eben wieder aus. Elliots Bett rief schon nach mir. Ich würde eine Lösung finden.

Video-Anruf. Verflucht noch mal. Energisch wischte ich über das Display.

Das Bild flackerte zum Leben.

Der Atem stockte mir.

Archer mit nacktem Oberkörper auf einem Bett.

Seine Haare standen in alle Himmelsrichtungen. Waren sie nass?

Was wollte ich gerade noch von ihm wissen?

»Hey. Du dekorierst also um?« Er grinste schief. Seine Stimme war rauchig und müde. Er wirkte erschöpft.

Ich legte mich gegen die Kissen und strich mir auf der Suche nach Worten durch die Haare. »Ein bisschen. Nicht wirklich. Das sind Entwürfe von mir.«

Er nickte. »Hatte ich vermutet. Aber warum bist du denn im Gästezimmer?«

Ich sah mich um. »Nun, ich bin ein Gast und Mr Fletcher hat mich hierhergebracht. Wo sollte ich also sonst sein?«

Archer strich über seine Brust. »Na, im großen Schlafzimmer.«

»Du meinst in deinem?«

Er nickte. »Das Gästezimmer ist zu klein. Nimm das zum Arbeiten und zum Schlafen geh in das Große.«

»Es geht schon. Warum?«

Archer gähnte. »Weil ich mir gerne vorstelle, dass du dort bist.«

»Mal sehen ...« Bevor ich schon wieder eine Entscheidung traf, musste ich wirklich mal anfangen nachzudenken. »Aber du, was Anderes.«

Er richtete sich auf und so konnte ich etwas mehr von dem Zimmer sehen, in dem er sich befand. Unverkennbar ein Hotelzimmer. Wenngleich auch größer als jedes Hotelzimmer, das ich je gesehen hatte.

»Wo bist du?«, fragte ich. Statt ihm zu sagen, dass ich mich in seinem Haus nicht willkommen fühlte.

Er wandte seinen Blick nach rechts und schwenkte das Telefon mit. Es gab die Sicht auf ein Häusermeer und Lichtertupfen frei. »New York.«

»Wie spät ist es jetzt? Richtig dunkel ist es noch nicht.«

»Sieben abends.«

»Zeit ins Bett zu gehen?«

Er lachte. »Eigentlich nicht. Aber meine Dinner-Verabredung versetzt mich und daher dachte ich, ich nehme mir einen Abend frei, bestelle Roomservice und arbeite hier noch ein bisschen.«

Eine Dinner-Verabredung. Das konnte alles Mögliche bedeuten. Hatte er Dates, die er in sein Hotelzimmer mitnahm? »Und jetzt telefonierst du mit mir.«

Er sah direkt in die Kamera. »Dachte, wenn ich schon Zeit habe, kann ich das abhaken.«

Aha. Was auch immer das bedeuten sollte. »Warum hast du mir eigentlich nicht gesagt, dass du ein Earl bist?« Wieso war es diese Frage, die aus mir herausploppte? Es gab wirklich Dringlicheres zu besprechen.

Sein Brustkorb hob sich. Senkte sich. »Es war nicht wichtig. Ist nicht wichtig. Viele Menschen werden seltsam, wenn sie erfahren, dass ich ein Earl bin. Dass mein Vater ein Earl ist und ich als ältester Sohn den Titel geerbt habe. Es ...« Sein Blick schweifte wieder zum Fenster. »... verändert den Blick mancher Menschen auf mich. Und vor allem ist es nichts, was ich herumposaune. Es hat auch keine Bedeutung für unser Arrangement.«

Ich nickte. Konnte seine Überlegungen verstehen.

»Woher weißt du es überhaupt«, hakte er nach.

»Mr Fletcher hat es erwähnt.«

Archer seufzte. »Der sollte es besser wissen, aber nun gut.«

Wir schwiegen uns an. Hatten wir uns etwas zu sagen?

Archer richtete das Kissen hinter seinem Kopf zurecht. »Und deine Eltern?«

Beinahe hätte ich laut gelacht. Aber eigentlich waren unsere Klassenunterschiede nicht witzig. »Meine Mum ist Krankenschwester. Sie arbeitet für den NHS.«

»Wow. Das ist ein harter Job.«

Überrascht sah ich auf. »Das ist es. Die Schichtarbeit. Die Pflege. Die Menschen. Knochenarbeit.«

Archer nickte. »Die Säulen unserer Gesellschaft. Durch Geld nicht zu ersetzen.«

»Leider versucht man das auch gar nicht. Ich meine, Anerkennung durch Geld zu zeigen.«

Archers Blick bohrte sich durch den Bildschirm in mich. Er hatte seine entspannte Mimik fast gänzlich verloren. »Das ist wohl wahr. Und dein Dad? Meiner sitzt im House of Lords, wie du weißt.«

Ich verzog den Mund. Die Frage verhagelte nun mir die Laune. »Hat meine Mum verlassen. Ist verschwunden. Wir haben ihn nie wieder gesehen.« Eigentlich war es fast erstaunlich, dass er sich solche Mühen gegeben hatte, ein Doppelleben zu führen, um dann alles hinzuschmeißen, als er aufgeflogen war. Aber gut. Jeder Gedanke an ihn war ein verschwendeter Gedanke. »Meine Mum ist alleinerziehend. Ich hab drei jüngere Geschwister, die noch daheim wohnen.« Bei allem, was sie für uns Kinder tat, ein gutes Händchen bei der Männerauswahl fehlte ihr. Das war aber nun genug von mir. »Und du? Hast du Geschwister?«

»Weißt du das nicht? Hast du mich nicht gegoogelt?«, wollte er mit schnippischem Unterton wissen. So als hätte er mich bei einer Unwahrheit erwischt.

»Nein«, gab ich ganz knapp zurück. »Da du mir überhaupt nichts über dich oder deine Familie erzählt hast, hab ich es dabei belassen. Es gibt sicher einen Grund, wieso du es mir nicht gesagt hast.«

Archer sah mich an. Man konnte ihm beim Denken zusehen. Schließlich lockerte sich der verbissene Zug um seinen Mund. »Es ist kein Geheimnis. Die meisten Menschen, mit denen ich zu tun habe, wissen es. Aber wie gesagt, es ist kein wichtiger Aspekt in meinem Leben.«

»Okay. Das verstehe ich. Er macht dich nicht aus.«

Er nickte langsam.

»Ich war nur im ersten Moment überrascht«, setzte ich hinterher.

»Und was machst du nun mit der Info?«, bohrte er weiter.

»Nichts. Wie jeden anderen frage ich dich nach deinen Geschwistern aus. Du hast gesagt, du bist der älteste Sohn.«

Er neigte den Kopf leicht und nestelte unterhalb des Bildschirms an sich herum. »Bin ich. Ich habe noch eine jüngere Schwester und einen jüngeren Bruder.«

»Wir sind also beide große Brüder.«

Er hielt inne und grinste wieder. »Das sind wir.«

Ich ließ die Spannung in meinem Körper los und sank tiefer in die Kissen. »Eine große Verantwortung.«

»Das ist es, ja.« Er sprach so leise, dass ich ihn kaum hören konnte. »Was bist du für deine Geschwister?«, wollte er wissen.

»Hauptsächlich nicht da«, kam es viel zu schnell aus mir. Ich presste die Lippen zusammen. Das hatte ich gar nicht sagen wollen.

Archer runzelte die Stirn. »Wie meinst du das?«

»Ich bin mit achtzehn ausgezogen. Hab mein eigenes Geld verdient, um meiner Mum nicht mehr auf der Tasche zu liegen. Gleichzeitig war ich aber auch keine Unterstützung mehr für sie.«

Er sah mich an. Überlegte. Himmel, er tat nichts einfach so. »Macht sie dir Vorwürfe?«

»Nein!«, verteidigte ich sie sofort. »Überhaupt nicht.«

»Machst du dir Vorwürfe?«

Seine Frage knotete meinen Magen zusammen. Ich wollte mich nicht damit beschäftigen. Nickend griff ich nach der Decke und zog sie zu mir hoch. »Ja. Ich weiß, dass ich mehr tun könnte. Mehr Geld verdienen. Ihr davon abgeben. In ihrer Nähe wohnen, um auf meine Geschwister aufzupassen, statt Träumen von großen Designs nachzuhängen.«

Wieder musterte er mich eine gefühlte Ewigkeit. »Sagt sie das zu dir?«

Und wieder schüttelte ich den Kopf. »Nein! Sie sagt, ich soll meinen Träumen folgen.« Ich kaute auf meiner Unterlippe. »Aber das ist egoistisch.«

»Du bist ein Vorbild für deine Geschwister.«

Ich schnaubte. »Wohl kaum.« Seine Augen waren ruhig auf mich gerichtet. »Und du? Bist du auch ein Vorbild für deine Geschwister?«

Archer lachte laut und humorlos. »Ich? Nein! Ganz und gar nicht. Das Gegenteil. Meine Geschwister sind toll. Begabt. Talentiert. Richtig große Erfolge.« Er sah an der Kamera vorbei. So als wich er meinem Blick aus.

»Und was bist du dann? Du wirkst mir jetzt nicht gerade wie ein Überbleibsel.«

Er verunglücktes Schmunzeln kräuselte seine Lippen. Bitter? Zynisch? »Ich ... Oh. Ein anderer Anruf. Da muss ich ran gehen. Zieh in mein Schlafzimmer um!«

Ich nickte. »Klar. Dann ...«

Er hatte das Telefonat bereits beendet.

»Okay ...« Ich zog das Wort laut vor mich hin.

Und alle meine Fragen blieben bis auf Weiteres unbeantwortet.

Kapitel 8

Mai

Die Kante der Küchenarbeitsplatte bohrte sich in meinen unteren Rücken.

Innerlich fluchte ich. Nicht wegen der Platte. Sondern wegen der Mail. Schon wieder eine Absage für Ausstellungsfläche. Meine Designs waren vielversprechend, aber ...

Das berühmte Aber.

Und von Archer hatte ich seit unserem Gespräch vor einer Woche auch nichts mehr gehört oder gesehen.

Dennoch – oder gerade deswegen – konnte ich es nicht lassen, ihn anzupieken.

Unser Gespräch hatte mich neugierig auf ihn gemacht. Das, was er gesagt und wie er über seine Geschwister geredet hatte, geisterte in meinem Kopf herum.

Was machte seine Geschwister so großartig, dass er kein Vorbild für sie sein konnte?

Ich hatte keinen Zweifel, dass der Anruf, der meine Frage danach unterbrochen hatte, wichtig gewesen war. Jedoch war Archer erleichtert gewesen, ihr so schnell auszuweichen. Dabei hatte er mit ziemlicher Treffsicherheit in meiner Kindheit herumgebohrt.

Ich schoss ein Foto von meinen Kochutensilien und schickte ihm das Bild.

Re-decoration Teil 2.

Die Küche und ihre Bestandteile.

Pfff. Als ob ihn das aus der Reserve locken würde.

Irritiert über mich selbst, steckte ich mein Smartphone in meine Hosentasche und riss die Packung Würstchen etwas zu energisch auf. Das Kartoffelpüree aus der Tüte zog bereits in einer Schüssel und die Pfanne war endlich heiß genug.

Das Fett spritzte um die Veggiewürstchen, als ich sie in das Öl fallen ließ.

»Was?« Helen brauste in die Küche und zog die Pfanne vom Herd. »Was um Himmels willen tun Sie denn da?«

Verärgert runzelte ich die Stirn. »Essen zubereiten? Ich hab Überstunden abgefeiert und jetzt habe ich Hunger, also koche ich mir was.« Und meinen Standpunkt hatte ich nun schon mehrfach klargemacht. Es war ihre Sache, wenn sie Archer den Arsch hinterhertragen wollte und er das mochte – oder sogar erwartete. Aber das war nicht ich und das wollte ich auch nicht werden. Ich konnte mich selbst versorgen, so machte ich schließlich auch weniger Arbeit. »Es ist doch einfacher, ich mache das selbst schnell, als Ihnen Bescheid zu geben!«

Helen beäugte die leere Püreepackung. »Das ist kein Essen, das ist ein Zustand. Sie wühlte im Müll nach der Verpackung der Veggies und las die Zutatenliste. »Wenn Sie so was wollen, sagen Sie es mir. Ich kann das mit Bohnen machen. Muss ich aber vierundzwanzig

Stunden einweichen lassen. Ich garantiere, das schmeckt tausendmal besser als dieser Fraß.«

Energisch drückte ich meine Schultern durch. Das war meine Lieblingsmarke. Fraß. Von wegen. Nur weil sie mit Delikatessen arbeitete, hieß das nicht, dass alles andere Fraß war. Ich liebte dieses Gericht. Es war ein Stück Zuhause für mich. Eines, das ich in der Kälte dieses Bauwerkes dringend nötig hatte.

Sie presste die Lippen aufeinander und ich nahm ihr die Pfanne ab. Sacht, sodass sie keinen Ton von sich gab, stellte ich sie auf der Herdplatte ab.

»Mir schmeckt es«, meinte ich kurz angebunden.

Sie stemmte die Hände in die Hüften. »Sagen Sie mir einfach, was Sie essen möchten, dann bereite ich es zu. Das ist meine Aufgabe.«

Unwillkürlich wich ich leicht zurück. Wollte sie gar nicht einfach ätzend sein? Hatte sie vielmehr Sorge, Archer könnte ihr vorwerfen, dass sie ihren Job nicht machte?

»Niemand wird erfahren, ob Sie kochen oder nicht. Seit ich dreizehn bin, versorge ich mich selbst und meine Familie. Nur weil ich hier wohne, muss ich das nicht aufgeben. Ich kann auch selbst waschen. Klamotten sind sozusagen mein Geschäft.«

Sie ließ ihre Arme sinken und musterte mich, als sähe sie mich zum ersten Mal.

»Und kochen ist mein Geschäft«, stellte sie resolut klar.

»Dann kochen Sie für sich und Mr Fletcher und William.« Ich wollte niemandem zur Last zu fallen. Was auch immer ich mit Archer verabredet hatte, betraf diesen und mich. Klar arbeitete sie für den Earl. Trotzdem waren seine Angestellten nicht Teil unseres Deals. Zumindest fühlte es sich für mich nicht so an.

»Damit wird er aber nicht einverstanden sein, wenn er es wüsste.« Schon wieder sah sie mich an, als wäre ich ein Weltwunder.

»Wer wird nicht einverstanden sein? William? Mr Fletcher?«

Sie schüttelte den Kopf. »Archer natürlich. In diesem Haus gibt es Regeln, und das aus gutem Grund. Es bringt nur Ärger, wenn jemand meint, er wüsste es besser.«

Langsam wusste ich auch nicht mehr, was ich sagen sollte. »Helen!« Ich deutete auf mein Essen. »Das ist mein Comfort Food. Das hat meine Mum immer gemacht. Ich wohne hier in einem riesigen Haus, mit Leuten, die mir fremd sind und offenbar auch wollen, dass es so bleibt, was ich respektiere. Und ich habe heute eine Absage von einem exklusiven Laden für meine Designs erhalten. Das Einzige, was ich mir jetzt wünsche, ist meine Lieblingswurst und das Kartoffelpüree zu essen, das ich mit meiner Mum verbinde! Okay?«

Sie trat einen Schritt zurück und ließ ihren Blick über die Küche schweifen. »Sie können hier machen, was Sie wollen, Sie sind kein Gefangener. Aber das« Sie deutete auf mein Essen. »wird Archer nicht glücklich machen.« Ohne auf meine Antwort zu warten, stapfte sie davon.

Was sollte das überhaupt heißen? Das würde Archer nicht glücklich machen. So what? Ich war nicht hier, um den Earl glücklich zu machen. Wie sollte ich das überhaupt anstellen, wenn er sonst wo in der Welt unterwegs war?

Mein Telefon vibrierte und ich war versucht, es zu ignorieren.

Aber Elliot hatte versprochen, sich zu melden, und ich konnte jetzt wirklich ein nettes Wort meines besten Freundes brauchen.

Zu meiner Überraschung war es ein erneuter Videoanruf von Archer.

Um ihn herum war es dunkel. Lichterflackern erhellte sein Gesicht und im Hintergrund konnte ich die nächtlichen Umrisse einer Stadt erkennen.

»Hey.« Ich war so erschöpft.

Archers Blick wurde sogleich weich. »Was ist los?«

Ich lachte. »Was soll los sein? Ich bin einfach erledigt.« Lächerlich. Er war wahrscheinlich wieder seit fünf Uhr morgens unterwegs und mich brachte mein unbedeutender Arbeitsalltag, eine kleine Absage und Streit mit Archers Köchin so aus dem Tritt, dass ich mich im Bett verkriechen wollte.

»Du wirkst müde. Hast du alles, was du brauchst?« Archer verfiel sofort in einen fürsorglichen Ton, der mich einnahm.

»Archer, du musst dich nicht um mich kümmern.« Das hatten wir vor allem so vereinbart. Es ging hier nur um die Wohnung.

»Das sagt sich so leicht, wenn du mit Augenringen und völlig erschlagen in meiner Küche stehst. Ein gewisses Verantwortungsgefühl drängt sich da bei mir auf.«

Ich musste schon wieder lachen. »So gestelzt, wie du daherredest, könnte man meinen, ich wäre ein Findelkind, das du gefunden hast und für das du die Vormundschaft übernehmen möchtest.«

Er deutete ein Kopfschütteln an, indem er das Kinn leicht zur Seite zog. »Glaube mir, davon sind meine Gedanken weit entfernt.« Archer räusperte sich und schaute um sich.

»Bist du allein?«, säuselte ich trotz Müdigkeit und schlechter Laune ins Telefon.

»Nein«, brummte er und mein Lachen brachte auch ihn zum Schmunzeln.

»Wo bist du eigentlich? Wieso ist es schon dunkel?«

»Ich bin mittlerweile in Singapur. Dort ist unser Hauptsitz.«

»Nicht in London?« Wir hatten nie über seine Geschäfte gesprochen, ich hatte aber immer angenommen, dass hier in meiner Heimatstadt auch sein Zuhause war.

»Gegründet habe ich Ferringsworth Enterprises in London. Die Niederlassung in Singapur ist aber mittlerweile größer als die in London.« Er drehte sich mit dem Telefon um, sodass ich hinter seinem Gesicht nicht mehr Stadt, sondern Bar sah. »Wird ja auch von meiner Schwester geleitet.«

»Deiner Schwester?«

»Hm? Ja. Sie ist hier. Also in Singapur. Nicht hier bei mir. Wir hatten ein Treffen mit möglichen Investoren und da ich hier im Hotel übernachte, bin ich zurückgeblieben.«

Mit einer Hand richtete ich Püree und Veggiewürstchen auf einem Teller an und balancierte alles in mein Zimmer.

Ich setzte mich auf das Bett und stellte mein Abendessen zwischen meine Beine. »Ist das cool, mit der Schwester zu arbeiten? Ich kann mir grade nicht mal vorstellen, dass mein Bruder Thomas bei uns im Laden arbeitet. Auch wenn ich es nicht wollte, würde ich ihm dauernd auf die Finger schauen, dass er keinen Mist verzapft.«

Archer schaute mich kurz an. Mit verkniffener Miene, fast gequält, und drehte dann das Telefon zur Aussicht über die Stadt. »Meine Schwester braucht niemanden.« In seiner Stimme schwang Frust mit.

»Das ist toll?« Ich sprach zu einer Stadt.

Er drehte mich wieder zu sich. »Wie war dein Tag? Es gibt einen Grund, wieso du so down bist. Normalerweise sprühst du nur so vor Energie. Jetzt wirkst du wie ein Luftballon, dem die Luft ausgegangen ist.«

»Oh, charmant ist etwas anderes, Archer. Das lass dir gesagt sein.«

Seine Augen blitzten. »Das habe ich anders in Erinnerung.«

»Wenn dich die mal nicht täuscht, so lange wie sie zurückliegt.« Herausfordernd hob ich meine Augenbrauen.

Mit einem Schmunzeln auf den Lippen lächelte er. »Touché. Und jetzt rück raus. Sonst mach ich mir wirklich noch Sorgen.«

»Und das wolltest du doch nicht«, konnte ich mir nicht verkneifen.

Er neigte den Kopf. »Richtig. Aber anscheinend lässt es sich nicht vermeiden.«

Ich seufzte und fuhr mit einem Würstchen durch die Kartoffelpampe. »Ich habe heute von einer Ladenbesitzerin, die Ausstellungsfläche anbietet, eine Absage bekommen.« Der Groll und Frust stiegen wieder in mir hoch. Energischer als gewollt biss ich in die Wurst. Mhm. Wenigstens die war, wie ich es mir vorstellte.

Ich genoss den vertrauten Geschmack einen Moment mit geschlossenen Augen.

Als ich sie wieder öffnete, traf mein Blick direkt Archers. Seine Lippen waren leicht geöffnet.

Mit der Hand vorm Mund lachte ich. »Ein Würstchen in meinem Mund? Wirklich?«

Ertappt machte er eine wegwerfende Handbewegung. »Ich hab dich seit fast drei Wochen weder gesehen noch berührt. Natürlich macht das was mit mir, wenn du so vor mir Würstchen isst.«

Er hatte *mich* nicht gesehen. Ob er sich so streng an unsere Exklusivitätsvereinbarung hielt? Niemals würde ich ihn fragen. Es ging mich nichts an. Ich hielt mich dran.

Archer sah mich wieder an und senkte die Stimme. »Ich habe auch sonst niemanden berührt, seit du das letzte Mal bei mir warst. Das, was ich zu dir gesagt habe, gilt auch für mich.«

Nur, dass das für mich mittlerweile nicht nur eine Vereinbarung war. Für mich war es kein simples Verbot mehr, niemanden anderen zu treffen. Ich *wollte* niemand anderen. Scheiße. Diese Erkenntnis half mir kein bisschen weiter. Sie widersprach auch eindeutig Archers Bedingungen, keine Beziehung zu führen und ein rein sexuelles Arrangement zu haben. Egal wie oft er in meinen Gedanken herumgeisterte. Nickend sah ich auf den Teller vor mir. »Ich auch. Du kannst dich darauf verlassen. Ich halte mich an unsere Abmachung. Exklusivität für die Dauer unserer Vereinbarung.« Den Rest bekam ich schon in den Griff.

»Gut.« Wir starrten uns an. »Und was war jetzt mit dem Laden?«

Ich seufzte und rührte wieder im Püree. »Ich habe diesmal, um meine Sachen wirklich zur Geltung kommen zu lassen, meine letzten exklusiven Stoffe vernäht. Ach, lustig, dass du gerade in Singapur bist. Das waren meine letzten Reste von einem befreundeten Designer, dem ich ein bisschen Tencell aus Singapur abkaufen konnte. Umweltschonend und super weich. Diese besondere Herstellung sollte das traditionelle Songket imitieren. Ein Gemisch aus Seide und Baumwolle. Durch die Verwebung von Goldfäden erhält der Stoff einen besonderen Glanz. Mein Tencell hatte das auch. Gleichzeitig ist es einen Schritt weiter von dem klassischen Stoff entfernt, der für sehr traditionelle Gewänder verwendet wird. Irgendwie hatte ich mich damit nicht wohl gefühlt. Mit dem Tencell hatte ich den perfekten Kompromiss gefunden. In der Tradition, ohne Grenzen zu überschreiten und ohne auf Qualität zu verzichten. Aber, na ja. Shit. Ich müsste mich jetzt melden, damit die mir wenigstens die fertigen Shirts zurückschicken.« Ich warf mich rückwärts aufs Bett. »Ich hab keine Lust. Ich will meine ganze Anfrage vergessen.«

»Jede Niederlage ist ein Schritt zu mehr Erfahrung. Auch, wenn es sich wie ein Kalenderspruch anhört, ich bin sicher, dass du daraus lernst und nächstes Mal einen Schritt weiterkommst.« Ich hörte Archers Stimme nur dumpf zu meinen Füßen. »Alles, was du sagst, deutet auf deine Umsichtigkeit hin. Das kommt dir irgendwann zugute. Jede Aktion ist ein Schritt hin zum großen Ziel. Auch wenn sich manche wie Rückschläge anfühlen. Ausdauer wird sich für dich auszahlen. Davon bin ich überzeugt.«

»Ich will jetzt keine aufbauenden Worte. Ich will jetzt nur hören, dass die Londoner Modewelt dämlich ist, weil sie nicht erkennt, wie genial ich bin.«

Archers Lachen war es, das mich in eine aufrechte Sitzposition zurücktrieb. »Okay. Die Londoner Modewelt ist ignorant und überholt. Sie erkennt ein Genie wie dich nicht, wenn es ihnen auf die Füße fällt.«

Ich verzog das Gesicht. »Der erste Teil war gut. Der Zweite hat es überzogen.«

»Dann denk ihn dir weg.«

»Ah«, jammerte ich. »Geht nicht mehr.« Schnell verschlang ich eine weitere Wurst. »Und jetzt erzähl mir was von Singapur, und was du heute gemacht hast. Hast du heute einen Deal durchsetzen können?«

Er nickte verhalten. »Hab ich.«

»Pfff. Ich sollte mich von dir beraten lassen, wie man erfolgreich Geschäfte führt.«

»Ich bin sicher, du machst das schon alles richtig.«

»Archer!« Die Frauenstimme bei Archer war warm und eindringlich.

Er verdeckte das Display mit seiner Hand, sodass es schwarz wurde. »Ich komme sofort.«

»Willst du deine Zimmerkarte zurück?«, fragte die unbekannte Frau weiter.

»Nein, behalte sie. Ich komme sofort nach.«

Ein seltsames Nagen in meiner Magengegend deutete auf Hunger hin. Oder eine Magenverstimmung. Oder auf Unsicherheit, weil fremde Frauen anscheinend Archers Zimmerkarte als ihr Eigentum ansahen.

Er hob das Telefon und schaute mich an. »Ich muss.«

»Wer war das?«, platzte es aus mir hervor.

Archers Gesichtszüge wurden hart. Kalt starrte er mir direkt in die Augen. »Nicht, dass es dich irgendetwas anginge, aber es war meine Assistentin.«

»Ich dachte, alle sind schon weg. Du bist der Einzige deiner Firma im Hotel?«

Er hob die Augenbrauen. Spöttisch. Verächtlich. »Siobhan bleibt selbstverständlich bei mir. Und Finley – ich diskutiere nicht mit dir über Sachen, die du nicht verstehst und die weit über das hinausgehen, was ich dir anbiete! Unterstellungen, ich würde mich nicht an unsere Abmachung halten, verbitte ich mir. Ich bin sehr wohl fähig, unsere doch sehr simple Vereinbarung zu verstehen. Hoffentlich gilt das auch für dein hübsches Köpfchen.«

Mein Mund klappte auf. Kein Wort kam heraus. Archer beendete den Anruf.

Das Abendessen in meinem Magen rumorte.

Was für ein Arschloch.

Tränen stiegen mir in die Augen. Mich so runterzumachen. Was bildete er sich ein?

Wie kam er dazu, so mit mir zu reden?

Mit zittrigen Fingern schrieb ich Elliot.

Kannst du telefonieren?

Keine Minute später rief er mich an. »Was ist passiert?«

»Ich …« Mir stockten die Worte. Was wollte ich eigentlich sagen? »Archer …«

»Ganz ruhig. Was hat er getan?«

Was hatte Archer getan? Nur das, was er von Anfang an – vorher – gesagt hatte. Zwischen uns war nichts, außer einem Arrangement.

»Elliot, ich weiß nicht. Archer ...« Ich holte tief Luft. »Er ist einfach so ein Arschloch.« Ich fasste die letzten Tage und unser Gespräch von soeben zusammen.

»Im einen Moment flirtet er mit mir, wegen dieser dämlichen Wurst, fragt nach meinen Designs, ist interessiert und schmeichelhaft und in der nächsten Sekunde kanzelt er mich ab, als wäre ich keine fünf Pence wert. Wir reden über mein Geschäft, das ist in Ordnung. Wenn ich mich erdreiste zu fragen, was die Frau in seinem Zimmer macht, flippt er aus. Elliot, ich bin so aufgewühlt. So hat lange niemand mehr mit mir geredet. Woher sollte ich wissen, dass das seine Assistentin ist? Das kann man doch auch anders sagen, ohne beleidigend zu werden.«

Mein bester Freund hörte mir schweigend zu und holte schließlich tief Luft. »Vereinbarung hin oder her. Das ist manipulativ. Heiß. Kalt. Eine absolute Red Flag. Der ganze Typ. Nicht nur sein Verhalten.«

Ich fuhr durch meine Haare. »Aber ich will ihn ja nicht daten. Ich will nur ... hier in Ruhe leben.« Arbeiten.

»Aber offensichtlich kannst du das nicht, wenn dich das so mitnimmt. Egal, was ihr vereinbart habt, das gibt ihm nicht das Recht, so mit dir zu reden.«

»Ich weiß. Und ich hasse es auch.«

»Also?«, bohrte Elliot nach.

»Also?«

»Dann ziehst du aus! Komm zurück. Lindy und Freddie sollen mal in die Gänge kommen. Bis dahin kommst du bei mir unter.«

Bei der Vorstellung an Elliots Klamotten-Wahnsinn, mit dem er sich umgab – in seinem Zimmer, das zwei Schritte breit und drei lang war – bekam ich Schnappatmung.

Ich schaute mich um. Auf meinen Arbeitsplatz, den ich mittlerweile eingerichtet hatte. Zu dem riesigen Kleiderschrank, in dem alle meine Sachen waren. Einem weiteren Schrank, in dem ich Stoffe lagerte. Ich dachte an die Tatsache, dass ich über eine Stunde morgens länger schlafen konnte, um zur Arbeit zu kommen. Andererseits waren meine Familie und Freunde eine halbe Weltreise entfernt. Aber die sah ich auch so kaum, da mich die Arbeit und das Pendeln zwischen der Innenstadt und meinem Zuhause so viel Zeit kosteten, dass für Besuche kaum welche blieb.

Innerlich wies ich mich zurecht. Es war nichts Außergewöhnliches passiert. Archer wahrte seine Grenzen, die er klar ausgedrückt hatte. Seinen Ton würde ich ignorieren. Wir hatten definitiv nicht vereinbart, *wie* wir miteinander kommunizierten.

Und ich hatte hier meine Ruhe. Genügend Platz zum Arbeiten. Einen entspannten Arbeitsweg.

Nichts auf der Welt gab es ohne den einen oder anderen Wermutstropfen. Das hier war ein Kindergarten im Vergleich zu anderen Problemen, die ich bereits gehabt hatte.

Dass sich Archers Worte in mich gebohrt hatten, in mir brannten, weil sich meine Gefühle einen Schritt über die Absteckung unserer Vereinbarung hinausgewagt hatten, war meine eigene Schuld.

Die Situation war nichts anderes als ein Realitätscheck gewesen. Vermutlich reagierte ich nur deshalb so extrem sensibel darauf, weil mich bereits die Absage der Ausstellungsfläche so getroffen hatte.

Erneut ließ ich den Blick über den riesigen Arbeitstisch gleiten, den ich mit einer Platte von Craigslist zusammengebastelt hatte. Mr Fletcher war knapp an einem Herzinfarkt vorbeigeschrammt, als er sie gesehen hatte.

Der Tisch war so groß wie mein Zimmer in der WG.

Nein. Vom Earl of Ass ein bisschen angeblafft zu werden, war nichts gegen die Vorteile, die ich aus dem Arrangement zog.

Er nahm sich, was er wollte, ich das, was ich brauchte. Das machte uns nicht zu schlechten Menschen. Machte es uns zu Geschäftspartnern?

»Ich glaube, ich bin es nur nicht gewohnt, alleine zu leben. War grade gestresst, sodass mich das auf dem falschen Fuß erwischt hat. Es ist alles gut.«

Elliot brummelte vor sich hin. »Bist du dir sicher?«

Entschieden nickte ich, obwohl mich Elliot nicht sehen konnte. »Ja. Alles bestens. Ich werde mir einfach das nehmen, was gut für mich ist. Den Rest lass ich an mir abperlen.« Genau wie Archer es tat.

Kapitel 9

»Finley, es war toll, dich wiederzusehen!« Mel, eine Designerin, mit der ich im Modeinstitut gewesen war, drückte mich noch mal an sich. »Wir müssen das wiederholen. Und nicht erst in zwei Jahren.«

Wir verließen das Café und traten auf die Kensington High Street. Ich hatte ihrem Vorschlag, in diesen völlig überteuerten Laden zu gehen, zugestimmt, da ich – seit ich bei Archer eingezogen war – unfassbar viel Geld gespart hatte, zum Beispiel für Bahntickets oder Essen. Meine Miete hatte Lindy mittlerweile ganz übernommen.

»Es hat mich auch gefreut, Mel. Und schick mir die Einladung für die Eröffnung deines Ladens. Ich werde da sein.«

Anders als ich hatte sie genügend Geld zusammengekratzt, um ihren Internetshop in einen Showroom im Zentrum Londons auszulagern.

Es war nicht Neid, der sich durch mich fraß wie ein Wurm. Es war nur der Frust, dass meine eigene Reise so lange dauerte.

»Danke! Das bedeutet mir viel. Und ich werde Ryota vom Online-Magazin, von dem ich erzählt habe, auf dich aufmerksam machen. Wo musst du jetzt hin? Gehst du zur U-Bahn?«

Ich schüttelte den Kopf. »Sind nur ein paar Schritte zu mir nach Hause.« Von meiner Wohnung zu sprechen, war ausgeschlossen. Archers Haus war auch nicht mein Zuhause. Aber mehr das als irgendetwas, was mir gehörte. Ich erklärte ihr den Weg in die kleine Seitenstraße voller schicker Häuser und sie riss die Augen immer weiter auf.

»Wow! Das ist ja mal cool. Wenn Ryota für deine Vorstellung in dem Magazin hier Bilder machen könnte, wäre das fantastisch. Er liebt diesen viktorianischen Stil.«

Es fühlte sich an, als schmückte ich mich mit falschem Lob. Unangenehm berührt verzog ich abwehrend den Mund. »Es ist eher edwardianisch als viktorianisch.«

Das schmälerte Mels Begeisterung kein bisschen. »Wow! Das gibt sicher tolle Bilder. Ich geb ihm Bescheid.«

Wir trennten uns und ich trottete zu meinem Domizil.

Meine Finger zuckten an meiner Seite, als ich in die Straße von Archers Haus einbog.

Egal wie oft ich den Chat kontrollierte, es würde keine Nachricht von ihm auftauchen. Keine Erklärung, wieso er mich so niedergemacht hatte.

Zu sehen waren nur die Bilder, die ich ihm geschickt hatte, und meine Textnachrichten. Wenn er sich gemeldet hatte, hatte er mit Video angerufen.

Ich hatte mich entschlossen, zu bleiben, also musste ich das Thema auch abhaken. Er schuldete mir keine Nettigkeiten. Bei unserem Deal ging es vielmehr um ...

Wie angewurzelt blieb ich stehen. Wie um Himmels willen sollte ich mit ihm umgehen, wenn er zurückkam? Wenn er Sex wollte. Als Gegenleistung dafür, dass ich hier wohnte.

Fuck! Er würde mich nicht zwingen. Aber ... Nein!

Als wäre der Leibhaftige hinter der Tür, ging ich auf das Haus zu. Was würde ich tun, wenn er plötzlich vor mir stand? So tun, als hätte es seine miese Aktion nie gegeben? Wahrscheinlich die schlaueste Lösung, auch wenn sie mir die Luft abschnürte und sich falsch anfühlte. Ich sollte ihn nicht so mit mir umspringen lassen.

In Zeitlupe öffnete ich das Schloss und schob die Tür auf. Was gäbe ich in dem Moment für Röntgenaugen. Nur einmal das Haus durchleuchten, um sicher zu sein, was mich erwartete.

Angespannt wie ein Bogen lauschte ich nach irgendwelchen Geräuschen. Doch einzig Totenstille erwartete mich.

Was seltsam war, da Helen immer um diese Zeit herumwuselte. Sei es, um mich mit dem Essen zu nerven oder mir Vorträge darüber zu halten, dass ich den wechselnden Putzkräften gefälligst die Wäsche zum Reinigen überlassen sollte.

Ich tappte vorsichtig in den Vorraum, fast so, als könnte jeder unüberlegte Schritt eine Bombe zum Detonieren bringen.

Nichts und niemand.

Auch die Küche war leer.

Eine Befreiung.

Das erste Mal, seit ich hier war, hatte ich das Gefühl, nicht unter Beobachtung zu stehen.

Ich atmete tief durch. Wow. So frei hatte ich mich seit Wochen nicht gefühlt.

In der Küche fand ich Kichererbsencurry, Reis und einen Zettel von Helen.

Bitte bedienen Sie sich.

Bitte. Seit wann bat sie mich um irgendwas? Ein Teil von mir sperrte sich dagegen, das Curry zu essen, aber es roch unheimlich lecker und ich hatte Hunger, weil ich bei meinem Treffen mit Mel nur einen Kaffee getrunken hatte. Außerdem war es vielleicht ein Friedensangebot von Helen. Vielleicht glaubte sie mir endlich, dass ich hier nur meine und ihre Ruhe wollte.

Ich schnappte mir einen Löffel und baute mir die perfekte Portion aus allen Komponenten darauf zusammen.

Das Paket landete in meinem Mund und meine Geschmacksnerven überschlugen sich. Verdammt war das lecker.

Ich verdrückte alles bis zum letzten Reiskorn.

Satt und zufrieden blickte ich auf das Geschirr. Es juckte mir in den Fingern, es abzuwaschen und wegzuräumen, wie ich es zuhause gelernt hatte, aber ich hatte den Verdacht, dass Helen darüber eher verärgert als erfreut wäre. Seufzend entschied ich mich für einen Kompromiss und räumte es zumindest in den Geschirrspüler. Das zeigte hoffentlich meinen guten Willen.

Ihre Nachricht fiel mir erneut ins Auge. Ohne weiter nachzudenken, schnappte ich mir einen Stift aus meiner Tasche.

Danke! Es war unfassbar lecker! Fin

Was ihr Problem mit mir war, würde ich wohl nie herausfinden. Trotzdem konnte ich höflich sein.

Gemächlich ging ich die Treppe zum Gästezimmer hinauf und blieb wie vom Donner gerührt stehen.

Direkt davor stand eine riesige Kiste. Ein Postpaket.

Aus Singapur.

Der Absender sagte mir gar nichts.

»Mr Fletcher? William?« Ich rief planlos in den luftleeren Raum. »Helen?« Niemand antwortete.

Mit dem Fuß schob ich das Paket in mein Zimmer.

Es war ziemlich schwer.

Als Empfänger war eindeutig ich genannt. Nicht Archer oder einer der Angestellten.

Mit der Schere trennte ich den Klebstreifen auf. Der Deckel ploppte auf einer Seite auf und ich lugte hinein.

Seidenpapier.

Ich zog es weg. Ein Kuvert und ... mir stockte der Atem. Stoff. Pfundweise Stoff. Tencell. Mit klammen Fingern zog ich ihn aus dem Karton.

Wertvolleres Material hatte ich noch nie in Händen gehalten.

Verschiedene Farben. Die Hälfte war weiß.

Ich riss das Kuvert auf und überflog die Karte. Sie war bedruckt. Nicht mit der Hand beschrieben.

Finley! Vielleicht kannst du den Stoff gebrauchen. Der Händler hat mir versichert, dass er problemlos eingefärbt werden kann. Falls es Fragen dazu gibt, kannst du dich jederzeit an ihn wenden. Die Kontaktdaten findest du auf der Visitenkarte.

Ich fingerte nach der Visitenkarte und warf lediglich einen kurzen Blick darauf, ehe ich mich wieder auf die Karte konzentrierte.

Solltest du den Stoff nicht benötigen, schickt ihn Mr Fletcher zurück oder du verkaufst ihn. Aber deine Ambitionen sollten nicht an etwas so Banalem wie Material scheitern. Archer.

Einerseits wirkte die Karte durch den Druck unpersönlich. Andererseits war das Geschenk so unerwartet und großzügig, dass ich schluckte. Er hatte nicht irgendeinen Stoff gekauft.

Er hatte exakt den Stoff gekauft, von dem ich gesprochen hatte. In noch besserer Qualität.

Das war nicht nur ein x-beliebiges Geschenk, um mich milde zu stimmen. In dieser Auswahl lag ein hohes Maß an Überlegung. Vielleicht sogar Wertschätzung?

Mir wurde warm.

Noch nie hatte ich ein derartiges Geschenk erhalten.

Ich griff nach meinem Telefon, machte ein Foto und schickte es Archer.

Danke.
Ich weiß nicht, was ich sagen soll.

Das war nicht notwendig.

Aber der Stoff ist perfekt.

Ich nagte an Hautfetzen meiner Unterlippe. Haderte, ob ich die Nachricht abschicken und das Geschenk damit wirklich annehmen durfte oder es doch besser ablehnen sollte. Es war zu viel. So viel, dass diese Großzügigkeit einen bitteren Beigeschmack bekam. So ein teures Geschenk musste einen Haken haben, oder? War es weniger Wertschätzung als vielmehr Berechnung? Oder war ich undankbar, wenn ich so dachte? Sollte ich es in Archers Relationen sehen? Für ihn war das vermutlich in etwa so wertvoll wie für mich eine Schachtel Pralinen. Himmel, das war so kompliziert. Wieder einmal wurde mir bewusst, wie unterschiedlich wir waren.

Ich ließ meine Finger über den weichen Stoff gleiten und rang mit mir. Sollte ich den Stoff besser zurückschicken? Archer hatte es mir immerhin freigestellt. Aber es fühlte sich seltsam an. Weniger wegen des – zweifellos hohen – Preises als vielmehr wegen der Geste, die darin lag.

Obwohl er mich so angegangen war, hatte Archer mir zugehört. Mir war klar, dass Menschen nicht schwarz oder weiß waren, sondern in vielen Graustufen dazwischen existierten.

Archer war ein praktischer Mensch. Diese Geste kam einer Entschuldigung gleich. Manche Menschen drückten sich eben durch Taten aus. Falls er das Gefühl haben sollte, sich entschuldigen zu müssen. Hatte er? Verdammt, ich kannte ihn zu wenig, um das einzuschätzen.

In jedem Fall würde ich mich bei ihm melden.

Ich schickte die Nachricht ab und widmete mich wieder meinem Stoff. Damit konnte ich endlich ein paar Teile vorbereiten und diese in den Direktverkauf einstellen.

Die beiden blauen Häkchen leuchteten mich auf meinem Telefon an. Archer hatte meine Nachricht gelesen. Und nicht geantwortet. Er war gar nicht mehr online.

Die Euphorie über das Geschenk, das mich durch das Gästezimmer hatte schweben lassen, verpuffte und ich landete auf dem Boden der Tatsachen.

Wahrscheinlich hatte er sich nicht annähernd so viele Gedanken über die ganze Sache gemacht wie ich.

Kapitel 10

Helen war gut gelaunt. Sie war nie gut gelaunt. Heute strahlte sie schier.

Meine größte Sorge war, dass sie einen Weg gefunden hatte, mich loszuwerden. Was lag für eine Köchin näher, als ihr Opfer zu vergiften? Nichts. Oder es mit irgendeinem Küchenwerkzeug abzumurksen.

Während Helen bester Dinge war, ging die Fantasie mit mir durch.

»Guter Tag heute?«, fragte ich sie.

»Natürlich!« Sie schüttelte leicht den Kopf und wandte sich wieder dem Herd zu. Was zum Henker fabrizierte sie hier überhaupt? Das war ein Festmahl für zehn Leute.

Und ich war nicht in der Stimmung, mich mit ihr anzulegen. Ich würde einfach essen, was sie mir auftischte.

»Ich mach mich kurz frisch. Sie brauchen noch ein bisschen, oder?«

Sie winkte über ihre Schulter nur ab oder mich davon. Wer wusste es schon so genau?

Mit meiner Tasche in der Hand lief ich die Treppe nach oben und stolperte über die letzte Stufe.

Archer griff mich mit festen Händen und hielt mich davon ab, dass ich auf die Schnauze fiel.

»Du bist wieder da?« Er hatte nur Joggingpants an. Sein Haar war feucht und er lief oberkörperfrei herum.

Ich richtete mich auf, doch Archer ließ mich nicht los.

Sein Blick wanderte wie eine Berührung über mich. »Ich bin wieder hier.«

Ich nickte. Nun standen wir hier. Wie ich befürchtet hatte.

»Du bist überrascht. Leider kann ich nie genau vorhersagen, wann ich es zurückschaffe. Ich habe mir abgewöhnt, irgendwelche Prognosen zu stellen, die ich nicht halten kann.«

Archer strich mit seinem Daumen über meinen Oberarm. Sein Blick fing mich ein. Schmeichelte mir.

»Danke für den Stoff.« Unweigerlich besserte sich meine Laune und ich lächelte ihn an. »Ich weiß nicht, wie du das gemacht hast, aber es ist hundert Prozent genau der Stoff, den ich brauche. Eigentlich ist er besser als der, den ich bisher hatte. Ich war verwundert, dass du es dir gemerkt hast.«

»Ich kann gut zuhören!« Er lockerte seinen Griff und strich über meine Schulter. »Können wir kurz zu mir gehen, um zu reden?«

»Von mir aus.« Ich ging ihm hinterher in sein Schlafzimmer.

»Du bist nicht eingezogen, wie ich es gesagt habe!« Seine Worte waren fast anklagend.

Ich schüttelte den Kopf. »Das ist nicht so einfach. Es ist komisch, hierher zu gehen, wenn du nicht da bist. Ich komm mir wie ein Eindringling vor. So richtig passe ich nicht in die festen Abläufe zwischen deinen Angestellten. Und wenn du weg bist, fühle ich mich ziemlich allein.« Musste ich deutlicher werden?

Er nickte bedächtig. »Hm. Das kann ich verstehen. Aber das will ich nicht für dich. Was kann ich tun, damit du dich willkommen fühlst, wenn ich nicht da bin? Ich kann mit Helen reden. Sie hat hier eigentlich alles im Griff.«

Das wäre den Bock zum Gärtner zu machen. »Das dürfte nichts bringen. Helen kann mich nicht ausstehen.«

Archer musterte mich mit zusammengekniffenen Augen. »Blödsinn. Das bildest du dir ein! Sie ist der herzlichste Mensch, den ich kenne.«

Irritiert, dass er mein Empfinden so vom Tisch wischte, schüttelte ich den Kopf. »Du bist nicht hier. Wirklich. Sie ...«

»Schluss damit!«, herrschte er mich an. »Ich dulde nicht, dass über sie schlecht geredet wird.«

Ich hielt inne. Da war es wieder. Das Machtwort. Er bestimmte, wie und über was geredet wurde. Andererseits war das Thema es nicht wert, es zu vertiefen. Wir hatten andere Dinge zu besprechen.

Nickend setzte ich erneut an. »Dass du weg bist, ist nicht das Problem. Wie du aus der Ferne mit mir umgehst, ist es.«

»Was war das?« Archer trat näher an mich heran und ich war mir nicht sicher, ob er mich nicht gehört hatte oder nicht hören wollte, was ich sagte.

Warum machte ich das Fass auf? Es war doch letztendlich egal. Aber diese nagende Stimme in mir, die ich, seit er mich so einfach am Telefon abgewürgt hatte, nicht mehr still bekam, wollte raus – gehört werden. Ich verstand mich selbst nicht mehr. Ich war doch der selbsternannte König der Situationships. Es musste nichts Festes, nichts für die Ewigkeit sein.

Mein Blick fiel auf Archers Füße, ich ließ ihn über seine Beine, seinen nackten Oberkörper wandern bis zu seinem Gesicht. Er schaute mich ernst an. Seine Augenbrauen zogen sich leicht zusammen, sodass sich kaum merkliche Fältchen darüber bildeten.

Aber egal wie unwichtig die Situationship war, ich sollte mich darin wohlfühlen. Daher straffte ich meine Schultern und hob das Kinn. »So wie du mich am Telefon, als du in Singapur warst, abgekanzelt hast, war für mich nicht in Ordnung.«

Er ließ einen Atemzug los, den er anscheinend angehalten hatte, und schüttelte leicht den Kopf. »Finley, du kannst mir nicht reinreden, wie und mit wem ich zu arbeiten habe.«

»Das hab ich nicht. Aber wir kennen uns nicht wirklich, Archer. Du sagst, du willst Exklusivität und im nächsten Moment schickst du irgendeine Frau mit deiner Zimmerkarte auf besagtes Zimmer. Darauf habe ich eine Frage gestellt.«

»Deshalb will ich keine Beziehung!«, brummte er und wandte sich ab.

»Ob es dir gefällt oder nicht, wir stecken aber in einer Beziehung.«

Er wirbelte herum und sah mich aus weit aufgerissenen Augen an. Pures Misstrauen darin. »Bitte was?«

Ich vergrub meine Zehen in seinem Teppich. Das gab mir Sicherheit und einen festen Stand. »Jeder steht in irgendeiner Beziehung zu irgendjemanden. Wir sind vielleicht nicht in einer romantischen Liebesbeziehung, aber ich wohne hier. Und du willst mich sehen, wenn du in London bist.«

Er zog eine Augenbraue hoch und sah mich von oben herausfordernd an.

»Und ich will auch dich sehen!«, fuhr ich fort. Es war seltsam, wie leicht die Worte waren. Seit er abgereist war, hatte mich sein Verhalten beschäftigt. Aber – so sehr ich es auch von mir gewiesen hatte – es hatte mich angezogen. »Du kriegst etwas aus dieser Beziehung. Genau wie ich.« Wahrscheinlich bekam ich mehr als er. Mein Leben hatte ein gewaltiges Update erhalten.

»Ich verstehe, du kannst oder willst dich nicht regelmäßig melden. Okay. Aber was du da abgezogen hast, hat mich verletzt. Du sagst das eine und machst das andere. Und dann würgst du mich ab, so als ob ich etwas Falsches getan hätte. Nur Minuten zuvor hatten wir darüber geredet, dass wir exklusiv sind. Dass Siobhan deine Assistentin ist, konnte ich nicht wissen. Es war eine simple Frage. Du hättest mir das einfach sagen können. Ohne diesen Ton, bei dem ich mich so groß wie ein Fingerhut fühle.«

Er nickte. Nahm meine Hand. Verschränkte unsere Finger ineinander. »Wenn es ums Geschäft geht, bin ich hoch fokussiert und wirke sicher unfair.« Er hob seine freie Hand. »Bin ich sicher unfair. Das hatte aber nichts mit dir zu tun.«

Ich setzte an, zu protestieren, doch Archer legte seinen Daumen auf meine Lippen.

»Wirklich nicht. Auch, wenn es so ausgesehen hat.«

Vor allem hatte es sich so angefühlt, egal, was er jetzt sagte.

»Hier sind Privates und Geschäftliches zusammengekracht. Mein Wort gilt. Ich mache dir nichts vor, davon halte ich nichts. Solange du hier bist und diese *Beziehung* willst, bin ich exklusiv. Aber dass Siobhan meine Assistentin und damit die mir engste Vertraute in meinem Leben ist, ist eine Tatsache, die sich nie ändern wird. Sie wird meine Zimmerkarte haben, sie wird mir Handtücher reichen, wenn ich dusche und wir ein Gespräch noch nicht beendet hatten, sie wird in meinem Zimmer schlafen, wenn es das Business erfordert.« Sein Blick verfinsterte sich immer mehr, seine Atmung wurde schwerer. So als ob er sich beherrschen musste, seine Haltung zu wahren. Er hob den Zeigefinger und deutete auf mich herab. Unterstrich so jedes Wort, das er mir entgegenzischte. Das war keine Erklärung, das war eine erneute Zurechtweisung. Er hob die Stimme nicht, wurde stattdessen immer leiser und machte seine Worte so fast zur Drohung. »Diesen Umstand oder jeden anderen, der mein Geschäft betrifft, diskutiere ich nicht. Niemals! Genauso absolut versichere ich dir, Siobhan niemals anzufassen. Aber mehr auch nicht. Ich bin dir keine Rechenschaft schuldig, bloß weil wir dieses kleine Arrangement haben, von dem du wohl ebenso profitierst wie ich.« Seine Worte kamen immer schärfer. Sie schlugen auf mich herab. Bauten sich übermächtig vor mir auf. Ich wich zurück. Wow. Das war deutlich. Und es zeigte mir auf unangenehme Weise, wo mein Platz in seinen Augen war. Es hätte mir klar sein müssen, aber wollte ich das wirklich? Waren die Vorzüge, die ich hier genoss, es wert, mich so behandeln zu lassen? Völlig verdattert, unfähig die Flut an Worten zu verarbeiten, stand ich da.

»Davon hatte ich gar nicht geredet«, stammelte ich.

Archer strich über meine Wange. Ganz im Gegensatz zu seinen harschen Worten berührte er mich ausgesprochen sanft. Bei dem Wechselbad der Gefühle wurde mir schwindlig. Was war wahr? Die fast ungebändigte Wut oder die zärtliche Berührung?

»Okay. Wie ich am Telefon reagiert habe, war falsch. Es war nicht meine Absicht, dich damit zu verletzen. Diese Reisen sind oft nicht einfach. Ich bin angespannt. Es hat gutgetan, dich zu sehen, mit dir zu reden. Statt dir das so zu sagen, habe ich mich im Ton vergriffen. Es wäre aber sinnvoll, wenn du solche Kommentare nicht persönlich nimmst. Es sind schlicht Fakten.« Er fuhr über meine Wangenknochen, strich in meine Haare. Sein Körper strahlte eine Wärme aus, die mich umschmeichelte, mich einnahm. So verwirrend. Ich wollte wütend auf ihn sein und konnte es doch nicht. Weil seine Worte durchaus Sinn ergaben und sein Bedauern ehrlich wirkte. War ich überempfindlich? Oder er geschickt darin, sich rauszureden? »Sind das Bedingungen, unter denen du unsere *Beziehung* ...« Er sagte das Wort, als wäre es ein Fremdkörper in seinem Mund. »... fortsetzen möchtest?« Seine Stimme glich einem Schnurren, das mir wohlig unter die Haut kroch.

Fazit unseres Gesprächs war also, dass er ein bisschen recht hatte und ich ebenso. Auf dieses Plateau konnte ich mich einlassen.

Ich legte meine Hand an seine Hüfte. »Du hast eine beschissene Art, mit Menschen umzugehen.«

»Das hab ich schon mal gehört, ja.« Er küsste meine Schläfe.

»Aber für das, was wir haben, sollte es reichen«, murmelte ich.

Sein Lachen vibrierte gegen meinen Kopf, bis in meine Gedanken.

»Da bin ich erleichtert«, flüsterte er gegen mein Ohr. »Du hast mir nämlich wirklich gefehlt. Als ich heute heimkam, dachte ich nur, wie froh ich bin, dass du hier bist. Dass ich das hier machen kann.« Er schlang seine Arme um mich, drückte mich an sich und atmete mich ein.

So unterschiedlich waren also Gedanken. Während ich mich gefragt hatte, ob wir uns wieder in die Augen sehen konnten, hatte er sich auf ein Wiedersehen gefreut.

Es kam wohl auf die Perspektive an.

Archers heftige Atemstöße strichen über mich hinweg. Er drückte mich an sich. Durch die Enge versuchte ich, meinen Arm zwischen uns zu schlängeln. Doch Archer hielt mich noch fester, griff in meine Kniekehle und zog mein angewinkeltes Bein über seinen Oberschenkel.

»Lass mich. Ich will, dass du dich auch gut fühlst«, flüsterte ich.

»Du hast keine Ahnung, wie gut ich mich fühle. Und ich werde mich gleich noch viel besser fühlen, wenn ich dich noch ein paar Mal zum Höhepunkt gebracht habe und du bis zum letzten Tropfen leer in meinen Armen liegst.«

»Du liebst es also, Menschen zu quälen?«, jammerte ich.

Archer verschmierte mein Sperma auf meinem Bauch. Schlängelte seinen Arm um mich und strich zwischen meine Pobacken entlang. Bis zu meinem Eingang. Seine von meinem Erguss feuchten Finger fanden den Weg leicht in mich.

Laut stöhnte ich in seine Halsbeuge. Roch sein für ihn typisches Parfüm.

»Ich kann nicht mehr!«

Archer lachte. »Du kannst nicht mehr oder du willst nicht mehr?«

»Ich …« Konnte Sex wirklich so gut sein, dass ich alles andere vergaß? Vorübergehend zumindest. Indem ich mich daran erinnerte, dass sich unsere Vereinbarung genau hierum drehte. Immerhin brachte sie mir auch einige Vorteile, die gerade sehr wichtig für meine Zukunft waren. Also das Gute genießen und sich für den Rest ein dickes Fell zulegen. »Ich will dich«, wisperte ich.

Archer rieb seinen Oberschenkel gegen meine wieder zum Leben erwachte Erektion. »Das habe ich vermisst. Es hat keinen Tag gegeben, an dem ich nicht an dich gedacht habe. An das hier. Wie du dich hingibst. Du bist pure Leidenschaft. Jedes Wort von dir. Jede Bewegung. Unvergleichlich.«

War es das, was unseren Sex so einzigartig machte? Archer war mit allem, was er tat, ganz bei mir. Bei uns.

Meine Grenzen verschwammen bei dem, was er sagte.

»Archer, ich will dich anfassen!«

»Du fasst mich an, Finley«, raunte er mir ins Ohr.

»Mehr.«

»Aber dann kann ich mich nicht mehr richtig auf dich konzentrieren.«

»Du bist aber auch wichtig!« Je mehr er von sich ablenkte, umso mehr wollte ich ihm geben, was er mir gab. So ein umsichtiger Liebhaber war ich nicht immer. Archer lockte es aus mir heraus.

»Hier nicht!«, meinte er nur. Völlig ruhig und entspannt. Er strich über meine Prostata und Sternchen funkelten hinter meinen Augen. Blitzten überall in meinem Körper auf. »Hier geht es um dich.«

Wenn er so weitermachte, entwickelte ich mich zum *laziest Bottom of the world.* Eigentlich war es ausgeschlossen, dass ich schon wieder kam.

Ich hob meinen Kopf und Archer küsste mich. Langsam. Gemächlich. Intensiv. Strich mit seiner Zunge über meine. Sog an meiner Lippe. So als gäbe es keine Geschäftsreisen, keine unbeantworteten Nachrichten, keine Fragen. Sondern nur uns.

Ich ließ mich fallen. In den Kuss, in Archers Berührung.

Archer griff meinen Ständer und rieb ihn. Im Rhythmus unseres Kusses. Jeder Strich hob mich näher meinem Höhepunkt entgegen. Er war zum Greifen nahe.

»Komm für mich!« Er biss in meine nackte Schulter. Nie so sehr, dass es mich ernsthaft verletzte. Aber wie immer so, dass ich es noch Tage spüren würde.

Archers Stimme erfüllte meinen Kopf, jeden Gedanken und wie von ihm verlangt, kam ich über seine Hand.

»So wunderschön. So einzigartig. Ich will dich nicht loslassen.« Sein heißer Schwanz pochte gegen meine Leiste.

Genüsslich rieb ich mich an ihm. Überstimuliert. Erschöpft. Zufrieden.

Er nahm meinen Oberarm ins Visier und saugte sich daran fest. Als er zurückwich, leuchtete wieder ein roter Fleck darauf.

»So hätten wir das auch.« Grinsend bewunderte er sein Werk. »Obwohl das diesmal, wie ein kaputter Stern aussieht.« Er leckte darüber. »Irgendwann bekomme ich ein Herz hin.«

Wir grinsten uns an. Dass er diese Verbindung zu sich und seinem Mal geschaffen hatte, kam unerwartet. Und doch fühlte es sich bedeutungsvoll an.

»Ich wünschte, du wärst öfter hier.« Shit. Mein vom Orgasmus vernebeltes Hirn sprach.

»Ich auch!« Archer zögerte keine Sekunde mit seiner Antwort. »Aber ich hoffe wirklich, du machst es dir schön hier. Während ich zuhause bin, ziehen wir dich um. Du gehörst hierher. Nutze das Gästezimmer als Arbeitszimmer. Aber wenn ich nächstes Mal zurückkomme, will ich dich hier finden.«

»Okay. Das kann ich machen. Vielleicht bringt mich das näher an dich. Ansonsten ist es ja schon eher ... einsam hier.«

Archer lehnte sich zurück und sah mich zweifelnd an. »Du bist einsam?«

Ich schüttelte den Kopf. »Nein. Ja. Ich meine, ich bin ja hier alleine. Helen und Mr Fletcher sind da, aber auch nicht. Zumindest nicht für mich. Ich versuche wirklich, ihnen nicht im Weg zu sein oder Ärger zu machen. In der WG war einfach immer jemand für einen da.«

»Ich will nicht, dass du deshalb zurückgehst. Lade deine Freunde ein. Du hast völlig freie Hand.«

»Nun, völlig freie Hand ...«

Er küsste meine Stirn, setzte einen Kuss auf meine Nase. »Freie Hand, dir dein Leben so zu gestalten, dass es dir in diesen Räumen absolut perfekt geht.«

Ich lächelte in mich hinein. »Okay. Dann schau ich mal, was sich machen lässt.« Ich zögerte. »Was mir definitiv helfen würde, wäre, wenn du dich nicht totstellst, während du unterwegs bist. Du bist nun mal mein Verbindungspunkt zu diesem Haus.«

»Wenn ich reise, schaffe ich es nicht, mich zu kümmern.«

Das verstand ich. Ich musste nur daran denken, wenn er wieder weg war.

»Jetzt ... ist es aber Zeit für dich.«

Archer atmete schwer. Wollte wohl noch mal widersprechen. Doch ich küsste mich über seinen Oberkörper hinab zu seiner vernachlässigten Erektion, die nun ganz mir gehörte.

Als er in meinem Mund kam, sein Blick auf mich gerichtet, voller Erleichterung, Erschöpfung und Zufriedenheit, hatte ich das Gefühl, dass Archer zuließ, dass ich ein Stück von ihm selbst sah.

Vielleicht bildete ich es mir aber auch nur ein.

Kapitel 11

»Da verstehe ich, dass du nicht mehr zurück in die WG willst.« Freddie drehte sich um sich selbst und bestaunte mein Arbeitszimmer. Also offiziell Archers Gästezimmer. »Krass, du hast wirklich das große Los gezogen.«

Ich nickte, teilte seine Euphorie jedoch nicht. Alles hatte seinen Preis.

Seit Archer vor zwei Wochen abgereist war, hatte ich nichts mehr von ihm gehört. Es war schwierig, Helens Launen ausgesetzt zu sein, ohne die Bestätigung Archers, dass er mich hier wollte. Das brachte diese verdammte Zerrissenheit zurück.

»Lindy und ich sind echt froh, dass es dir so gut geht. Sie hätte keine Chance, eine Wohnung zu kriegen, und unsere Eltern sind keine Option.« Er seufzte und fuhr sich über den Mund. »Wahrscheinlich sucht sie sich einen neuen Typen und zieht bei dem wieder ein, wenn er es zulässt. Sie müsste mal aus der Spirale raus, aber ...«

Meine Selbstzweifel wurden bei Freddies Worten in Grund und Boden getrampelt. Es ging mir so viel besser als so vielen Menschen. Ich sollte dankbar dafür sein, was ich hatte. Was mir Archer bot. Trotzdem kam der Gedanke mit einer bitteren Note. Die Verbindung bei seinem letzten Besuch hatte ich mir offensichtlich eingebildet.

»Na los. Hast du Hunger? Wir können was kochen, bis Elliot auftaucht«, schlug ich vor.

»Wo ist der überhaupt? Ich habe ihn den ganzen Tag noch nicht gesehen.«

Ich öffnete die Zimmertür und Freddie folgte mir. »Fashion Street. Er ist bei Castings für die Fashion Week. Ein bisschen früh dieses Jahr im Mai, aber ich hoffe, das ist ein gutes Zeichen. Ein paar Neuerungen bedeuten hoffentlich den Durchbruch für Elliot. Er hätte es verdient.«

Freddie nickte gutmütig. »Es wäre schade, ihn als Mitbewohner zu verlieren. Aber, andererseits ...«

Vielleicht kam langsam der Zeitpunkt, an dem sich unsere WG auflöste.

Wir liefen die Treppe hinab in die Küche, die zum Glück leer war. Bereits vor zwei Tagen hatte ich Helen gesagt, dass sie heute nicht kochen sollte, da ich Besuch erwartete, aber bei ihr wusste man nie.

Ihre *Fürsorge* war grenzenlos.

Freddie wühlte die Taschen durch und fing an, den Kühlschrank zu erkunden, als es an der Tür klingelte.

Ich überließ ihn seinem Schicksal und ging zum Eingang. Die Öffnungsanlage war für mich noch immer ein Buch mit sieben Siegeln.

Elliot fiel mir in die Arme. »Was für ein Tag. Bei einem Label wurde ich einfach weggeschickt. Ich durfte nicht mal vorlaufen. Aber bei meinem Wunschlabel wurden sogar meine Maße genommen. Finny! Ich dreh durch. Wenn die mir über die Agentur noch absagen, dann ...«

»Das werden sie nicht!« Ich zog Elliot ins Haus.

Er hielt mich an den Schultern fest und betrachtete mich. »Es tut so gut, dich endlich wieder zu sehen. Es waren Monate.«

»Na ja. Wochen.«

Er winkte ab und strahlte mich über das ganze Gesicht an. »Das könnte es sein. Das könnte mein Durchbruch werden«, flüsterte er.

Ich legte meine Hände an seine Wangen. »Es ist nur eine Frage der Zeit. Er kommt. Und du wirst großartig sein.« Eine kleine Bitterkeit drängte sich in die Freude für meinen Freund. Ich wollte das auch. Die London Fashion Week. Ich konnte froh sein, wenn mich zufällig Leute über Etsy fanden. Wahrscheinlich sollte ich meinen Online-Auftritt verbessern. Im Influencer-Style meine Mode bewerben. Aber ein Video zu drehen, kostete mich Tage. Wochen, es zu schneiden. Und den Mut eines Löwen, es zu posten. Ich musste arbeiten, um in London zu leben. Ich war aber auch nicht für das Leben online gemacht.

Elliot küsste mich auf den Mund. »*Wir* werden großartig sein. Ich kann nicht erwarten, deine Mode auf den Laufstegen dieser Welt zu tragen.«

Lachend ließ ich mich in seine Arme fallen. »Tagträumer!«

Hinter mir kroch ein Räuspern über meine Schulter. »Das ist also Ihr Besuch?« Helens Verachtung war in der Luft greifbar. Dass sie mich nicht mochte, war mir klar, auch wenn ich es noch immer nicht verstand. Wieso sie feindselig meinen Freunden gegenüber sein musste, konnte ich mir aber wirklich nicht erklären. Elliot hatte ihr nichts getan. Nur den Sauerstoff des Empfangsbereichs veratmet.

»Helen, das ist Elliot. Elliot, Helen. Sie ist Archers Köchin.«

Elliot ließ mich los und reichte ihr die Hand, die sie wie einen nassen Waschlappen schüttelte.

Ihre Augen hatte sie zu Schlitzen zusammengekniffen und ihr Mund war in eine harte Linie gepresst. Sie wirkte, als müsste sie einem Diktator die Hand geben. Ihre säuerliche Miene raubte mir meine Energie. Offensichtlich waren ihr auch meine Freunde ein Dorn im Auge.

»Freddie ist in der Küche. Also nicht erschrecken, wenn Sie reingehen.«

»Hatte ich nicht vor«, schnappte sie.

Welche Laus auch immer ihr heute über die Leber gelaufen war, ich konnte ihre Probleme nicht lösen. Selbst den Versuch würde sie erst gar nicht zulassen.

»Sollen wir …«, setzte ich an.

»Sie tun und lassen doch ohnehin, was Sie wollen!«, meinte sie schnippisch.

Zugegebenermaßen hatte ich auch keine wirkliche Idee gehabt, was ich ihr hätte anbieten können. Uns in Luft auflösen, war leider nicht möglich.

»Komm mit«, murmelte ich zu Elliot.

In der Küche neigte er sich zu mir und sah mich verschwörerisch an. »Hier herrscht ja ein rauer Ton.«

Seufzend holte ich Schneidebretter und Messer. »Helen hasst mich. William und Mr Fletcher ignorieren mich wenigstens. Aber sie hat es sich zur Aufgabe gemacht, mich täglich spüren zu lassen, wie unerwünscht ich hier bin.«

»Puh. Das ist scheiße«, meinte Elliot.

»Schau dir die Bude an, eine Helen kann zu mir sagen, was sie will, wenn ich so leben kann«, schaltete sich Freddie ein.

Unwillkürlich verzog ich das Gesicht und nickte. Er hatte irgendwie recht.

»Ist wenigstens mit dem Hausherrn alles im Lot?«, schnurrte Elliot. »Einen feinen Earl hat sich Fin da geangelt.«

Ich neigte den Kopf und schob Freddie das Messer hin. »Es läuft ganz gut. Wir haben uns ausgesprochen, als er das letzte Mal da war.« Bei der Erinnerung an unsere letzten gemeinsamen Stunden wurde mein Kopf warm.

Archer hatte seine ganze Aufmerksamkeit auf mich gelegt. Mich im Bett gefüttert, mich immer wieder zum Höhepunkt gebracht. »Wir ... ähm ... harmonieren sehr gut.«

Meine beiden Freunde lachten dreckig.

»Bei deinen roten Wangen kann ich mir vorstellen, wie das aussieht. Geile Wohnung und adeliger Schwanz. Ich würde auch harmonisieren.« Bei Freddies Worten kicherte Elliot. Dabei war das alles andere als witzig.

Auch, wenn unsere gemeinsame Zeit angefüllt war von Zärtlichkeiten, bestand unsere getrennte Zeit darin, dass ich in die Realität zurückgeworfen wurde, er im Nirgendwo verschwand und ich ... ihn vermisste. Shit.

»Hey.« Elliot zog mich am Ärmel. »Nur ein Scherz. Und du hast dir das verdient. Ist doch klasse, dass ihr zusammenpasst.«

Ich wog den Kopf hin und her. »So einfach ist es nicht. Wenn Archer weg ist, ist er weg. Kein Kontakt. Ich meine, ich existiere nicht für ihn.«

Mein bester Freund hob die Augenbrauen. »Was für eine Scheiße?«

»Nein, so ist es nicht«, verteidigte ich Archer sofort. »Wir sind ja nicht zusammen. Das ist quasi Teil unserer Vereinbarung. Er hat unglaublich viel zu tun.«

»So viel, dass er nicht mal »hi« schreiben kann?«, forderte Elliot mich heraus.

Ja, genau diese Frage stellte ich mir auch.

»Was sagt er denn dazu, dass du mehr willst?«, wollte Freddie wissen.

»Das tu ich doch gar nicht«, platzte ich heraus. »Es ist nur irgendwie seltsam. Wenn wir zusammen sind, ist er so unfassbar aufmerksam. Ich habe das Gefühl, er will mich wirklich kennenlernen. Sobald er weg ist, scheint er zu vergessen, dass ich existiere. Dieser Wechsel ist es, wovon ich noch ein Schleudertrauma kriege. Klar ist das *mein* Problem.«

Elliot hob mit einem Finger mein Kinn an. »Babe! Sag mir, dass dir das Verhalten des Earl of Assholery egal ist.«

Ich schüttelte den Kopf und befreite mich von Elliot. »Das ist es nicht.«

»Mhm«, fuhr er fort. »Darling, wir sind beide lange genug im Geschäft, um zu wissen, dass das nichts wird. Du kennst die Anzeichen. Zumindest, wenn es um mich geht. Und ich als dein bester Freund sage dir, dass du in eine ganz ungesunde Richtung läufst. Diese Dinger beendet man sofort. Bevor einer weint.«

»Jetzt übertreib mal nicht«, unterbrach ihn Freddie. »So schlimm ist es nicht, oder Fin?« Er lachte schief und wackelte dabei mit dem Kopf. »Ich meine ...«

Elliot verdrehte die Augen. »Freddie, du hast versprochen, dass du die Wohnsituation mit deiner Schwester regelst. Wenn Finley in die WG zurück muss, geht er zurück.«

»Jetzt mal immer mit der Ruhe!«, versuchte ich zwischen die beiden zu kommen.

Mein Handy vibrierte in meiner Hosentasche. Dankbar für die Ablenkung zog ich es heraus und nahm den Anruf an.

Archer sah mir mit ernster Miene entgegen. »Oh, hey.« Die Überraschung, die Freude, ihn zu sehen, ließen mein Herz höherschlagen. Verdammt. Ich musste meine Gefühle echt in den Griff kriegen. Mein Blick fiel in Elliots und Freddies Gesichter. »Ich ähm, kann schnell ins Gästezimmer gehen, damit wir in Ruhe reden können.«

Archer schüttelte den Kopf. »Nein, wieso? Hast du Besuch, der unser Gespräch nicht hören soll?«

Ich kniff die Augen zusammen. Hä? »Nee. Freddie und Elliot sind da.«

Mit einem Tippen wechselte ich den Bildschirm und fing mit der Kamera meine beiden Freunde ein. Freddie winkte mit dem Messer in seiner Hand, während Elliot mit hochgezogener Augenbraue mir das Telefon aus der Hand nahm.

»Hello Gorgeous!«, begrüßte er Archer. »Lange nicht gesehen!« Seine ganze Mimik, sein Ton, waren reinster Spott.

»Oh, Elliot! Du bist es.« Archers Stimme klang seltsam erleichtert.

Ich trat neben meinen besten Freund und renkte mir den Hals nach Archer auf meinem Display aus.

Elliot hatte die Ansicht wieder umgestellt. Wir waren alle wieder darauf zu sehen.

»Was gibt's?«, fragte ich.

Archer suchte meinen Blick. »Ich wollte mich nur endlich mal melden. Die letzten Tage waren pures Chaos.«

Also ein gewaltiger Zufall, dass er sich gerade jetzt meldete, da meine Freunde hier waren?

»Okay.« Er hatte sich so vorwurfsvoll angehört. Wie ein Ankläger. Oder hatte ich mir das eingebildet? Ich musste Elliot später fragen. »Du sagtest, es ist in Ordnung, wenn Leute hier sind.« Gott, konnte ich mich noch kleiner anhören?

Archer schaute von Freddie zu mir zu Elliot. Als wären wir freche Jungs, die bei einem Streich erwischt worden waren.

In seinem Anzug sah Archer älter aus, obwohl er nur unwesentlich mehr Jahre auf dem Buckel hatte als wir. Ich hasste alles an dieser Situation.

»Natürlich. Tut mir leid, wenn ich so angespannt rüberkomme. Es war ein intensiver Tag am Verhandlungstisch.«

»Hm.« Elliot ließ das nicht so einfach durchgehen.

Ich hingegen ... Was wir machten, war für Archer vermutlich wirklich Kindergeburtstag. Ich hatte einfach keine Ahnung, wie er sonst so war. Mit Kollegen. Seinen Freunden. Vielleicht war das einfach Archer. Etwas unterkühlt, immer ein bisschen anklagend, leicht genervt, ungeduldig. Ein Adliger eben. Aber wenn wir zusammen waren ...

Sein Blick ging wieder zu mir. »Es tut gut, dich zu sehen.«

Ich schluckte die Bemerkung, wie ich mich die letzten zwei Wochen gefühlt hatte, runter. Wegen Freddie und Elliot, aber vor allem wegen Archer. Er war wieder so, wie er war, wenn wir allein waren. Und der Effekt wirkte magisch auf mich.

»Es tut auch gut *dich* zu sehen.«

Er lächelte. »Ich will euch nicht aufhalten. Meine zwei freien Minuten habe ich gerne mit dir verbracht. Habt viel Spaß.« Archer legte auf und Elliot ließ den Arm mit meinem Telefon sinken.

»Er spielt mit dir«, stellte er fest.

»Das glaube ich nicht. Mit welchem Ziel?«

»Was weiß denn ich, was diese reichen Typen für kranke Ideen haben? Du sitzt hier, wartest auf seinen Anruf und er überprüft, was du mit deinen Freunden machst«, schimpfte Elliot weiter.

Meine Gedanken schweiften ab. »Denkt ihr, das war ein Zufall?«

»Was war?« Freddie sah mich mit gerunzelter Stirn an.

»Dass er gerade jetzt angerufen hat«, erklärte ich.

Elliot gab mir mein Telefon. »Woher sollte er das wissen? Hat er Überwachungskameras?«

»Schon. Draußen und am Eingang. Aber das meinte ich nicht. Da müsste er ja davorsitzen. Ich meinte jetzt Helen. Es fühlt sich an, als hätte sie gepetzt.« Ich warf die Arme in die Luft. »Nicht, dass es was zu petzen gegeben hätte. Wisst ihr wie ich meine?«

Meine Freunde kamen gar nicht dazu, mir zu antworten. Mr Fletcher klopfte gegen den Türrahmen und sah zu uns. »Alles klar hier?« Wie am ersten Tag musterte er uns eindringlich. So als ob er uns nicht traute und sich nicht sicher war, ob es nicht vernünftiger wäre, uns kurzerhand vor die Tür zu setzen. Seine hochgezogenen Augenbrauen sprachen Bände der Verachtung.

Mein Mund klappte auf. Seit ich hier angekommen war, hatte er mich nie bewusst aufgesucht. Und nun diese Frage?

Elliot kickte seine Hüfte nach außen. »Aber sicher. Alles bestens hier. Wie geht es Ihnen?«

Mr Fletcher musterte Elliot eingehend. »Ich werde im Haus sein.« Die einfachen Worte wurden mit einem drohenden Unterton serviert.

»Wir brauchen nichts, danke!«, warf ich schnell ein.

Mr Fletcher nickte mir mit ernstem Blick zu und ging.

»Das ist nicht wahr. Sind das deine Eltern, die schauen, ob du dich ordentlich benimmst?« Elliot sprach viel zu laut.

Ich machte eine abwehrende Handbewegung. »Für mich ist das auch ungewohnt. Das ist meine erste Erfahrung mit Personal, das im selben Haushalt wohnt wie ich.«

Freddie nickte. »Das wird es sein.«

Elliot schüttelte den Kopf. »Du packst und ich nehme dich mit.«

»Nicht so schnell«, mischte sich Freddie ein.

»Du!«, fuhr ihn Elliot an.

»Leute! Ich bin nicht wegen einer Köchin oder sonst wem hier. Ich habe mit Archer eine Vereinbarung. Und obwohl ich glaube, dass Helen sich in Sachen einmischt, die sie nichts angehen, ist das nicht Archers Schuld! Er wollte mich sehen.«

»Sagt er«, blaffte Elliot. »Und wer sagt dir, dass er seine Leute nicht auf dich angesetzt hat?«

»Aber dann hätte er doch am Telefon nicht sofort eingelenkt, als er euch gesehen hat. Er hat mir das doch selbst angeboten, dass ich euch einlade«, versuchte ich zu erklären.

»Die rosa Brille ist ein verlockendes Etwas, Finny. Mir kommt das nicht koscher vor. Pass bloß auf dich auf.«

Freddie lächelte mich an. »Nichts überstürzen! Und wenn sich doch rausstellt, dass das hier nichts ist, kannst du immer noch zu uns niedrigem Volk zurückkehren. Bis dahin hat meine Schwester hoffentlich einen neuen Job und eine neue Wohnung.«

Das mit dem Job war neu. Ich war zu erschöpft und wollte nicht fragen.

Elliot legte seine Hand an meine Wange. »Vergiss jetzt mal Kensington und Köchin und Lindy und alles. Bist du dir sicher, dass du hierbleiben willst?«

Nach einer Sekunde nickte ich. Ich war mir überhaupt nicht sicher. Aber mir schwirrte der Kopf. Und Archers Blick hatte sich in mich gebohrt. Er hatte diese Verbindung zwischen uns sofort belebt, angeknüpft an das, was wir vor zwei Wochen losgelassen hatten. Daran würde ich mich festhalten.

Zumindest bis ich meine Bestellungen abgearbeitet hatte.

Wie ich die abweisende Haltung der Leute in Archers Haus, seine Erklärung, er würde mich vermissen, seine Stimmungsschwankungen, wenn er unterwegs war, vereinbaren sollte, wusste ich nicht. Das alles war weitaus mehr als das, was ich von unserer Vereinbarung erwartet hatte. Und es überforderte mich. Ich hoffte nur, ich konnte mit all dem Schritt halten.

Kapitel 12

»Du bist wo?« Mein Grinsen spannte sich von einem Ohr zum anderen.

»In Berlin. Warte nur auf meinen Anschluss. Dann bin ich heute Abend daheim.« Archer wirkte erschöpft.

Daheim. In den letzten Tagen hatte sich das Haus in Kensington zu einer Art Zuhause entwickelt. Helen war friedlich geblieben und Archer hatte sich tatsächlich noch zweimal gemeldet.

Dass er jetzt sogar seine Rückkehr ankündigte, versetzte meinen Körper in ein freudiges Vibrieren. Ich konnte kaum stillsitzen.

»Ich werde hier sein.« Zumindest würde ich es mir einrichten. Pläne waren schließlich dazu da, verändert zu werden.

Archer ließ den Kopf sinken. Als er ihn wieder hob, sah er mich müde an. »Du kannst dir nicht vorstellen, wie froh ich bin.«

Ich konnte es mir sehr gut vorstellen, da ich die vergangenen Tage kaum etwas anderes getan hatte, als mir auszumalen, dass er wieder hier war. Ihm das zu sagen, schaffte ich nicht. »Ich freue mich auch. Ich mache nur noch den einen Auftrag fertig und bin dann ganz für dich da.«

»Du musst mir erzählen, wie deine Geschäfte laufen. Drei Wochen sind eine Ewigkeit.«

»Sehr gerne! Dann erzählst du mir auch von deinen Geschäften!«

Archer seufzte. »Ach, völlig uninteressant. Ich garantiere dir, alles an dir ist aufregender. Ich beweise es dir.«

Und wie immer blockte er ab, wenn es um ihn ging.

Aber sein Lachen war so frei. Und ich hatte es aus ihm gelockt. »Wir hören jetzt besser auf, bevor ich mich hier noch lächerlich mache«, meinte er und zwinkerte mir zu.

Ich neigte den Kopf leicht und blinzelte unschuldig. »Bis später!«

»Bis gleich.«

Ich flog.

Durch meine Arbeit.

Durch meinen Snack.

Durch das Aufräumen.

Durch meine Dusche.

Mein Spiegelbild sah mir entgegen.

Das Vibrieren meines Körpers hielt mich in Alarmbereitschaft. Eine seltsame Unruhe ergriff mich.

Drei Wochen. Irgendwie hatte ich damit gerechnet – darauf gehofft -, dass meine Faszination durch die Distanz abnahm.

Archer hatte sich wieder rar gemacht.

Meine Nachrichten ignoriert.

Aber eben nicht so sehr wie zuvor.

Völlig aus dem Nichts heraus rief er mich an. Immer mit Video.

Es war schmeichelhaft, dass er mich sehen wollte. Und trotzdem hatte ich das Gefühl, kontrolliert zu werden. Durch Entzug seiner Aufmerksamkeit. Und durch Video.

Doch unsere Gespräche, wenn wir uns sahen, waren magisch.

Auch, wenn ich es nicht plante, Archer zog mir die Geschichten über den Laden, meine Aufträge und die Snacks, die ich mir ausnahmsweise gönnte, aus dem Mund. Ich lechzte nach jedem Wort über Fernostasien, amerikanische Städte, Archers exotisches Essen.

Und nun zitterte ich leicht. Nach den Wochen der Zweifel wollte ich ihm endlich wieder nahe sein. Zumindest für Sex. Niemand verstand es wie er, mich komplett einzunehmen.

Nicht so viel nachdenken! Ich rubbelte über meine Haare und schnappte mir mein Telefon.

Sorry! Schaffe es heute doch nicht.

Als ob ich so bei Elliot davonkommen würde. Trotzdem schob ich das Telefon mit einem Finger von mir. Drehte es um. Ignorierte es.

Das Vibrieren hörte ich gar nicht.

Mit spitzen Fingern nahm ich es schließlich in die Hand.

What? Nein!
Wir haben das seit Tagen verabredet.
Ich will ins Flair. Mit dir.

Unwillkürlich schüttelte ich den Kopf.

Es tut mir echt leid. Archer kommt heim und …

Wie zum Geier sollte ich diesen Satz beenden, ohne komplett hilflos zu wirken?

Löschen.

Es ist mir was dazwischengekommen.

Lüge.

Grrr.

Archer kommt überraschend heim.
Ich habe ihm zugesagt, dass ich hier bin.

Du ziehst den Earl mir vor?

Das würde ich mir noch jahrzehntelang von Elliot anhören dürfen.

Nein. Und ich weiß, es ist scheiße.

Da hast du recht.
Charles feiert nicht jeden Tag Geburtstag.
Nicht mal jedes Jahr.
Und dass er uns ins Flair einlädt …

Es war nun eh zu spät.

Ich mach es gut. Irgendwie. Okay?

Warum nimmst du ihn nicht mit?
Pack ihn ein und wir feiern.
Du kannst dich danach immer noch vögeln lassen.

Das wäre eine Möglichkeit. Ich nagte auf meiner Unterlippe.

Ich frage ihn.

Yes! Ich freu mich auf euch!

Elliot! Das ist keine Zusage.

Wir sehen uns im Flaaaaair!

Kopfschüttelnd schloss ich den Chat.

Das Problem war, dass ich selbst nicht wusste, was ich wollte. Es war ein beschissener Move, seine Freunde sitzen zu lassen, wegen eines Kerls.

Durch Archers Reisen kam aber unser Arrangement ohnehin kaum zum Tragen. Dass jetzt ausgerechnet seine Rückkehr und Charles Geburtstag zusammenfielen, war doof. Ändern konnte ich es nicht.

Und ich wollte hier sein. Zusammen mit Archer. Allerdings würde es auch nicht schaden, wenn wir vorher unter die Leute gingen.

Ich trat aus dem Badezimmer in Archers Schlafzimmer und blieb wie angewurzelt stehen.

»Du bist schon hier.«

»Ein Vorteil, wenn man einen persönlichen Fahrer hat, der einen abholt.«

Archers Blick wanderte von meinem Gesicht über meinen nackten Oberkörper zum Handtuch, das um meine Hüften geschlungen war, bis zu meinen Füßen.

Er trug immer noch seinen Anzug.

Irgendwie hemmte mich dieser, auf ihn zuzugehen.

Das Problem hatte Archer nicht. Mit den Fingerspitzen fuhr er über meinen Bauch. Um meine Mitte, dort wo das Handtuch verlief.

Er wich zurück. »Ich trage noch den ganzen Schweiß und die schlechte Luft der Reise mit mir mit. Ich gehe auch duschen.« Sein Blick ruhte auf mir. »Kommst du mit?«

Ich deutete auf meinen Aufzug. »Komme grade von da. Aber zum Kucken?«

Mit einem Grinsen lockerte Archer seine Krawatte und knöpfte sein Hemd auf. »Kinks, von denen ich noch gar nichts wusste.«

Grinsend legte ich meine Hand auf seine Schulter und trippelte mit den Fingern darüber.

»Der Zauber des Unbekannten.«

Er lachte und verschwand mit seinem nackten Arsch im Badezimmer.

Vom Türrahmen aus beobachtete ich ihn. Wie das Wasser über seine Brust lief. Wie er den Schaum mit seinen Händen auffing.

Ich trat an die Dusche heran. »Sag mal ...«

Er drehte sich um und grinste mit einem amüsierten Zucken um die Lippen. »Ja bitte?«

»Was sagst du dazu, wenn wir noch ein bisschen ausgehen?«

Archer verzog das Gesicht, schloss die Augen und stellte sich unter den Wasserstrahl. »Nein! Warum sollte ich? Ich habe alles, was ich will, hier. Dafür habe ich mir unser Arrangement ja eingerichtet.«

Seine Worte zogen meinen Magen zusammen. Er hatte natürlich recht. Und ich wollte auch hier sein. Bei ihm und mit ihm. Aber so, wie er es sagte, klang es, als sei ich sein Besitz, und das behagte mir nicht. Ich gehörte niemandem.

Er spülte sich die Schaumwölkchen vom Körper, stellte das Wasser ab und trat aus der Dusche. »Essen? Ich habe tatsächlich Hunger.«

»Soll ich in der Küche was herrichten?«

Archer schüttelte den Kopf. »Ich habe Helen schon Bescheid gegeben. Es gibt Essen im Bett.«

»Tatsächlich? In den feinen Laken?«

Seine Körperwärme rollte in Wellen auf mich zu. Machte mich zu einem Teil von ihm.

Das Klopfen an der Tür trieb uns wie eine Windböe auseinander. Archer schnappte sich ein Handtuch und band es sich um die Hüften. »Herein.«

Helen trat mit einem riesigen Tablett ein. Sie lächelte Archer an.

»Helen, du bist ein Schatz. Entschuldige die Umstände. Aber ich bin nur noch ein Wrack.«

»Das ist doch kein Problem. Dafür bin ich schließlich da.« Der letzte Satz kam deutlich schärfer und mit einem Blick auf mich. Ich musste meine Haltung dieser Frau gegenüber überdenken.

Archer nahm ihr das Tablett ab und stellte es auf das Bett.

Er drückte ihre Hand kurz und sie kniff ihn mit Daumen und Zeigefinger leicht in die Wange. »Jemand muss auf dich aufpassen. Du achtest nicht auf dich. Irgendwann klappst du zusammen. Davon hat niemand, dem du wichtig bist, etwas.«

Was zum Henker passierte hier gerade?

Archer schüttelte den Kopf. »Ich passe schon auf mich auf, damit ich nicht zusammenbreche. Dafür bist du viel zu aufmerksam. Das würde ich mich gar nicht trauen.« Die beiden lachten wie alte Freunde zusammen.

Ich hingegen war nur ein Beischläfer auf Abruf.

Der nichts anderes trug als ein Handtuch. Noch nie hatte ich mich so nackt gefühlt.

Archer, der mit nicht mehr bekleidet war, hatte dieses Problem anscheinend nicht.

Helen trat schon einen Schritt zur Tür, als sie sich noch mal umdrehte. »Ach übrigens, ich habe nun endlich die Gespräche mit allen, die sich auf die Putzstellen beworben haben, geführt. Meine Auswahl hatte ich dir zugeschickt. Aber du hast gestern nur dein Okay für die Kosten gegeben. Ich brauche dein Okay für meine Auswahl.«

Archer steckte sich eine Kirsche in den Mund. »Hatte ich das nicht vor zwei Tagen geschrieben?«

Helen schüttelte den Kopf und zog ihr Telefon aus der Schürzentasche. »Genau vor einer Woche meine Nachricht, dass alle, die auf unserer engeren Liste stehen, überprüft wurden. Du schreibst, dass das Restaurant, in dem du in Mailand warst, die Gnocchi nicht so gut hinkriegt wie ich. Vor sechs Tagen die neue Kalkulation für den Hausservice. Du sagst, die Kalkulation passt und ich soll einen Käse aus dem Trentino besorgen. Dann kommen die Nachrichten über den Geburtstag deiner Mutter, die neuen Dienstpläne, meine Frage, ob du sonst noch Wünsche hast, beantwortest du wie immer. Was keine Hilfe ist, Archer. So viele Worte. So wenig Inhalt.«

Grinsend verspeiste Archer ein Stück Avocado. »Aber Helen, solange ich dich habe, habe ich alles, was ich brauche. Du machst mich zum glücklichsten Mann Londons.«

Kopfschüttelnd winkte sie ab. »So kann ich keinen Haushalt planen. Und das weißt du.«

Gebannt hörte ich ihnen zu.

Irgendwie hatte ich gedacht, dass sich Archer bei niemandem meldete, wenn er unterwegs war.

Was natürlich keinen Sinn ergab. Helen musste sich um die organisatorischen Dinge im Haushalt kümmern.

Sie verschwand und Archer drehte sich zufrieden lächelnd zu mir. Sofort runzelte er die Stirn. »Bist du okay? Du bist ganz weiß um die Nase.«

»Ich denke nur nach«, murmelte ich. Ich passte doch gar nicht hierher und hatte mir mit Archers Vereinbarung mehr aufgehalst, als ich leisten konnte.

»Leg dich hin. Du musst auch was essen. So kippst du mir noch um. Es wäre doch sehr bedauerlich, wenn meine Pläne einem niedrigen Blutzuckerspiegel zum Opfer fallen.«

Ich lächelte unbeholfen. Immer noch versuchte ich, mir mit den neuen Informationsstückchen ein besseres Bild von den Beziehungen und Konstellationen zu machen, und hing der Frage nach, wo ich stand. Wo ich stehen wollte.

Archer nahm mir das Handtuch ab und zog mich nackt zu sich ins Bett. Sein eigenes Handtuch hatte er auf den Boden fallen lassen.

Er zog das Tablett heran und fütterte mich. Kleine Häppchen salzige Cracker. Er tippte sie in Dips. Belegte sie mit Gemüseteilchen, gebratenem Tofu. Ich aß mechanisch. In mir drin war alles leer.

»Nimm einen Schluck Tee, du bist immer noch komplett neben der Spur.«

Ich nippte an der gereichten Tasse. Der Scheiß-Tee war genauso, wie ich ihn liebte.

Archer musterte mich. »Erzähl doch mal, was du die ganzen Wochen getrieben hast.«

Wir wussten wirklich nichts voneinander. Wieso fiel es Archer so leicht, den Umstand zu ignorieren und dort anzuknüpfen, wo wir vor Wochen aufgehört hatten? Obwohl ihn das alles in der Zwischenzeit nicht interessiert hatte. Ich kam mit dem Auf und Ab kaum hinterher. Er war wieder hier und ich musste auch an dem Punkt ankommen oder ich würde durchdrehen.

Mein Gehirn griff nach dem Strohhalm, der ihm gereicht wurde. Ich musste mental hier aus diesem Bett. »Mhm ... allein letzte Woche habe ich drei Pakete nach Italien geschickt.« Die Worte wollten nicht so einfach folgen, wie ich sie loswerden wollte. »Es ist ein unbeschreibliches Gefühl zu wissen, dass da draußen jemand mit meinen Designs rumläuft.« Langsam tauchte ich in mein Thema ab. Archer ließ mich einfach reden. Strich wie nebenbei über meinen Unterarm. Ließ unseren körperlichen Kontakt nie abbrechen. Bedrängte mich nicht. »Es ist so eine tiefe Bestätigung, wenn mir Kunden schreiben, wie zufrieden sie mit ihren Einkäufen bei mir sind. Natürlich wünsche ich mir immer noch den großen Durchbruch, die riesige Bühne, die Anerkennung der Industrie. Aber sollte der nie kommen, weiß ich zumindest, dass ich ein paar Menschen glücklich mache. Jedes meiner Teile fertige ich mit einer bestimmten Intention. So wie mir die Kundinnen schreiben, zu was sie die Teile tragen wollen, welchen Zweck sie erfüllen sollen, wie sie sich fühlen wollen, versuche ich, mit jedem Nadelstich diese Zielrichtung in jedes Kleidungsstück zu legen.«

Ich legte die Hand über meine Augen und lehnte mich zurück. »Du denkst wahrscheinlich, ich übertreibe. Es sind nur Klamotten.« Mittlerweile war ich so tief in Gedanken, dass meine Unsicherheiten, die mit mir im Bett lagen, fast aus meinem Kopf verschwunden waren.

»Überhaupt nicht. Ich mache Geschäfte – Zahlen in Bilanzen, in irgendwelchen Excel-Tabellen. Die bewegen Massen an Geldern. Was du machst, sind Kunstwerke, die für Einzelpersonen Bedeutung haben. Auf einer Ebene, die nichts mit Geld zu tun hat. Das ist nicht weniger wichtig – vielleicht können sie sogar mehr bedeuten.«

»Ich will mich nicht wichtiger machen, als ich bin. Es sind nur Klamotten, die ich herstelle.«

Archer stellte das fast leer gefutterte Tablett auf den Boden und legte sich an mich. »Ich glaube ...« Er hielt inne. Überlegte. »... es sind nie *nur* Klamotten. Selbst Menschen, die vorgeben, Klamotten seien ihnen nicht wichtig, entscheiden sich trotzdem für einen bestimmten Stil. Sei es eine bestimmte Herstellungsart. Möglichst nachhaltig. Für manche ist dies wenig relevant. Sie wollen hauptsächlich trendig sein. Aus der Masse hervorstechen. Manche wählen ihre Klamotten, um in der Menge unterzugehen.« Er drehte den Kopf zu mir. »Liege ich komplett falsch?«

Ich schüttelte den Kopf.

Archer fuhr fort. »Mit der Entscheidung, nur Secondhandklamotten zu tragen, Sachen, die gemeinhin farblich nicht zusammenpassen, gibt man auch ein Statement ab. Man erklärt, nicht Teil der Industrie zu sein. Aber auch diese Abgrenzung ist ein Fashion-Statement. Ob man will oder nicht.« Er rutschte an mich ran und küsste meine Schulter. »Und du bist aktiver Teil, um den Menschen etwas zu geben, was sie ausstrahlen wollen. Das ist gewaltig. Das ist alles andere als unbedeutend, Finley. Du gibst den Menschen etwas, das sie *an* sich und *in* sich tragen können.«

Verfickte Scheiße.

Und wieder hatte er mich völlig überrumpelt. Auch wenn er wochenlang verschwunden war, sobald er hier war, war er bei mir. Und er verstand mich wie sonst niemand.

Meine Mum vielleicht. Obwohl ich nicht sicher war, ob sie einfach sagte, was ich hören wollte, und alles unterstützen würde, weil sie mich abgöttisch liebte. Archer liebte mich nicht. Aber er erkannte mich auf einem Level wie sonst niemand. Elliot vielleicht. Aber auch der hatte eine eigene Meinung über die Industrie, die nicht annähernd so schmeichelhaft war, wie das, was Archer gesagt hatte.

Das Gefühl, gesehen zu werden, war übermächtig. Es war verlockend. Zog mich zu Archer, vor dem ich mich doch eigentlich schützen wollte, um mich gefühlsmäßig nicht in ein Fahrwasser zu begeben, das Archer von vornherein ausgeschlossen hatte. Nach der Kühle des Hauses der vergangenen Wochen wirkte Archers Nähe wie eine Droge. Die Grenzen zu unserer Vereinbarung durften nicht verschwimmen. Was sie nicht würden.

Mein Räuspern war gedacht, mich wieder in die Realität zu holen. »Und was trägst du dann *mit* und *an* dir mit deinen Anzügen?«

Archer zögerte. Fast war ich sicher, er würde wieder mal von sich ablenken. »Eine Rüstung. Das ist mein Schutz, den ich brauche, um in die Verhandlungen gehen zu können.«

Ich sah sein Profil an. »Schutz vor was?«, flüsterte ich.

Er schloss die Augen. »Vor allem und jedem. Ich muss nicht darüber nachdenken, ob irgendwas richtig sitzt. Was ich anziehen soll. Es ist immer gleich. Meine Sicherheitsvorrichtung, ernst genommen zu werden, den Fokus nicht zu verlieren, bei der Sache zu bleiben.« Er drehte den Kopf zu mir und sah mir in die Augen. »Der einzige Zeitpunkt, an dem ich nackt bin, ist bei dir.«

Das wagte ich zu bezweifeln. Ich war nicht so naiv, zu glauben, ich hätte die Fähigkeiten, Archer die Rüstung vom Leib zu reißen. Dass er sich mir wirklich zeigte. Er mochte jetzt nichts anhaben. Aber er selbst war hinter einem Wall verborgen. Nur er konnte entscheiden, sich mir zu zeigen. Das durfte ich nicht vergessen.

Er rollte sich auf die Seite und legte seinen Kopf auf meiner Brust ab. Sein Bein legte er über meine und wir verschlangen uns ineinander. »Ich mach nur kurz die Augen zu. Nach dem Trip bin ich wirklich am Arsch.«

»Okay.« Ich strich durch seine Haare.

Archer streichelte meine Beine. Über meinen Bauch.

Emotionen wirbelten durch meine Brust. Das verdammte Ding, das mein Blut durch den Körper pumpte, zog. Es zog hin zu Archer. Fuck!

Ich streckte mich zum Nachtschränkchen neben dem Bett.

»Was ist?«, murmelte Archer.

»Ich muss nur Elliot schreiben.« Ich fingerte nach meinem Telefon, ohne mich von Archer zu lösen.

Der kuschelte sich enger an mich.

Heute leider nicht mehr.

Richte Charles meine Grüße aus.

Ich zahl dir meinen Anteil fürs Geschenk über venmo.

Mein bester Freund schickte mir einen traurigen Smiley.

Dahinter eine Nachricht.

Finny! Lass dich nicht zu einem Sextoy abstempeln.
All the power to you, wenn du das wirklich willst.
Aber du wirkst nicht so.

Mit einem schweren Atemzug legte ich das Telefon weg.

»Was ist los?«

Ich schob meine Finger wieder zwischen Archers Haare. »Nichts. Elliot war nur enttäuscht, dass wir nicht zu Charles' Party kommen.«

Unter meinen Händen verspannte Archer. »Du wolltest zu einer bestimmten Party?«

»Ich ... ja. Nein. Ich hatte schon zugesagt, zu kommen. Dass du heute zurückkommst, wusste ich ja nicht.« Hörte sich das vorwurfsvoll an? Es war meine Entscheidung gewesen, hierzubleiben.

»Das war mir nicht klar.« Er entspannte sich wieder.

»Hätte es denn was geändert?« Gott, ich wollte nicht so bitter klingen.

Archer erhob sich und sah auf mich herab. »Finley, das Letzte, was ich nach einer Geschäftsreise will, ist in irgendeinem dämlichen Club zu stehen oder auf eine Party zu gehen. Wenn du los willst, mach es. Ich persönlich verbringe nur jede freie Minute lieber hier mit dir allein als mit zig anderen Menschen. Aber wenn die Verabredung mit Elliot steht, solltest du gehen.« Er war genervt. Auch wenn er seine Frustration aus der Stimme halten wollte, schwang sie doch deutlich mit. Trotzdem strich er über meine Wange. Küsste mich. Ein Hauch auf meinen Lippen. »Willst du denn weg?«

Sofort schüttelte ich den Kopf und versuchte gleichzeitig, alles zu ordnen. Seine Worte schmeichelten mir. Sehr. Er wollte bei mir sein. Dieser Mann, der durch die Welt reiste und was für Geschäfte auch immer mit wem auch immer schloss, wollte hier bei mir sein. Nirgends sonst. Das Gefühl einer nicht nur oberflächlichen Verbindung schlich sich an mich ran und ich konnte es nicht – wollte es nicht – von mir weisen.

Aber wer war ich, dass ich einen Earl wie ihn halten konnte?

Ich sah ihn an. Ich wollte auch hier bei ihm sein. Wollte seine Aufmerksamkeit. Seine Berührungen. Seine Zärtlichkeit.

Seine ganze Art fesselte mich. Weil er *mich* sah.

»Ich will bei dir sein.«

Meine Worte entfachten ein Strahlen auf seinem Gesicht. Er verschloss unsere Münder mit einem tiefen Kuss. Drängte sich an mich. Bis er schließlich wenige

Millimeter zurückwich. »Das macht mich froh. Die Vorstellung, jetzt irgendwo rumzulaufen, um dich wieder in irgendeinem Club zu suchen, jagt mir echt einen Schauder über den Rücken. Ich will dich hier in meinem Bett haben. Nur wir beide.«

Das wollte ich auch.

Es fühlte sich für mich nach mehr an als unserem ursprünglichen Arrangement. Aber das war es nicht.

Ich musste es schaffen, dies weiter klar zu trennen.

Es war wahrscheinlich sinnvoll, die emotionale Range eines Sextoys zu haben, wenn ich mich hierauf einließ.

Kapitel 13

»Ich kenne deine Designs.«

Völlig verdattert starrte ich Arlo Chapman an. Er war einer der wichtigsten Modefotografen Europas.

»Ah. Danke.« Mein Blick huschte zu Elliot. »Hat dir Elliot mein Insta gezeigt?«

Mein Freund schüttelte den Kopf, ehe Arlo antworten konnte. »Nein, tatsächlich hatte ein Model in Mailand ein Shirt von dir an und dich wärmstens empfohlen.«

Meine Finger zuckten, mein Herz schlug immer schneller. Ich konnte kaum mehr stillhalten. »Das ist ja cool. War mir gar nicht bewusst.« Ich hatte mehrere Pakete nach Italien geschickt in den letzten Wochen, aber bei keinem Namen war ich hellhörig geworden.

»Elliot hat mir aber erzählt, dass du auf der Suche nach Platz in einem Showroom bist.«

Ich nickte. »Ja, das ist tatsächlich so.« Am liebsten wollte ich ihm vorjammern, wie unmöglich es war, in dieser Stadt sichtbar zu werden.

»Da könnte ich gegebenenfalls helfen. Mira meinte, wenn ich ein paar Bilder vom Laden mache, nimmt sie zwei Designs auf. Sofort.«

Mein Mund klappte auf. Elliot legte seinen Finger unter mein Kinn und schob ihn wieder zu. Der Blödmann.

Ich sah die beiden an. Waren sie wirklich nur Freunde? Gerade kickte mein Selbsterhaltungstrieb voll rein und es war mir egal. »Das wäre ... Welche Mira?«

»Mira Bellingham«, meinte Arlo, als erzählte er mir, er hätte sich bei Marks & Spencer einen Kuchen abgeholt.

»Die Mira Bellingham? In der Carnaby Street?« In der Modestraße Londons.

Arlo nickte.

Vermutlich hatte ich einen Fieberwahn. Das war nicht wahr.

Elliot legte seinen Arm um meine Schultern. »Es passiert!«, flüsterte er in mein Ohr.

Arlo grinste uns an. »Ich schicke dir den Kontakt. Sie erwartet deinen Anruf.«

»Klar! Mach ich.« Oder ich wurde ohnmächtig. Es war völlig normal, dass ich meine Mode im Bellingham ausstellte.

»Na los, wir wollten feiern.« Arlo deutete auf den Eingang des Flairs.

Ich machte eine zustimmende Handbewegung. »Geht vor. Ich bin sofort bei euch.«

Elliots Schultern sanken herab und er sah mich mit geneigtem Kopf an. Vorwurfsvoll.

»Ich komme gleich nach. Wirklich«, versicherte ich ihm.

»Sextoys hängen nicht am Telefon«, knurrte er.

»Einen Moment!« Das konnten wir heute nicht mehr klären. So sehr ich Elliot verstand, ich konnte es nicht ändern. Ich musste von Archer hören. Mein Bedarf musste erfüllt werden.

Seit unserem letzten Treffen drehten sich meine Gedanken um ihn. Um die Nähe, die er mir gab. Die auf so vielen Ebenen möglich war – zu seinen Bedingungen.

Ich konnte nur hoffen, heute war ein Tag, an dem er Zeit hatte. Oder sich Zeit nahm. Bereits bevor ich mein Telefon in die Hand nahm, bereitete ich mich auf eine Abfuhr vor. Stellte mich mental darauf ein, dass ich ihn nicht erreichte, und würde es nicht werten. Nicht zu reden, bedeutete nicht, dass er mich verabscheute.

Dass ich ihm egal war, vielleicht schon.

Dem Gedanken wollte ich gerade keinen Platz geben.

Die Erleichterung, als der Anruf sofort angenommen wurde, war unermesslich. Meine Schultern hoben sich wieder. Waren wieder beweglich. Das Gewicht auf ihnen war weggehoben worden.

»Hey.« Archer lächelte mich müde an. Mittlerweile konnte ich seine Mimik besser lesen. Ein Zeichen dafür, dass er erschöpft war, war der Umstand, dass er ans Telefon gegangen war.

Auch seine Augen waren kleiner als sonst. Und seine Gesichtsmuskeln waren angespannt.

Er saß an einem Schreibtisch. Weit in einen Bürostuhl zurückgelehnt. Ohne Krawatte wirkte er fast leger. Wahrscheinlich Archers Version eines Casual Fridays.

Das Hemd war drei Knöpfe aufgeknöpft und seine Brust schaute aus dem V, das so auseinanderfiel, heraus.

Ich wusste, wie sich die Haut dort anfühlte. Mein Kopf rief die Haptik hervor. So wie meine Erinnerung genau das Gefühl von Jeans zwischen meinen Fingern oder Samt oder Wolle hervorrufen konnte, genauso war es mir möglich, die Textur von Archers Haut abzurufen.

»Du arbeitest noch?«, fragte ich ihn.

»Ja. Es ist noch nicht so spät. Grade erst sechs Uhr abends. New York ist noch sehr beschäftigt.«

Obwohl ich zwei Wochen durchgearbeitet hatte, fühlte ich mich seltsam, dass ich jetzt zum Feiern wollte. Andererseits ging es auch nur jetzt, wenn Archer nicht da war.

»Ich bin mit Elliot unterwegs. Und er hatte super Neuigkeiten. Also ein Freund von ihm. Arlo. Arlo Chapman. Ein Fotograf.«

»Okay?« Er wirkte etwas wacher. Interessierten ihn meine Neuigkeiten?

»Ja, er hat für Elliot seine Kontakte spielen lassen und mir einen Ausstellungsraum bei Mira Bellingham in der Carnaby Street organisiert.«

Archer nickte. »Der Name sagt mir was. Ich bin mir nicht sicher, was, aber ich weiß, dass das nicht irgendwer ist.«

Ich nickte, sodass das Telefon in meiner Hand wackelte. »Sie ist eine wirklich große Nummer. Es sind so viele große Namen bei ihr entdeckt worden. Sie hat ein Händchen für neue Talente. Nicht, dass ich sagen will, dass ich ein nennenswertes neues Talent wäre, aber ...«

»Das bist du. Du hast das verdient.«

Die Bestätigung tat gut. Ich hatte sie hören wollen. »Es ist ein Schritt in die richtige Richtung. Mal sehen, was daraus wird.«

»Was will dieser Chapman dafür?«

Zunächst verstand ich gar nicht, was Archer meinte. Schließlich schüttelte ich den Kopf. »Nichts. Es ist ein Gefallen.«

»Ein Gefallen? Im Geschäftsleben gibt es keine Gefallen.« Mittlerweile war Archer hellwach. Seine Augen funkelten und seine Kiefermuskeln arbeiteten.

»Ja, ich versteh schon. Aber das ist anders. Das ist Elliot. Wir sind ein Team.«

Er schüttelte den Kopf. »Ein Team, in dem nur einer was davon hat?«

»Ich ... unterstütze ihn auch. Es ist nur ...«

Sofort lenkte Archer ein und winkte ab. »Du hast recht. Es geht mich nichts an.« Das hatte ich so nicht gesagt. Er setzte sich aufrechter hin und nahm eine geschäftsmäßige Haltung ein. »Du entscheidest, was du tust. Mit der nötigen Erfahrung im Geschäftsleben wirst du irgendwann erkennen, dass ich recht habe.« Er starrte mich an. Sein Blick war hart. Unausweichlich.

Was bitte hatte ich jetzt wieder Falsches gesagt? »Ist alles okay? Ich wollte die guten Neuigkeiten nur mit dir teilen. Denkst du, wir könnten sie feiern, wenn du das nächste Mal zurückkommst?« Hörte ich mich weinerlich an? Bettelnd?

Sein Mund zuckte. So als hielte er seine eigentliche Reaktion zurück. »Mal sehen. Ich werde jetzt weitermachen.« Mit einem Schlag war der Bildschirm schwarz.

Verdammtes Arschloch.

Was war denn jetzt passiert?

Funkstille. Seit zwei Wochen. Ich hasste es. Ich hasste Archer. Ich ging jedes Wort unseres Gesprächs durch. Was hatte ich gesagt, was ihn so hätte aufbringen können? Am meisten hasste ich mich und meine kindische Reaktion.

Nur weil er mich umgarnte, wenn er in London war, hieß das nicht, dass sich an seiner Haltung mir gegenüber irgendetwas geändert hatte.

Mich machten diese Stimmungsschwankungen fertig. Ich hasste es, wenn ich mich nicht auf etwas verlassen konnte.

Oder konnte ich es vielleicht?

Archer hier war liebevoll.

Archer weg war herablassend.

Das zu akzeptieren, fiel mir immer schwerer.

Unsere gemeinsamen Gespräche, seine Zuneigung hatten in mir etwas bewegt.

Was es genau war, wusste ich nicht. Wirklich nicht.

Egal wie oft Elliot behauptete, dass ich nur an Archer hing, weil ich mich von dessen Spielchen einfangen ließ, genauso oft widersprach ich.

Die Einschätzung konnte ich nicht komplett von mir weisen. Aber da war mehr. Diese warmen, zärtlichen Momente. Die ruhigen Augenblicke, in denen Archer nur bei uns war. Bei mir.

Sie waren voller Aufmerksamkeit und Zärtlichkeit.

Das bildete ich mir nicht ein! Egal wie verblendet ich war. Wieso er immer wieder, sobald wir nicht zusammen waren, alles abhakte und so tat, als wären wir Fremde, konnte ich mir nicht erklären.

Meine Augen brannten. Seit Stunden schaute ich auf diese Mini-Naht. Immer wieder fuhr ich dieselbe Linie mit der Nähmaschine. Das zehnte Shirt in Folge. Und jedes musste perfekt werden. Welchen Zweck hatten handgefertigte Einzelteile, wenn sie nicht absolut makellos waren?

Ich hob den Kopf und bewegte ihn leicht.

Mein Blick wanderte über *meine* kleine Werkstatt. Das Gästezimmer hatte ich mittlerweile komplett eingenommen. Die Bügelstation war so groß wie das ganze Wohnzimmer der WG. Am Packplatz hatte ich neben den Kartons die Tags, Bänder und Karten, die ich den Paketen beilegte.

Zwischenzeitlich war auch mein *Lager* gewachsen. Es bestand nur aus zwei Schränken und einer Kommode, aber es war mehr Platz, als ich je für meine Stoffe gehabt hatte.

Die Nähmaschine hatte ich so platziert, dass das Licht von draußen durch das Fenster fiel und ich nah genug am Bett war. Dieses nutzte ich nicht mehr zum Schlafen. Höchstens zum kurz Social Media checken. Der Großteil der Fläche war von Resten zugemüllt.

Dieser Aspekt war optimierbar.

Der hotShop, in dem ich arbeitete, hatte mir zwei Kleiderbüsten geschenkt, die sie eigentlich wegwerfen wollten. Meine Alte hatte ich sofort ausrangiert und wurde nicht müde über den hochwertigen Stoffbezug zu streichen oder die unterschiedlichen Größen zu testen.

Zum Glück musste ich die nicht bezahlen.

Hinsichtlich meiner Website hatte ich aber in den sauren Apfel gebissen und einen Teil meiner Ersparnisse in eine neue gesteckt. Zumindest hatte ich sie professionell überarbeiten lassen.

Und Zufall oder nicht: Die Bestellungen hatten sich verdoppelt. Sobald ich das hier fertig hatte, würde ich es zu Mira bringen und dann sehen, ob der Showroom auch eine Wirkung zeigte.

Insgesamt war jetzt alles runder und ich fühlte mein Label viel mehr. *FinP.* Endlich passte auch mein elegantes Logo zum Rest meines Designer-Daseins. Und obwohl ich im Moment so viel arbeitete wie noch nie zuvor, fühlte ich mich nicht ausgebrannt. Vielmehr zog ich aus jedem Teil, das ich zur Post brachte, Kraft.

Miete konnte ich noch nicht damit bezahlen, aber endlich zeigten meine Verkäufe irgendwelche Auswirkungen auf mein Konto. So sehr, dass ich meine Stunden im hotShop reduziert hatte.

Das nervöse Kribbeln, das diese Entscheidung mit sich gebracht hatte, jagte wieder durch meinen Körper.

Es war keine leichte Entscheidung gewesen, auf das sichere Geld zu verzichten, um meine Zeit in mein Baby zu investieren. Bisher war ich aber nicht enttäuscht worden.

Vor allem gab mir meine Wohnsituation ein nie dagewesenes Polster. Faktisch musste ich mich weder um Miete noch um Nebenkosten kümmern.

Die Grundbedürfnisse versorgt zu wissen, hatte mir eine Sicherheit verschafft, die ich noch nie gefühlt hatte.

Der Umstand hatte meiner Kreativität einen Schub verpasst, der mich durch mehr als eine Nachtschicht trug.

Die Musik aus meinem Handy stoppte abrupt und mein Telefon vibrierte neben mir.

Earl of Ass stand auf dem Display. Ich starrte es an, ohne genau zu wissen, was das bedeutete. Archer rief mich an.

Warum? War er noch sauer?

Mit zitternden Fingern nahm ich den Anruf an.

Sofort erschien er auf meinem Display. Nackter Oberkörper. In einem Bett. Weiße Laken. Alles sah teuer aus.

»Hey.« Seine Stimme war weich und entspannt. »Was machst du gerade?« Kein Wort darüber, dass er mich vor zwei Wochen abgewürgt und seitdem ignoriert hatte.

Ich hatte ihm nur eine Nachricht zwischenzeitlich geschrieben, die er natürlich nie beantwortet hatte. Mittlerweile machte ich mir nicht mehr die Mühe, ihn auf dem Laufenden zu halten.

Lieber arbeitete ich vor mich hin und fragte mich, wieso ich seine Stimmungsschwankungen ertrug.

Ich hob den Blick kurz über mein kleines Schneiderreich. Deshalb. Ohne Archer wäre ich nicht, wo ich jetzt war.

Daran bestand kein Zweifel.

Trotzdem.

In mir zog und zerrte es.

Ich wollte meine Situation nicht aufs Spiel setzen. Aber lange konnte ich meine Klappe nicht mehr halten.

Ich schwenkte das Telefon auf das Shirt vor mir in der Nähmaschine. »Noch ein paar Bestellungen und dann geh ich schlafen.«

Er sah mich direkt an, als ich den Bildschirm wieder zu mir lenkte.

»Du hast deine Website überarbeitet«, sagte er.

Eine Art Quietschen entwich mir. »Du kennst meine Website?«

»Natürlich. Sie war immer völlig in Ordnung. Aber jetzt hat sie den professionellen Anstrich, den ein Designer in der Carnaby Street erwarten lässt. Sie ist wirklich klasse.«

»Danke«, murmelte ich. »Ich hatte ein bisschen Geld angespart und dachte, das ist ein gutes Investment.«

»Das ist es. Definitiv. Sie unterstreicht jetzt deine Professionalität.«

Seufzend sah ich mich um. »Um ehrlich zu sein, ist mir die aber jetzt nur möglich, weil ich hier bin. Das Gästezimmer ist mittlerweile ein Atelier. Ohne dein Angebot hätte ich diesen Sprung nicht machen können.«

Archers Blick bohrte sich in mich. »Liegt es nicht eher an Arlo Chapman, der dir den Kontakt zu Mira Bellingham verschafft hat?«

Was wollte er denn jetzt mit Arlo? »Nein! Ich habe noch nicht mal was im Bellingham. Zwar habe ich mit Mira gesprochen, aber sie hat erst ab nächster Woche freie Fläche. Dass Elliot mit Arlo Kontakt hatte, war Zufall und hat nichts damit zu tun, was ich geschafft habe, seit ich hier bin. Ohne das Gästezimmer säße ich immer noch in der WG und würde versuchen, zwischen Turnschuhen und Take-away-Müll etwas zu nähen.«

Archer richtete sich etwas auf, ohne seinen harten Blick von mir abzuwenden. »Du hättest das auch ohne mich geschafft.«

»Hm. In ein paar Jahren. Nicht in dem Tempo. Ich ähm ...« Warum war es mir so unangenehm, mit Archer darüber zu reden. »... habe Stunden im hotShop reduziert, um hier mehr arbeiten zu können. Seit einer Woche. Ich kann also noch nicht genau sagen, wie sich das wirtschaftlich auswirkt. Aber bisher kommen jeden Tag neue Bestellungen rein. Die Website scheint wirklich was geändert zu haben.«

Archer setzte sich in seinem Bett weiter auf und wirkte selbst durch das Telefon mächtiger, obwohl seine Gesichtszüge weicher wurden. Nahbarer. »Es freut mich, dass unser Arrangement auch für dich positive Effekte hat. Genügend Grund zu feiern, wenn ich zurück bin. Sag Helen doch Bescheid, was du essen willst. Dann kann sie das vorbereiten und ich gebe ihr frei und wir sind ungestört.«

Positive Effekte klang unangenehm geschäftsmäßig. Und anscheinend wusste er, wann er zurückkam. Genau wie Helen. Nur mir sagte er es nicht. Nicht mal jetzt.

Ich konnte mich aber nicht damit aufhalten. Vielmehr verursachte der Gedanke an unser *Arrangement* ein unangenehmes Magengrummeln. Seit Tagen. So sehr ich mich bemüht hatte, es zu ignorieren, es gelang mir nicht mehr.

Archer beziehungsweise Archers Abwesenheit und Gleichgültigkeit nagten an mir.

»Wegen unseres Arrangements ...«

Sofort verschloss sich Archers Mimik komplett. Der winzige Anflug von Zutraulichkeit verpuffte mit einem Schlag. »Was ist damit?« Hart. Schneidend. Eiskalt.

»Nicht wirklich was. Ich meine, es ist alles bestens. Nein, ist es nicht.«

Archer sah aus, als ob er kurz davor war, durch das Telefon zu springen. Bevor ich noch ein Wort äußern konnte, setzte er eine Maske der Gleichgültigkeit auf, die mich zittern ließ.

Er war klar gewesen, wie sein Angebot aussah und was es umfasste. Dies war nicht abänderbar. Trotzdem musste ich sagen, was mich bedrückte.

Ich holte tief Luft. »Wir müssen nichts daran ändern. Mir ist es aber wichtig, zu sagen, dass sich für *mich* ein paar Sachen geändert haben. Mir ist Ehrlichkeit sehr wichtig. Das Wichtigste tatsächlich.«

Archer zog die Augenbrauen zusammen. Er wirkte fast bedrohlich.

In mir kämpfte mein Verstand, der wollte, dass ich die Schnauze hielt, gegen das Drängen, Archer wissen zu lassen, wie ich mich fühlte. Wenn mich Archer rausschmiss, weil ich ihm zu nahekam, stand ich mit meinen Aufträgen sozusagen auf der Straße. Allein meine Stoffe brachte ich nicht mehr in der WG unter. Andererseits war da dieses Ziehen in meiner Brust, das verdammt noch mal wusste, dass ich längst emotional eine Grenze überschritten hatte. Dass ich Archer auf einer Ebene wollte, die nicht richtig und gesund war.

Ich war es ihm schuldig, dies mitzuteilen. Denn ich lebte in einem ganz anderen Arrangement als er. Und es gab nichts, was ich mehr hasste als Unehrlichkeit. Unehrlichkeit hatte nicht nur meine Familie zerstört, sondern auch einen Teil meiner Mutter gekillt. Egal, wie das hier endete, an meinen Grundwerten hielt ich fest.

»Mir sind deine Bedingungen für unsere Abmachung klar. Du hast sie zweifelsfrei dargestellt. Allerdings kann ich mich nicht mehr an alle Punkte halten.«

Archers Maske aus Gleichgültigkeit bröselte. »Ja?« Purer Hass schoss mir entgegen. Bohrte sich unangenehm in mich, wie ein Giftpfeil.

Ich bereute, irgendetwas gesagt zu haben. Nun war es aber zu spät. Ein Zurück war ausgeschlossen.

»Du willst keine Beziehung, ich weiß das. Und wir müssen auch nichts an unserer bisherigen Abmachung ändern. Aber meine Gefühle für dich haben sich verändert.« Ich konnte ihn nicht mehr ansehen. »Das ist ein Problem, denn ich habe das Gefühl, ich bin dir peinlich. Du willst dich nie mit mir in der Öffentlichkeit zeigen. Bereits jetzt planst du, dass wir das nächste Mal, wenn du heimkommst, wieder nur zuhause verbringen. Was eigentlich okay ist.« War es nicht. »Überhaupt lässt du mich hängen. Immer wieder. Ich werde komplett im Dunkeln gehalten darüber, wann du wo bist. Helen weiß Bescheid, kann planen. Ich werde überrascht. Nicht, dass das schlimm ist.« Ich schloss die Augen und atmete tief ein. »Aber jetzt mit diesen neuen Gefühlen dir gegenüber, ist es für mich schwer, damit umzugehen. Ich will, dass du mich reinlässt. Mich einbeziehst. Ich weiß, wir haben gesagt, das ist nur Sex und Praktikabilität.« Ich schaute in den Raum. »Und ich habe bisher nur davon profitiert. Aber ...« Scheiße, wie sagte man jemandem, der absolut keine Beziehung wollte, dass man ... Fuck! Was hatte ich getan? Das war doch sinnlos. »Hör zu, vergiss, dass ich was gesagt.«

»Finley!«

Ich schaute auf. In Archers weit aufgerissene Augen, in denen jetzt kein Hass mehr lag. War er überhaupt je da gewesen, oder nur ein Produkt meiner Einbildung. In dieser Sekunde wirkte Archer eher geschockt.

»Es tut mir leid«, flüsterte ich. Ich wollte hier nicht weg. Ich wollte bei Archer sein. Aber ich wollte weder ihn noch mich belügen.

»Es gibt nichts, was dir leidtun muss. Finley, es geht mir genauso.«

»Was?« Nun war ich es, der die Augen aufriss.

»Für mich hat sich unsere Vereinbarung auch verändert. Ich will keine Beziehung. Immer noch nicht. Aber … wir haben eine. Darin hattest du recht. Vermutlich habe ich dich deshalb so auf Abstand gehalten. Das tut mir leid. Und ich will dir nichts versprechen. Finley, ich stecke im wichtigsten Geschäft meines Lebens. Bis ich dieses nicht zu meiner Zufriedenheit abgeschlossen habe, ist eine ernste Verbindung ausgeschlossen. Aber auch meine Gefühle haben sich verändert.« Er fuhr sich über den Kopf, seine Miene ungewohnt hilflos und unsicher. »Wahrscheinlich habe ich mich von Anfang an selbst belogen. Du warst mir nie egal. Ob du es glaubst oder nicht, ich biete nicht jedem Mann an, bei mir zu wohnen.«

Ein seltsamer Quietschlaut presste sich aus mir. Pure Erleichterung. Ein Lachen folgte. Ein Gefühlscocktail sauste durch mich. Vernebelte mir das Hirn. Was passierte hier? »Ist das dein Ernst?«

»Ja. Finley, ich hatte nicht gedacht, dass es für dich mehr ist. Daher habe ich an unseren Bedingungen so festgehalten. Ein Selbstschutz. Und dass wir nie ausgehen, liegt nur daran, dass ich bei dir sein will. Wirklich. Das ist der einzige Grund. Wenn ich das nächste Mal in London bin, gehen wir aus.«

Ich lachte laut. Zu laut.

Archer grinste mich an. »Aber nicht zu lange. Dass ich dich will, ändert sich nicht, nur weil ich Gefühle für dich habe.«

»Das mit dem Ausgehen ist nicht so wichtig. Es war nur ein Punkt in dem ganzen Chaos.«

»Ich verstehe schon.«

Wir grinsten uns an. Bis Archers Lachen wankte. Er presste die Lippen zusammen. »Aber meine Geschäfte haben Priorität. Immer. Davon weiche ich nicht ab.«

»Archer, entspann dich! Es muss sich nichts ändern. Ich musste es nur aussprechen. Es hat mich aufgefressen. Dass ich nicht allein damit bin, ist ... ich kann das grade schwer beschreiben.«

»Ich verstehe es. Es geht mir genauso.«

Und wir grinsten wieder wie zwei verliebte Esel in die Kamera.

Kapitel 14

Juni

»Ganz sicher!« Obwohl Elliot mich nicht sehen konnte, verdrehte ich zur Betonung die Augen. »Wir kommen. Archer hat es versprochen.«

»Grundgütiger, hörst du dir zu? *Wir* kommen. Er hat es *versprochen*. Fin, du bist immer noch du. Eine selbständige Person. Du kannst eigene Entscheidungen treffen. Du brauchst nicht die Zustimmung deines Lehnsherrn, wenn du deine Freunde treffen willst. Vor allem will ich mit dir feiern. Jeder, den ich sehe, spricht von deinen Klamotten bei Mira Bellingham. Das müssen wir feiern.«

»Und das werden wir. Egal wie sehr du jetzt zeterst.«

»Wie bitte? Ich kümmere mich! Ich zetere nicht. Nie.« Sein Lachen zeigte mir, dass wir bei allem Gestreite füreinander da waren. Ich konnte mich immer auf Elliot verlassen. »Also. Um acht im Shed. Ich habe für zehn Leute reserviert.«

»Ich freue mich riesig, Elli!«

»Ich mich auch, Süßer.«

Wir legten auf und ich machte mich zurecht. Archer war im Büro. Anscheinend hatte er dort so was wie eine Wohnung, da er von seinem Flug aus direkt dorthin war, dort duschen und sich umziehen würde.

Das Outfit für den Abend lag bereits vor mir auf dem Bett. Damit sollte jeder an die Ausstellungsstücke bei Bellingham erinnert werden.

Überschwänglich kicherte ich vor mich hin. Ich war meine eigene Werbeplattform.

Im Erdgeschoss wurde die Haustür geöffnet. Ich lauschte, ob es Archer war, und wurde enttäuscht. Nur sein Gepäck wurde gebracht.

Es war absurd, wie reiche Menschen lebten. Andererseits schien es fast unmöglich, das alles selbst zu managen. Archer konnte wohl kaum seinen Geschäften nachgehen, wenn er sich um den ganzen Kram kümmern musste, wie jeder andere Mensch.

Zurück im Bad rasierte ich mich, trug Parfüm auf und zupfte meine Haare zurecht.

»Was für ein Anblick!«

Ich riss den Kopf herum, mein Herz setzte einen Schlag aus. »Archer, warum erschreckst du mich?« Wie immer in Anzughose, weißem Hemd und heute auch noch mit Krawatte. Zum Anbeißen.

Er grinste und umarmte mich. »Hi!«

Ich reckte mich ihm entgegen. »Selber hi.« Unsere Lippen streiften sich. Flüchtig. Ein hastiger Willkommensgruß.

»Es tut gut, dich zu sehen.« Er musterte mich. »Seltsam wie lange zwei oder drei Wochen plötzlich sind.«

Erneut küsste ich ihn. Diesmal länger.

Archer biss in meine Unterlippe und nippte daran. Gerade so, dass es bis in meine Eier zog. Er vertiefte den Kuss. Küsste meine Kinnlinie entlang. Knabberte an meinem Ohrläppchen.

»Wenn du so weiter machst, kommen wir nicht los«, flüsterte ich.

»Ich habe dich neunzehn Tage nicht gesehen. Das ist also keine Drohung. Eher ein verlockendes Angebot.«

Unter seinen Händen verspannte ich. Natürlich verstand ich, was er meinte. Ich wollte auch unter ihm liegen, neben ihm, in diesem Bett. Aber unser Gespräch vor einigen Tagen hatte ich ernst gemeint.

»Fin, ich stehe zu meinem Wort. Nur, dich endlich wieder zu spüren, ist ein fantastisches Gefühl.«

»Mir geht es genauso. Wir hatten nur ...«

Archer unterbrach mich mit einem Kuss. »Nur Wiedersehensfreude.«

Ich grinste ihn an. Musste ihn ansehen. Konnte es nicht glauben, dass mein gestottertes Geständnis vor einigen Tagen hierher geführt hatte.

»Der Laden, in den wir wollen, heißt Shed. Ist total neu und innovativ. Die Inhaber betreiben eine Farm in Cornwall, wo sie nahezu alle ihrer Produkte beziehen.« Ich fummelte nach meinem Handy. »Kennst du den Laden? Das Design ist so cool. Eine Mischung aus klassisch und modern. Allein die Speisekarte.« Lachend hielt ich ihm die Seite des Shed hin. »Schau mal. Hier sind die Bestandteile der Speisen beschrieben.« Immer noch freute ich mich über den kleinen Spaß. »Hier. Das sind so kleine Geschichten. Ohne Namen oder Überschriften. Ich kann mir gar nicht vorstellen, wie die Bestellungen aussehen. Für mich bitte einmal die Geschichte über den Troll und die Fee im Fjord – ich glaube übrigens, das ist ein Fischgericht – und meine Begleitung hier hätte gerne das Männlein im Wald – ohne toxische Beigabe.« Elliot und ich hatten uns schlapp gelacht. »Ich bin ziemlich sicher, das ist ein Pilzgericht. Die Kräuter und Extras, die beschrieben sind, kenne ich alle gar nicht.«

Archers Miene hatte sich immer weiter verfinstert. Er nahm mir das Telefon aus der Hand und scrollte darüber. »Ich weiß nicht. Fin.« Er seufzte und zog seine Augenbrauen hoch, was ihm einen seltsam arroganten Ausdruck gab. »Davon hab ich noch nie gehört.«

Und das bedeutete was?

»Mir ist heute wirklich nicht nach Experimenten. Ich hab den ganzen Tag gearbeitet und mich gestresst, um rechtzeitig anzukommen. Das Letzte, was ich will, ist in irgendeine halbgare Klitsche, die glaubt, sich mit seltsamen Geschichten statt Namen für ihre Gerichte auf dem Londoner Markt etablieren zu können.«

Mir blieb die Spucke weg. Bitte?

Archer strich über meine Wange. Ich war zu perplex, um zu reagieren.

»Ich hab schon in meinem Stammlokal reserviert. Es ist in Gehweite zum Bellingham in der Carnaby Street. Das will ich dir heute zeigen. Ich will mich mit dir zeigen.«

Das Loch, in das ich soeben gefallen war, hatte anscheinend eine Hebebühne, die mich wieder ans Tageslicht hob.

»Alles okay?« Archer sah mir in die Augen. Nahm meine Hand. »Ich will nur einen schönen Abend mit dir verbringen. Wir wollten doch feiern. Ich glaube wirklich nicht, dass das in einem Laden wie dem Shed möglich ist. Zu neu, zu voll, zu laut, zu gewollt. Das ist doch kein Konzept. Das ist eine Zumutung.«

Archers Worte waren das, was ich wollte. Wieso hörten sie sich dann so falsch an. So bitter? Eigentlich wollte ich mich freuen. Aber ich wollte mich eben auch mit meinen Freunden freuen. Scheinbar ließ sich beides nicht miteinander vereinbaren.

»Okay.« Es kam kleinlaut aus mir heraus.

»Komm, William ist gleich da.«

Ich trottete ihm hinterher. Mein ganzer Elan in Luft aufgelöst.

»Ich verspreche dir, du wirst es lieben. Die Leute dort werden sich ein Bein ausreißen, um dich kennenzulernen.«

Immer noch spielte ich mit dem Telefon in der Hand und sah auf. Das war ... nett. »Okay.«

Archer legte seine Hand in meinen Nacken und drückte ihn leicht. »Tut mir leid. Ich möchte einfach nicht in dieses Restaurant. Ich hätte niemals zugestimmt, dort hinzugehen. Das ist jetzt blöd, weil wir uns nicht abgesprochen haben.« Seufzend schüttelte er den Kopf. »Das ist genau der Mist mit Beziehungen, den ich nicht brauchen kann. Das Absprechen. Mein Kopf ist voller Arbeit. Dann entscheide ich, wohin es zum Essen geht, ohne mich mit dir zu besprechen. Das ist nicht in Ordnung. Aber niemals hätte ich zugestimmt, in dieses Shed zu gehen. Wir müssten einen Kompromiss treffen. Und dafür fehlt uns die Zeit. Ich verhungere nämlich.«

Diese Erklärung machte durchaus Sinn. Ich fühlte mich immer noch wie überfahren, aber objektiv betrachtet hatte Archer recht. Restaurants waren Geschmackssache. Nur, weil mir regelmäßig egal war, wohin es ging, Hauptsache ich wurde satt, hieß das nicht, dass dies für alle Menschen galt.

Trotzdem waren meine Schritte schwer.

Das Gespräch, das ich nun mit Elliot führen musste, lag mir bereits jetzt im Magen. Shit.

Im Wagen fing ich an, zu tippen.

Sorry.
Archer hatte schon eine Reservierung in seinem Stammlokal.
Ich muss vertagen.

Shit. Das würde er niemals durchgehen lassen.

Mein Telefon vibrierte und ich verzog den Mund. Hastig drückte ich den Anruf weg.

»Was ist?« Archer drückte meine Finger.

Ich schüttelte den Kopf.

»Nun sag schon. Was ist los?«

Draußen zog London an uns vorbei. Die schicken Häuser von Kensington.

»Ich hab Elliot kurz abgesagt. Er ist mit Freunden im Shed.«

»Du wolltest dich mit Freunden treffen?« Archer setzte sich aufrechter hin und drehte sich komplett zu mir.

»Darum ging es doch. Rauszugehen. Du solltest auch meine Freunde kennenlernen.«

»Fin! Sag das doch.«

Hoffnung blubberte in mir hoch.

»Ich rufe einfach bei Alfredo an, er soll mehr Plätze freimachen.«

Oh. »Ich weiß nicht …«

Archer deutete auf mein Smartphone. »Gib ihm Bescheid.« Er nannte mir die Adresse und ich tippte.

Archer lädt ein. Bitte kommt.

Erneut rief Elliot an und ich drückte den Anruf weg.

Nein, hast du das mal angesehen?
Auch, wenn dort keine Preise stehen, weiß ich, dass ich es mir nicht leisten kann.

Außerdem werde ich die Reservierung nicht stornieren.

Weißt du, wie schwer es war, im Shed einen Platz zu bekommen?

Ich lasse mich wegen dem Earl of Ass nicht auf die Schwarze Liste setzen.

Shit, Shit, Shit.

»Kommen sie?«, fragte Archer.

»Nein.« Ich packte mein Telefon weg. »Sie lassen die Reservierung nicht platzen. Und es ist zu teuer.«

»Ich zahle. Kein Problem.«

Ich schüttelte den Kopf. »Elliot will nicht.«

»Fin.« Archer nahm meine Hand. »Es tut mir leid. Ich hätte deine Freunde gerne getroffen. Aber … nicht so. Nicht jetzt. Nicht dieses Restaurant.«

Mein Rücken sackte tief in das Leder der Polster.

Archer schüttelte den Kopf. »So eine Scheiße. William kann mich rauslassen und fährt dich einfach weiter.«

»Nein!« Meine Antwort kam sofort und automatisch. »Ich bin enttäuscht. Ja. Aber ich will den Abend mit dir verbringen. Auch mit meinen Freunden. Manchmal geht beides gleichzeitig nicht.«

»Bist du dir sicher?« Archer legte seine Hand auf meinen Oberschenkel und drückte ihn leicht.

Das Lächeln zwang ich mir ins Gesicht. Doch meine Antwort war klar. »Ja. Bin ich.«

Er strahlte mich an. »Du wirst es nicht bereuen. Das Essen ist fantastisch und das Ambiente unvergleichbar.«

Daran hatte ich nicht den geringsten Zweifel. Aber zerrissen zwischen meinen Freunden und Archer fühlte ich mich haltlos.

Beim Restaurant angekommen begrüßte uns Alfredo persönlich. Überschwänglich schüttelte er meine Hand und führte uns zum besten Platz des Lokals. Seine Worte.

Er umarmte Archer. »Du isst nicht genug. Du bist ganz mager. Warum lässt du dich so lange nicht blicken?«

Archer klopfte dem Restaurantchef auf die Schultern. »Die Arbeit, Alfredo. Und wenn ich hier bin, kann ich Helen nicht sagen, ich gehe zu dir essen.«

Das schien Alfredo köstlich zu amüsieren. Laut lachend schob er Archer von sich und deutete auf unseren Platz. »Wie schön, dass du hier bist, Finley. Archer hat bereits vor Tagen eine Liste mit deinen Lieblingsspeisen geschickt und ich habe die Vorbereitungen höchst persönlich überwacht.«

Ich schaute kurz zu Archer, der seinen Blick senkte, und wandte mich dann wieder an Alfredo. »Ich weiß gar nicht, was ich sagen soll.«

»Gar nichts, es ist uns eine Ehre, dass du hier bist. Lass dich einfach überraschen.« Damit verließ Alfredo unseren Tisch und eine Bedienung kam mit einem Tablett mit Getränken zu uns.

Sie stellte alles ab. Wasser. Eine Cola. Zwei Cocktails – alkoholfrei. Und verschwand wieder.

»Archer.«

Endlich hob er den Blick.

»Was ist das hier?«

Er zuckte mit einer Schulter. Weißes Hemd immer noch fest am Platz. »Ich freue mich seit Tagen, dich hierher auszuführen, und habe dementsprechend alles in die Wege geleitet.«

Ich sah mich um. Das sanfte Kerzenlicht tauchte uns in eine wohlige Hülle. Grenzte uns von den anderen Gästen ab, die weit von uns entfernt saßen. Alles war sehr privat. Und doch warm und gemütlich.

Ein bisschen Panik hatte ich, dass ich auf die cremefarbenen Sessel rote Soße kleckern würde, aber ansonsten war das paradiesisch.

»Danke!«

Archer strahlte mich an.

»Aber ich glaube, wir müssen an unserer Kommunikation arbeiten.«

Er winkte ab. »Ich ziehe es vor, etwas zu tun, statt nur zu reden.«

Das glaubte ich ihm. Aber so einfach war es nicht.

Er reichte mir seine Hand über den Tisch. Es war nicht der richtige Zeitpunkt, unsere Gesprächsbereitschaft unter Beweis zu stellen.

Die Berührung unserer Finger war die Vollendung eines Kreises. Ein Ankommen.

Das hier war wichtig für uns.

Mit Elliot konnte ich auch noch morgen die Wellen glätten. Archer war morgen vielleicht wieder verschwunden.

Tatsächlich beinhaltete das Acht-Gänge-Menü eine Vielzahl meiner Lieblingsgerichte in Miniaturform.

So auch ein kunstvolles Burgerarrangement aus gerösteten Gemüsen. Intensiv gewürzter Seitan zu Würstchenform gezwirbelt in Kartoffeln und einem Erbsenetwas.

»Schmeckt es dir?«

»Natürlich«, sagte ich. »Das ist unvergleichlich.«

Archer sah mir zu, wie ich einen Happen im Mund versenkte.

»Ich sehe, dass es so nicht laufen kann, Finley. Aber im Moment habe ich nicht die Kapazitäten, mich um etwas wie eine Beziehung zu kümmern. Wenn du das nicht akzeptieren kannst, müssen wir das lassen. Das ist keinem gegenüber fair.«

»Archer. Ich verstehe das«, behauptete ich. Ich verstand eigentlich gar nichts. Weder, was Archer arbeitete, noch, wieso er dauernd durch die Weltgeschichte reiste, noch, wieso er seine Launen immer an mir ausließ.

Aber ich verstand auch, dass er einen Schritt auf mich zuging. Dass das seine Art war, mich an ihn heranzulassen.

»Dein Leben ist anders als meines.« Ich zerkrümelte das frische Brot zwischen meinen Fingern. »Wird es immer so sein?« Konnte ich ewig so leben? Wieso dachte ich über die Ewigkeit nach?

Er presste die Lippen zusammen und griff nach meiner Hand, in der ich noch meine Gabel hielt. Ich ließ diese sinken und verschränkte unsere Finger ineinander. »Finley, ich bin ein vorsichtiger Geschäftsmann. Das wird sich nicht ändern. Aber sobald ich dieses eine vermaledeite Geschäft abgeschlossen habe, an dem ich gerade arbeite, werde ich mir frei nehmen und in London bleiben. Dann haben wir Zeit, um zu sehen, wie sich unsere Beziehung entwickelt. Wohin sie uns führt. Wie wohl du dich in ihr fühlst. Aber das wird noch dauern. Leider weiß ich nicht, wie lange. Das sind Sachen, die ich nur teilweise beeinflussen kann. Es ist nun mal der Deal, der über mein weiteres Leben entscheidet. Ich muss diese Firma unter meine Leitung bringen. Koste es, was es wolle. Aber danach gehört meine Zeit dir.«

»Okay.« Was sollte ich sonst auch sagen? Ich steckte nicht in seiner Lage. Und das, was er mir zugestand, war mehr, als ich je zu hoffen gewagt hatte. Viel mehr, als er anfangs versprochen hatte.

Kapitel 15

Drei Tage später checkte ich mich an der Kasse aus und ging zu den Mitarbeiterräumen.

Archer war bereits wieder auf Reisen und genauso unerreichbar wie zuvor. Ich hatte wirklich geglaubt, es würde sich etwas an unserer Beziehung ändern. Außer seiner Versicherung, dass er wie ich fühlte, war aber rein gar nichts geschehen.

Das sollte mich nicht erstaunen, da er angekündigt hatte, keine Zeit für eine richtige Beziehung zu haben. Andererseits konnte ich es nicht verhindern zum fünfhundertsten Mal auf mein Telefon zu starren. Um ein weiteres Mal meine Hoffnung zerstört zu bekommen.

Meine letzte Nachricht hing da. Ungelesen.

Bist du gut angekommen?

Das hätte ich mir auch sparen können.

Mit meiner Tasche über der Schulter verließ ich über den Haupteingang den hotShop. Shari und Nicole winkten mir zu und ich tat es ihnen gleich. Jedoch verzichtete ich auf ein Schwätzchen, da Elliot und Thomas bereits auf mich warteten.

Direkt auf dem Gehweg sah ich beide in ein Gespräch vertieft. Mein bester Freund und mein kleiner Bruder.

Hoffentlich hatte ich es mir mit beiden nicht verdorben. Den Einen versetzte ich regelmäßig und mit dem anderen hielt ich nur den minimalsten Kontakt.

»Hey ihr zwei!«

Thomas nickte mir zu. Seine Teenager-Coolness verbot ihm wohl jeglichen anderen Gefühlsausdruck.

Elliot legte den Kopf schräg und sah mich mit hochgezogener Augenbraue an. »Na kuck an, wer sich blicken lässt.«

Ich fiel ihm in die Arme und drückte ihn an mich. »Halt die Klappe! Du fehlst mir!«

»Nicht meine Schuld, mein Lieber.«

»Ich weiß, Elli! Danke, dass du da bist.«

»Du bist manchmal ein bisschen doof, weißt du? Aber das heißt nicht, dass ich dich im Stich lasse.«

»Ich weiß! Trotzdem!«

Er drückte mich noch mal fest an sich und ließ mich schließlich los.

Thomas wackelte nervös hin und her.

»Was ist? Sind wir peinlich?«, musste ich meinen kleinen Bruder reizen.

»Du schon!«, konterte er sofort.

Elliot lachte und deutete auf mich. »Da hat er nicht unrecht.«

»Hört auf, euch gegen mich zu verschwören. Und jetzt los. Ich habe Hunger.«

Thomas hielt eine Tüte von Club Mexicana hoch.

»Ihr habt nicht wirklich ...?« Mir lief das Wasser im Munde zusammen. Unser Lieblings-Fast-Food-Laden, den wir uns nur zu besonderen Anlässen gönnten.

»Ist mittlerweile eh kalt«, meinte Thomas trocken. »Aber Elliot hat drauf bestanden.«

»Danke!« Ich küsste Elliots Wange und nahm Thomas die Tasche aus der Hand. »Mir nach. Es sind nur ein paar Haltestellen mit dem Bus, dann stelle ich euch meine derzeitige Behausung vor.«

»Behausung«, schnaubte Elliot und Thomas sah nur zu, dass er uns hinterherkam.

Wir saßen auf den hohen Stühlen der Theke und stopften uns die Burritos, Tacos und Nachos in den Mund. Unser Gespräch beschränkte sich auf zufriedenes Gebrummel. Die Mikrowelle hatte das Essen tipptopp erwärmt. War fast wie neu.

Helen kam herein und betrachtete missbilligend den Haufen Müll, den wir auf der Arbeitsfläche hinterlassen hatten.

»Isch räum alles wech, Helen«, nuschelte ich um den Salat in meinem Mund.

»Was für ein ...« Natürlich ließ sie sich nicht aufhalten und räumte selbst auf.

»Helen?«

Sie drehte sich zu mir.

»Elliot kennst du ja. Das ist Thomas, mein kleiner Bruder.«

Und man hielt es nicht für möglich, dieser stand auf und reichte der Köchin die Hand. »Es freut mich sehr, Sie kennenzulernen. Entschuldigen Sie, dass wir so eine Unordnung veranstaltet haben.«

Ein überraschtes Lachen hüpfte von ihren Lippen. »Ha. Kein Problem, Thomas. Eigentlich bin ich ja dafür da, für deinen Bruder zu kochen, aber ich kann auch seinen Müll aufräumen, wenn er mein Essen nicht will.« Sie warf mir einen vielsagenden Blick zu.

Thomas riss den Kopf zu mir rum. »Du hast ne Köchin?«

»Archer hat eine Köchin«, grummelte ich. Wieso musste ich das jedes Mal betonen. Das war doch klar.

»Man, ich würde mir jeden Tag Würstchen mit Erbsen und Kartoffeln wünschen.« Mein Bruder hörte sich verträumt an, wie er seinen Essenswünschen hinterherhing.

»Ich sag dir was, Thomas. Wenn du das nächste Mal zu Besuch kommst, koche ich dein Wunschgericht. Gib mir einfach Bescheid.« Helen schmunzelte ihn an.

»Echt? Das ist so cool!«

Sie lachte. So ähnlich, wie sie auch mit Archer umging. Wieso tat sie nur mir gegenüber so, als wäre ich der letzte Kaugummi unter einem Schuh? »Es hat mich sehr gefreut Thomas. Wenn ihr noch was braucht, gebt mir einfach Bescheid. Eine Nachspeise vielleicht?«

Der Mund meines Bruders klappte auf. »Einfach so?«

Sie nickte. »Einfach so.«

»Dann will ich einen heißen Schokokuchen«, forderte er prompt.

»Hätte ich gerne«, knurrte ich.

»Hätte ich gerne«, wiederholte er, ohne sich zu beschweren.

Wer war dieser freundliche junge Mann? Wo war mein bockiger kleiner Bruder, der freiwillig kaum den Mund aufmachte?

»Helen, Sie müssen das nicht machen!«, ging ich dazwischen.

Sie warf mir einen giftigen Blick zu. »Ich mache es aber gerne. Das ist mein Job. Und hier wird er offensichtlich wertgeschätzt. Also? Zweimal heißer Schokokuchen?«, forderte sie mich heraus.

»Ja, zweimal!«, schaltete sich Elliot ein. »Aber nur, weil ich nicht kann. Das ist meine letzte Sünde, vor einer Woche fasten. Ich habe nächsten Dienstag ein Casting, für das ich ab jetzt nichts mehr zu mir nehmen darf. Zumindest nichts derart Verlockendes wie Ihr Schokokuchen.«

Sie musterte ihn mit gerunzelter Stirn. »Ich nehme Birkenzucker und habe noch Pralinenformen. Ich könnte Ihnen eine daumennagelgroße Portion machen.«

»Oh.« Elliot richtete sich auf und lächelte. »Helen! Dazu werde ich nicht nein sagen.«

Mit einem Schwung, der ihre Haare flattern ließ, drehte sie sich um.

Was machte ich nur mit dieser Frau?

Keiner von uns konnte sich mehr bewegen. Wir lümmelten in den Kinositzen des Filmsaals und der Abspann von Guardians of the Galaxy lief vor uns.

»Das war schön!« Elliot streckte sich, was ihn nahezu völlig aus dem Sitz hob.

»Bleibt ihr noch?«, fragte ich die beiden. Ablenkung war genau das, was ich brauchte. Und ich hatte die beiden vermisst.

»Ein bisschen können wir noch bleiben. Aber ich habe deiner Mum versprochen, Thomas rechtzeitig zurückzubringen.«

»Danke Elliot. Du bist wirklich ein Bruder.«

»Na komm. Du hast den ganzen Abend noch nicht über deine Designs gequatscht. Zeig uns, woran du arbeitest.«

Das war der Push, der mir zu neuem Leben verhalf. Ich raffte mich auf und zog Thomas mit mir.

Im Gästezimmer – meinem Arbeitszimmer – deutete ich um mich. »Mittlerweile bin ich echt gut eingerichtet. Ich konnte ein bisschen vorarbeiten. Ein paar von den Tülldesigns vorbügeln. Aber nicht zu viel. Es ist alles individuell.«

Elliot drückte meine Schulter. »Ich bin stolz auf dich.«

»Wenn nicht Archer ...«

»Papperlapapp Archer! Ist er hier und arbeitet mit den Stoffen?«

Ich schüttelte den Kopf.

»Ähm. Finley?« Thomas sah mich nicht direkt an. Er hatte seine Hände tief in den Hosentaschen vergraben und starrte auf irgendwas zwischen uns auf dem Boden.

»Tom? Was ist?«

Sein Blick huschte zu Elliot und zu mir. Zurück auf den Boden. »Ich wollte dich fragen ... Nur falls es geht. Wenn nicht, ist egal.«

»Thomas! Rück raus damit! Hast du was angestellt?«

Er hob den Kopf und funkelte mich an. »Das ist das Erste, was du denkst? Danke, Bruder!«

»Ist es nicht!«, versuchte ich einzulenken. »Aber das Rumgedruckse macht mich echt nervös.«

Er schaute wieder auf den Boden. »Meine Klasse fährt nach Paris. Mum dachte, dass der Schulfonds für sozial schwache Schüler das bezahlen würde. Machen die aber nicht. Nur Inlandsreisen.«

»Und nun?«

»Du darfst ihr nichts sagen! Sie musste sich letzte Woche schon Geld bei Gwendolyn leihen. Ich hab's mitgekriegt. Auch, wenn sie nichts gesagt hat. Es ist nur ... ich würde echt gern mit. Meine Noten in Französisch sind nicht so schlecht. Ich bin eher gut. Und mein Lehrer meinte ...«

»Tom, wie viel brauchst du?« Auf meinem Konto befand sich mittlerweile eine beachtliche Summe, die ich, ohne zu zögern, Thomas geben würde. Auch, wenn mich das Wochen in meiner Planung zurückwerfen würde.

»Fünfhundert Pfund«, murmelte er. »Und wir sollen ein bisschen Taschengeld für Essen mitnehmen. Und so.«

Ich überschlug den Betrag kurz. Das war drin. Es war nicht wenig. Dass Thomas mich aber überhaupt um Hilfe gebeten hatte, war Zeichen genug, dass ihm das hier wichtig war. Anders als ich war er ein guter Schüler. Wenngleich er auch an Faulheit in den Fächern, die ihn nicht interessierten, nicht zu übertreffen war.

»Wohin soll ich es überweisen?«

Sofort zog er sein Handy aus der Tasche und tippte darauf herum. »Ich schick dir die Mail mit allen Infos.«

»Okay!«

Elliot tippte mich an. »Wenn du Unterstützung brauchst ...?«

Automatisch schüttelte ich den Kopf. »Wir kriegen das hin.« Wie lange hatte ich nicht mitgekriegt, dass meine Mum Schwierigkeiten hatte? Während ich hier in meinem goldenen Käfig lebte, vergaß ich die Welt um mich.

»Es tut mir leid, Thomas. In Zukunft kümmere ich mich mehr. Ich werde Mum ...«

»Sag bloß nix zu ihr! Ich mein das ernst. Die wird stinksauer.«

Leider wusste ich zu gut, was er meinte. Sie würde mich nie um Geld bitten. Ihr schlechtes Gewissen, dass sie mich quasi am Tag meines Schulabschlusses vor die Tür setzen musste – mit meinem Einverständnis – nagte an ihr.

»Okay. Aber du gibst mir Bescheid, wenn du was brauchst, ja? Dann fällt das schon mal weg. Brauchen die Zwillinge was?«

Er schüttelte den Kopf. Sah auf. »Ich versuch mal rauszufinden, was das sein könnte.«

»Mach das! Ich bin für euch da.«

Thomas sah sich um. »Du hast hier schon dein eigenes Leben. So mit Köchin. Und schickem Kino.«

Ich spielte mit einem Band herum. »Das gehört alles nicht mir. Ich bin hier nur für eine bestimmte Zeit.« Hoffentlich war das Ende in weiter, weiter Zukunft. Dennoch. Nichts hier war wirklich meines.

»Dafür hast du dich aber ziemlich eingerichtet«, meinte Thomas. »Und dieser Archer. Ist das jetzt dein Freund?«

»Irgendwie schon«, versuchte ich eine vorsichtige Erklärung.

»Aber da ist er nicht?«, wollte Thomas wissen.

»Nein. Er reist viel. Eigentlich reist er mehr, als dass er in London ist.«

»Ha.« Mein Bruder betrachtete ein Tüll-Gesicht, das ich an einer Büste angesteckt hatte. »Meinst du, das ist wie bei Mum und unserem Dad? Dass er auch eine zweite Familie hat. Bei der er ist, wenn er nicht hier ist.«

Elliot sog neben mir scharf die Luft ein und setzte sich aufs Bett.

Bitte, was? Ein ungläubiger Laut entwich mir. »Nein! Das glaube ich nicht. Überhaupt nicht.« Das nervöse Grummeln in meinem Magen zeigte mir aber, dass ich nicht ganz ehrlich war. Mein schwer gebeuteltes Vertrauen in Beziehungen hatte von Anfang an mit Archers scheinbar wahlloser Informationsverteilung zu kämpfen. Er ließ mich im Dunkeln und ich hasste es, mich hilflos zu fühlen.

»Okay.« Mein Bruder fingerte an dem Stoff herum und ich wollte ihm auf die Finger klopfen. »Und was macht er dann? Wenn er nicht da ist?«

»Das ...« Tja. Die große Frage. »Weiß ich auch nicht so genau. Er arbeitet.«

Thomas sah mich an. Nickte. »Okay. Du machst das schon. Lässt dich aber nicht so hinhalten wie Mum, oder?«

»Thomas, natürlich nicht. Du kannst Mums Situation überhaupt nicht mit meiner vergleichen. Archer und ich sind nicht wirklich zusammen. Ich meine schon, aber er hat gar nicht die Zeit, um eine echte Beziehung zu führen.«

Thomas rümpfte die Nase und verzog den Mund. »Hat der Erzeuger auch immer gesagt.«

»Das ist was ganz anderes. Vor allem gehe ich mit offenen Augen in diese Beziehung. Ich weiß, auf was ich mich einlasse. Mum ... ist toll. Aber sie wollte nicht sehen, was vor ihren Augen passiert ist. Und ganz ehrlich, ohne jetzt zu krass zu sein. Archer kann mir kein Kind anhängen, sodass ich komplett von ihm abhängig bin.«

Elliot schnaubte.

Thomas schaute zurück auf meine Pakete. »Ein lebendiges, das rumbrüllt, vielleicht nicht. Aber dein Baby ist hier doch längst eingezogen.«

Die Stille drückte von allen Seiten auf uns ein.

Fuck me sideways.

Ich hielt mein Versprechen. Zwei Tage später war ich bei meiner Mum und passte auf die Zwillinge auf, während Elliot mit einer Grabesmiene an seinem Wasser nippte. »Ich hasse diese Diäterei!«

»Gehört das nicht zum Leben eines Models?«

Er grunzte verächtlich. »In meiner Vorstellung brauche ich das nicht. Ich werde rein durch Walks bei Armani und Aftershowpartys immer dünner und sexier.«

Ich warf ein Geschirrtuch auf ihn. »Dein sexy reicht schon. Sonst machst du nur alle neidisch.«

»Pfff. Mir wird schlecht, wenn ich an das Casting denke. Die wollten mich noch nie. Dass sich das jetzt für eine Printkampagne ändern sollte, glaubt doch niemand.«

»Elliot, sie werden erkennen, dass du wie gemacht für das Label bist. So sehr wie du liebt es niemand.«

»Argh ... lenk mich ab, sonst stopf ich mir das Twinkie hier zwischen die Kiemen. Wieso habt ihr so was überhaupt hier?«

Lachend spielte ich mit der Verpackung des Kuchens. Stapelte die Süßigkeit auf mein Telefon. Zog das Handy hervor und warf einen kurzen Blick darauf. Keine

Nachrichten. »Thomas liebt die Teile. Ich hab ihm welche mitgebracht.«

»Ach Thomas, du junger formbarer Charakter. Obwohl ich ziemlich erschrocken bin, als ich ihn vor zwei Tagen getroffen habe. Er ist so gewachsen. Wenn es so weitergeht, überragt er mich in einem halben Jahr.«

»Tja, diesbezüglich teilen sich mein Bruder und ich keine Gene.«

Elliot nickte. »Offensichtlich.« Nachdenklich musterte er mich. »Thomas ist kein Kind mehr.«

»Kann man so oder so sehen.«

»Hm.« Elliot sog seine Unterlippe ein. »Jedenfalls ist er nicht auf den Kopf gefallen und kann Situationen gut einschätzen.«

Ich senkte mein Kinn und presste die Lippen zusammen. »Was?«

»In seiner Einschätzung deiner Beziehung zu Archer liegt er nicht ganz falsch, oder?«

Meine Hände flogen ganz automatisch in die Luft und schoben das Twinkie über die Tischfläche. »Ich bin nicht meine Mutter. Archer ist nicht mein Vater. Wir haben uns ausgesprochen.«

»Und trotzdem sitzt du hier und wartest auf eine Nachricht.«

»Was völlig in Ordnung ist. Er ist massiv im Stress und hat keine Zeit für Beziehungskram. Und ich kann mich darauf einlassen. Du kennst mich, ich bin der König der Situationships. Das ist alles nicht neu für mich und ich kann damit umgehen.«

Elliot schüttelte den Kopf. »Du suchst Ausreden. Ich weiß, wie du in Situationships bist. Und kein einziges

Mal hast du Ausreden für die Typen gesucht, auf dein Handy gestarrt, Verabredungen abgesagt …«

»Ist ja gut!«, fuhr ich dazwischen. »Ich weiß. Aber er ist wirklich anders, wenn wir zusammen sind. Liebevoll und aufmerksam und er sieht mich. Er interessiert sich für meine Mode und …«

Elliot griff nach meiner Hand und drückte sie. »Gefühle sind eine schwierige Sache. Du hast das noch nie gemacht, Babe.«

»So schwierig kann das nicht sein. Machen Millionen tagtäglich.«

Mein Freund schmunzelte. »Bitte pass auf dich auf. Das mit den Gefühlen funktioniert nur, wenn sie unter allen Beteiligten halbwegs gleichmäßig verteilt sind. Archer gibt und nimmt sie dir wieder weg. Hält sie dir hin und haut wieder mit ihnen ab. Das ist weder gesund noch fair.«

»So ist das nicht«, protestierte ich.

Als Antwort drückte Elliot erneut meine Finger.

So war das nicht.

Kapitel 16

»Wie seh ich aus?« Elliot umarmte mich und wich leicht zurück.

»Top! Wie sehe ich aus?«

Lachend drückte er meine Schulter. »So, als müsstest du gleich in den Laden.« Er deutete auf den Hintereingang des hotShops.

»Ich drück dir die Daumen! Du wirst sie umhauen!«, meinte ich.

»Ich dir auch!«, flötete er und lief zu seinem Casting davon.

Erneut nahm ich mein Telefon in die Hand. So sehr ich mich bemühte, es nervte mich unfassbar, dass ich Archer nicht erreichte. Es gelang mir nicht mehr, das Gefühl wegzuschieben. Wochenlang hatte ich Wege gefunden, mich abzulenken. Heute war ich anscheinend an mein persönliches Ende gekommen.

Der Verbindungston tutete laut und deutlich. Wie ich ihn hasste. Ein Knacken unterbrach ihn und ich hätte beinahe das Telefon vor Schreck fallen lassen.

»Archer Ferringsworths Telefon, hier spricht Siobhan«, säuselte eine Frauenstimme in mein Ohr.

»Was ...?« Mir blieben die Worte im Halse stecken. Welche Worte? Eine Antwort hatte mein Gehirn nicht parat.

»Wer spricht denn da?«, wollte Siobhan wissen.

»Hier ist ... Finley«, murmelte ich. Viel zu leise und unbestimmt. Ich hatte ein Recht, diese Nummer anzurufen. Wieso hörte ich mich an, als entschuldigte ich mich.

»Oh, Finley. Archer kann gerade nicht telefonieren.«

Warum nicht? Wo war er überhaupt? Wie spät war es, wo er war? Warum konnte Siobhan an sein verdammtes Telefon gehen und er nicht?

»Okay.« Ich überlegte. Diese Situation hatte ich in keiner Weise vorhergesehen. »Könnten Sie ihm sagen, dass ich angerufen habe? Dass er mich zurückrufen soll?«

»Natürlich!«, versicherte sie mir sofort. »Ich gebe ihm sofort Bescheid.«

Sofort? Wieso sofort? Ich dachte, er konnte gerade nicht reden.

Während ich noch überlegte, was ich sagen sollte, verabschiedete sie sich und legte auf.

Himmel noch mal.

Voller Wut auf mich, auf Archer, auf Siobhan, auf Freddies Geschwätz, auf Londons Mietpreise, auf meine Hoffnung, auf meine Scheiß-Gefühle stapfte ich durch den Mitarbeitereingang in den Pausenraum.

Nicole starrte auf ihr Smartphone. Als sie mich bemerkte, riss sie den Kopf hoch. Ihr Mund klappte auf und sie fuchtelte mit ihrem Telefon herum. »Hast du das gesehen?«

Immer noch stinksauer knallte ich meine Tasche auf einen Stuhl. »Was? Sind Harry und Meghan zurück in England?«

Sie schüttelte den Kopf und hielt mir ihr Handy entgegen. »Sieh selbst.«

Vielleicht war das die Ablenkung, die ich dringend brauchte. Ich nahm ihr das Telefon aus der Hand und schaute auf ein Reel, das noch lief. Sienna Fairchild, die einflussreichste Mode-Influencerin seit es Social Media gab und der wir alle folgten, da sie eine Göttin war, erzählte etwas. Etwas, das ich nicht hörte, da Nicole ihre Kopfhörer im Ohr hatte. Sie zog sie heraus und stellte den Ton laut.

Doch auch das half mir nicht. Das Blut in meinen Ohren rauschte so laut wie die Brandung in Land's End während eines Sturms. Sienna trug eines meiner Shirts und hielt eine meiner Tüllkreationen in der Hand. »Was zum Teufel?«

Ich hielt mir das Display noch näher vor die Augen. Vielleicht sah ich nicht recht.

»Wie immer habe ich für mich bestellen lassen, damit die Designer nicht auf falsche Gedanken kommen, wenn ich wieder einmal neue Produkte teste.« Deshalb liebten wir Sienna. Von den großen Labeln erhielt sie Wagenladungen an kostenlosen Klamotten, Einladungen in Hotels, aber immer wieder testete sie neue Label. Bewerbungen nahm sie nicht an. So entschied sie über Erfolg oder Untergang. Ihr Urteil besiegelte das Schicksal eines Designers. Niemals hätte ich damit gerechnet, dass sie auf mich aufmerksam wurde. Fuck. Hatte sie mich verrissen?

»Scheiße!«, fluchte ich.

»Nein!«, rief Nicole. »Nein, sie ist begeistert. Hörst du nicht zu?«

Tat ich anscheinend nicht. Einzelne Worte drangen endlich in meine von Schock benebelten Gehirnwindungen. *Innovativ, bequem, höchste Qualität, hervorragende Verarbeitung.*

»Leute, wer sich für diesen Sommer noch nicht eingedeckt hat, sollte es schleunigst tun. Finley Parker ist der nächste große Name. Er ist mein Newcomer des Jahres. Ich weiß, wir haben erst ein knappes halbes Jahr hinter uns. Aber mein Näschen sagt mir, wenn ich auf ein Juwel gestoßen bin. In weniger als zwölf Monaten wird ihn jeder in der Modewelt kennen.«

Nicole packte meinen Arm und riss daran herum. »Finny! Oh! Mein! Gott! Das ist riesig! Das ist Wahnsinn! Sienna Fairchild! Du hast es geschafft.«

Mein Mund trocknete aus. Nur noch ein ungläubiges »*Chhh*« kam daraus hervor.

Meine Kollegin fiel mir um den Hals und endlich sackte es langsam durch. Wir hüpften durch den Pausenraum wie zwei volltrunkene Fußballfans Samstagmittag in einem Pub.

»Nicole! Ist das wahr? Ist das gerade passiert?«

»Es ist passiert«, brüllte sie und lachend riss ich ihr das Telefon aus der Hand.

»Ich muss es noch mal anschauen!«

Nicht mal unser Store-Manager konnte mir die Laune verderben, als er unsere Party auflöste.

Wir hüpften in den Laden und ich schwebte wie auf Wolken.

Die ersten Kunden betraten den Shop. Trotzdem zog ich mein Telefon hervor und rief die Nachrichten-App auf, über die ich mich mit Archer unterhielt.

Ich schickte ihm den Link und eine ganze Reihe von lachenden Smileys mit Sternchenaugen hinterher.

Einige Minuten lang sah ich immer wieder auf mein Telefon. Doch wie sonst auch blieb die Nachricht ungelesen.

Die hoffnungsvollen Bläschen in meinem Magen zerplatzten nach und nach. Es war egal. Ich hatte den größten Erfolg meiner kleinen Karriere zu verbuchen. Diesen würde ich mir nicht verderben lassen.

Jeder und jede, die ich kannte, schrieben mir. Elliot völlig in Rage, weil er sich auf sein Casting konzentrieren musste und seine Freude unbedingt mit mir teilen wollte.

Thomas, meine Mum, Charles, Freddy, Lindy, Mira Bellingham und sogar Arlo Chapman meldeten sich.

Arlos Nachricht war es, die mich zentimeterweit in die Luft hob.

Wann erlaubst du mir jetzt endlich, dich bei Mira Bellingham zu fotografieren?

Ich lachte laut auf. Wie konnte das mein Leben sein?

Für eine Beziehung hatte ich nicht die geringste Zeit. Es war ein Glück, dass Archer und ich auf derselben Wellenlänge waren. Das musste ich mir nur noch ein paar Mal einreden, dann glaubte ich es vielleicht auch.

Mein Vorsatz hielt genau bis zum Abend.

Zwischen den neuen Aufträgen, die stündlich reinkamen, rief ich Archers Nummer an. Ich wollte meine Euphorie mit ihm teilen. Egal, wo er sich gerade rumtrieb. Wenn ich nicht wusste, wo er war, konnte ich auch nicht wissen, ob ich ihn vom Schlafen abhielt. In mir drin sagte mir etwas, dass ich es lassen sollte. Es war sinnlos, ihm hinterherzulaufen.

Offenbar hatte Siobhan noch keine Zeit gefunden, um ihm von meinem Anruf zu erzählen. Ich legte auf und warf das Telefon aufs Bett.

Sofort begann es zu vibrieren. Sicher Elliot.

Ich schnappte es mir. Archer.

»Hey!« Wie immer ein Videoanruf. Seine Stimme. Müde. Und seltsam vertraut.

»Wie gut, dass du anrufst.« Die Aufregung brachte mich fast zum Zerbersten. Sie vibrierte in mir, dass ich wie ein Flummi herumhüpfte und durchs Zimmer lief.

Archer saß offensichtlich noch an einem Schreibtisch in einem Büro. Er verzog einen Mundwinkel in ein halbes Grinsen. »Es war unübersehbar, dass du einen Anruf erwartest.«

Die gönnerische Art und die spöttischen Worte brachten mich zum Straucheln. Äußerlich, da ich mit der Hüfte am Tisch hängen blieb, und innerlich, da meine Freude, wie bei einem Jahrmarktspiel, einen Hammer auf den Kopf bekam und in ihrem Loch zurück verschwand.

Meine Neuigkeiten waren aber zu groß. Ich musste sie loswerden.

»Hast du den Link gesehen, den ich dir geschickt habe?«

Archer nickte und schaute auf den Schreibtisch.

»Das ist *die* Fashion Bloggerin des Jahrhunderts. Sie entscheidet über den Erfolg ganzer Kollektionen und den Aufstieg oder Niedergang neuer Label.«

»Schön«, murmelte Archer.

Schön war das ganz und gar nicht. »Eher dramatisch. Aber kannst du dir vorstellen, welche Richtungsweisung das für mich bedeutet?«

»Ähm …« Archer blätterte eine Seite eines Dokuments vor sich um.

Stoßartig atmete ich aus. »Es ist wirklich eine große Sache. Ich habe heute den ganzen Tag über Bestellungen reinbekommen. Vielleicht muss ich noch mehr Stunden im hotShop kürzen. Hoffentlich klappt das.«

»Interessant.« Archer griff nach einem anderen Telefon und nahm einen Anruf an. »Siobhan? Ich sitz noch dran. Ja, ich melde mich gleich.« Er legte auf und senkte seinen Blick wieder auf die Blätter vor sich. Offensichtlich hatte er vergessen, dass er mit mir sprach.

»Archer?«

»Was?« Das Wort kam scharf und harsch aus ihm.

Mir blieb eine Antwort im Halse stecken.

Es vergingen Sekunden. Archer hob den Blick. Brauchte einen Moment, um zu fokussieren. »Hast du was gesagt?«

Mit aller Kraft hielt ich einen Ausbruch zurück. Mein Magen war angespannt. Meine Lippen hatte ich eingesogen. Meine Nägel bohrte ich in meine Handflächen.

»Archer, das war heute vielleicht der wichtigste Tag in meinem Leben.«

Er seufzte. »Hast du neue Aufträge?«

»Du hast kein Wort von dem gehört, was ich gesagt habe. Hier geht es nicht darum, dass du viel zu tun hast. Hier geht es um Respekt. Den du mir gegenüber nicht hast. Weißt du, wenn ich dir so egal bin, sag mir das.«

»So ein Unsinn. Natürlich bist du mir nicht egal. Aber ich habe dir gesagt …«

»Hör auf! Ich weiß es zu gut. Aber ob du es glaubst, oder nicht, auch in meinem Leben tut sich einiges. Und ich schaffe es auch, mich auf dich einzulassen. Ich verlange nicht viel von dir, nur eine Sekunde deiner Aufmerksamkeit. Wenn das zu viel ist, wenn du es dir anders überlegt hast und zurück zur Gleichgültigkeit und nur Sex willst, sag es mir. Ich muss mich darauf einstellen.« *Denn anders als du, bin ich kein emotionsloser Roboter.* Das sagte ich nicht laut. Aber man sah es meinem Gesicht wohl an.

»Es hat sich nichts verändert. Absolut gar nichts. Aber genau das ist es, was mich an Beziehungen stört. Jetzt, da das böse Wort ausgesprochen ist, siehst du alles, was ich tue, in einem anderen Licht. Nicht ich habe mich verändert.«

»Das ist nicht wahr. Bisher hast du mir wenigstens zugehört, wenn wir gesprochen haben. Die fünfmal, wenn du es für nötig erachtet hast, dich bei mir zu melden.«

Archers Augen funkelten wütend. »Typische Beziehungsparanoia.«

Ich schnappte nach Luft. »Du bist so ein Arsch. Ich lasse mir von dir nicht weismachen, meine Wahrnehmung sei falsch. Hier ist meine Grenze Archer. Ich bin ziemlich offen, wie das hier laufen kann. Aber ein absolutes No-Go ist Lügen. Tu es nicht. Versuch mir nicht weiszumachen, es wäre etwas, was nicht ist.«

»Ich habe nicht den geringsten Grund zu lügen!«, brauste er auf.

»Denk nach, was du die letzten Minuten getan hast! Archer, ich lasse das nicht mit mir machen. Wenn sich für dich etwas verändert, sag es mir. Halt mich nicht hin! Erzähl mir keine Halbwahrheiten. Ich bin ein großer Junge, ich komme mit der Realität klar, aber wenn ich rausfinde, dass du nicht ehrlich bist oder mir was vormachst, bin ich raus.«

Schweigend starrten wir uns an. Ich hatte alles gesagt. Es war mir bitterernst. Situationship oder große Liebe. Lügen waren das Ende für mich. Ohne Ausnahme.

»Ich glaube, wir beruhigen uns jetzt erst mal und reden wann anders in Ruhe weiter.«

Das hatte er jetzt nicht wirklich gesagt. »Wie du willst«, fauchte ich ihn an und legte auf.

Wut trieb mir die Tränen in die Augen. Heute war doch der beste Tag überhaupt. Warum musste mir Archer alles kaputtmachen? Nein! Mein Glück hing nicht von den Launen eines Mannes und schon gar nicht von denen eines arschigen Earls ab. Ich hob mein Kinn und sah mich um. Sah meine Privilegien. Sah, dass es mir viel zu gut ging, als dass ich jetzt wegen ein bisschen Liebeskummer zusammenbrach. Liebeskummer. Unwillkürlich lachte ich. Lächerlich. Archer hätte sicher das eine oder andere Wort über die Beschreibung meines Gemütszustandes zu sagen.

Zum Glück musste ich morgen nicht in den Laden und arbeitete die ganze Nacht durch. Nähte, bügelte, packte Pakete.

Morgens um halb acht krachte ich zusammen und schlief direkt im Gästezimmer. Unter all den Stoffresten und Fäden und Fasern auf mir. Ich hatte nicht die geringste Lust, auch nur in Gedanken bei Archer zu sein. Völlig erschöpft fiel ich in einen traumlosen Schlaf, bis mich Elliot mittags wachklingelte.

»Du wirst es nicht glauben!«, brüllte er ins Telefon. Sofort nahm ich das Smartphone vom Ohr und hielt es von mir weg.

»Ich glaube es wirklich nicht. Elliot, brüll nicht so.«

»Die Agentur hat angerufen. Das Label will mich für die Printkampagne! Sie wollen mich für eine landesweite Printkampagne! Finley!«

Ruckartig setzte ich mich kerzengerade im Bett auf. »Elli!«, brüllte ich nun zurück. »Elli, das ist wundervoll! Oh! Mein! Gott! Ich wusste es! Das ist fantastisch!«

»Das ist unser Jahr, Fin! Sienna und du. Und ich und die Printkampagne!«

Die Müdigkeit, die mich eigentlich wie Blei ins Bett drücken sollte, verpuffte und ich hüpfte aus dem Bett.

»Ich komme heute zu euch! In die WG!«

»Wir gehen feiern. Ich lade dich ins Shed ein. Arlo kommt auch. Wir gehen tanzen. Diese Nacht gehört uns, Baby!«

»Lass mich kurz schauen, ob ich noch viele Aufträge reinbekommen habe.« Und ob sich Archer vielleicht gemeldet hatte, um doch zu reden. Der Gedanke bohrte sich wie ein wütender Pfeil in meinen Kopf. So ein Unsinn. Es war völlig egal, was Archer wollte. »Ach was, vergiss es. Ich arbeite jetzt bis heute Abend durch und brauche dann ohnehin eine Pause!«

»Absolut!«

Wir beendeten unser Gespräch und ich stürzte in die Dusche.

»Geh!« Elliot schob mich lachend aus dem Uber. »Geh heim in dein Schloss!«

Die Energie des Abends trug mich hinaus auf den Gehweg und obwohl ich eigentlich todmüde sein müsste, tanzte ich auf die Haustür zu. Das Essen im Shed war fantastisch gewesen. Arlo kannte die Inhaber und hatte uns mit den Spezialitäten des Hauses versorgt. Danach hatten wir uns den Stress der letzten Tage aus dem Leib getanzt in einem kleinen Club in unmittelbarer Nähe zum Restaurant. Sogar Charles und Freddie waren dabei gewesen.

Es hatte so gutgetan, meine Freunde wiederzusehen.

In Zukunft musste ich darauf achten, unsere Freundschaft nicht schleifen zu lassen. Egal, was bei mir los war. Jeder von uns hatte seine Probleme und war froh, wenn er sich austauschen konnte.

Es war schön, gemeinsam zu feiern. Aber es sollte genauso selbstverständlich sein, in den schwierigen Zeiten füreinander da zu sein.

Als ich die Tür aufschloss, blieb ich wie angewurzelt stehen. Hatte ich vergessen, das Licht im Wohnzimmer auszuschalten? Ich war nie im Wohnzimmer.

War Helen oder William oder Mr Fletcher noch im Haus?

»Hallo?«, murmelte ich. Langsam ging ich auf die halb geöffnete Tür zu. Lugte um die Ecke.

Mitten auf dem Sofa saß Archer. Ein Laptop vor ihm auf dem Tisch. Ein Tablett neben ihm auf der Couch. Zettel um ihn herum verstreut.

Er hob den Kopf und lächelte mich an. »Hallo. Du bist zurück.«

Ich war zurück?

»Was machst du hier?«

Er hob eine Augenbraue. »Ich wohne hier.«

Zögerlich ging ich auf ihn zu. Der Rest der Freude des Abends, die Überraschung, dass er einfach so da war, die Sehnsucht nach ihm, die wie auf Knopfdruck in mir erwachte, wenn ich ihn sah, zogen und zerrten an mir.

»Ha, ha.«

Archer lächelte sanft. Sein Gesichtsausdruck erinnerte mich an unsere ersten Treffen. Als er mich so offen und neugierig nach den Geschichten, die ich erlebt hatte, angesehen hatte.

Davon ermutigt setzte ich mich zu ihm. »Warum hast du gestern nicht gesagt, dass du heute hier sein wirst?« Wollte er mich kontrollieren? War es ein Test, einfach so aufzutauchen?

Fuck. Langsam wurde ich wirklich so paranoid, wie es mir Archer vorwarf.

Archers Miene veränderte sich schlagartig. »Wieso? Gibt es was zu verbergen? Habe ich nicht das Recht, in meinem eigenen Haus ein- und auszugehen, wie ich es will?«

»Natürlich«, knickte ich sofort ein. Wenn er es so formulierte ... »Ich meinte nur ...« Was meinte ich?

Archer wartete einen Moment und lächelte dann gönnerhaft. »Letztes Mal hast du ein Treffen mit deinen Freunden abgesagt, um hier zu sein, wenn ich zurückkomme. Die Freude wollte ich dir nicht schon wieder nehmen.«

Das hörte sich so an, als hätte er wirklich meine Bedürfnisse in Betracht gezogen. Andererseits war das hier ein Überfall. Es gab keinen Grund, bis tief in die Nacht zu warten, bis ich heimkam. War das manipulativ? Nach unserem Streit gestern wirkte es so. Es musste ihm klar gewesen sein, dass er mich völlig unvorbereitet treffen würde. Durch seine Überraschung hatte er sich in eine sehr komfortable Kontrollposition gebracht.

Himmel! Ich kam mir vor, als spränge ich über Hürden. Sobald ich eine gemeistert hatte, stellte mir Archer die nächste auf. Oder bildete ich mir das alles ein? Langsam zweifelte ich an meinem Verstand.

»Ich dachte, du freust dich vielleicht. Dass ich heimkomme.« Archer lehnte sich zurück und musterte mich abschätzend.

Ich presste meine Handflächen aneinander. »Ja. Aber nach unserem Streit gestern bin ich völlig überrumpelt.«

Archer reichte mir seine geöffnete Hand und automatisch griff ich sie. Verschränkte unsere Finger ineinander. »Möchtest du jetzt darüber reden?«

»Jetzt? Mitten in der Nacht?«

Archer zuckte mit den Schultern. »Besser jetzt als nie.«

So als wappnete ich mich für das, was kommen würde, griff ich seine Hand fester. Archer rutschte näher an mich ran.

»Es hat sich für mich nichts geändert, Fin!« Er drehte sich ganz zu mir und setzte sich auf sein eingeknicktes Bein. »Ich arbeite an dem Geschäft meines Lebens. Alles, wirklich alles, muss hinter dem zurückstehen.«

»Archer, das verstehe ich. Aber ich bin keine Sache, die man nach Belieben hervorholt. Ich habe Gefühle. Und wie sagt Mother so schön? Wenn er wollte, würde er.« Ob Archer etwas mit einer Taylor Swift – Referenz anfangen konnte?

»So einfach ist das nicht, Finley. Ich kann es mir nicht erlauben, eine Sekunde unkonzentriert zu sein. Und du bist nicht gut für meine Konzentration.« Er grinste. »Gar nicht gut. Im besten Sinne. Das Risiko einer Ablenkung kann ich nicht eingehen.«

»Ich habe das Gefühl, du ziehst dich zurück. Und ich kann nichts dagegen machen.«

Er musterte mich. »Im Moment kannst du an meiner Situation nichts ändern. Aber ich verspreche dir, sobald ich das geregelt habe – in etwa vier Wochen – werde ich Urlaub nehmen. Dann habe ich eine Pause, bis der letzte Teil dieses Mega-Deals abgeschlossen wird.«

Ich riss meine Augen auf. Wie sollte denn Urlaub mit Archer aussehen?

»Dann bin ich nur für dich da. Hier in London. Um zu sehen, wie wir eine Beziehung führen können. Ohne, dass ich mehr verreist bin als anwesend.«

Das hatte er letztes Mal auch schon gesagt. Anscheinend hatte ich ihm nicht geglaubt, wie dramatisch diese Geschäfte waren.

»Kannst du dich nicht wenigstens ein paar Mal melden? Es muss nicht viel sein. Eine kleine Nachricht. Ich erwarte nicht, dass du dich stundenlang mit mir unterhältst. Nur ein Lebenszeichen.«

»Finley.« Archer seufzte. »Ich kann dir nichts versprechen. Aber ich schaue, was sich machen lässt. Ich vergesse die Welt um mich herum, wenn ich mich auf ein Meeting vorbereite, wenn ich Verträge durchgehe. Das hat nichts mit dir zu tun. So bin ich.«

So war er. Konnte ich so leben? Tatsächlich kannten wir uns ja kaum. Außer einer unfassbaren sexuellen

Anziehung und einer kaum nachvollziehbaren Faszination an seiner Person, verband uns nichts. Er ließ mich nicht an sich ran. Und mittlerweile fragte er auch nicht mehr nach mir.

»Vier Wochen.« Es war Frage, Feststellung. Ein Ultimatum?

Archer nickte.

Ich erhob mich und setzte mich rittlings auf ihn. Sofort griff er meine Hüften. Hielt mich fest.

»Vielleicht war mir bisher nicht klar, wie ernst du das mit der Konzentration auf deine Geschäfte meinst. Für mich ist es ein Leichtes, an dich zu denken und es dir zu zeigen.«

Archer legte die Stirn in Falten. Er sah aus, als wollte er protestieren. Doch ich war noch nicht fertig.

»Aber mir ist auch etwas ernst. Ich hasse Lügen. Deshalb habe ich auch nichts gegen unverbindliche Beziehungen. Wenn keine Erwartungen bestehen, können diese auch nicht enttäuscht werden. Aber ich häng nun mal hier drin, Archer. Ich mag dich. Und ich würde gerne sehen, wo das hinführt. Wenn sich für dich irgendetwas ändert, musst du es mir sagen. Ich werde nicht in einer Realität leben und du in einer anderen. Es gibt nichts, was ich mehr hasse als Lügen. Wenn etwas anderes hinter dem Ganzen steckt als dein Stress und du sagst mir das nicht, ist es vorbei, wenn ich es rausfinde.«

»Fin! Ich lüge nicht.« Er senkte sein Kinn. »Das, über was du dir nicht die geringsten Gedanken machen musst, ist, ob ich lüge.«

Ich atmete schwer aus und ließ mein Gewicht richtig auf Archer sinken. »Okay. Ich vertraue dir.«

»Das kannst du. Und jetzt lass mich dir zeigen, dass deine Sorgen völlig unbegründet sind. Du wirst vergessen, dass wir diese Diskussion überhaupt hatten.«

Archer zog mich aus. Strich über jeden Zentimeter meiner Haut. Und tat das, was er am besten konnte. Unserer sexuellen Anziehung nachgeben. Uns zu verbinden, wie ich es noch nie erlebt hatte.

Als ich von meinem High herunterkam, hielt er mich so eng umschlungen, dass es mir wirklich völlig unwirklich erschien, an ihm gezweifelt zu haben.

Kapitel 17

Juli

Es blieb beim Versuch, sich bei mir zu melden.

Aber in Woche zwei nach seiner Abreise erhielt ich eine Pfaff Creative 3.0.

Immer noch stand ich davor wie vor einem Weltwunder. Die Nähmaschine war etwas, von dem ich mein Leben lang geträumt hatte.

Jedem Teil, das ich damit machte, sah ich den Unterschied an. Die Nähte wirkten wie hingezaubert. Nicht genäht.

Aber so sehr ich das Teil liebte, es konnte nicht über meinen Frust hinwegtäuschen, dass Archer untergetaucht war und dass dieses Geschenk entweder eine Entschädigung war – oder seinen Preis haben würde.

Doch statt gerade deshalb ebenfalls in eisernes Schweigen zu verfallen, tat ich, was ich hasste. Ich ließ die Verbindung nicht gehen, sondern klammerte mich immer mehr an sie. Panisch, etwas zu verlieren, das nur vielleicht wundervoll war.

Wir waren in Woche drei angelangt und die Erinnerung an unsere letzte gemeinsame Nacht war in mein Gehirn eingebrannt, als wäre sie gestern gewesen.

Meine Nähmaschine war wie ein Verbindungsstück zu Archer, wie ein Rettungsring.

Den Ansturm an Bestellungen nach der Empfehlung Sienna Fairchilds hatte ich mittlerweile im Griff und ich räumte mir Zeit für einen Besuch von Elliot ein. Es klingelte und ich verschloss die Schranktür mit meinen Stoffen.

Im Erdgeschoss hörte ich Elliot bereits und ging die Treppe hinab.

»Hallo!« Er winkte mir und Helen warf mir einen skeptischen Blick zu.

Wir hatten eine Art Waffenstillstand erreicht. Ich aß alles, was sie kochte – ich hatte gar keine Zeit mehr, mir selbst was zuzubereiten – und sie kommentierte weder mich noch meine Freunde mit boshaften Sprüchen.

»Gut, dass du da bist. Ich verhungere.«

»Warum isst du denn auch nichts?« Elliot grinste mich an.

»Jetzt bin ich zumindest mit der Arbeit fertig.«

»Na komm!« Elliot legte seinen Arm um meine Schultern und wir setzten uns an den Tisch.

Helen tischte sofort die gebackenen Zucchini und den Reis auf und ich vergaß alles um mich rum. »Helen, das ist so gut«, nuschelte ich mit vollem Mund.

»Hm. Gut«, grummelte sie vor sich hin. Aber ich konnte noch sehen, wie sich ihre Gesichtsmuskeln entspannten und sie fast lächelte.

Wir verdrückten die Nachspeise. Ich das selbstgemachte Eis und die Erdbeeren und Elliot nur die Früchte.

»Hast du wieder ein Casting?«, wollte ich wissen.

Er zuckte eine Schulter. »Gerade nicht. Aber ich muss für das Shooting fit bleiben. Ich kann in keinem Fall mit ein paar Kilo mehr dort aufschlagen. Das schlägt bei jedem Foto komplett ins Gewicht!«

»Sie vertragen es doch, Elliot!«, meinte Helen und ich musste mich beherrschen, nicht empört aufzuprusten.

»Danke Helen. Das ist lieb, dass Sie das sagen. Da nehme ich direkt noch ein Löffelchen Erdbeeren.«

Die beiden schäkerten rum und ich vernichtete meine Reste.

»Was sagst du? Kommst du heute mit auf einen Drink? Freddie gibt einen im HighFlower aus.«

»Aber wirklich nur ein Getränk. Ich habe die nächsten Wochen wieder ein paar mehr Stunden im hotShop. Bernice fällt nach ihrer OP erst mal aus.«

»Und du hast dich bereit erklärt, einzuspringen.« Elliot sah mich milde an. »Du bist zu gut für diese Welt.«

Ich winkte ab. »Wenn das alles nur ein Leuchtfeuer war, bin ich froh, wenn ich mein festes Einkommen habe.«

»Nun« Elliot sah sich um. »Deine Ausgaben sind ja im Moment durchaus überschaubar. Du könntest dir also die eine oder andere Stunde weniger leisten.«

Ich schaute zu Helen, die aufräumte und so tat, als ob sie uns nicht hörte. Aber ich wusste, diese Frau hatte ein Gehör wie eine Fledermaus.

»Nichts ist garantiert. Wer weiß, wie lange ich in meiner Position bin«, murmelte ich, in der Hoffnung, die Köchin würde nicht jeden Unterton dessen, was ich sagte, deuten können.

Elliot legte den Kopf schräg. »Was ist los? Ärger im Paradies?«

Ich winkte ab. Das war wirklich nichts, was hier in der Küche diskutiert werden sollte. »Nur die Distanz und ...« Kopfschüttelnd deutete ich auf Helen.

»Ah.« Er sah mich weiter an. Verzichtete aber dann zum Glück darauf, weiter nachzufragen.

Während wir uns noch wortlose und doch so inhaltsvolle Blicke zuwarfen, ging die Haustür auf. Unverkennbar hohe Absätze stöckelten eilig über den Marmor im Eingang.

Das war doch nicht die neue Putzkraft.

Helen schaute aus der offenen Tür und ein Strahlen zog über ihr mürrisches Gesicht. »Siobhan! Wie schön dich zu sehen!«

Wer bitte?

Unter den Türrahmen trat die Frau, die ich aus den Videogesprächen mit Archer kannte, und umarmte Helen. »Wie schön dich zu sehen!«

Die beiden hielten sich in den Armen und Elliot und ich betrachteten sie. Ich ratlos. Elliot unverhohlen neugierig.

»Ist was passiert? Brauchst du etwas?«, fragte Helen besorgt.

»Nein. Ich meine, ich weiß, wo alles ist, was ich abholen soll. Keine Sorge. Es ist nur wieder alles furchtbar eilig.«

Helen nickte ihr zu. »Wie immer. Dann will ich dich nicht aufhalten.«

Siobhan nickte uns zu. Ihr Blick blieb auf mir einen Moment länger hängen. Sie wusste, wer ich war. Und ich wusste, wer sie war. Und doch sagte niemand von uns beiden ein weiteres Wort.

Sie lief die Treppen hoch und verschwand in einem Zimmer. Von meinem Platz aus, wusste ich nicht, wo.

Zurück kam sie mit einer Anzughusse und einem Kuvert.

»Ciao! Ich muss!« Mit den Worten verschwand sie aus dem Haus.

»Und wer war das?«, wollte Elliot sofort wissen.

»Siobhan. Lord Ferringsworths persönliche Assistentin«, erklärte Helen.

Persönliche Assistentin. Die Assistentin, die immer in Archers Nähe war.

Archer war in London.

»Okay.« Elliot sah von Helen zu mir. »Ist sie öfter hier?«

Ich schüttelte den Kopf. Sie war nie da. Wenn Archer zuhause war, war er immer allein hier.

»Helen, wird Archer heute nach Hause kommen?« Wie erbärmlich war ich bitte?

Sie zuckte mit den Schultern. »Woher soll ich das wissen? Und wenn Sie es wissen müssten, würde er es Ihnen schon sagen, nicht wahr?«

Fuck, das saß. Sie wusste, dass mir Archer gar nichts sagte, oder?

Mit einem Lachen wandte sie sich ab. »Der Mann ist wie ein Unwetter. Im einen Moment hier, im anderen da.«

Da sprach sie wahre Worte. Und in seinem Verschwinden hinterließ er ziemlichen Schaden.

»Ich bin satt. Willst du noch?«

Elliot schüttelte den Kopf. »Komm mit!«

Er zog mich hoch und wir eilten ins Gästezimmer, wo er mich auf meinen Arbeitsstuhl niedersetzte. »Hey! Du siehst aus, als hättest du ein Gespenst gesehen.«

Ich stützte meinen Kopf in den Händen ab. »Elliot. Ich kann diese Geheimniskrämerei bald nicht mehr. Dauernd werde ich im Dunkeln gelassen. An jeder Ecke wartet eine Überraschung. Jeder scheint über alles Bescheid zu wissen, nur ich steh immer da wie ein Trottel.« Ich hob den Kopf und sah mich um. »Das hier ist mega. Aber ganz ehrlich, langsam ist es auch nur noch der einzige Grund, wieso ich hier bin.«

»Hey. Archer kann dich zu nichts zwingen.«

»Das meine ich nicht«, beruhigte ich ihn sofort. »Es ist das emotionale Auf und Ab, das mich einfach fertig macht. Wenn ich wüsste, ich wäre ihm egal, könnte ich das abhaken und arbeiten. Aber er sagt, er will an unserer Beziehung arbeiten.«

»Wann und wo? Von New York aus?«

Ich schüttelte den Kopf. »Wenn er seine Geschäfte abgeschlossen hat. Wann immer das auch sein soll.«

Elliot kniete sich vor mich hin und griff meine Waden. »Wenn du wegwillst, bin ich hier.«

»Danke. Aber noch kann ich ihn nicht aufgeben. Da ist was zwischen uns.«

»Und das ist so groß, dass es das hier wert ist?«

Ich legte den Kopf schräg. »Ich denke schon.«

»Na gut!« Er fuhr durch meine Haare. »Dann lass uns mal sehen, was wir heute Abend tragen. Denn egal, was mit Archer ist, wir beide müssen heute gut aussehen.«

Ein paar Stunden später marschierten wir aufgebrezelt die Treppe hinab.

Obwohl mich Elliot gut abgelenkt hatte, ließ mir Siobhans Besuch keine Ruhe. »Weißt du, was mich so fertig macht, ist, dass ich immer in Wartestellung bin. Ich kann nichts machen. Alles, was ich tue, ist auf Archer warten.«

Elliot hielt mich am Arm fest. »Dann ändere das. Ruf ihn an.«

»Das bringt nichts. Er geht nicht ran.«

»Schreib ihm! Frag ihn. Du kannst was tun, Fin. Du musst dich nicht auf die Wartebank schicken lassen.«

Es war sinnlos. Ich wusste das. Vor Wochen hatte ich genau das getan und war eines Besseren belehrt worden. Aber Elliots Enthusiasmus riss mich mit. »Scheiß drauf.«

Ich zog mein Handy aus der Tasche und tippte los.

Bist du schon in London?

»Bitte!« Ich hielt Elliot mein Telefon unter die Nase.

Höchst zufrieden nickte er. »Ist ja nur ne Ja- oder Nein-Antwort.«

»Pfff. Du würdest es nicht glauben, wie vehement man derartige Fragen ignorieren kann.«

Elliot stellte sich vor den großen Spiegel im Foyer und betrachtete sich von allen Seiten. »Ich sehe ...«

»... großartig aus«, vervollständigte ich seinen Satz.

Er grinste mich über die Schulter an. Mein Smartphone vibrierte in meiner Hand.

»Ha.« Ich tippte das Display an. Eine Nachricht von Archer. Ich riss die Augen auf. Das hatte es noch nie gegeben. »Von Archer«, murmelte ich.

Elliot sprang an meine Seite. »Lass sehen.«

Ich öffnete die Nachricht und las. Und las. Und ging über die Zeilen.

»Oh.« Elliot legte seine Hand auf meine Schulter.

Vielen Dank für Ihre Nachricht. Der Earl of Ferringsworth befindet sich auf einer Geschäftsreise und ist nicht zu erreichen. Unaufschiebbare Anliegen bitten wir an die Zentrale in Singapur zu richten und danken für Ihr Verständnis. Pro Abs. Earl of Ferringsworth – Siobhan Walsh Personal Assistant

»Elliot, das ist sein Privathandy. Er lässt seine Assistentin eine Nachricht an mich schreiben, weil ...« Der Frust und die Wut über meine Naivität schnürten mir die Kehle ab.

»Das ... ähm ... kann alles Mögliche bedeuten.«

»Ja? Was genau? Siobhan war vor ein paar Stunden noch in London. Offensichtlich sind sie hier. Und er hält es nicht mal für nötig, mit mir selbst zu reden? Ich ...«

»So sehr ich dafür bin, dem Earl of Ass eine Lehre zu erteilen, ich befürchte, du musst damit warten. Sobald du ihn siehst, wäschst du ihm den Kopf. Vor Stunden bedeutet auch, dass sie schon wieder auf und davon sein können. Vielleicht ist das eine automatische Nachricht, wenn sie im Flugzeug sind?«

Ich lachte schwach bei der Vorstellung, dass ich Archer in irgendeiner Form zurechtweisen konnte. »Ja vielleicht. Aber ich bin dauernd am Suchen von Ausreden für ihn, Elliot. Dass ich erlaubt habe, dass ich mich verliebe, ist schlimm genug. Aber, dass ich mich so hinhalten lasse, ist unerträglich. Ich will das nicht. Ich will

Ansprüche stellen. Ich bin es wert, dass man ehrlich zu mir ist. Mir ist klar, das hört sich total gaga an, aber ... ich mag ihn so sehr. Wenn wir zusammen sind, ist es magisch. Ich übertreibe nicht. Und ich sag das nicht, weil mein Hirn von zu viel Verliebtheit komplett delulu ist.«

»Babe!« Elliot griff mich an den Schultern. »Natürlich hast du nur das Beste verdient. Und ...«

»Was ist passiert?« Helen steckte ihren Kopf aus der Küche und sah mich mit zusammengezogenen Augenbrauen an.

Schnell wischte ich mir die beiden Frusttränen unter den Augen weg und schüttelte den Kopf. »Nichts.«

»Hat sich Archer gemeldet?«, hakte sie nach.

Geladen von Frust schnaufte ich aus. »Nein. Hat er nicht. Siobhan hat geschrieben.«

Die Überraschung darüber war Helen ins Gesicht geschrieben. »Oh.«

Ich griff Elliots Hand. »Wir müssen jetzt auch.«

»Finley!« Helens Stimme erfüllte den ganzen Eingangsbereich. Erneut hob ich den Kopf. »Archer ist sehr beschäftigt. Er muss dieses Geschäft konzentriert abschließen. Er ...«

»Ich weiß!«, unterbrach ich sie schnippisch. »Es wird niemand müde, mir zu sagen, wie wichtig Archers Geschäfte sind. Nur ich bin der einzige Trottel, der das anscheinend nicht kapieren kann.«

Sie setzte erneut an, etwas zu sagen, doch ich hatte genug. Das Haus, die Leute, die Stimmung erdrückten mich.

Auf was hatte ich mich hier eingelassen? Das war alles eine Nummer zu groß für mich.

»Wir gehen!«, murmelte ich und zog Elliot hinter mir her.

Vor der Tür blieb ich stehen und schloss die Augen.

»Sollen wir ein Uber nehmen?«

Ich schüttelte den Kopf. »Können wir ein bisschen gehen? Ich muss den Kopf mal klarkriegen.«

»Natürlich.« Elliot hakte sich bei mir ein und übernahm die Führung. »Wir gehen hier lang und springen in die Tube, wenn es uns zu viel wird. Du gibst einfach Bescheid, sobald es dir reicht.«

Wie immer in stressigen Situationen war ich froh, dass Elliot mich in- und auswendig kannte. Mein Kopf-frei-kriegen sah so aus, dass ich schweigend neben meinem besten Freund herlief und dieser Geschichten aus der Modelwelt erzählte.

Wir schlängelten uns durch Touristengruppen hindurch, hielten zum Windowshopping an und spazierten Londons Prachtmeilen entlang.

Es wurde immer dunkler, was wir kaum bemerkten, da die Lichter unseren Weg erhellten.

»Und dann sag ich zu dem Arschloch, ich weiß, was ein Fitting ist und wann ich betatscht werde. Nimm die Finger aus meinem Schritt, sonst hast du mein Knie in deinen Eiern.«

»Himmel, Elli! Das ist ja furchtbar. Hat er dich in Ruhe gelassen?«

Er seufzte. »Ja. Um ehrlich zu sein, hätte ich vermutlich nichts gesagt, wenn ich nicht ein anderes Model gesehen hätte, das sich mit einem Praktikanten dieses Arschlochs unterhalten hat. Ohne Zeugen hätte der eh nicht lockergelassen.«

»Meine Güte, Elliot. Das musst du jemandem melden. Ihn anzeigen.«

»Fin! Das ist nicht das erste und nicht das letzte Mal, dass das passiert. Mein größtes Problem ist, dass mich der Fotograf nie wieder buchen wird. Dafür ist er berühmt berüchtigt.«

Ich starrte Elliot an. »Das ist doch ...« An ihm vorbei sah ich durch die Glaswände eines Hotels in dessen Lobby. Dort an einer Bar stand Siobhan. Mein Blick wanderte von ihren Klamotten, von meinen Designs, über ihren Körper zu ihrem Gesicht. Das war Siobhan. Hätte ich sie nicht wenige Stunden zuvor gesehen, wäre sie mir nicht so überdeutlich aufgefallen.

Abrupt blieb ich stehen und riss Elliot am Arm mit.

»Uff.«

Mein Blick huschte über die Leute, die um sie herumstanden. Männer in Anzügen. Männer, die ich nicht kannte. Und ... Archer. Er legte Siobhan die Hand in den unteren Rücken und führte sie näher an die Gruppe.

Anscheinend waren alle bester Laune. Sie stießen an und lachten.

Es war wie ein Unfall, von dem man nicht wegsehen konnte.

»Was ist denn?« Elliot war wieder direkt zu mir getreten.

Ich hob die Hand und deutete vage in die Lobby.

Archer drehte sich zur Seite und unsere Blicke trafen sich.

Für den Bruchteil einer Sekunde.

Dann flog ich den Gehweg zurück aus der Richtung, aus der wir gekommen waren.

»Fin!«, rief Elliot hinter mir.

In wenigen Schritten hatte er mich eingeholt. »Was ist los?«

Der Schock ließ nach und die Tränen flossen. »Es ist zu viel, Elliot. Jetzt ist es so weit – ich kann nicht mehr. Ich muss weg.«

Ohne irgendetwas nachzufragen, nahm Elliot meine Hand und wir liefen weiter.

Durch meinen Kopf jagten die Gedanken. Eine einzige Sache hatte ich von ihm gefordert.

Keine Lügen.

Die Nichtantworten hätten mir Erkenntnis genug sein können.

Dass er mir durch seine Assistentin ausrichten ließ, dass er auf Geschäftsreise unterwegs sei, tat nichts an der Sache, dass es eine Lüge war.

Bist du schon in London?

Es war eigentlich kein Test gewesen.

Aber Archer hatte ihn trotzdem nicht bestanden.

Mein Limit war erreicht.

Archer Earl of Ferringsworth würde mich nie wieder sehen!

Ich rannte immer schneller. Rempelte gegen Passanten.

Mein Herz schlug gegen meine Brust wie ein Gefangener gegen seine Zellentür. So als ob es meine Rippen zerbrechen wollte. So als ob es sich von allem befreien wollte, was Archer war.

Mein Herz konnte nicht aus meiner Brust springen.

Aber *ich* befreite mich jetzt von allem, was Archer war.

Teil 2 – Archer

Kapitel 1

Am Fenster war Finley.

Ich lief zur Drehtür des Foyers.

Bis ich hindurch kam, waren Sekunden vergangen und ich schnaufte wie ein Marathonläufer.

Ich riss den Kopf von links nach rechts. Wo war er?

Hatte ich mich getäuscht?

Aber ich hatte sein Gesicht noch überdeutlich vor mir. Wie er mich angesehen hatte durch das Fensterglas.

Hatte er mich nicht erkannt?

Seine Sicht von außen in die hellbeleuchtete Lobby musste doch besser gewesen sein als meine von drinnen nach draußen.

Ich würde Finley überall erkennen.

Ein roter Doppeldeckerbus rauschte an mir vorbei. Der Portier an der Tür trat auf mich zu. »Sir. Kann ich Ihnen helfen?«

Ich drehte mich einmal um mich selbst. An der Bar sah ich Siobhan, wie sie mich aus zusammengekniffenen Augen beobachtete. Daneben einige Kollegen, die so taten, als bekämen sie von meinem kleinen Ausbruch nichts mit.

Ich tastete nach meinem Telefon und ging zurück in die Lobby. Siobhan hatte ja mein Smartphone. Dort sollte es auch bleiben. Keine Ablenkung für mich.

Auch nicht Finley.

Keine Ausnahmen.

Das hatte ich Siobhan gesagt und daran hielt sie sich.

Ich würde mir ohnehin keine unzureichenden Worte für eine Kurznachricht herauswürgen. Für einen Anruf war keine Zeit.

»Luftschnappen war gut?« Siobhan sprach laut, für jeden vernehmbar und trat an mich heran. »Was war denn los?«

»Ich dachte, ich hätte Finley gesehen.«

»Und da rennst du einfach raus?« Sie zog mich zur Seite und deutete auf die Aufzüge. »Gehen Sie doch bitte voraus, wir kommen sofort nach.«

Gehorsam machte sich das Grüppchen zu den Konferenzräumen auf.

Ich zuckte mit den Schultern. »Was macht er hier? Ich dachte, er ist mit Elliot unterwegs. Hat er zumindest vor zwei Tagen geschrieben.«

Mit einem Lächeln verdrehte Siobhan die Augen. »Ihr habt euch spätestens morgen ja wieder. Vielleicht hat er die Vorfreude nicht mehr ausgehalten und einen Abstecher hierher gemacht. Aber du musst dich konzentrieren. Darauf hast du seit drei Jahren hingearbeitet.« Sie senkte ihre Stimme weiter und redete eindringlich auf mich ein. »Du bist nur noch ein Schrittchen von deinem Ziel entfernt. Danach will ich dich Wochen nicht mehr im Büro sehen. Du musst dann ohnehin abwarten und machst Urlaub. Verwöhnst Fin mal so, wie er es verdient, dass er es mit dir altem Griesgram aushält.«

Ich schüttelte den Kopf. »Daran musst du mich nicht erinnern. Mir ist bewusster als allen Beteiligten, was an diesem Termin hängt. Erst wenn Steve ruiniert ist, werde ich aufhören, jedes Einzelne seiner Geschäfte in Grund und Boden zu richten.« Wie immer redete ich mich in Rage, wenn es um dieses Arschloch ging.

Nebeneinander gingen wir zum Aufzug. Siobhan drückte meine Hand. »Du musst das nicht allein durchstehen. Ich bin hier. Und Victoria wartet nur darauf, dass du sie zuschaltest.«

Vicky. Meine kleine Schwester hatte in den letzten drei Jahren mehr für mich getan als jeder andere auf dieser Welt.

Der Gedanke saß mir wie immer quer im Magen. Ich winkte ab. »Es kann nur Zufall gewesen sein, falls das Fin war. Er weiß gar nicht, dass ich in London bin.«

»Bitte? Warum nicht?«

Ich drückte ein paar Mal auf den Knopf, um den Aufzug zu beschleunigen. Vergeblich.

»Weil es nichts bringt. Ich wäre hier, aber gleichzeitig auch nicht. Wenn wir die nächsten drei Tage hier festsitzen, sehe ich ihn nicht.«

»Es wird keine drei Tage dauern. Sobald Tokio eröffnet, machen wir den Sack zu und Steve kann sich eingraben.«

Ich nickte entschieden und nagte auf meiner Unterlippe. Mit einer Hand zog ich meine Krawatte zurecht. »Sobald der Mist rum ist, nehme ich mir frei und werde mich ganz Fin widmen. Das habe ich ihm versprochen.« Ein Lächeln machte sich in meinem Gesicht breit. Wie immer beim Gedanken, dass egal, wie viel Kraft und Energie mich diese Vertragsverhandlungen kosteten, Fin bei mir war. Gleichzeitig kämpfte ich mit mir, mich nicht völlig von ihm vereinnahmen zu lassen. Das war ich mir schuldig. Ich konnte mich nicht ein weiteres Mal komplett verlieren.

»Hast du eigentlich endlich mit ihm geredet?«

Natürlich wusste ich, was sie meinte. »Nein. Es ist nicht der richtige Zeitpunkt.«

»Nicht jetzt. Überhaupt. Vor zwei Wochen oder so. Denkst du nicht, er sollte dich kennen, wenn ihr zusammen seid?«

»Pfff. Wir haben gesehen, was es uns bringt, wenn jemand zu viel von mir weiß.«

»Archer.« Siobhan legte ihre Hand auf meinen Unterarm. »Niemand ist wie Steve. Ich kenne Finley nicht, aber was auch immer du von ihm erzählt hast, deutet nicht darauf hin, dass er dir irgendetwas Schlechtes will. Im Gegenteil. Er tut dir gut.«

Daran bestand kein Zweifel. Dennoch ... »Bevor ich mich ihm aber anvertraue, muss deutlich mehr Zeit vergehen.«

Siobhan gab ein undefinierbares Geräusch von sich und wir traten in den Lift.

»Wenn ich Urlaub habe, werde ich ihn bitten, mich zu heiraten.«

Meine Assistentin drehte sich zu mir. Packte meinen Oberarm und bohrte ihre Finger in meine Muskeln.

»Archer. Ich sag dir das jetzt mit der größten Zuneigung, die ich aufbringen kann. Bist du völlig bescheuert?«

»Warum?« Ich schüttelte sie ab. Versuchte es zumindest, doch sie ließ nicht los. Die Lifttüren schlossen sich. »Wir passen hervorragend zusammen. Fin muss ohnehin bei mir wohnen. Er ist ein Traummann. Mein Traummann. Ihn nicht zu heiraten, macht nicht den geringsten Sinn.«

»Archer.« Sie tippte auf den Knopf mit unserem Stockwerk. »Finley ist ein Mensch. Kein Investment, das du an dich bindest, weil es in dein Portfolio passt. Wieso sollte er dich heiraten, wenn er dich gar nicht kennt?«

Mein Puls ging in die Höhe und ich stand kurz vor einem Schweißausbruch. »Menschen heiraten aus durchaus nichtigeren Gründen als der großen Liebe. Er wird nur Vorteile davon haben. Sich diese entgehen zu lassen, wäre nicht sonderlich schlau.«

»Grundgütiger, Archer, du steckst wirklich zu tief in den Verhandlungen. Es wird Zeit, dass du Abstand zum Geschäft erhältst. Sag ihm das bitte nicht. Wenn er nämlich ein Fünkchen Verstand hat, dreht er sich um und nimmt Reißaus. Du hörst dich an, wie ein völlig abgehobener Prinz, der sich nimmt, was er will.«

Der Lift öffnete sich. »Du weißt genau, dass ich nicht automatisch kriege, was ich will, sondern ziemlich hart dafür kämpfen muss.«

Siobhan zog mich aus dem Aufzug. »Das weiß ich. Aber du darfst nicht dein Privatleben mit deinem Geschäftsleben verwechseln. Finley ist keine Akte, die man sich auf Wiedervorlage legt, kein Termin, den man verlegt, wenn man grade was Wichtigeres vorhat.«

Ich schluckte. Möglicherweise hatte ich Fin in letzter Zeit wie eine Geschäftssache behandelt. Das hieß aber nicht, dass er mir nicht wichtig war. Im Gegenteil. Diesmal wollte ich alles richtig machen. Und wenn es bedeutete, ihn erst mal enger an mich zu binden, damit er mir nicht entwischte, würde ich das tun. Jetzt, da ich Zeit hatte, konnte ich dieses Projekt in Angriff nehmen.

Fuck. Projekt. »Mag sein, dass ich meine Herangehensweise überdenken sollte.« Wir liefen auf den Konferenzraum zu. Die Tür war offen und sämtliche Beteiligte waren anwesend. »Aber jetzt packen wir Steve bei den Eiern.«

»Und schneiden sie ihm ab.« Siobhan lächelte zuckersüß, als könnte sie kein Wässerchen trüben.

»Deshalb habe ich dich an meiner Seite.«

Sie nickte mir zu.

Zwölf Stunden später verließen wir im Morgengrauen das Hotel. Ein Lachen brach aus mir hervor. »Es hat geklappt.«

Siobhan verabschiedete einen der Anwälte. »Natürlich hat es geklappt.«

Ein Anflug von Panik überrollte mich. »Wir kriegen kein Problem mit der Aufsichtsbehörde?«

Sie schüttelte den Kopf. »Wie ich bereits mehrfach erklärt habe, sämtliche Mehrheitsanteile sind problemlos verteilt. Deine Subunternehmen sind hinreichend eigenständig. Der Grund, wieso Steve nichts mitbekommt, ist derselbe Grund, wieso alles im legalen Rahmen ist. Das geldgierige Schwein denkt gerade nur daran, dass er seine Taschen gefüllt hat. Er ist nicht annähernd so schlau, wie er glaubt.«

Ein Mix aus Zufriedenheit, Reue und Scham hatte mich wieder mal im Griff. Steve war nicht schlau. Ich war nur deutlich blöder als er. Aber ich hatte aus meinen Fehlern gelernt.

»Soll ich dich noch irgendwo hinbringen?«

Siobhan winkte ab. »Ob du es glaubst oder nicht, ich bin jetzt froh, dich ein paar Wochen nicht zu sehen. Sobald es an die letzten Unterschriften geht, melde ich mich wieder. Du geh nach Hause. Verwöhn deinen Mann und entspann dich mal. Ich gönn mir jetzt einen Kaffee. Den besten Kaffee der Stadt. Ohne dich.«

Bevor sie protestieren konnte, umarmte ich sie stürmisch. »Danke!«, flüsterte ich. »Für alles.«

Sie hielt mich. »Immer gerne. Mit Vergnügen sogar.« Sie löste sich von mir und kramte in ihrer Tasche rum. »Bevor ich es vergesse, deine Telefone.«

Ich nahm beide entgegen. »Alles klar.« Wenn ich etwas nicht vermisst hatte, waren es die Teile.

Wir trennten uns und ich stieg vor dem Hotel in ein Taxi.

Als ich nach Hause kam, war alles totenstill. Was nicht verwunderlich war. Auch wenn Fin früh arbeiten musste, war er um diese Zeit noch nicht los.

Im Schlafzimmer war er nicht. Das Bett war unberührt. Schlief er wieder im Gästezimmer?

Die Tür war nur angelehnt und ich schob sie mit dem Fuß weiter auf.

Der Raum war ein Desaster. Das Bett völlig zerrupft. Einzelne Fäden, Stoffreste hingen auf dem Teppich fest.

Die Schränke waren aufgerissen. Mit einem riesigen Schritt trat ich über die Schwelle.

Drehte mich um mich selbst.

Panisch. Auf der Suche nach einer Antwort.

Die Pfaff-Nähmaschine, die ich Fin geschenkt hatte, stand verlassen auf einem Tischchen.

Ansonsten waren alle seine Sachen verschwunden.

Ich lief zurück in mein Schlafzimmer. Ins Bad. Nirgends war irgendetwas von Finley. Nicht mal eine Zahnbürste.

Das konnte nicht wahr sein.

Was war passiert?

Auf meinem Nachttisch lag ein Zettel.

In geschwungener Schrift standen wenige Worte darauf. Trotzdem kostete es mich Minuten, bis ich sie zusammengestellt hatte und noch länger, bis sich mir der Sinn erschloss.

Ich hatte dich um eine Sache gebeten. Archer, ich kann nicht mehr. Die Lüge ist vielleicht für dich eine Kleinigkeit, für mich ist sie ein Punkt zu viel. Deine Geschenke habe ich zurückgelassen. Ich danke dir für die Zeit. Lügen ertrage ich nicht. F.

Wutentbrannt riss ich mein Handy aus meiner Tasche. Mit zittrigen Fingern rief ich seine Nummer auf.

Der Anruf ging nicht durch. Stimmte was mit der Verbindung nicht?

Ich ging zu unserer Gesprächsapp.

Die Abwesenheitsnotiz, die Siobhan an alle, während der vergangenen drei Tage geschickt hatte, war das Letzte, was von meinem Account aus gesendet worden war.

Bist du schon in London?

Hatte Fin geplant, mich zu verlassen?

Hatte er nie eine Beziehung gewollt?

Warum haute er ohne ein Wort ab? Jetzt, wenn ich angekündigt hatte, für ihn Zeit zu haben.

Von welcher Lüge redete er? Dass ich ihm nicht gesagt, hatte, dass wir zurück in London waren?

Das war doch kein Grund, einfach abzuhauen. Ohne mir die Gelegenheit zu geben, mich zu rechtfertigen.

Mein Brustkorb wurde enger. Ich rieb darüber.

Wo war Finley?

Wochenlang hatte ich nur an die Geschäftsübernahme gedacht. Immer im Bewusstsein, dass Fin auf mich wartete.

Aber das hatte er nicht getan.

Er war wie jeder andere auf und davon.

Noch mal rief ich seine Nummer an. Nichts.

Hatte er mich geblockt?

Zögerlich rief ich die Nachrichtenapp auf.

Es war unmöglich, einen klaren Gedanken zu fassen. Niemals konnte ich in meinem Zustand einen fehlerfreien Satz formulieren.

Finley!

Ich war mir absolut sicher, dass sein Name so buchstabiert wurde.

Doch auch dieser Versuch blieb erfolglos. Die Nachricht wurde nicht durchgestellt.

Das Gedankenkarussell in meinem Kopf drehte sich weiter.

Vielleicht war ihm etwas passiert? Vielleicht hatte das alles nichts mit mir zu tun?

Aber wieso sollte er mich dann blocken?

Die Gewissheit, was Sache war, drang in mich. Finley hatte sich genommen, was er gebraucht hatte, und war abgehauen, als er wirklich etwas in uns hätte investieren müssen. Weil er wusste, dass ich jetzt hier sein würde.

Mein Bewusstsein ließ dieses Urteil über Fin nicht zu.

Du bist ganz und gar nicht unschuldig. So hallte es immer wieder durch meinen Kopf.

Wenn er mit mir reden würde, könnte ich alles bereinigen. Da war ich sicher. Ich hatte mich absolut an unsere Abmachung gehalten. Das konnte er mir nicht vorwerfen.

Ich schaute auf das *Finley!*, das nicht durchgestellt wurde, und Siobhans Nachricht darüber.

Das konnte es doch nicht gewesen sein!

Ich rief Williams Nummer auf. Es war viel zu früh morgens und ich führte mich auf, wie ein wildgewordener Lehnsherr. Aber ich musste Fin jetzt sehen.

»Guten Morgen, Sir.« William hörte sich an, als hätte er nur auf meinen Anruf gewartet.

»William, guten Morgen. Es tut mir leid, Sie so unvorbereitet zu überfallen. Aber Sie müssen mich zu Finley fahren.«

»Sir?« William räusperte sich. »Ist er nicht im Haus?«

»Nein, ist er nicht. Anscheinend ist er ausgezogen. Ich vermute, er ist in seiner WG.«

»Nun ...« Meine Geduld war nicht mehr die Allerbeste. »Sir, ich kenne die Adresse nicht.«

Mir stockte der Atem. »Was meinen Sie damit?«

»Was ich gesagt habe. Finley hat meine Dienste nie in Anspruch genommen. Wenn er unterwegs war, hat er immer einen Fahrdienst bestellt.«

»Das kann doch alles nicht wahr sein!«

»Ich kann Helen fragen, aber ich bezweifle, dass sie mehr weiß.«

Das tat ich auch. »Ist schon gut, William. Entschuldigen Sie die Störung.«

Ich ließ das Telefon sinken und sah mich um.

Vor einer Stunde war ich noch wie auf Wolken durch London geschwebt. Alles, wirklich alles, was ich mir in meinem Leben gewünscht hatte, hatte ich erreicht.

Steve war am Rande seines wirtschaftlichen Abgrunds – auch, wenn er es noch nicht wusste. Finley, ein ambitionierter, ehrlicher und unfassbar sexy Typ wartete auf mich.

Damit, Steve hinter mir zu lassen, hatte ich jetzt neu anfangen wollen. Nach Jahren, in denen ich niemanden an mich herangelassen hatte, war Finley aufgetaucht und hatte mich völlig umgehauen.

Um mich schlussendlich doch zu verlassen.

Jetzt hieß es – wieder einmal – Haltung annehmen, Haken an eine gescheiterte Beziehung setzen und weitergehen.

Die nächsten Wochen würden anders aussehen, als ich sie geplant hatte.

Es gab nichts, was ich mehr hasste, als wenn meine Pläne nicht aufgingen.

Als ich unter der Dusche stand, wurde mir klar, dass es etwas gab, das ich doch mehr hasste: Die Leere, die Fin bei mir hinterlassen hatte.

In meinen Räumen und in meinem verdammten Brustkorb.

Kapitel 2

Nach einer Woche mit wechselnden Flaschen Rum an meiner Seite war es Zeit, mein Haus in Kensington zu verlassen.

Obwohl ich endlich wieder geduscht hatte, wurde ich das Gefühl nicht los, dass mir der Duft meines Katers und Selbstmitleids wie eine Krankheit anhing.

Helens Bemühungen, Essen in mich zu bekommen, winkte ich ab. »Es bringt nichts, sich zu Tode zu hungern!«, murmelte sie.

»Es bringt auch nichts, wenn ich etwas esse«, brummte ich vor mich hin. Ohne seinen Namen zu nennen, wussten wir beide, wer und was gemeint war.

William erwartete mich bereits vor der Tür und selten war ich so froh, einen Fahrer zu haben, wie an diesem Tag. Der Restalkohol klammerte sich eisern an mich.

Was Fin wohl trieb? Ob er mit dem Bus durch die Stadt zu seiner Arbeit fuhr?

Mit dem Öffnen meiner Mails auf meinem Tablet wischte ich die Gedanken an Finley weg. Schob sie zumindest in die hinteren Regionen meines Gehirns.

»Ins Büro?«, wiederholte William.

»Ja.« Es war mir unangenehm, so kurz angebunden zu sein, aber ich hatte weder die physische noch die psychische Kraft für große Erklärungen.

Von der Tiefgarage aus fuhr ich direkt ins Büro, wo mich die Mitarbeiter mit einem freundlichen Nicken begrüßten.

Bis auf eine.

Es war bereits eine halbe Stunde vergangen, als sie in mein Büro stürmte.

»Was machst du hier?«

Ich tippte auf den Bildschirm vor mir. »Arbeiten, meine Liebe. Arbeiten.«

»Archer. Es stinkt hier drin wie in einem Pub, und Molly von der Rezeption hat mir gerade erzählt, dass du in der Teeküche eine Tasse zerschlagen und auf dem Weg in dein Büro einen Wandteiler eingerissen hast.«

»Unfug.« Ruckartig stand ich auf und vor mir drehte sich die Welt. Anscheinend war ich nicht so sicher auf den Beinen, wie ich dachte. »Ah!«, stöhnte ich und hielt mich krampfhaft am Schreibtisch fest.

»Was ist denn los?« Siobhan umrundete meinen Tisch und griff nach meinem Arm. »Komm her.« Sie führte mich zum Sofa, auf das ich mich fallen ließ.

Alles um mich herum wackelte und zappelte. Himmel! Mir wurde übel. Mit geschlossenen Augen wurde es ein bisschen besser.

»Er ist weg.«

Ich roch Siobhans Parfüm, als sie sich über mich beugte. Der eigentlich angenehme Duft rumorte in meinem Magen. »Wer ist weg?«

»Finley.« Das Wort kam mir kaum über die Lippen.

»Was? Aber warum? Habt ihr euch gestritten?«

Ich schüttelte den Kopf. Und bereute es. »Er war schon weg, als ich vor einer Woche zurückkam.«

»Das ... was?«

In so wenig Worten wie möglich, beschrieb ich, was geschehen war.

»Ich vermute, sein Rückschluss, dass ich dich beauftragt hätte, ihm zu schreiben, dass ich unterwegs bin, war die Lüge, von der er auf seinem Zettel gesprochen hat. Aber wer weiß das schon? Schließlich habe ich ja keine Möglichkeit, mit ihm zu reden.«

»Shit. Was hab ich getan?« Siobhan stand auf und krallte sich mein Telefon. »Ich schau das mal kurz an, ja?«

»Bitte bedien dich!«

»Shit, Shit, Shit!«, fluchte sie. »Ich habe diese Nachricht an dem Tag gefühlt dreihundert Mal verschickt.«

»Mhm«, brummte ich. Ich wusste genau, wie diese Tage abgelaufen waren. Ich machte ihr nicht den geringsten Vorwurf.

»Das darf nicht passieren«, jammerte sie.

»Nein, sollte es nicht. Aber ganz ehrlich, wenn ihn so eine Kleinigkeit vertreibt, hast du mir wahrscheinlich einen Gefallen getan.«

»Mhm.«

Ich drehte den Kopf zu ihr. Mit gerunzelter Stirn war sie in mein Telefon vertieft. »Was? Hat er geantwortet?«

»Nein! Ich frag mich nur, was das für eine seltsame Konversation ist. Fin hat regelmäßig geschrieben. Aber du hast ... nie geantwortet. Einmal hast du ein Bild aus Shanghai geschickt.«

»Du weißt, dass ich nicht schreibe.«

»Archer. Ja, aber was ist das hier?« Sie hielt mir mein Telefon entgegen.

»Was soll sein?«

»Fin hat sich wochenlang um dich bemüht und du hast ihn voll hängen lassen.«

»Hab ich nicht. Ich hab ihn angerufen.«

Sie tippte auf mein Display. »Das sehe ich. Eine lausige Handvoll Videoanrufe. In ... wie vielen Wochen?«

Beleidigt, weil sie mich nicht verstehen wollte, drehte ich mich zurück und schloss wieder die Augen.

»Warum hast du nicht die Spracherkennung genommen oder Sprachnachrichten geschickt?«

»Weil ich nicht kontrollieren kann, ob Erstere richtig schreibt. Und was Letztere betrifft: ich bin kein Teenager.«

Sie verdrehte die Augen. »Dann schick mir doch die Nachrichten und ich korrigiere sie.«

Viel zu schnell setzte ich mich auf. Himmel. Mein Kreislauf. »Du wirst für eine andere Arbeit bezahlt, sicher nicht, um dich um meinen Privatkram zu kümmern.«

»Archer.« Sie hockte sich vor mich und sah mich eindringlich an. »Wie passt das denn zusammen, was du mir über Finley erzählt hast, wie sehr du ihn magst, und dem hier?« Sie hielt mir das Telefon wieder unter die Nase. »Das hier schreit danach, wie egal er dir ist.«

»Das ist doch Unfug.« Ich riss ihr mein Smartphone aus der Hand. »Das ist eine Sicherheitsmaßnahme. Bis ich sicher wäre, dass er mich nicht verarscht.« Ein bisschen geben, ein bisschen nehmen. Mikroverunsicherungen, die ihn an sich selbst zweifeln ließen und an mich banden.

»Oh, Archer!« Sie setzte sich neben mich und drückte mein Knie. »Du hast gewaltig Scheiße gebaut. Mir hätte es sicher nicht passieren sollen, ihm so zu antworten. Aber was du gemacht hast ...«

»Wieso ich?«

»Woher soll Finley denn wissen, dass das deine Vorsichtsmaßnahmen sind und wieso du diese so rigoros umsetzt? Von außen betrachtet sieht es aus, als hättest du ihn wochenlang hingehalten und vorgeführt.«

»Finley weiß, was er mir bedeutet. Wann immer wir uns gesehen haben, habe ich ihm das gesagt.«

Sie seufzte. »Ich weiß ja nicht, wie das ausgesehen hat, aber dieses Hin und Her sieht von meiner Warte, furchtbar aus.«

Ich ließ mich zurücksinken und ein Atemstoß entwich mir. Die Stimme in meinem Kopf, die mir die ganze Woche über zugeflüstert hatte, dass ich keinen Grund hatte, in meinem Selbstmitleid zu versinken, wurde lauter. Dröhnend.

Nun hatte ich auch keine Ablenkung durch die Arbeit mehr und alles in mir richtete sich auf Fin aus.

»Aber was soll ich machen? Er hat mich überall blockiert.«

»Überall? Soll ich mal versuchen, über Insta oder TikTok Kontakt aufzunehmen?«

Ich sah sie an und verzog das Gesicht. »Macht man das so?«

Sie grinste. »Es gibt ein Leben außerhalb dieser Firma, mein Lieber. Du solltest es dir mal ansehen.« Sie strich über meinen Rücken. »Ich hab das ernst gemeint mit deinem Urlaub. Du brauchst ein bisschen Abstand. Und heute gehst du, nüchterst dich aus, denkst in Ruhe nach und störst hier den Betrieb nicht. Ist das klar? Mein Chef macht mich verantwortlich, wenn das hier nicht läuft. Er macht nämlich gerade eine wohlverdiente Pause.«

»Siobhan!«

Sie stand auf und zog mich an meiner Hand hoch. »Das hier willst du nicht. Geh und komm in frühestens vier Wochen wieder. Wenn du was brauchst, zum Beispiel eine Nachrichtenkorrektur, melde dich. Ich bin immer für dich da.«

Meine Muskeln arbeiteten gegen mich. Es war eine Qual, mich hochzustemmen.

»Es könnte sein, dass ich gerade an total wichtigen Dingen arbeite.« Ich deutete auf meinen Computer.

Siobhan nickte mit ernster Miene. »Ja. Nein! Du wirst hier nicht gebraucht. Du wirst in deinem Urlaub gebraucht.«

Mein Blick blieb an meinem Schreibtisch hängen. »Siobhan, ich kann Urlaub nicht. Ich dachte, ich hätte Finley als Aufgabe während meiner freien Tage. Als ... Projekt.«

»Archer, Menschen sind keine Projekte. Und so sehr ich dich verstehe, du musst jetzt eine Entscheidung treffen. Entweder vergräbst du dich hinter deinem Schreibtisch und vergisst, dass es Finley gibt. Oder du packst jetzt mal deinen ganzen Mut zusammen, stellst dich deinen Gefühlen und sagst ihm die Wahrheit. Vielleicht kannst du ihn überzeugen, dass du nicht so schrecklich bist, wie es den Anschein hat. Aber du hast dich nach der ganzen Zeit endlich mal wieder auf jemanden eingelassen. Du musst rausfinden, was das für dich bedeutet.«

Ich trat einen Schritt auf den Schreibtisch zu und meine geliebte Assistentin riss mich an meinem Arm zurück.

Lachend drehte ich mich zu ihr.

»Sehr witzig. Jetzt dünstest du mal deine Fahne aus. Geh!«

Ohne weiteren Widerstand ließ ich mich aus meinem Büro zerren.

Die viel zu warme Sommerluft empfing mich draußen auf dem Gehweg und zum ersten Mal seit über drei Jahren hatte ich kein Ziel.

London im Juli war interessant. Obwohl ich größtenteils in der City aufgewachsen war, hatte ich die Stadt lange nicht mehr so gesehen.

Sie war erstaunlich blumig. An Häuserwänden streckten Rosen ihre Köpfe in die Luft und an den überraschendsten Ecken standen Büschel von Lavendel. Dessen Geruch hing mir noch in der Nase, als ich an einer Bäckerei vorbeiging. Der Duft des frischen Brotes ließ meinen Magen grummeln.

Nach Tagen hatte ich endlich wieder ein Hungergefühl. Der Spaziergang entfaltete offensichtlich Wirkung.

Tatsächlich baute mir die Verkäuferin mit dem frischen Brot aus dem Backofen mein Sandwich nach meinen Wünschen zusammen. Ganz ohne dämliche Menükarte oder Ärger. Statt mich an eins der Tischchen zu setzen, verspeiste ich meinen Snack zurück auf der Straße.

Mit dem Essen im Magen konnte ich auch wieder klarer denken.

Dass Siobhan recht hatte, wusste ich tief in mir drin. Aber alles in mir sträubte sich dagegen. Ich wollte es nicht wahrhaben.

Steve hatte mich hintergangen. Finley hatte mich hintergangen. Es wäre so einfach.

Egal, was ich mir in meiner Beziehung mit Steve vorwarf, die Fehler, die ich begangen hatte, sein Betrug war völlig ungerechtfertigt gewesen.

Finley hingegen ...

Am Eingang eines Parkes fand ich einen Mülleimer, in den ich meine Sandwichverpackung warf und meine Gedanken an Fin gleich mit dazu.

Wenn es so einfach wäre.

Ich überquerte eine Straße und stand inmitten einer der beliebtesten Kreuzungen Londons.

Vor mir leuchtete das Logo eines hotShops.

Siobhans Worte kämpften sich wieder an die Front meines Hirns. Ich musste Fin nicht sofort aufgeben.

Wenn er das zwischen uns beenden wollte, sollte er mir das gefälligst ins Gesicht sagen.

Wie auf einer Mission stürzte ich in den Laden und erwartete, dass mich Fin in Empfang nehmen würde.

Stattdessen war es eine Horde von Teenagern, die um mich herum wuselte.

Doch strategisches Denken war es, was mich auszeichnete. Der Laden hatte drei Stockwerke.

Systematisch arbeitete ich mich von unten nach oben und zurück. Irgendwann hatte ich das Gefühl, alle Mitarbeitenden zu kennen.

Doch Fin war nicht in Sicht.

Enttäuschung drückte mich nieder. Jeder Schritt zum Ausgang war eine Qual.

Wenn er es nicht wollte, würde ich ihn unter den neun Millionen Menschen nicht finden.

Meine Schuhe zwickten. Mein Anzug saß eng. Eine unfassbare Müdigkeit erfasste mich.

Ich winkte ein Taxi heran und ließ mich nach Hause fahren.

Als wir in meine Straße einbogen, hatte ich eine Erleuchtung.

Noch während ich bezahlte, fummelte ich mein Telefon aus der Tasche und begann meine Suche.

An meiner Haustür wusste ich, dass es sieben hotShops in London gab. Dazu kam, dass Finley nicht jeden Tag und manchmal morgens, manchmal abends arbeitete.

Mein Gedanke war nicht schlecht gewesen. Aber kopflos in einen Laden zu stürzen, war mehr als naiv.

Innerhalb weniger Minuten hatte ich eine Route durch die Stadt ausgearbeitete, die ich morgen abfahren würde. Darüber hinaus würde ich mich nicht auf meine Augen verlassen, sondern von den Shop-Managern verlangen, mir ihre Schichtpläne zu zeigen.

Oder so ähnlich.

Mein letzter Anruf, bevor ich erschöpft einschlief, ging an William.

»Selbstverständlich, Sir! Ich bin um neun Uhr bei Ihnen. Kein Problem.«

Kapitel 3

Nach sechs Läden, fünf Stunden durch die Stadt, einer Menge angefressener Shop-Manager und Managerinnen und mehr als einem Vortrag über Datenschutz stand ich vor dem hotShop, bei dem ich gestern meine Reise begonnen hatte.

Wenn mich meine Menschenkenntnis nicht täuschte, kannten mindestens zwei Mitarbeiterinnen aus den anderen Läden Fin. Sie waren hellhörig geworden, aber Finley arbeitete nicht mit ihnen.

»Wollen Sie aussteigen?« William riss mich aus meiner kleinen Panikattacke.

Was, wenn er nicht hier war? Was, wenn ich ihn nicht finden konnte? Was, wenn mein Plan nicht aufging?

Wenn ich im Auto sitzen blieb, würde ich es nie wissen. Hinter uns hupte jemand.

»Entschuldigen Sie, William. Ich versuche, es kurz zu machen.«

»Ich bleibe in der Nähe!«

Ich trat in die aufgewärmte Luft der Stadt und schlug die Autotür hinter mir zu.

Genau wie gestern suchte ich die Stockwerke ab. Vergeblich.

Mein Puls erhöhte sich.

Eine Mitarbeiterin kam mit einem Stapel Klamotten über dem Arm aus den Umkleiden.

»Entschuldigen Sie, ich wollte Finley sprechen. Finley Parker.«

Sie sah mich flüchtig an. »Der ist gerade hinten. Im Lager.«

Mein Herz hüpfte unkontrolliert. Er war hier. Ich schnappte nach Luft und die Mitarbeiterin war an mir vorbeigelaufen.

Schnell rannte ich ihr hinterher. »Könnten Sie ihn bitte kurz holen. Ich müsste dringend mit ihm reden.«

Ein lautes Ausatmen folgte. Genervt. »Gleich.«

Wie bestellt und nicht abgeholt sah ich ihr zu, wie sie die Klamotten zurück hängte. Sie hob den Kopf und runzelte die Stirn. »Was?«

»Ich warte nur.«

Sie atmete aus. »Was willst du denn von ihm?«

»Das sage ich ihm lieber selbst.«

»Mhm.« Sie hängte die letzten Teile auf und spazierte davon.

Ich schaute ihr nach, wie sie durch eine Schwingtür in die Hinterräume verschwand.

Meine Füße bewegten sich wie von selbst darauf zu.

Sekunden oder Minuten vergingen, bis die Flügel wieder aufschwangen.

Finley stand vor mir.

In einem einfachen weißen T-Shirt, seinen weiten Hosen und Turnschuhen müsste er unspektakulär wirken.

Aber seine funkelnden dunklen Augen, sein frisches Deo, das bis zu mir wehte, seine ganze Ausstrahlung raubten mir den Atem.

Bis zu dem Moment war mir nicht klar gewesen, wie sehr man jemanden vermissen konnte.

Trotzdem war ich sauer. Weil er mich einfach verlassen hatte, ohne mit mir zu reden. Das Gefühl, ihn in meinen Armen halten zu wollen, war aber größer. Oder zumindest genau so groß.

Meine Gefühle Finley gegenüber waren längst über mein blödes Arrangement hinausgegangen.

Irgendwie musste ich das geradebiegen. Ihn nicht berühren zu können, war unerträglich.

»Was willst du, Archer?«

»Können wir reden?« Ich räusperte mich. »Bitte.«

Er schüttelte den Kopf. »Nein. Ich muss arbeiten.« Kalt und distanziert. So als hätte es *uns* nie gegeben.

»Nicht hier. Wir könnten Essen gehen?«

Finley lachte bitter. »Archer. Nein.«

Ich ging einen Schritt auf ihn zu. Finley neigte den Kopf leicht, wich aber nicht zurück. »Bitte. Lass mich erklären, wie es zu Siobhans Nachricht kam. Ich verstehe, dass du denkst, ich hätte dich angelogen. Aber so war das nicht.«

Er schnaubte. »Was soll das bringen?« Eine Frage war keine Abfuhr.

»Zumindest eine Klärung.« Und hoffentlich mehr. »Für mich. Aber auch für dich.« Ich fuhr mir über den Kopf. »Du warst einfach weg. Ich bin zu Tode erschrocken und ...« Ich wandte den Blick ab. Es stand so viel zwischen uns.

Finley ließ die Sekunden verstreichen. »Okay. Nächste Woche habe ich am Freitag Zeit.«

»Nein. Jetzt!«, forderte ich.

Er drehte sich mit einem empörten Prusten um.

»Finley, warte!« Ich fasste sein Handgelenk ... und ließ ihn sofort wieder los. »Entschuldige! Ich hab dich so lange nicht gesehen.«

Er sah mich direkt an. »Bisher hat dich das auch nicht interessiert.«

Seine Worte waren wie Bleikugeln. Treffend, gnadenlos und schmerzhaft.

»Ich weiß. Bitte, Finley. Ein Gespräch. In Ruhe.«

Zögern spiegelte sich in seinem Gesicht. »Von mir aus. Morgen um eins. Im Rive Droit.«

»Wo?« Entsetzen und Unwillen waren deutlich in meiner Stimme zu hören. »Nein!«

Fin stützte eine Hand in der Hüfte ab. »Hier um die Ecke. Leckeres einfaches Mittagessen.«

»Ich hatte gedacht ...«

»Nein! Nimm es oder lass es. Wenn es dir nicht fein genug ist, kann ich dir nicht helfen. Dann gibt es kein Gespräch.«

»Das ist es nicht!« Wie kam er darauf? Nicht fein genug? »Dann gehen wir dorthin.« Bei meiner Aufregung bekam ich eh keinen Bissen runter. Da war es egal, was im Menü stand. »Okay. Ich hole dich ab.«

Wieder schüttelte er den Kopf. »Wir sehen uns dort. Um ein Uhr.«

Ich nahm, was ich kriegen konnte.

Kapitel 4

Obwohl ich fünf Minuten vor eins ankam, war Finley bereits im Rive Droit.

Der Laden war sehr gemütlich eingerichtet, mit Kissen auf den Sofas und Stühlen. Es roch angenehm. An der Theke hatte sich eine lange Schlange für das Takeaway Essen gebildet.

Finley hatte einen Platz im hinteren Bereich gewählt.

Mit hochgezogenen Schultern und verkniffenem Gesicht sah er auf sein Telefon.

Mein Magen fühlte sich an, als fiele ich in einer Achterbahn von hoher Höhe. Wenn ich ihn doch nur in die Arme nehmen könnte und ihm sagen, dass seine Vermutungen über mich falsch waren.

Aber waren sie das wirklich?

Das war jetzt egal.

Er war hier und ich hatte eine Chance. Jetzt musste ich ihn zurückgewinnen. Der Rest regelte sich von selbst.

»Hi.« Ich zog den Stuhl heraus und Finley schaute auf.

»Hi.« Wie von selbst und, wie es aussah, gegen seinen Willen stahl sich ein Lächeln auf sein Gesicht. Das fing er gleich wieder ein und zog die Augenbrauen zusammen. »Du hast es geschafft.«

Fast ein Vorwurf. »Natürlich. Du weißt, ich habe jetzt ein paar Wochen frei.« Vorwurf konnte ich auch gut, ohne ihn direkt auszusprechen.

Fin drehte den Kopf weg und sah aus dem Fenster. »Über was willst du reden?«

Es ging also auch direkt. »Warum bist du einfach ausgezogen, ohne mir eine Chance zu geben, mich zu verteidigen?«

»Pfff. Wie denn? Wie hätte ich dich erreichen sollen? Archer, du hast mich von Anfang an in eine Warteposition gesetzt. Und ich war das Warten leid.« Er griff nach den Zuckerpäckchen auf dem Tisch. »Aber das war nicht der einzige Grund. Ich habe dir gesagt, ich lasse mich nicht anlügen.«

In dem Moment trat ein Kellner in schwarzer Kleidung und einer kleinen weißen Schürze um die Hüften an unseren Tisch. »Was kann ich euch bringen?«

Finley tippte auf das Papier vor sich. Ich schaute auf das gleiche Blatt vor mir. Ein elendes handgeschriebenes Gekrickel, das völlig unentzifferbar war. Dazu brannte mir Fins Vorwurf, ich hätte ihn angelogen, auf den Nägeln.

»Das Haus-Sandwich und einen Eistee«, bestellte Finley.

»Und für dich?« Der Kellner richtete seine ganze Aufmerksamkeit auf mich. Sein Blick bohrend. Wertend. Wieso brauchte ich so lange? Die geschwungenen Linien tanzten vor meinen Augen und ergaben nicht einen Funken Sinn. Deshalb hasste ich es, wenn Lokale ihre Menüs nicht online stellten. Tageskarte hin oder her.

Ich presste die Lippen zusammen, um nicht frustriert aufzuschreien.

»Gib uns einen Moment, Andrew«, murmelte Fin und Andrew stolzierte davon.

»Wenn dein feiner Gaumen hier nichts findet ...«

Der Mist schon wieder. »Ich kann es nicht lesen, okay?«, fauchte ich Finley an.

»Was?« Seine Lippen leicht geöffnet, blinzelte er irritiert.

»Ich kann das nicht lesen«, wiederholte ich leiser.

Finley nahm die Tageskarte in die Hand und schaute darauf. »Ja, es ist recht eigenwillig geschrieben, aber ...«

Ich schüttelte den Kopf. So hatte ich das Gespräch nicht beginnen wollen. »Ich habe eine ausgeprägte Lese-Rechtschreibschwäche.«

Er neigte den Kopf und musterte mich. »Wie ausgeprägt?«

Mit einem Finger deutete ich auf den Zettel, den er noch in den Händen hielt. »Nicht möglich. Nicht auf die Schnelle. Ich brauche Zeit.«

»Aber ...« Er besann sich und führte den Satz nicht zu Ende. »Ich kann dir die Karte vorlesen!«

Am liebsten wäre ich aufgestanden, hätte besagte Karte in tausend Teile zerfetzt und wäre davongestürmt. »Ich will nicht, dass du mir etwas vorliest«, zischte ich zwischen zusammengepressten Lippen hervor. Wie einem Kind. Genau das wollte ich nicht. Niemals würde ich mich derart klein machen und abhängig und hilflos. Nie wieder.

Am allerwenigsten von Finley.

Er war von mir abhängig. So sollte es sein.

Mir wurde heiß. Scham kroch in mir hoch. Das war es nicht, was ich wirklich wollte. *Oder doch?* Reizte mich die Stimme in mir.

»Entschuldige«, murmelte er. »Ich wollte nur helfen.«

Himmel! Ich machte alles noch schlimmer.

»Es gibt keinen Grund für deine Entschuldigung. Das ist ein heikles Thema für mich.« Ich lachte leise. So als könnte ich dadurch über meinen Ausbruch hinwegtäuschen.

Siobhans Worte hallten wieder durch meinen Kopf. Fin war nicht Steve. Wenn ich Fin zurückwollte, musste ich einen Einsatz bringen.

»Ich muss mich entschuldigen. Dich so anzugehen, ist komplett unmöglich. Aber das bringt uns gleich zum eigentlichen Thema.«

»Habt ihr mittlerweile gewählt?« Andrew, der Mann mit dem schlechtesten Timing der Welt, stand wieder neben uns.

»Äh.« Finley schaute von unserem Kellner zu mir.

»Hat das Haus-Sandwich schwarze Oliven?«, fragte ich Andrew. Ich schaffte es nicht, Finley anzusehen.

»Ah, nein!« Der Kellner tippte auf die Karte vor mir. »Schau, nur Salat, Tomate, Gurke, Avocado, Seitan, Kresse, Weißkraut. Dressing ist unser spezielles Hausdressing. So ne Art Thousand Islands.« Ich sah dem Finger zu, wie er über die Schwünge und Linien fuhr. Und nickte.

Die alte Scham, ein kompletter Versager zu sein, kroch in mir hoch. Wut auf mich selbst. Mein Unvermögen. Meine Naivität. Meine Hoffnung, einen Partner zu finden, der mich nicht verurteilte.

»Ich nehme dasselbe wie Finley«, sagte ich tonlos.

»Okay.« Verschwunden war Andrew.

Zurück blieb Stille an unserem Tisch.

»Ich wusste gar nicht, dass du keine schwarzen Oliven magst.«

Ich schaute auf. Finley sah mich einfach an. Ohne Mitleid. Aber mit einer Spur Neugier.

Dankbar knüpfte ich an seine Worte an. »Tja. Es gibt ein paar Sachen, die du nicht über mich weißt.«

»Erzähl mir davon. Wenn du möchtest.«

Wo anfangen? Wo aufhören? Sofort war wieder der Widerwille in mir, mich nicht völlig bloßzustellen.

»Siobhan hatte in den Tagen vor dem Meeting in dem Hotel meine beiden Telefone. Mein Geschäftstelefon betreut sie fast immer. Das private Handy nur in Extremsituationen. Das war so eine Situation. Die Vertragsverhandlungen waren intensiv und haben mich so viel Kraft gekostet, dass ich keine Ablenkung vertragen konnte. Es war schlicht ein Versehen, dass sie an ein paar meiner Privatkontakte die generische Antwort geschickt hat. Es war kein Täuschungswille dabei. Überhaupt nicht. Ich hatte nicht vor, dir zu verheimlichen, dass ich wieder in London war. Allerdings hatte es auch keine Bedeutung, da ich nicht bei dir sein konnte. Ob London oder Shanghai war egal. Ich war unerreichbar.«

Fin nickte. »Okay. Ist das auch der Grund, wieso du mir nie geantwortet hast?«

Unwillkürlich verzog ich das Gesicht. »Die kurze Antwort lautet ja.«

»Und die lange? Dir war es egal, wie es mir dabei ging?«

»Nein! Natürlich nicht. Aber ich muss auch Grenzen stecken. Und meine hatte ich dir von Anfang an mitgeteilt. Darüber hinaus hasse ich es, nicht zu wissen, ob meine Nachrichten vor Fehlern nur so strotzen.«

»Aber du könntest diktieren.«

Bitte keine Tipps! »Das sagt mir immer noch nicht, ob das Wort richtig geschrieben ist. Die Worterkennung funktioniert gut, aber nicht so, dass ich mir absolut sicher sein kann.«

Er musterte mich. Kaute auf seiner Unterlippe. »Archer, ich will dir keine Ratschläge geben. Ich versuche nur, zu verstehen, was passiert ist.«

Dafür waren wir hier. Fragmente meiner vorbereiteten Rede flogen durch meinen Kopf. Wie sollte ich offen sein, ohne mich komplett zum Idioten zu machen?

»Siobhan war nicht immer meine Assistentin. Als ich vor fünf Jahren die Firma gegründet habe, hatte ich Steve engagiert. Ein High-Achiever. Doppelabschlüsse aus Yale. Er hatte mich bereits beim ersten Gespräch überzeugt. Widersprüche meiner Schwester, die damals noch nicht Partnerin der Firma war, habe ich ignoriert.« Die Geschichte so zu erzählen, fühlte sich seltsam an. Als redete ich über jemand anderen. Gleichzeitig drohte mir die Scham, die Worte zu nehmen. »Es hat nicht lange gedauert, bis wir auch privat zusammen waren.«

Ich fuhr die Kanten der Menükarte nach. »Ich bin der älteste Sohn meiner Eltern. Der Sitz meines Vaters im House of Lords ist vererbbar. Nach meinem Studium habe ich mich aktiv gegen eine politische Karriere entschieden. Mein Vater hat meine Firmengründung mit mehreren Millionen Pfund unterstützt. Weil er an mich geglaubt hat. Meine Schwester ist in die Geschäftsleitung eingestiegen. Lediglich mein Bruder hat Verstand bewiesen und wollte nichts mit meiner Unternehmung zu tun haben.« Philipp hatte sich nach meinem Untergang nie überheblich geäußert. Trotzdem hatte sich sein fast mitleidiger Blick so angefühlt. »Aufgrund meiner LRS war die Position meines Assistenten immer eng mit mir verknüpft. Im Studium habe ich mir bestimmte Abläufe angeeignet, um sicher durch den Stoff zu kommen. Ich kann lesen und schreiben. Nur gehe ich diesbezüglich schon immer auf Nummer sicher. In Eaton stehen nahezu alle Texte als Audiodateien für sehbehinderte Menschen zur Verfügung. So arbeite ich auch. Ich lasse mir quasi alles von einer App vorlesen. Trotzdem kostet es mich immer noch erheblichen Zeitaufwand, meine Arbeit zu schaffen. Das Anhören der Dokumente, das langsame Lesen, das mehrfache Überprüfen. Mir war immer klar, dass meine LRS meine Tätigkeiten beeinflussen würde. Aber ich wollte allen beweisen, dass ich es konnte. Dass mich ellenlange Verträge, Anhänge, Zusatzvereinbarungen nicht abhalten würden, ein weltweit relevantes M&A-Unternehmen aufzubauen.« Wie naiv ich gewesen war. »Und dann kam Steve. Von Anfang an hat er sich extrem engagiert und wurde mehr als mein Assistent. Er war in jedes einzelne Geschäft involviert. Es war ein erhabenes Gefühl. Wir zwei in jeder Lebenslage ein Team. Es gab nur uns. Er wusste über jede Fußnote in irgendwelchen Verhandlungen Bescheid. Irgendwann hat er die Ausgestaltung von Verträgen übernommen, um mir Zeit zu sparen. Ich war glücklich. Jemand, der mich nicht nur akzeptierte, wie ich war, sondern auch unterstützte.«

Die Erinnerung an Steve war bitter. Als alles in Schutt und Asche lag, wussten meine engsten Vertrauten und Familie, wer Steve war. Aber freiwillig davon erzählt, hatte ich noch nie jemandem.

»War das nicht immer so?« Finley sprach leise. Doch seine Worte holten mich in unser Gespräch zurück.

»War was nicht immer so?«

»Dass du unterstützt wurdest?«

Ich atmete schwer aus. »Das ist nicht so einfach zu erklären. Ich hatte immer die volle Unterstützung meiner Eltern. An Geld hat es nie gefehlt. Privatlehrer und Tutoren haben mich durch die Schulzeit gebracht. An der Uni musste ich kreativ werden, um den ganzen Stoff zu schaffen. Und die Stimmen über den retardierten Sohn meines Vaters wurden lauter. Mit aller Gewalt wollte ich ihnen das Gegenteil beweisen. Egal wie fortschrittlich eine Einrichtung ist, für viele Menschen gilt LRS weiter schlicht als Dummheit. Zu blöd, um zu lesen. Als ich meinen Abschluss in der Tasche hatte, ging es weiter. Ich hätte ihn mir erkauft. Als ob die Stunden, in denen ich mit Kopfhörern in der Bibliothek gesessen hatte, um wirklich jedes Wort aus den Büchern zu memorieren, nie passiert wären. Ja, manche Tests durfte ich mündlich absolvieren, um mir den Stress des Schreibens zu nehmen. Letztendlich habe ich aber mein Examen geschafft, weil ich hart gearbeitet habe. Und weil ich die Unterstützung meiner Familie hatte. Als ich mit der Uni fertig war, wollte ich aber weder bei meinem Vater noch bei einem seiner Freunde unterkommen. Ich wollte auf eigenen Beinen stehen.«

Ich lachte leise. Und sah zu Andrew, der unsere Getränke brachte.

»Und dann kam Steve?«, fragte Fin.

Ich nahm einen Schluck Eistee. Anscheinend machte der Laden den selbst. Nickend stellte ich mein Glas ab. »Dann kam Steve. Und nahm irgendwann die Geschäfte selbst in die Hand. Ich habe ihm völlig vertraut. Mehr als mir selbst. Das ist nicht so daher gesagt. An seiner Loyalität zur Firma und seiner Liebe zu mir hatte ich keinen Zweifel. Und da er sich nicht mit LRS herumschlagen musste, legte ich mein ganzes Vertrauen in ihn.« Ich räusperte mich. »Letztendlich ist es meine eigene Schuld. Ich habe einen Mitarbeiter nicht mehr kontrolliert, wie ich es hätte tun sollen. Statt unser Unternehmen zu vergrößern, hat er Geschäfte genutzt, Teile in neue Firmen zu stecken, die er sich letztlich alle selbst unter den Nagel gerissen hat. Er hat Verträge so manipuliert, dass wir eigene Unternehmensanteile an Unternehmen abgeführt haben, statt Inhaber dieser neuen Unternehmen zu werden. Wir waren noch klein genug, keinen Aufsichtsrat zu haben. Es gab keine wirkliche Kontrollinstanz. Ich war der Chef, der alles durchgewunken hat. Überraschenderweise war Inhaber dieser Neugründungen Steve. Eine Fusion weiter war er nicht nur Inhaber eines multimillionenschweren Unternehmens, sondern auch mein stärkster Konkurrent. Und nicht mehr an einer Liebesbeziehung mit mir interessiert.«

Andrew stellte die bestellten Sandwiches vor uns ab. »Enjoy!«

Finley tippte seinen Teller an.

»Nun ja!«, fuhr ich fort. »Die Yellow Press hatte die reinste Freude mit mir. Von *fragliche Geschäftsentscheidungen treiben Ferringsworth Enterprises an den Rand der Insolvenz* und *Earl of Stupidity* waren alle Headlines dabei.«

»Aber, wenn Steve dich betrogen hat, müsste er doch zur Rechenschaft gezogen werden.«

Und direkt in die schmerzende Wunde.

»Es war schwierig, diesen Umstand darzustellen.«

»Für mich hört es sich sehr einfach an. Steve hat hinter deinem Rücken die Verträge geändert und dich beschissen. Er sollte zur Rechenschaft gezogen werden. Wie kann das legal sein?«

»Es ist dann legal, wenn der Chef alles unterschreibt und seinen ordentlichen Pflichten als Kaufmann nicht nachkommt. Steve hatte nicht das Recht. Aber ich hatte nicht aufgepasst. Mich in Sicherheit gewogen. Nein, ich habe ein Unternehmen, das für etliche Leute einen Arbeitsplatz bereithielt, mit meiner Leichtsinnigkeit aufs Spiel gesetzt.« Ich atmete schwer aus. »Ich hatte die Wahl, das genau so zu kommunizieren oder die Pressemeinung, dass der Aufsteiger der letzten Jahre sich mit zwielichtigen Entscheidungen an den Rand der Existenz gebracht hat, zu teilen.«

»Du hast es nie klargestellt?«

Ich schüttelte den Kopf. »Viele Leute dachten schon immer, ich bin dämlich. Das war aber nicht meine größte Schwachstelle. Ich konnte mich nicht so verletzlich zeigen. Dumme wirtschaftliche Entscheidungen zu treffen, ist das eine. Bei manchen galt ich sogar als tollkühn. Aber dass jeder wusste, dass mich mein Lebensgefährte über den Tisch gezogen hatte, ging nicht. Das darf auch so niemals nach außen dringen. Nur ganz wenige wissen davon. Siobhan. Meine Familie. Ich schäme mich dafür in Grund und Boden. Ich habe nicht nur die Existenz meiner Mitarbeitenden, sondern auch das Ansehen meiner Familie aufs Spiel gesetzt. Seitdem gehe ich auf Nummer sicher. Siobhan durchläuft ein Sechs-Augen-Prinzip, bevor sie eine Entscheidung trifft. Vor allem, um andere zu schützen. Das anzuerkennen, war das Schwerste. Dass ich einen riesigen Fehler begangen hatte, war verkraftbar. Dass ich andere damit bedrohte, war unerträglich.«

Finley beobachtete mich. »Okay. Aber das hat doch nichts mit mir zu tun.«

Tja. Hatte es nicht? »Ich muss auf Nummer sicher gehen.«

Er öffnete den Mund. Ein Hauch entwich ihm. Himmel, ich vermisste es, ihn zu küssen.

»Also war das *auf Distanz halten* deine Art, auf Nummer sicher zu gehen?«

Meine Finger brauchten eine Beschäftigung. Ich begann, das Sandwich auf dem Teller herumzuschieben. »Das ist nichts persönlich gegen dich.«

Fin verzog das Gesicht. »Auch, wenn du das behauptest, für mich hat es sich sehr persönlich angefühlt. Es betrifft mich. Es verletzt mich. Egal, wie unpersönlich du es meinst, ich bin ein Mensch mit Gefühlen.« Er atmete schneller. »Du hattest komplette Kontrolle über mich. Und du wusstest das. Deine Wohnung, deine Köchin, deine Mitarbeiter, deine Geschenke. Und gleichzeitig lässt du mich nicht an dich ran. Das fühlt sich sehr persönlich an, vor allem, wenn du mich ignorierst und deine Assistentin antwortet.«

»Das war ein Versehen. Seit drei Jahren arbeite ich daran, Steve aufs Kreuz zu legen und der Deal, der ihm den Boden unter den Füßen wegzieht, stand unmittelbar bevor. Ich hatte keine Zeit, mich um irgendetwas anderes zu kümmern.«

»Es scheint mir doch eine gewisse Gratwanderung, zwischen *mich ignorieren* und *konzentriert arbeiten.* Aber gut. Hat es denn geklappt? Konntet ihr den Deal abschließen?«

Nach Tagen des kompletten Frustes konnte ich endlich wieder lächeln. »Ja. Wir haben uns endlich in meine alten Geschäftsanteile über Umwege eingekauft. Jetzt müssen wir diese ganzen Einzelteile, die wir über Subunternehmen zurückerhalten haben, zu einer Holding zusammenbringen. Global betrachtet ist das, was wir machen, klein. Für mich ist es das, was ich seit drei Jahren will. Meine Firma zurück – wenn auch in etwas veränderter Form. Und Rache.«

Finley nickte. Verständnis glomm in seinen Augen. Auch Vergebung? »Das freut mich für dich. Du hast endlich das, wofür du so hart gekämpft hast. Danke, dass du mir das alles erzählt hast. Es hilft mir, alles besser zu verstehen. Mir ist klar, wie viel Überwindung dich das gekostet hat.«

»Dann kommst du zurück?«, platzte es aus mir heraus.

Fin riss die Augen auf und starrte mich an. »Nein! Wie kommst du darauf?«

»Du hast gesagt, du verstehst mich.«

»Das heißt doch aber nicht, dass wir wieder zusammen sein können.«

»Wieso denn nicht?« Unter mir tat sich der Boden auf. Dafür hatte ich mich doch nackt gemacht.

»Archer, du hast mich unglaublich verletzt. Deine Worte sind eine Erklärung.« Fin legte seine Hand auf seine Brust. »Aber du hast mir wehgetan. Das verschwindet nicht einfach so. Dass du mir nicht vertraust, kann ich auf eine gewisse Weise nachvollziehen. Aber so kann ich nicht leben. Wie stellst du dir das vor? Es löscht die Vergangenheit nicht einfach aus. Und eine Zukunft? Archer, du wurdest von einem Partner übel verletzt. Diese Verletzungen trägst auch du noch mit dir rum. Ich würde dir so etwas niemals antun. Auch, wenn das unvorstellbar für dich ist.«

Ich verzog den Mund.

Finley lachte. Ohne Freude. »Genauso wie du mir nicht glauben kannst, kann ich auch nicht einfach so tun, als wären die Heimlichtuereien, das Misstrauen, die Überwachung nicht passiert. Und es würde sich nichts ändern. Habe ich recht?«

Das konnte ich ihm tatsächlich nicht versprechen. Meine Sicherheitsvorkehrungen mussten intakt bleiben. »Du kannst doch nicht leugnen, dass da mehr zwischen uns ist. Das ist nicht einfach verschwunden. Du bedeutest mir mehr als ...« Als mir vielleicht je jemand bedeutet hatte.

Finley senkte den Blick auf sein Sandwich. »Das will ich nicht leugnen. Meine Gefühle für dich sind auch nicht einfach verschwunden. Deshalb ist es ja auch so schmerzhaft.«

»Es muss nicht schmerzhaft sein.« Ich streckte ihm meine Hand entgegen. Fin sah sie an. Doch er ergriff sie nicht.

Er schüttelte den Kopf. »Lieber jetzt einmal schmerzhaft ein Schlussstrich, als wieder monatelang rumsitzen und nicht wissen, was mit dir los ist.«

»Aber das weißt du jetzt. Ich habe dich nie betrogen. Du bist mir nicht egal. Und was da sonst noch ist ... das können wir gemeinsam rausfinden.«

Ob Fin merkte, wie seine Finger das Brot zerkrümelten? »Archer, obwohl wir die letzten Monate mehr oder minder miteinander verbracht haben, wissen wir nichts voneinander. Weil du dich so sehr bemüht hast, jegliches Wissen über dich von mir fern und mich auf Distanz zu halten. Ich verstehe, wieso du das gemacht hast. Dadurch haben wir aber keine Basis, auf der wir aufbauen können. Stattdessen habe ich die Lücken, die durch deine Heimlichtuerei entstanden sind, mit meinen eigenen Befürchtungen aus meinen Unsicherheiten gefüllt. Als ich dich in diesem Hotel gesehen habe ...« Er atmete schwer aus. »Ich wusste gar nicht, dass du in London bist. Warum du in London bist. Was du in dem Hotel machst. Du standest da mit Siobhan, mit diesen anderen Männern im Anzug und mir wurde klar, dass das ein Teil deines Lebens ist, in dem ich nichts verloren habe. In dem du mich nicht haben willst. Die Basis einer Beziehung sollte Vertrauen sein. Aber du vertraust mir nicht und ich weiß nicht, ob ich dir wieder vertrauen kann.«

Ich setzte an, etwas zu sagen, doch Fin schüttelte den Kopf. »Vielleicht habe ich kein Anrecht auf dieses Wissen. Trotzdem hat es mich kalt erwischt und verletzt. Ist es Eitelkeit?« Er zuckte die Schultern. »Vielleicht tu ich dir Unrecht. Aber als ich dich in dieser Gruppe gesehen habe, kamst du mir vor wie mein Vater. Bei seiner

Zweitfamilie. Obwohl, das stimmt nicht. Wir waren die Zweitfamilie. Seine richtige Familie war eine andere. Wir waren nur ... ein netter Zeitvertreib. Bis wir zu lästig wurden.«

Mir stockte der Atem. In einer Sache hatte Finley recht. Ich wusste anscheinend nichts über ihn.

»Dein Vater ...?«

»Es ist nicht dasselbe. Oder irgendwie schon. Du hast ein Leben, für das ich nicht bestimmt bin. Aber du hattest mich eingefangen. Mich, den du besucht hast, wenn du von deinem eigentlichen Leben genug hattest.« Er sah auf. Keine Vergebung. Enttäuschung. »Du hättest dich nie für mich entschieden.«

»Es ist doch kein entweder oder«, protestierte ich.

»Für mich nicht. Aber für dich.« Er kaute auf seiner Unterlippe. So als denke er angestrengt nach. »Ich glaube, es war kein Zufall, dass du mich wolltest. Jemanden wie mich.«

»Was soll das heißen?« Mir wurde heiß. »Jemanden wie dich?«

»Jemanden, der dir nicht das Wasser reichen kann. Kein Geld. Keine Bildung. Ich werde dir nicht gefährlich. Ich bin höchstens von dir abhängig. Ich bin nicht wie Steve.«

»Genau! Du bist nicht wie Steve. Deshalb will ich dich. Ich habe nie einen Unterschied zwischen uns gesehen.«

»Archer, keine Lügen! Sei ehrlich!«

Nun senkte ich den Blick. Es hatte mir eine Ruhe, eine Sicherheit gegeben, zu wissen, dass Finley nicht einfach aus meiner Wohnung wegkonnte. Als er verschwunden war, hatte das mehr in mir eingerissen, als ich mir eingestehen wollte. »Ich mag dich nicht, weil du aus der Arbeiterschicht bist. Ich mag dich, weil du mutig bist, kreativ, neugierig.«

»Und weil du dir sicher sein konntest, dass ich da bin, wenn es dir passte. Rücksichtslos hast du dir genommen, was du wolltest, wenn es dir gepasst hat. So schmerzhaft es ist und wie gut ich dich auch verstehe, der Grund ist egal. Ich kümmere mich besser um mich und du kümmerst dich um dich.«

»Finley, das will ich nicht. Es kann doch nicht einfach vorbei sein. Egal, was du mir vorwirfst, ich will dich in meinem Leben.« Ich griff nur noch nach Strohhalmen. »Wenn nicht so, zumindest als Freunde.«

»Freunde?« Finley schnaubte ungläubig. »Wie stellst du dir das vor?«

Hastig suchte ich nach Worten. Irgendetwas, das ich Finley anbieten konnte. Irgendetwas, das ihn noch an mich band. »Ich bin in London. Wir können Mittagessen gehen. Du kannst mir weiter von deinen Designs erzählen. Sie mir zeigen. Wir können die Stadt erkunden. Ich kann deine Freunde kennenlernen.« Meine Stimme zitterte leicht. Es konnte nicht das letzte Mal sein, dass ich ihn sah.

»Das funktioniert doch nie.« Finley trank aus seinem Eistee.

»Nicht, wenn man es nicht versucht.«

»Archer, das ist doch ...«

... ein Projekt, das ich nicht einfach aus der Hand geben würde.

»... etwas, was wir versuchen sollten.«

Finley lächelte und schüttelte den Kopf. »Ich bin mir nicht sicher.« Seufzend stellte er das Glas ab. »Aber keine Spielchen mehr. Und keine Lügen. Und wenn ich mich bei dir melde, will ich eine Antwort. Schick mir eine Sprachnachricht.«

Ich rümpfte die Nase. »Ich bin doch kein ...«

»Wenn dir meine Regeln nicht passen, lassen wir es.«

»Nein, nein! Alles klar.« Ich hob beide Hände. »Kein Problem.« Ich würde es zu keinem Problem werden lassen.

Mit skeptischem Blick sah er mich an. Er glaubte mir kein Wort. Ich war mir nicht sicher, ob ich es täte. Doch er unterschätzte meinen Willen.

»Morgen? Ich hole dich ab.«

»Archer!«

Shit. Das war zu viel gewesen. Ich hielt die Luft an. Wenn er mich fallenließ, war das das Ende. Dann hatte ich keine Optionen mehr.

»Lass mich ein paar Tage überlegen. *Ich* melde mich. Ich werde nicht darauf warten, dass du nach Hause kommst. Oder sonst wohin. Ich muss wissen, selbst irgendwas zwischen uns beeinflussen zu können. Diese Passivität, in die du mich gesteckt hast, lähmt mich. In meinem Denken, meinen Entscheidungen. Ich will da raus. Du musst das aushalten, zu warten.«

»Das werde ich. Nimm dir Zeit.«

Seine Gesichtszüge entspannten sich. »Ich muss jetzt auch in den Laden zurück.

Er winkte nach Andrew und ich schaute auf unsere Teller.

Ich selbst hatte nicht den geringsten Hunger.

»Oh. Ihr habt ja gar nichts gegessen. Hat was nicht gepasst?«, fragte der Kellner mit echter Sorge in der Stimme.

»Natürlich nicht«, beruhigte Fin sofort.

»Na dann? Magst du das noch? Soll ich es dir für später einpacken?« Andrew sah mich gar nicht an. Anscheinend hatte er nicht so lange gebraucht, den Übeltäter ausfindig zu machen.

Fin atmete gedehnt aus. »Ich weiß nicht. Im Moment ... Okay, pack es ein. Ich entscheide später, was ich damit mache.«

Wenn das mal nicht das beste Bild war für die Situation, in der wir steckten.

»Ich zahle alles!«, machte ich auf mich aufmerksam.

»Aber ...«, setzte Finley an.

»Es ist das Mindeste.« Ich hob den Kopf zu Andrew. »Und ich nehme es auch mit. Ich will es ganz sicher probieren. Ich verlasse mich auf Finley. Ich bin absolut überzeugt, dass es fantastisch ist.«

»Okayyy?« Andrew zweifelte mit Sicherheit an meinem Verstand. Er sagte nicht mehr und nahm unser unangetastetes Essen wieder mit.

Ich hatte aber andere Sorgen. »Ich bringe dich gerne in den Laden zurück.«

Finley stand auf und schüttelte den Kopf. »Bitte nicht.«

Die Antwort war nicht überraschend. Langsam erhob ich mich ebenfalls, ohne hinter dem Tisch hervorzutreten. »Dann bestelle ich noch einen Kaffee.«

Er zögerte. Trat einen Schritt auf mich zu. So als wollte er sich mir entgegenbeugen.

Ich wagte keine Bewegung. Mir war klar, dass er es nicht tun würde. Die Möglichkeit in seiner Haltung zu sehen, war mehr, als ich in dem Moment noch zu hoffen gewagt hatte. Sofort wich er zurück.

Die Enttäuschung, die bei mir zurückblieb, war überwältigend. Mit beiden Händen auf dem Tisch setzte ich mich zurück.

Kapitel 5

Das Allerletzte, was ich gut konnte oder gerne tat, war zu warten.

Siobhan ließ mich nicht ins Büro.

Mein Telefon weigerte sich, mir eine Nachricht von Fin anzuzeigen.

Und mein Körper verlangte nach drei Tagen exzessivem Sport, dass ich eine Pause einlegte.

Vielleicht sollte ich in das Landhaus meiner Eltern nach Cornwall fahren. Wenn sich Fin meldete, wäre ich in wenigen Stunden in London. Nein, das Risiko war zu groß.

Zu meinem Wort würde ich stehen.

Ich schaute über Helens Schulter in den Backofen und schnüffelte auffällig. »Was gibt es denn Leckeres?«

Sie knuffte mich mit dem Ellenbogen. »Das wirst du gleich sehen.«

»Ist das vegetarisches Wellington? Einfach so? An einem Donnerstag?« Natürlich kochte Helen alles, was ich wollte. Aber ein so aufwändiges Gericht war ungewöhnlich. Vor allem würde mindestens dreiviertel übrigbleiben.

»Ich dachte, es ist mal wieder Zeit für dein Lieblingsessen.«

»Ah, Helen! Du verwöhnst mich!« Ich drückte sie kurz und deckte den Tisch. »Ich gebe William, Mr Fletcher und Caroline Bescheid. Sie ist heute zum Putzen da, oder? Das ist viel zu viel für mich allein. Wir essen gemeinsam.«

Sie nickte und sah auf den Boden. Verzog den Mund.

»Was ist los? Etwas nicht in Ordnung?«

Helen hob den Kopf. »Archer, ich muss etwas gestehen.«

Ich riss die Augen auf. Helen würde sich kaum am Silber vergriffen haben. »Was gibt es denn? Ich bin sicher, es ist nicht wirklich dramatisch.« Sie arbeitete seit Jahrzehnten für unsere Familie. Ein Hauch von einem Zweifel schlich sich aber ein. Wie immer, seit Steve mein Verständnis von Loyalität in den Grundfesten erschüttert hatte. Dennoch – sie war eine der wenigen, die das Steve-Debakel von Anfang an mitbekommen hatte.

Die Euphorie, die Vernachlässigung meiner Arbeit und den Scherbenhaufen, den ich verursacht hatte.

»Es ist so.« Sie knetete ihre Hände. »Ich glaube, ich habe Mr Parker vergrault. Ehrlich gesagt, war ich nicht sonderlich nett zu ihm.«

Ihre Worte trafen mich unvorbereitet. Es war Zeit, dass ich mit meinem Personal redete.

»Helen, dass sich Finley von mir getrennt hat, ist nicht dir zuzurechnen. Das habe ich alleine zu verantworten.«

»Ich – ich wollte dich schützen. Dieser junge Bengel. Man hat ihm angesehen, dass er nichts hat. Nistet sich hier ein.«

Mein Magen zog sich zusammen. So war es nie gewesen.

»Helen, ich habe Finley eingeladen.«

»Ich weiß. Es war nicht meine Aufgabe, mich darum zu kümmern, was er hier treibt.«

Nein. Wirklich nicht. »Es wäre meine Aufgabe gewesen«, presste ich hervor. Die Klarheit dieser Worte schien so einfach. »Und ich habe mich nicht um ihn, nicht um unsere Beziehung gekümmert.« Es war mir wichtiger gewesen, Grenzen aufzuzeigen. Mich zu schützen. Darüber hatte ich Finley völlig aus dem Blick verloren.

Helen seufzte. »Er war eigentlich sehr nett. Lustig. Es tut mir wirklich leid.«

Wir aßen und nachdem wir den Tisch abgeräumt hatten, brummte mein Telefon.

Panisch riss ich es aus der Tasche.

Morgen? Ein Late Lunch?
Ich arbeite früh und muss dann nicht zurück. Dann habe ich etwas Zeit.

Yes!

Mein Finger schwebte über dem Antwortfeld. Ich würde nicht schreiben. Aber ich musste antworten.

Bevor ich eine Entscheidung treffen konnte, schrieb Finley noch mal.

Das ist die Menükarte. Gib mir Bescheid, dann reserviere ich.

Ich ließ meine Hand sinken.

So war Finley. Natürlich hatte er jedes Wort, das ich gesagt hatte, aufgesaugt. Dass er sich über mich Gedanken machte, überraschte mich, störte mich aber nicht.

Er sagte es beiläufig. Überließ mir eine Entscheidung. Trotzdem überforderte mich, dass er Bescheid wusste und so einfach damit umging.

Obwohl es nicht einfach war.

Gib mir Bescheid, wann ich dort sein soll. Ich freue mich.

Ich schickte die Antwort als Sprachnachricht.

Fin brauchte einen Beweis, dass es mir ernst war. Seine Worte, dass ich ihn von meinem wahren Leben ferngehalten hätte, gingen mir nicht aus dem Kopf. Sie entsprachen nicht der Wahrheit.

Die Firma war nur noch Stress nicht Heimat.

Tatsächlich war ich zu Finley heimgekommen. Die wenigen Stunden, die ich mit ihm gehabt hatte, waren mein Zuhause gewesen.

Finley hatte aber das Gefühl gehabt, nicht Teil meines eigentlichen Lebens zu sein. Das zu ändern war leicht.

Ich rief Victorias Nummer an.

»Archie! Was gibts?«

»Du weißt, ich mag diesen Namen nicht.«

»Ach, Brüderchen, was verschafft mir die Ehre?«

»Ähm …« Mein Mut verließ mich. Die Idee war doch verrückt.

»Jetzt rück schon raus, das scheint gut zu sein.«

»Bist du noch in London?«

Nun stockte meine Schwester. »Ah, ja?«

»Gut! Hast du morgen Zeit?«

»Willst du mir sagen, du hast Zeit für deine kleine Schwester?«

»Hm … ja. Du meintest doch, du willst Finley mal kennenlernen.«

Ihr Quietschen ließ jeden vergessen, dass sie die CFO von Ferringsworth Enterprise war. »Wirklich? Du bist endlich bereit?«

Ich schnaubte nicht sonderlich amüsiert. »Wir … nein. Ich meine, wir sind nicht zusammen. Nur Freunde. Aber … ja.«

»Oh, Archie, was hast du angestellt?«

War klar, dass sie davon ausging, dass ich schuld war. War ich auf gewisse Art auch.

»Ist irrelevant. Willst du jetzt oder nicht?«

»Aber klar. Ich schaufle ein paar Termine um und schon bin ich dabei.«

»Okay. Ich schicke dir Ort und Zeit.«

»Sehr gut, ich muss Mum Bescheid geben.«

»Was? Nein!«, protestierte ich. Doch die doofe Nuss legte einfach auf. Mein zweiter Anruf ging ins Leere.

Himmel.

Am nächsten Tag erwarteten mich tatsächlich meine Mum und meine Schwester in einem sehr rustikalen Laden.

Ich trat an ihren Tisch. »Mum, ich kann nicht fassen, dass du hier mitmachst.«

»Archer.« Sie küsste meine Wangen. »Ich hatte nichts Besseres zu tun. Und du kannst dir nicht vorstellen, wie überrascht ich war, als mir deine Schwester erzählt hat, dass sie deinen Freund kennenlernen wird.«

»Mum. Wir sind nicht zusammen. Wir ... lernen uns erst kennen. Er meinte, er kennt meine Familie nicht.« Das hatte Fin doch beklagt, oder?

»Und wer wäre besser geeignet als deine Mutter, um diesen Umstand zu beheben?«

Unschlüssig stand ich zwischen den beiden. »Ich will ihn nicht verschrecken. Ich wollte ihm eigentlich meine Offenheit zeigen.« Dass ich ihn nicht verheimlichte. Eine absurde Idee. »Ihr zwei seid ein bisschen viel.«

»Aber ...« Victoria sah mich mit gerunzelter Stirn an. »... ihr seid zusammen?«

»Nein. So einfach ist es nicht.« Hinter ihr sah ich Fin im Eingang, wie er sich mit einem Kellner unterhielt. Dieser deutete auf unseren Tisch und ich straffte die Schultern.

Shit, das war eine schlechte Idee gewesen.

Er kam auf uns zu und mit jedem Schritt, den er machte, schaute er irritierter drein.

Hastig ging ich auf ihn zu.

Unsere Blicke verfingen sich. So als suchten wir Antworten aneinander.

»Danke, dass du gekommen bist.«

Er schüttelte den Kopf. »Wie denn auch nicht? Ich habe viel nachgedacht und ...«

Ich griff seine Hand und er schaute darauf.

»Offensichtlich haben wir noch nicht alles besprochen. Bisher hat uns die nötige Ruhe gefehlt. Heute fühle ich mich besser vorbereitet«, sagte Fin.

Langsam, damit er reagieren konnte, beugte ich mich ihm entgegen und gab ihm einen Kuss auf die Wange. Leicht drückte er sich gegen mich. Die Nähe zu ihm war himmlisch. »Ähm. Dazu eine Anmerkung. Wir haben ein bisschen umarrangiert.«

»Wer ist wir?« Fin funkelte mich mit einer Mischung aus Überraschung und Entsetzen an.

Immer noch hielt ich seine Hand. Locker, sodass er sich von mir befreien konnte. Zu meiner größten Überraschung tat er es nicht, während ich uns zum Tisch drehte. »Finley, das sind meine Mum und meine Schwester Victoria. Mum, Vic, das ist Finley. Ein Freund.« Am liebsten hätte ich mir die Zunge abgebissen. Fin war so viel mehr als ein Freund für mich. Ob er diese Gefühle jemals – wieder – erwidern würde, stand in den Sternen.

»Das ist eine Überraschung.« Seine abgehakte Stimme deutete jedenfalls nicht darauf hin, dass dies in nächster Zeit der Fall sein würde. Neben mir wurde er stocksteif. Ruckartig zog er seine Hand aus meiner. »Hallo!« Er wandte sich an meine Mutter. »Mrs – sorry, ich weiß ihren Titel nicht – Ferringsworth. Es freut mich.« Er reichte ihr die Hand.

»Finley, bitte nenne mich Eleanor. Meine Tochter erzählt mir, du bist der Einzige, der es schafft, dass Archer an etwas anderes als die Arbeit denkt. Verzeih bitte, dass ich euer Essen uneingeladen belagere. Aber beide Kinder in London? Ich musste die Gelegenheit nutzen, die beiden zu treffen.«

»Oh.« Unschlüssig sah er meine Schwester an. »Ich kann Sie alle in Ruhe essen lassen und wieder gehen.«

»Um Himmels willen nein!«, empörte sich meine Mutter und hielt seine Hand fest. »Ich würde mich sehr freuen, dich kennenzulernen.«

»Okay?« Er sah Victoria an. »Ich bin Fin.«

Meine Schwester sprang auf und umarmte Fin. »Ich lasse mir ganz sicher nicht die Gelegenheit entgehen, den berühmten Finley zu treffen.«

»Berühmt?«, japste dieser.

»Aber sicher. Du bist das Hauptgesprächsthema für unseren lieben Archer, wenn er nicht gerade von der Arbeit redet.«

»Victoria«, knurrte ich.

Sie ignorierte mich komplett, ließ Fin los und strahlte ihn an. »Ich kenne deine Designs. Es könnte sogar sein, dass ich ein zwei Teile daheim hab.«

»Das ist ... Danke. Wenn Sie möchten, kann ich die Teile an Sie anpassen, damit sie richtig sitzen. Das macht wirklich einen Unterschied. Sonst habe ich ja nicht die Möglichkeit.«

Victoria zog einen Schmollmund und legte ihre Hände auf ihre Wangen. »Ich darf jetzt nicht sagen, was ich denke. Aber Archer hat kein bisschen übertrieben.«

»Was bedeutet das?« Er drehte sich zu mir und sah mich fragend an.

Ich schüttelte den Kopf. »Wahrscheinlich nur, dass ich von deiner unglaublichen Kreativität, Großzügigkeit und Freundlichkeit erzählt habe«, murmelte ich und zog seinen Stuhl heraus. »Wollen wir uns nicht endlich setzen?«

Er schaute mich mit zusammengepressten Lippen an.

»Bitte«, sagte ich tonlos. Er musste es von meinem Mund ablesen.

»Okay.« Er nahm Platz und ich zog meine Hand zurück, als ich den Stuhl zurecht schob. Meine Finger schwebten nur minimal über seinem Rücken. Wie sehr sehnte ich mich nach dieser Nähe. Ich sah auf und in die Augen meiner Mutter. Bei dieser Fantasie, die Fin und mich betraf, waren keine meiner Familienmitglieder anwesend.

Da sich diese aber einander gegenüber gesetzt hatten, blieb mir nichts anderes übrig, als mich zwischen die beiden und somit gegenüber von Fin zu setzen. Seinen Blick konnte ich nicht deuten.

Wir gaben unsere Bestellung auf. Die Frage war, ob ich es heute schaffen würde, einen Bissen zu essen.

»Erzähl mir von deiner Arbeit, Finley«, eröffnete meine Mutter das Gespräch.

»Ich ... ähm ... arbeite nur als Verkäufer in einem hot-Shop.«

Victoria hielt ihr Telefon meiner Mum unter die Nase. »Das ist seine Website.« Sie wandte sich an Finley. »Wie schaffst du das? Im Shop zu arbeiten und gleichzeitig an deiner Design-Karriere zu feilen?«

»Tja, ganz so gut, wie ich es wollte, klappt es nicht«, gab er zur Antwort.

Wenn er weiter bei mir wäre, hätte er mehr Platz, könnte sich Geld sparen, könnte seine Stunden reduzieren. Ich presste die Kiefer zusammen.

Es brachte nichts, das in irgendeiner Form zu kommentieren.

Meine Mutter fuhr mit dem Finger auf dem Display herum. »Das ist wirklich sehr beeindruckend. Ich denke, ich werde mir das mal genauer ansehen.«

Meine Mum in einem Design von Finley? Nein, das konnte ich mir nicht vorstellen.

Finley lachte leise. Ob er dasselbe dachte wie ich? Er beugte sich zu meiner Mum und gemeinsam gingen sie seine Website durch. Er erklärte ihr Schnitte, Ideen, machte ihr Vorschläge, was sie tragen könnte.

Ein Tritt gegen mein Schienbein riss mich aus meiner Beobachtung. Meine Schwester grinste mich an und ich warf ihr einen hoffentlich vernichtenden Blick zu. Mit dem Kinn deutete sie auf die beiden. So als wären wir immer noch Kinder, verdrehte ich die Augen. Ich sah die beiden selbst. Sie neigte den Kopf. Ich ignorierte sie und sah wieder zu Fin und Mum.

»Bei Mira Bellingham. Natürlich kenne ich den Laden! Ich werde noch heute vorbeigehen. Möchtest du mich begleiten?«

»Oh!« Finley wich leicht zurück. »Ja, ich habe eigentlich nichts mehr vor heute.«

Enttäuschung machte sich in meinem Magen breit und zog mich runter. Irgendwie hatte ich gedacht, wir würden mehr Zeit miteinander verbringen. Stattdessen redeten meine Mutter und Victoria auf Fin ein und ich war stummer Zuschauer.

»Dann ist es ausgemacht!« Mit höchst zufriedener Miene lehnte sich meine Mum zurück. »Victoria?«

Meine Schwester verzog den Mund. »Ich muss noch mal zu HR. Der Termin steht schon seit Wochen.«

»Okay. Dann gehen Finley und ich allein.«

»Und was ist mit mir?«, schaltete ich mich ein.

»Ach, Archer. Wenn dich das interessiert?«

Meine Mutter, der Teufel. Herausfordernd sah sie mich an. »Natürlich interessiert es mich.« Mich interessierte alles, was mit Fin zu tun hatte. »Wenn ihr mich mitnehmt?«

Nachdem sie ihn komplett überrannt hatte, sah sie nun Finley an. Dieser nickte. »Wenn du willst.«

Er hatte ja keine Vorstellung, was ich alles wollte.

Da die drei mit Reden beschäftigt waren, kam ich tatsächlich dazu, mein gesamtes Mittagessen zu verspeisen.

Victoria und Finley hatten erstaunliche Überschneidungen an Personen, denen sie online folgten, und ich kam mir wie ein Zuschauer vor.

Die Zeit verflog. Ich bezahlte und Mum und Victoria gingen bereits raus, als mich Finley zurückhielt.

»Was war das?«, wisperte er mir zischend zu.

»Ich …« Doch ich kam gar nicht zu Wort.

»Ich will nicht schon wieder überrumpelt werden. Nicht in eine Situation geworfen werden, mit der ich nicht rechne. Keine Überraschungen, keine Spielchen! Archer! Ich habe mich klar ausgedrückt!«

»Es sollte kein Spielchen sein! Du hast gesagt, du ständest außerhalb meines eigentlichen Lebens – meiner Familie. Das tust du nicht. Das wollte ich dir beweisen.«

Er schloss die Augen und nickte einmal. »Okay. Ich kapiere den Gedankengang. Aber … nicht so. Nicht, indem du mich mit deiner Mutter überraschst. Das … ist zu viel.« Er schaute mir intensiv in die Augen.

»Genau genommen hab nicht ich sie eingeladen, sondern Vicky. Aber die hab ich eingeladen. Ich dachte … ich wollte dir beweisen, dass ich dich nicht aus meinen anderen Lebensbereichen heraushalte. Zumindest nicht absichtlich.«

Finley schloss erneut die Augen und schüttelte den Kopf.

Fuck. Meine Ideen waren nicht die besten.

»Du sollst mir nichts beweisen. Ich habe dir gesagt, ich will keine Beziehung und bin davon ausgegangen, wir haben heute Gelegenheit, über uns zu reden. Du wolltest dieses Freunde-Ding probieren.«

»Aber meine Freunde kennen auch meine Familie. Das eine schließt das andere nicht aus. Wirklich. Es tut mir leid, dass wir so über dich hergefallen sind. Aber Victoria will dich seit Wochen kennenlernen. Und meine Mum ist froh, dass ich sie ausnahmsweise nicht über die Firma zutexte. Und ich ...« Shit, hatte ich mir wirklich eine Gelegenheit für ein offenes Gespräch nehmen lassen? »Ich will auch über uns reden.«

Er schnaubte aus und musterte mich. »Deine Ma ist echt nett. Das sag ich nicht, weil sie Mira Bellingham kennt. Sie interessiert sich anscheinend wirklich für Mode. Aber sieh das als letzten Versuch, Archer. Noch so eine Nummer und wir vergessen das. Ich will und muss mich auf das verlassen können, was wir vereinbaren.« Er schüttelte den Kopf. »Mich stressen diese Überraschungen, und wir sind heute keinen Schritt weitergekommen.«

»Okay! Es war zu viel. Und es tut mir leid. Beim nächsten Mal gibt es nur uns beide und alles, was du willst.«

Finley schüttelte den Kopf. »Ich muss erst mal überlegen, wie ich weitermachen will.«

Ich wollte darauf bestehen, dass wir uns weiter trafen, schwieg aber.

Mit den Fingern kratzte ich meine Handflächen entlang. Finley trat einen Schritt zurück. »Ich muss nachdenken, ja? Das war viel heute.«

»Ich warte!«, murmelte ich. Die Zwischenzeit konnte ich nutzen, mir über meine unüberlegten Ideen Gedanken zu machen.

Kapitel 6

»Deine Mum hat mich heute im Laden besucht. Mit dem Shirt, das sie bei Mira Bellingham ausgesucht hat.«

»Sie ist ein Fan.«

Finley schnaubte durchs Telefon. »Sie hat Mitleid.«

»Nein!« Ich setzte mich aufrechter hin. »Nein! Wirklich, sie ist komplett begeistert.«

»Hm.« Ob er mir nicht glaubte? »Anderes Thema«, lenkte Fin ab. »Hast du den Link gelesen, den ich dir geschickt habe?« Er stockte. »Ich meine, ...«

»Finley, ich kann lesen. Es dauert nur etwas und im beruflichen Kontext bin ich extrem vorsichtig und prüfe alles doppelt und dreifach.«

Am anderen Ende der Leitung gab er keinen Ton von sich. So lange, dass ich schon dachte, die Verbindung wäre abgebrochen. »Hallo?«

»Warum hast du dich aber nie bei mir gemeldet? Das war nicht beruflich. Sondern privat. Du hast gesagt, wegen deiner Grenzen und Regeln, aber ...«

Fuck. Ich kramte die richtigen Worte zusammen. »Finley, ich hasse es, mich so angreifbar zu machen. Dir zu schreiben, im Bewusstsein, dass ich einfachste Wörter vielleicht falsch schreibe, habe ich nicht ertragen. Dein Bild von mir sollte ungetrübt sein.« *Ich wollte, dass du mich nicht bemitleidest oder für blöd hältst.*

»Dir war also lieber, wie ein gleichgültiges Arschloch rüberzukommen, als dass ich sehe, dass du nicht perfekt bist.«

So konnte man es auch ausdrücken. Vor allem hatten sich meine Spielchen nach Sicherheit für mich angefüht. Was für ein Bullshit.

Am liebsten wollte ich den Vorwurf von mir weisen. *Lüg mich nicht an.* So lange war ich ihm gegenüber unehrlich gewesen. Es wäre so viel einfacher, genauso weiterzumachen. »Auf eine gewisse Art und Weise. Ich wollte nicht, dass du meine größte Schwäche siehst. So lange ohne Kontakt auszukommen, schien mir wie ein Zeichen der Stärke.«

Finley schwieg wieder.

»Fin, bitte sag was.«

Er seufzte. »Ist es nicht. Ein Zeichen von Stärke. Es ist ein Zeichen von Arschigkeit.«

Ich wollte fast erleichtert auflachen. »Das ist es.« Seine Worte trugen so viel Wirklichkeit in sich. Es tat weh, mir das einzugestehen. Dennoch machte es mir Fin leicht.

Wie lange konnte ich ihn am Telefon halten? War ich zu aufdringlich? Ich wollte ihn sehen. War mir aber nicht sicher, ob das zu viel war. »Musst du heute noch arbeiten?«

»Ich komm mit meinen Aufträgen gut zurecht.« Es raschelte an seinem Ende. »Die WG ist klein. Ich muss viel planen und verlange den anderen einiges ab. Aber im Moment komm ich gut voran.«

»Das freut mich. Wirklich.« Auch wenn ich es anders wollte, am wichtigsten war, dass es Finley gutging.

»Hättest du vielleicht …?«

Ich biss in meine Unterlippe. Wieso redete er denn nicht weiter?

»Elliot ist unterwegs und ich glaube, ich sollte mich in der WG mal rarmachen. Hättest du Lust, heute noch durch den Park zu laufen? Es ist Sonntag und ...«

»Ja! Klar! Auf alle Fälle. Wir können auch rausfahren. Ein bisschen aufs Land.«

»Nein, nein, Archer. Nur die Füße im Grünen vertreten ohne Aufwand, das würde ich heute noch gerne machen.«

»Selbstverständlich!« Was Fin wollte, sollte er bekommen. »Soll ich dich abholen?«

Er lachte. »Nein! Ich gehe einfach nach Clapham Common.«

»Okay. Ein neuer Ort in London, den ich erkunden kann. Dieser Urlaub wird richtig abenteuerlich.«

Sein leises Lachen vibrierte in mir. »Wenn deinem adligen Arsch Clapham zu ordinär ist, hast du Pech gehabt.«

»Das habe ich nicht gesagt. Halte mir nicht immer vor, wer meine Eltern sind.«

»Du bist anders, als ich dich mir vorgestellt habe.« Er sprach leise. Sanft.

Wann hatte er sich mich vorgestellt? Jetzt? Damals?

Ich hatte mir Finley nicht vorgestellt. Ich hätte mir niemals jemanden wie ihn ausmalen können. Er war mehr, als ich mir erträumt hätte.

Völlig unbekümmert reckte Fin sein Gesicht in die Sonne. Einen Augenblick hielt ich inne und sah ihn einfach an. So unvoreingenommen, so frei hatte ich ihn lange nicht mehr gesehen.

Langsam ging ich auf den Clapham Common Bandstand zu. Unser Treffpunkt am Pavillon in der Mitte des Parks war gut besucht. Aber Finley war unübersehbar.

Er senkte den Kopf und öffnete die Augen.

Als sich unsere Blicke trafen, lächelte er. So als hätte er vergessen, dass er seine Sachen gepackt hatte und vor mir geflohen war.

»Hey!«, begrüßte er mich.

»Hey, ich hoffe, du musstest nicht lange warten.

Er zuckte die Schultern. »Selbst wenn. Es ist traumhaft.«

Schweigend und lächelnd standen wir uns gegenüber. Ich öffnete meine Arme und Fin trat in die Umarmung. Drückte mich an sich und legte seinen Kopf gegen meinen Hals.

Die unschuldige Berührung setzte mich in die Vergangenheit zurück. In die Art von Nähe, die er zugelassen hatte.

»Hm.« Er atmete tief ein und wich dann leicht zurück. Suchte meinen Blick. »Immer noch Tom Ford?« Er hielt sich an meinen Unterarmen fest und wirkte gedankenverloren.

Nickend lehnte ich mich ihm entgegen. »Natürlich. Es ist mein Lieblingsparfüm.«

Die Luft zwischen uns flirrte voller unausgesprochener Hoffnungen und Möglichkeiten. Fins Blick fiel auf meinen Oberarm und er sog die Luft ein. Mit seiner Hand strich er über meinen Arm bis zum T-Shirt-Ärmel.

Die Berührung prickelte meine Haut entlang. Sacht fuhr er über mein Feuermal und ließ mich abrupt los.

So als umarmte er sich selbst, griff er an seinen Oberarm und hielt die Stelle, an dem ich ihm im Bett einen Fleck verpasst hatte. Diese winzige Verbindung zwischen uns, die es nicht mehr gab. Er lachte leise. »Was tun wir hier?«

Das Knistern zwischen uns war einer Schwere gewichen, die wir wieder loswerden mussten. »Wir gehen jetzt durch den Park. Wo willst du hin?« Ich lächelte ihn an und kopfschüttelnd erwiderte er es.

»Du hast recht.« Er deutete den Weg entlang. »Da runter? Richtung Long Pond?«

Ich streckte ihm meine Hand entgegen.

Mit einem Grinsen schüttelte er den Kopf. »Wir schaffen das auch ohne.«

Was wir schafften oder nicht, war mir fast egal. Jetzt seine Hand halten zu können, wäre das Tüpfelchen auf dem i für meinen Tag gewesen.

Er schulterte seinen Rucksack neu und wir gingen los.

»Tut mir übrigens leid, wenn ich immer wieder deine LRS anspreche. Ich will dich nicht vorführen, sondern versuche einzuordnen, was das in der Vergangenheit zwischen uns für eine Rolle gespielt hat.«

Ich nickte. »Normalerweise rede ich nicht darüber. Sie hat mich einfach vorsichtig gemacht im Umgang mit anderen.«

»Das verstehe ich. Gib mir bitte Bescheid, falls ich dir damit in irgendeiner Weise auf die Füße trete.«

»Mach ich. Wie ging es dir in den letzten drei Tagen? Was hast du gemacht? Sind neue Bestellungen reingekommen?«

Mit zusammengezogenen Augenbrauen schaute er mich an. »Ja, wieso? Hast du was damit zu tun?«

Abrupt blieb ich stehen und schlug meine Hand auf die Brust. »Ich? Wie kommst du darauf?« Sollte ich? Seine Designs waren offensichtlich sehr modern und angesagt. Trotzdem sah ich mich nicht darin. Mein Stil war Anzug. In der Freizeit Sporthose und T-Shirt. Dass ich überhaupt noch eine Jeans und ein halbwegs legeres T-Shirt gefunden hatte, mit dem ich heute rumlief, grenzte an ein Wunder.

»Nein! Auf keinen Fall! Das wäre schäbig.«

»Schäbig?« Ich konnte ihm nicht folgen.

»Ja, wie ein Almosen. Mitleidskäufe. Das ist auch hauptsächlich der Grund, wieso ich die Preise so hoch angesetzt habe, wie sie sind. Damit meine Mum nicht tausend Shirts kauft, die sie dann verschenkt.«

Ich schaute ihn seitlich an. Sein verschmitztes Grinsen verriet ihn.

»Spinner!« Er lachte halb frech halb verlegen.

»Wie geht es deiner Mum?«, fragte ich ihn.

Finley nickte. »Gut. Sie arbeitet viel. Die Mieten werden teurer. Die Löhne bleiben *stabil*.« Er verzog den Mund. Impulsartig wollte ich ihm Geld anbieten.

Doch das war es nicht, was er brauchte. Was er annehmen würde.

»Kommst du mit deinen Kosten zurecht?«

Er schaute zu mir. »Ah, ja. Wirklich Gewinn mache ich nicht. Aber es ist ziemlich cool, dass mein Name gerade oft erwähnt wird. An vielen wichtigen Stellen.«

»Das freut mich. Meine Mum ist sehr beeindruckt von dir. Hat sie dir erzählt, dass eine Freundin von ihr bei der London Fashion Week tätig ist?«

Diesmal war sein Lachen abwehrend. »Ja, hat sie, aber ich hoffe, sie sagt ihr nichts. Es wäre mir wirklich unangenehm.«

»Wieso denn das?«

Finley zuckte die Schultern. »Es fühlt sich nicht ehrlich an. Eher wie ein Mitleidsdienst.«

Ich hob meine Hand und ließ sie doch wieder sinken, bevor ich über seinen Arm streichen konnte. »Das würde sie nicht machen. Hier geht es nicht nur um Sympathien, sondern um das Geschäft und ihren Namen als Modekennerin.«

»Hm. So habe ich es noch gar nicht gesehen. Du hast wahrscheinlich recht.«

Wir spazierten am See vorbei. Unterhielten uns über meinen mageren Urlaub. Finleys Kunden im Laden und die online, die seine Mode wollten. Er fragte mich nach meiner Arbeit aus und ich hatte das Gefühl, als ob sich alles zum Guten wenden würde.

Wir spazierten an Rasenflächen vorbei, auf denen unterschiedlichste Sportgruppen ihre kleinen Kämpfe ausführten.

»Archer?« Die Stimme kam mir sehr bekannt vor. Ich hatte sie seit Jahren nicht mehr gehört, aber trotzdem würde ich sie überall wiedererkennen.

Ich hob den Kopf, blickte mich suchend um. »Milton!«

Sobald ich ihn sah, war ich in meine Unizeit zurückversetzt. In das Zimmer, das ich mir mit ihm geteilt hatte.

Er kam mir lachend entgegen. Verschwitzt in kurzen Hosen und hinter ihm noch weitere Leute, die ich alle kannte.

»Das kann nicht wahr sein!« Er lief mit offenen Armen auf mich zu und ich hob abwehrend meine Hände.

»Ich umarme dich aus der Ferne, ja?«

Meine ehemaligen Studienkollegen umringten uns.

»Leute, das ist Finley. Finley, das sind die Leute, die die Zeit in Eaton erträglich gemacht haben.« Ich schaute zu ihm, doch er funkelte mich wütend an.

»Ist das wieder eine deiner Überraschungen?«

»Was?« Von uns allen war ich wahrscheinlich der Überraschteste.

»Hast du das wieder eingefädelt?«, fuhr Finley fort. Er hörte sich müde und fast resigniert an.

»Nein!« Ich war doof, aber nicht so. »Das ist reiner Zufall.«

Unsicher sah er zu Milton. Zurück zu mir.

»Ähm, ich will mich nicht einmischen«, meinte Edward. »Aber wir wussten nicht, dass ihr hier vorbeikommt. Wir sind nur völlig aus dem Häuschen, dass der hier ...« Er deutete auf mich. »... tatsächlich wieder zu einem unserer Fußballspiele kommt.«

»Wie hätte ich das planen sollen? Seid ihr nicht eigentlich im Hyde Park?«

Milton schüttelte den Kopf. »Schon seit einem Jahr nicht mehr. Nach ein paar Umzügen ist nun die Mehrheit der Spieler im Süden ansässig. Ich auch. Aber das ist mir gerade ehrlich egal. Du bist da und solltest gleich mitspielen.«

»Oh. Nein«, wehrte ich ab. »Ich bin gar nicht passend angezogen.«

»Also ob das jemanden stören würde«, warf Edward ein. »Komm!«

»Nein, wir sind gemeinsam unterwegs.«

Finley hatte sich ganz nah an mich gestellt. »Entschuldige, dass ich so überreagiert habe. Du solltest mitspielen. Wie lang habt ihr euch nicht gesehen?«

Milton schlug mir auf die Schulter. »Das sind sicher drei Jahre.«

»Ihr habt sicher einiges zu bereden.« Finley zog leicht an meinem Handgelenk.

Nichts war so wichtig wie mein Gespräch mit ihm. Auch wenn es schön war, meine ehemaligen Kommilitonen wieder zu sehen, Finley war das, was zählte.

Doch so einfach machte es mir Milton nicht. »Also, wenn wir dich schon mal hier haben ...« Er wandte sich an Finley. »... Was wir anscheinend dir zu verdanken haben ... würde ich nicht nein sagen, ein paar Bälle zu kicken.«

Ich schüttelte den Kopf.

»Das ist wirklich kein Problem.« Fin deutete auf ein paar Bäume etwas abseits vom Weg. »Ich setze mich da hinten hin und zeichne ein bisschen.«

»Wir haben unsere Sachen dort auf den Bänken.« Milton deutete auf ein paar Tische.

»Okay. Ich warte da auf dich.« Er lächelte mich an. Wirklich. So wie er es vor Wochen getan hatte.

»Danke dir!« Milton drückte Finleys Schulter. »Na komm!«, meinte er zu mir und zog mich mit. »Deine Klamotten interessieren niemanden.«

Es spielte sich in Jeans nicht leicht. Auf eine gewisse Art und Weise war ich mir gar nicht sicher, ob ich mit dem Ball noch umgehen konnte. Doch die Zurufe, die Motivation, der Einsatz meiner Freunde rissen mich mit. Ich torkelte dem Ball hinterher. Schoss zwischen die Taschen, die das Tor darstellen sollten. Jammerte über Fehlpässe und lachte über meine eigene Unfähigkeit.

Als wir zusammenpackten, legte Milton seinen Arm um mich. »Es ist toll, dich wiederzusehen. Du bist ja komplett untergetaucht.«

»Du weißt, wie es ist. Arbeit, immer Arbeit«, entgegnete ich.

Milton wackelte mit dem Kopf. »Schon, aber du hättest dich nicht so abkapseln müssen. Meine Anrufe sind wohl nicht durchgegangen. Wir sind für dich da, ja? Jeder von uns hat so einen Steve mit sich rumzutragen.«

»Okay.« Es gäbe so viel mehr zu sagen. Und doch waren Worte nicht ausreichend.

»Und er? Finley?« Milton war schon immer ein neugieriger Arsch gewesen.

»Was ist mit Finley?«

Milton lachte leise. »Er ist ganz anders als Steve. Genau dein Typ! Oder Zufall?«

Ich seufzte und senkte die Stimme. Wir kamen Finley immer näher. »Absolut mein Typ. Leider hab ich es ziemlich verbockt.«

Milton klopfte mir auf den Rücken und ließ mich dann los. »Zumindest lässt du jetzt endlich deinen windigen Ex hinter dir. Es wird schon nicht alles verloren sein.«

Das hoffte ich. Mehr blieb mir nicht.

Finley schaute von seinem Block auf und spielte mit seinem Bleistift zwischen seinen Fingern. »Seid ihr fertig?«

»Bist du beeindruckt?« Milton konnte es nicht lassen.

Fin lachte. »Ich bin sicher, ihr seid fantastisch. Aber eure Leistung vor mir ist wie Perlen vor die Säue. Ich verstehe gar nichts davon.«

»Und da dachte ich, du hättest Archers Eleganz auf dem Feld beobachtet.«

Er haute mir auf dem Hintern und ich schubste ihn weg.

»Himmel, was ist mit dir los?«

Doch Milton lachte nur und Finley klappte seinen Block zu. »Das ist mir wohl leider entgangen.« Er schmunzelte mich verschwörerisch an. So als teilte er ein Geheimnis mit mir. Ich würde jedes für ihn bewahren.

Edward und die anderen packten ihre Taschen. Ich bediente mich an seiner Wasserflasche und trank gierig.

»Kommst du dieses Jahr zum Jahrgangstreffen?«, fragte mich Milton.

Dem jährlichen Treffen unserer Abschlussklasse war ich lange aus dem Weg gegangen. Ich hatte nicht die geringste Lust gehabt, meine Beinahe-Insolvenz mit irgendjemanden zu diskutieren.

»Vielleicht schaffst du es ja auch, Finley. Ich schicke dir die Daten.«

»Uff. Ich weiß nicht, ob ich die richtige Person dafür bin.«

Milton sah uns beide an. »Ich denke schon. Was hast du denn da gerade gemalt?«

Die beiden vertieften sich in ein Gespräch. Milton sparte nicht mit Sprüchen auf meine Kosten. Doch ich wusste, wie sie gemeint waren. Es war seine Art, mich einzubeziehen. Mich nie außer Acht zu lassen.

Finley zeigte Milton seine Zeichnungen. Zwar war ich überzeugt, dass Milton nicht die geringste Ahnung davon hatte, was Finley erzählte, dennoch war sein Interesse nicht geheuchelt.

»Tut mir echt leid, dass ich euch vorhin so angepflaumt habe. Ich bin im Moment etwas angespannt. Das hatte nichts mit euch zu tun«, murmelte Fin, während er seine Sachen wegpackte.

Milton legte ihm den Arm um die Schultern. »Ich weiß nicht, wie du es geschafft hast, den da vom Schreibtisch wegzukriegen, aber ich bin mir sicher, dass es mehr als ein paar Nerven gekostet hat. Da kann man schon mal angespannt sein. Ich hoffe, wir sehen dich wieder.«

Fin zuckte eine Schulter. »Mal schauen.«

»Wir können immer einen Spieler mehr vertragen.«

Das lockte ein herzliches Lachen aus Finley. »Das werde ich euch sicher nicht antun.«

»Dann ist es jetzt deine Aufgabe, Archer, dass sich unser neuer Freund hier wohl genug fühlt, um mal wieder an einem Sonntag mitzukommen.«

Ich sah Fin an, der die Augenbrauen hochgezogen hatte.

»Das ist mir bewusst. Ich werde alles mir Mögliche tun«, sagte ich in dessen Richtung. So sehr ich Milton mochte, es war mir wichtiger, dass Fin wusste, dass ich es ernst meinte.

Wir trennten uns von meinen alten Schulfreunden. Während die Gruppe zur Bahnstation ging, liefen wir weiter durch den Park.

»Sollen wir noch einen Happen essen?«, fragte ich.

Finley schaute auf sein Telefon. »Nur ganz kurz. Ich muss zu meiner Mum. Heute bin ich mit Babysitten dran. Deshalb habe ich auch den Skizzenblock dabei. Damit ich noch etwas arbeiten kann.«

»Keine Pause für dich?«

Er grinste. »Hab ich doch grade.«

»Na komm. Ein Happen.«

Wir gingen auf das Bowling Green Café zu.

»Milton wirkt nett.«

»Ja, das ist er. Wir haben miteinander studiert und sehen uns nicht so oft.« Ich schmunzelte nachdenklich.

»Warum eigentlich nicht? Ihr scheint gute Freunde zu sein.«

Ich stieß die Luft aus. »Tja. Nach meinem beruflichen Beinahe-Untergang hatte ich mich zuerst eingegraben, dann in die Arbeit gestürzt und irgendwie wollte ich mir die Hilfe von ihnen nicht zugestehen. Ich war mehr damit beschäftigt, ihre gutgemeinten Ratschläge und Hilfsangebote abzulehnen, als ...« Kopfschüttelnd warf ich Fin einen Blick zu. »Damals schien es mir das Richtige zu sein.«

Er runzelte die Stirn. »Warum darfst du keine Fehler haben, wenn du dich mit deinen Freunden umgibst?«

»Direkt in die Wunde, ja?« Ich lachte leise. »Sie sind diejenigen, die mir nie das Gefühl gegeben haben, minderwertig zu sein. Die mich verteidigt haben. Die immer zu mir gestanden haben und mir gesagt haben, dass ich alles erreichen kann. Ich wollte sie nicht enttäuschen und mich erst wieder bei ihnen melden, wenn ich alles in Ordnung gebracht habe.«

»Archer!« Fin seufzte. »Du verletzt deine engsten Freunde, weil Steve dir wehgetan hat?« Er schüttelte den Kopf. »Das hilft überhaupt niemandem!«

Ich kickte Steinchen aus meinem Weg. Fuck. Vor ein paar Tagen hätte ich diese Feststellung von mir gewiesen. Mit ein bisschen Distanz zur Arbeit drängte sich die Wahrheit auf.

Wortlos ging ich weiter. Wut kochte in mir hoch. Auf mich. Hätte es etwas geändert, wenn ich mich bei Milton gemeldet hätte? Die Zeit war gar nicht da gewesen für lange Treffen.

Hatte ich mir zumindest eingebildet.

»Hey.« Finley hielt mich an der Hand fest, als wäre es etwas ganz Alltägliches.

Bereitwillig ließ ich mich zu ihm ziehen. »Tut mir leid, geht mich auch gar nichts an.«

»Nein!« Ich griff seine Hand fester. Die Berührung war alles. Unsere Handflächen rieben warm aneinander. So mit ihm verbunden zu sein, ließ mich innehalten. Für einen Moment genoss ich es einfach. »Natürlich geht es dich was an. Meine Entscheidungen haben auch dein Leben beeinflusst. Du hast jedes Recht, deine Meinung zu sagen.« Das Bittere war, dass ich zwar sehen konnte, was ich angerichtet hatte. Aber ich war mir nicht sicher, ob ich in der Situation jetzt anders reagieren könnte. Wahrscheinlich nicht. Meine Firma hatte Priorität. Aber nicht auf Kosten meiner Freunde und Fin. Die Situation anders zu lösen, wäre jedoch nicht möglich gewesen. Oder?

Fin lächelte mich an. Unschlüssig. Er holte Luft und schüttelte dann doch nur den Kopf. »Na komm! Wenn wir ins Café wollen, müssen wir los. Ich hab noch Termine.«

War das nicht Ironie des Schicksals? Denn ich hatte keine Termine. Keine. Nur Finley.

Kapitel 7

Zum Glück war Finley nicht nachtragend.

Er zahlte es mir nicht mit gleicher Münze heim, wie ich mich ihm gegenüber verhalten hatte.

Es vergingen kaum Minuten, bevor er mir auf meine gestotterten Sprachnachrichten antwortete. Von Textnachrichten hielt ich immer noch Abstand, aber an Voicemails gewöhnte ich mich allmählich. Wie zum Beispiel die Frage, was er heute noch vorhatte. Die Antwort kam prompt.

Wir sind heute im Flair.

War es unhöflich, zu fragen, ob ich mitkommen konnte?

Sollte ich auf seine Einladung warten?

Wartete er darauf, dass ich die Initiative ergriff?

Es war eine beschissene Situation, an dieser Position zu stehen. Wartend. Auf eine Antwort.

Ich streckte mich auf dem Sofa aus und fuhr durch meine Haare.

Mich umzuziehen und ausgehfertig zu machen, war ja kein Verbrechen. Das konnte ich tun, egal wie sich Fin entscheiden würde.

Dazu bräuchte er aber etwas, über das er eine Entscheidung treffen konnte.

Kann ich mitkommen?

Himmel, ich hörte mich wie ein needy Teenager an.

Mit einem wütenden Schnauben pfefferte ich mein Telefon auf den Tisch.

Sofort brummte es und ich streckte mich gierig danach.

Klar!

Klar! Klar? Nichts war klar.

Ich würde nicht weiter darüber nachdenken.

Frisch geduscht zog ich mich im Bad an.

Drehte jedes Teil fünf Mal in der Hand um. Verwarf es. Zog ein anderes an.

Ich wollte gut aussehen. Für Finley.

Sein Schlussstrich hatte mich aus der Bahn geworfen. Ich respektierte seine Entscheidung und klammerte mich doch an die Hoffnung, dass wir Freunde sein konnten. Mein Projekt *Fin zurückgewinnen,* hatte ich seit Tagen vergessen. Ihn selbst nicht. Ich konnte kaum an etwas anderes denken.

Es zog mich zu ihm. Mit allem, was ich war und hatte. Und wenn ich ganz ehrlich war, nicht nur in freundschaftlicher Weise.

Letztendlich zog ich mich auf das zurück, was ich kannte, was mir Sicherheit gab. Anzughose, weißes Hemd. Aufgeknöpft. Keine Krawatte.

Langweilig. Gewöhnlich. Passend.

William wartete bereits auf mich, als ich aus der Haustür trat.

Er fuhr direkt los, da ich ihm unser Ziel schon genannt hatte.

Normalerweise arbeitete ich im Wagen. Jetzt kämpfte ich nur mit der Unsicherheit in meinem Magen. Dem freudigen Ziehen, Fin wiederzusehen. Die Panik, dass er mit einem anderen Mann dort war oder einen kennenlernte.

So wie wir uns kennengelernt hatten.

Und wenn es so war, konnte ich nichts dagegen tun.

Seine Entscheidung nicht zu akzeptieren und mich aufzuführen, würde ihm nur bestätigen, dass es richtig gewesen war, mich abzusägen.

Dann wäre es am besten, ihn zu unterstützen, ihm zu zeigen, dass ich zu meinem Wort stand. So könnte ich auf lange Sicht meine Chancen erhöhen.

Ich rieb über mein Brustbein. Die Vorstellung, Fin mit jemand anderem zu sehen, trieb mir die Magensäure in den Rachen.

Doch wie auch in meinen Geschäftsbeziehungen wollte ich auf jedes Szenario vorbereitet sein. Überraschungen waren das Schlimmste.

Falls Fin jemanden kennenlernte, konnte ich keine Fassung bewahren. Diese Größe besaß ich nicht.

Auf dem Absatz umzukehren und nach Hause zu gehen, würde für alle das Beste sein.

Erneut drehten sich meine Innereien. Zumindest fühlte es sich so an.

Fin hatte sich nicht mehr gemeldet. Sie sollten aber bereits im Flair sein.

Ohne mich um die Schlange vor dem Laden zu kümmern, ging ich zum Türsteher, der mir zunickte und mich durchwinkte.

Der Bass, eine Wand aus abgestandener Luft und Schweiß begrüßten mich im Hauptraum.

Was, wenn Finley und seine Freunde noch in der Schlange standen? Verdammt und zugenäht. Ich wollte mich umdrehen und vor der Tür nachsehen, als ich ihn erblickte.

Eng umschlungen in den Armen eines Mannes, der seinen Kopf in Fins Halsbeuge vergraben hatte.

Meine Finger ballten sich zur Faust. Ich löste sie wieder.

Die Möglichkeiten hatte ich alle durchgespielt.

Somit sollte mich nichts überraschen.

Als der Mann, der Fin umschlungen hielt, den Kopf hob, tat sich jedoch eine ungeahnte Variante hervor. Ich war dämlich. Eifersüchtig. Kleingeistig. Verbohrt.

Elliot sah über Fins Schulter und grinste mich herausfordernd an.

Er ließ seine Hände auf Finleys Hüften gleiten und drückte ihn kurz. So als wüsste er, was sein bester Freund damit meinte, drehte sich Fin zu mir um und löste sich von Elliot.

Ich ging auf das Grüppchen zu und er kam mir entgegen.

»Du bist ja hier«, rief er mir über die Musik zu.

»Natürlich.«

»Willst du was trinken?« Fin deutete über seine Schulter zur Bar.

Ich schüttelte den Kopf. »Tanzen?« Ich hielt ihm meine Hand hin.

Fin sah sie an. Zögerte. Und ergriff sie.

Seine Berührung war es, was ich brauchte.

Elliot umarmte ihn von hinten und zog ihn – und somit auch mich – auf die Tanzfläche. Ein paar Jungs von der Bar schlossen sich an. Waren das Finleys Mitbewohner?

Wer auch immer sie waren, wir gingen anscheinend gemeinsam tanzen.

Die Tanzfläche war bereits gut gefüllt. Körper rieben sich aneinander und Fin wurde sofort in die Mitte gezogen.

Elliot drehte sich zu mir um und legte mir die Hände auf die Schultern. »Wird Zeit, dass wir uns mal näher kennenlernen.«

»Aha!« Ich griff seine Unterarme. Unschlüssig, ob ich ihn von mir schieben oder einfach machen lassen sollte. »Ich bin Archer. Freut mich Elliot.«

Er lachte und ging vor mir in die Hocke. Im Rhythmus der Musik kam er wieder hoch. »Ich weiß nicht, was du mit ihm vorhast. Aber er ist nicht ein zweites Mal so dumm.«

»Finley war nicht dumm, ist nicht dumm und wird es nie sein«, rief ich ihm über den Lärm zu.

»Gut erkannt.« Elliot grinste. »Ich weiß nicht, was dein Problem ist, Archer. Finley will mir nicht erzählen, was wirklich los ist. Sagt, dass es deine persönliche Sache ist und er dein Vertrauen nicht verraten wird.«

Ich öffnete den Mund, doch Elliot winkte ab. »Es interessiert mich gar nicht. Darum geht es nicht. Mir geht es um Finny.«

»Mir auch.« Ich wusste nicht, ob er mich gehört hatte.

Sein Blick ruhte auf mir, obwohl er immer noch vor mir zur Musik wippte. »Er ist nicht allein. Er hat uns alle.«

Der Vorwurf, der in diesem einfachen Satz lag, wog schwer.

Ich war mir so sicher gewesen, dass Fin bei mir bleiben würde, bis ich meinen Scheiß geregelt hatte. Weil er keine andere Möglichkeit hatte. Das änderte nichts an meinen Gefühlen für ihn. Es machte mich aber zu einem Arschloch. Dass ich beides nicht hatte anders handhaben können, war eine Ausrede. Auf mich, meine Ziele und meine Pläne konzentriert, hatte ich Fins Bedürfnisse völlig außer Acht gelassen. Hatte sie hinter meinem Sicherheitsbedürfnis angestellt, sie unter meinem Willen begraben.

»Es ist gut. Dass er euch hat.« Jemand musste für ihn da sein, wenn ich es offensichtlich nicht konnte.

Elliots Grinsen war zurück in seinem Gesicht. Er tippte mich auf die Nase wie einem kleinen Kind. »Na los. Wir sind zum Feiern hier.« Er drehte sich um und ich schaute ihm hinterher.

Über seine Schulter hinweg sah ich Finley, der von zwei Typen angetanzt wurde. Einer hatte von hinten einen Arm um seine Mitte geschlungen. Der andere hatte seine Finger auf seiner Brust.

Er war so wunderschön. Wirkte völlig zufrieden. In sich gekehrt. Die Typen schienen ihn nicht zu interessieren. Die Nähe der drei zueinander war nicht echt.

Unser Blick traf sich und er lächelte. Ich schob mich an den Leuten vorbei auf ihn zu. Finley löste sich in zwei Schritten von seinen Mittänzern.

Ich hielt ihm erneut meine Hand hin. Er ergriff sie sofort. »Du hattest mir einen Tanz versprochen.«

Lachend nickte er. Ließ sich in meine Arme ziehen.

Ich hörte die Musik nicht wirklich. Fin war es, der mich einnahm, mitzog. Die Leute um uns herum waren nur noch Deko. Ich roch nur noch Finley. Fühlte nur noch Finley. Hörte nur noch Finley.

Vorsichtig legte ich meine Finger an seine Seite. Spürte den Bewegungen seiner Muskeln nach.

Das hier war nicht die Ewigkeit. Das war mir klar.

Dies hier war ein Moment, den mir Finley gewährte.

Es gab noch so viel zwischen uns zu klären.

Seine Finger krochen meinen Rücken entlang. Bis zu meinem Kragen. Mit den Spitzen fuhr er in meinen Nacken. Finley spielte mit meinem Haaransatz. Vergrub sein Gesicht an meinem Hals.

Ich schloss meine Augen. Atmete ihn ein. Ich wollte ihn nie wieder loslassen.

Eng umschlungen bewegten wir uns. Ohne Worte. Ich hoffte, es sagte ihm alles, was ich ausdrücken wollte.

Dass ich ihn vermisste. Dass ich bereute, was ich ihm angetan hatte. Dass ich ihm beweisen wollte, dass er bei mir sicher war. Dass ich alles tun würde, damit er mir wieder vertrauen konnte.

Doch er wollte keine Worte. Er wollte Taten.

Welche das sein sollten, war mir nur leider noch immer nicht klar.

Seine Erektion rieb an meinem Oberschenkel und ich versuchte, meine Hüften so weit von ihm wegzudrehen, damit ihm mein harter Schwanz nicht zu nahe kam.

Fins Lippen trafen die Haut an meinem Hals. Unverkennbar.

Ich hielt den Atem an.

Wieder saugte er meine Haut leicht ein.

Ich presste einen Kuss auf seine Haare.

Fin küsste meinen Hals. Leckte leicht über die Haut.

Gedanken surrten durch meinen Kopf. Fin war so klar gewesen, was er wollte. War er betrunken? Ich sollte das nicht zulassen. Wir mussten zuerst reden.

Niemals im Leben würde ich es schaffen, einfach zu reden. Es war nicht schlau, aber ich wollte ihn so sehr. Die Nähe würde ihm zeigen, was wir waren. Was wir sein konnten.

Wenn er die Führung übernahm, entsprach das ja seinem Willen. Oder?

Finley presste sich an mich. Offensichtlich ging es ihm nicht anders als mir.

Denken war nicht mehr möglich. Nur noch Zurückhaltung. Ich überließ es Fin, uns durch dieses Schlamassel zu bringen. Durch dieses heiße, sexy Schlamassel.

Er hob den Kopf.

Sah mir direkt in die Augen.

Langsam kam er mir entgegen. Streifte unsere Lippen übereinander. Sacht presste er einen Kuss auf meine Oberlippe.

Mit den Fingerspitzen fuhr ich über seine Wangen. Wollte ihn halten. An mich binden.

Ich hatte seine Berührung so sehr vermisst.

Nein, ich hatte *ihn* vermisst.

Wie er mich ansah.

Wie er lachte.

Wie er mit seinen Freunden tanzte.

Wie er mich an der Hand nahm.

Wie er mich küsste.

Eine Erkenntnis bohrte sich durch meinen Magen. Als würde ich fallen. Gravitationskräfte wirkten auf mich, die ich noch nie gespürt hatte. War das Liebe? Oder Verzweiflung? Oder eine Mischung aus beidem?

Fin nippte an meinen Lippen. Weniger Mut als vielmehr tiefe Sehnsucht trieb mich dazu, meinen Mund leicht zu öffnen.

Ihm die Möglichkeit zu geben, von mir zu nehmen, was er wollte.

Feucht strich seine Zungenspitze über meine geöffneten Lippen.

Ich umschloss sie.

Seine Atmung vibrierte durch mich. So als wäre ich ein Musikinstrument, das er zum Klingen brachte.

Ich strich hinter sein Ohr, über seinen Kieferknochen, seine Wangen.

Unsere Lippen schwebten übereinander.

Ich schloss meine Augen. Ich atmete Finley ein.

»Fin, ich glaube, es ist Bettgehzeit für mich!« Elliots Stimme bohrte sich zwischen uns wie ein Murenabgang. Steinig, unaufhaltsam, schlammig.

Finley wich zurück und ich öffnete die Augen. Meine Hände fielen von ihm ab.

Nach ihm zu greifen, war sinnlos. Unsere Blase war zerplatzt.

Und so sehr ich Elliot dafür verantwortlich machen wollte, den Umstand hatte ich nur mir zuzuschreiben.

Mit Blicken versuchte ich Fin zu sagen, wozu mir die Worte fehlten. *Komm mit zu mir. Lass uns reden. Lass uns das alles bereinigen und neu anfangen.*

Doch er hatte die Verbindung des Augenblicks bereits getrennt.

»Ich komme mit!«, sagte er so fest und klar zu Elliot, dass selbst ich es hörte.

Unweigerlich senkte ich den Kopf und schluckte.

»William kann euch fahren!«

Elliot und Fin sahen mich an.

»Warum nicht?«, meinte Elliot, während Fin den Kopf schüttelte.

»Bitte. Es ist der schnellste und sicherste Weg nach Hause«, sagte ich.

»Und du?« Finley trat einen Schritt auf mich zu.

Die Gewissheit, dass er gut nach Hause kommen würde, war alles, was ich in dem Moment brauchte. Wenn ich ihn schon nicht in meinem Bett im Arm halten konnte, sollte er wenigstens diese Sicherheit haben.

»Ich rufe mir ein Taxi.«

»Super!« Elliot drückte meinen Unterarm. »Danke dir! Ich muss morgen früh raus.«

Ich nickte. »Gerne!«

Die ganze Fahrt über im Taxi spielte unser Kuss wie ein Film in meinem Kopf. Immer noch fühlte ich Fin unter meinen Fingern. Seine Lippen auf meinen. Ich war wie im Rausch.

Die Fantasie ging mit mir durch, was hätte passieren können.

Es war gut gewesen, dass Elliot uns unterbrochen hatte. Wir waren beide nicht bereit für mehr gewesen.

Oh. Doch. Ich wäre so was von bereit gewesen.

War nicht allein der Gedanke an mehr ein Verrat an dem, was ich Fin zugesichert hatte? Ich konnte nicht bloß ein guter Freund sein. Ich sah ein gemeinsames Leben vor uns. Oder zumindest das Potenzial dafür.

Mein Blick schweifte hinaus auf die Straße.

Was, wenn er den Kuss bereute?

Shit.

Ich kannte die Reue, nach einer unüberlegten sexuellen Begegnung. Im Regelfall konnte ich diese einfach vom Tisch fegen. Die Person musste ich nie wiedersehen. Aber Finley wollte ich wiedersehen.

Überlegte er vielleicht gerade das Gleiche?

Ich hätte es nicht so weit kommen lassen dürfen.

Das Endziel war nicht eine kurze Nacht. Das Finale war ein Happy End für uns.

Oder für Fin bedeutete der Kuss auch mehr. Er war kein kleines Kind, das nach irgendwelchen Launen handelte.

Erwachsen wäre es, die Sache anzusprechen.

Mein Telefon vibrierte in der Tasche und ich zog es hervor. Eine Nachricht von Fin.

Shit! Er wollte mir wohl kaum nur eine gute Nacht wünschen.

Wir sind gut angekommen. Danke noch mal.
William ist schon auf dem Rückweg.
Entschuldige bitte den Kuss.
Ich hätte das nicht tun sollen und wollte keine falschen Signale schicken.
Er ändert nichts an unserer Situation. Verzeih.
Ich will dich nicht an der Nase herumführen.

Es war einfach in dem Moment … ich habe nicht nachgedacht.

Reue über den Kuss und Mitleid mit mir. Wunderbar. Schlimmer konnte es wohl nicht kommen.

Natürlich waren das nur meine eigenen Gedanken komprimiert in einer Textnachricht. Dennoch zerfetzte sie meine letzte kümmerliche Hoffnung.

Fins Reife, das Thema sofort zu klären, konnte ich nur bewundern. Wie lange hätte ich jeden Moment abgewogen, bis ich zu dem Schluss gekommen wäre, die Sache totzuschweigen?

Ich stieg an meinem Haus aus und öffnete die Aufnahme der App.

Bitte entschuldige dich nicht.
Ich war ein mehr als williger Teilnehmer an dem Kuss.

Ich schluckte schwer.
Danke für die Klarstellung. Ich möchte dich nicht als Freund verlieren.
Diese Momentaufnahme ändert nichts an dem, woran ich festhalte.

War nicht gelogen. Wenn ich ihn nicht als Partner haben konnte, wollte ich Fin zumindest als Freund in meinem Leben.

Vermutlich würde ich das nicht aushalten.

In dem Augenblick war aber der Gedanke, ihn komplett zu verlieren, unerträglich.

Kapitel 8

Siobhan stellte ihre Tasse ab.

»Willst du noch Tee, Siobhan?« Helen hielt die Teekanne hoch und meine Assistentin schüttelte den Kopf.

»Danke dir. Das hat gutgetan.«

Ich blätterte auf dem Tablet durch die Online-Akte vor mir. »Wann darf ich wieder ins Büro?«

»Ts, ts, ts.« Sie legte den Kopf schräg und schaute mit auf das Dokument. »Du kannst dich jetzt erst mal bedanken, dass du hier arbeiten darfst.«

»Aha.« Ich scrollte weiter. Es juckte mir in den Fingern, die Vorlesefunktion anzumachen. Aber auch, wenn Siobhan meine engste Vertraute war, mir die Verträge vorsichtshalber vorlesen zu lassen, war persönlich. Das tat ich lieber alleine. »Kann ich mir das in Ruhe durchlesen und dir später Bescheid geben?«

»Selbstverständlich. Ich wollte nur ein paar Details mit dir besprechen. Sie sind markiert. Im Anhang sind meine Anmerkungen. Es geht hauptsächlich um die Zeitpunkte der Übertragungen.«

»Okay. Ich hab mir schon ein Bild gemacht.« Auch, wenn ich mir zu 99,9 Prozent sicher war, dass mich Siobhan nicht aufs Kreuz legen würde und alles gewissenhaft geprüft hatte, war es meine Pflicht, alles noch mal durchzugehen. Das war ich meinen Mitarbeitenden schuldig.

»Sobald du die finale Fassung freigegeben hast, können wir einen Termin zur Unterschrift anstoßen und der Unterhändler wird die Verträge an Steve weiterleiten.«

Der Name versetzte mich schon lange nicht mehr in Unruhe. Nur noch ein Gefühl von lästigem Widerwillen kochte in mir hoch. »Ich freue mich jetzt schon auf sein Gesicht, wenn er sieht, dass er mit seinen 49 Prozent Anteilen nichts mehr bewirken kann und ich zukünftig alle Entscheidungen in seinem Saftladen treffen werde.«

Siobhan drückte meinen Unterarm. »Du hast es verdient. Es sind nur noch Formalien.«

So sicher war ich mir da nicht und ich würde es erst glauben, wenn die Tinte trocken war. Aber tatsächlich stand der Deal bevor. »Ich bin jedenfalls froh, dass du mir ein bisschen Arbeit erlaubst.«

»Da siehst du mal, wie großzügig ich bin.«

Sie lachte – ich grinste. »Danke, dass du die Stellung hältst.«

Nickend stand sie auf. »Du bezahlst mich gut genug, dass du dir darüber keine Gedanken machen musst.«

»Du bist ein wahrer Sonnenschein.«

Sie schulterte ihre Tasche. »Selbstverständlich. Wir telefonieren später, ja?«

»Das machen wir!«

Ich zog mich mit einer weiteren Tasse Tee in das Büro zurück und hörte mir die Verträge und Siobhans Anmerkungen an.

Es tat gut, sich endlich wieder in Dinge einzuarbeiten, die ich verstand.

Ich würde sie morgen im Büro überraschen. Nicht, um ihr auf die Nerven zu gehen, sondern einfach, um der Belegschaft zu zeigen, dass ich noch lebte.

Nach einem kurzen Telefonat mit dem Büro in Chicago und Victoria in Singapur sah ich auf die Uhr. Drei Stunden rum. So gut war es mir ewig nicht gegangen.

Als ich nach zwei Stunden laufen zurückkam, fühlte ich mich endlich wieder wie ein richtiger Mensch. Das war der produktivste Tag seit Langem gewesen. Und ich hatte mich quasi nicht ablenken lassen.

Unter der Dusche wanderten meine Gedanken aber wieder zu Fin.

Das Wasser in meiner Handfläche war nicht annähernd so weich wie seine Haut.

Es waren Tage vergangen und abgesehen von ein paar schmalen Nachrichten hatte ich nichts mehr von ihm gehört.

Er war im Stress, hatte er mir verkündet. Was absolut nachvollziehbar war.

Trotzdem blieb die Befürchtung, dass unser Kuss uns weiter auseinandergetrieben hatte.

Hey. Sorry, ich werde die nächsten Tage nicht viel von mir hören lassen.
Mega Stress.

Das war die letzte Nachricht.

Auf dumme Memes, die ich ihm schickte, hatte er aber immer mit irgendeinem witzigen Bild oder dergleichen reagiert.

Ich war ein Monster gewesen. Allein die Vorstellung, gar nichts von ihm zu hören, brachte mich um den Verstand.

Während ich mich abtrocknete, überlegte ich, was ich während meines Urlaubs mit ihm vorgehabt hätte. Wie wir unsere Beziehung hätten austesten können.

Wahrscheinlich wäre er dann auch im Stress gewesen. Menschen waren keine Maschinen, die man nach Belieben einsetzte.

Anscheinend hatte ich das vergessen. Ich starrte mein Spiegelbild an.

Wenn ich ehrlich war, musste ich mir die Frage stellen, ob ich Finley bisher für voll genommen hatte.

Seine Designerkarriere neben seinem Job hatte ich immer bewundert. Der Zeitaufwand, die Organisation, das Talent, das darin aufging, waren offensichtlich. Trotzdem hatte etwas in mir fest damit gerechnet, dass er mir immer zur Verfügung stand, wenn ich es wollte. Und dass ich ihn vertrösten konnte, so wie ich es für richtig hielt.

Wenn ich wollte, dass das mit uns – in welch ferner Zukunft auch immer – eine Chance hatte, musste ich mich grundlegend ändern.

Mit dem Handtuch um die Hüften trat ich ins Schlafzimmer. Mein Telefon leuchtete am Nachttisch auf.

Drei verpasste Anrufe und eine Nachricht von Finley.

Shit noch mal!

Ohne mich mit der Nachricht zu beschäftigen, rief ich ihn zurück.

»Oh, hey! Gott, ich komm mir so dämlich vor. Du bist sicher beschäftigt.«

»Nein, nein!«, beschwichtigte ich ihn sofort. »Ich war nur in der Dusche, deshalb hab ich das Telefon nicht gehört.«

»Okay. Okay.«

»Finley, was ist los? Brauchst du was?« Brauchst du mich? Bitte brauch mich!

»Es ist nur so … du hast ein Auto.«

»Ein Auto? Klar. Musst du wohin?«

Er gab jammernde Geräusche von sich, was mich wieder in Alarmbereitschaft versetzte. »Es ist … also in Coventry hat *Thread magic yarn* einen Lagerabverkauf. Das Lager dort wird geschlossen und ich weiß nicht, wieso ich nicht früher davon erfahren habe, aber das ist für mich die Gelegenheit, mich mit echt wertvollen Stoffen einzudecken.« Er hörte sich an, als liefe er Treppen hinauf. Er war völlig außer Puste. »Also ich muss mal sehen, was das jetzt kostet, aber so günstig komme ich da nie wieder dran. Vor allem weiß ich nicht, wie ich das Zeug zurückschaffen soll. Wenn ich mehrere Rollen kaufe, kann ich die schwerlich im Zug transportieren.«

»Kein Problem!«, unterbrach ich ihn.

»Was?« Seine soeben noch so hektische Atmung stoppte.

»Wir fahren. Ich hole dich ab.«

»Du fährst selbst?«

Ich lachte leise. »Trotz meiner vielfältigen Defizite kann ich Auto fahren, ja.«

»So meinte ich es nicht.« Er hörte sich zerknirscht an.

»Ich weiß. Aber William hat frei und mir ist ohnehin nach einem kleinen Ausflug. Wir sind knapp zwei Stunden unterwegs. Das heißt, wir kommen zwischen drei und vier Uhr nachmittags an. Das sollte hoffentlich für dein Vorhaben noch reichen.«

»Das würdest du wirklich machen? Ich war schon regelrecht verzweifelt, diese Gelegenheit vor der Nase zu haben, aber nicht die Mittel, sie zu ergreifen.«

Und war das nicht das große Grundproblem? Menschen waren nicht unfähig, Sachen zu erreichen. Oft war der Vorschuss, den sie zahlen mussten, einfach zu hoch.

»Natürlich. Es passt mir auch total gut heute rein.«

»Okay, dann komme ich bei dir vorbei? Ich bin im Laden und kann früher gehen!«

»Dann warte ich auf dich.«

Ich beendete das Telefonat und meine Mundwinkel zuckten. Freude. Ich würde Fin sehen. Ja, er brauchte nicht mich, sondern mein Auto. Aber wir waren Freunde. Und das würde ich für jeden Freund machen. Jedoch würde ich mich nicht über jedes Treffen mit einem Freund derart freuen.

Zwischen den hohen Regalen in der hellerleuchteten Halle war ich hauptsächlich damit beschäftigt, darauf zu achten, dass wir beide nicht von Gabelstaplern totgefahren wurden.

Es war ein für mich unvorstellbarer Betrieb.

Fin lief wie ein angestochener Floh durch die Reihen auf der Suche nach den Materialien, die er brauchte. So gestresst hatte ich ihn noch nie erlebt.

»Entschuldigen Sie.« Er hielt eine Mitarbeiterin auf, die mit einem Klemmbrett an uns vorbeilief. »Können Sie mir auch Yards von den Rollen abschneiden, um die zu verkaufen.«

»Tut mir leid«, sagte sie und sah überhaupt nicht danach aus, dass es ihr nur im Ansatz leidtat. »Wir verkaufen ausschließlich die Rollen und Ballen im Ganzen.«

»Das habe ich befürchtet.« Er kaute auf seiner Unterlippe herum. Seine Augenbrauen hatte er sorgenvoll zusammengezogen. »Das kriegen wir aber nicht ins Auto«, murmelte er.

Die Frau sah ihn aus großen Augen an. »Wenn Sie nicht selbst einen Transporter dabeihaben, können Sie einen mieten. Wenden Sie sich gleich an Gerry dort drüben und fragen Sie nach. Mittags waren schon alle weg. Mittlerweile kommen die Ersten zurück.« Sie eilte davon.

»Fuck.«

»Hey!« Ich griff seine Hand und drückte sie. »Was brauchst du?«

»Mehr, als ich gerechnet hatte. Ich glaube, das war ein Schlag ins Wasser.« Er ging einen Schritt auf den Ausgang zu.

»Nicht so schnell. Wir gehen jetzt zu Gerry und reservieren einen Transporter.«

»Archer, das ist zu viel Geld. Außerdem komme ich mir dämlich vor, meine paar Rollen mit einem Transporter wegzuschaffen. Da sind Händler hier, die ganze Regale mitnehmen.«

»Das heißt nicht, dass du nicht genauso ein Anrecht darauf hast.«

Er schnaubte.

Und ich rang mit mir. Geld war ein heikles Thema.

»Hör zu. Lass mich dich auf einen Transporter einladen. Und du nimmst dir alle Stoffe mit, die du willst.«

»Archer! Nein! Das ist nicht der Grund, wieso ich dich gefragt habe.«

»Das weiß ich. Es ist ein Angebot. Ein Geschenk. Ohne arrogant klingen zu wollen. Wahrscheinlich fühlt sich für mich die Zahlung des Transporters so an, wie ein kleiner Kaffee für dich. Oder nicht mal. Es ist wirklich keine große Sache.«

Er schüttelte weiter den Kopf. Himmel, wie konnte man so stur sein? »Keine Verpflichtungen. Freunde! Ja?«

»Okay? Archer, ich will kein Geld von dir!«

»Und ich würde diesen Trip gerne mit einer Erfolgsmeldung beenden.«

Er sah mich mit verzogener Schnute an. »Ich zahl es dir zurück.«

»Das sehen wir dann. Such lieber aus, welche Stoffe du willst.«

Er eilte durch die Reihen, schnappte sich einen Mitarbeiter und ließ sich die Preise nennen. Gleichzeitig rechnete er.

Schließlich hatte er eine Liste auf einem Schmierzettel, die er durchging. Er seufzte.

»Was hast du in der Auswahl?«

»Ach, wenn ich könnte, wie ich wollte, würde ich die fünfzehn Ballen nehmen. Aber das ist nicht finanzierbar. Ich brauche diese drei zwingend. Und die beiden ...« Er tippte auf dem Papier herum. Wenn ich die Drei nehme, wäre das günstiger als die beiden. Aber ... okay.«

»Ist es denn grundsätzlich ein guter Preis?«

Er nickte. »Definitiv. Es ist nur eine relativ große Menge. Die ich eigentlich auch brauche. Aber so auf einmal ist das ein Haufen Zeug.«

»Dann ...«

»Nein, nein, nein! Als guter Geschäftsmann muss ich auch schwere Entscheidungen treffen. Und das mache ich jetzt.«

Ich musterte sein Gesicht. Seine hohe Konzentration. Ich wollte ihm alles, was er brauchte zu Füßen legen. Aber ich verstand, wieso das für ihn wichtig war. Auf lange Sicht würde er auch davon profitieren.

Aber auch einem guten Geschäftsmann schadete es nicht, einen Joker im Ärmel zu haben.

Er schnappte sich einen der Lieferscheine und füllte ihn aus.

»Ich gehe jetzt zu Gerry und lasse mir einen Gabelstaplerfahrer zuteilen.«

»Wenn du magst, übernehme ich die Bestellung.«

Er nickte, kramte aus seinem Geldbeutel den exakten Betrag, den er errechnet hatte, hervor und gab mir das Geld. »Mein Budget. Sag noch einer, ich kann nicht planen.«

Ich nahm ihm den Bestellzettel, das Geld und sein Schmierblatt ab. An der Kasse ließ ich sämtliche Rollen auf dem Zettel in den Bestellschein tragen. Ich deutete auf die drei markierten Bestellziffern. »Diese drei bitte an diese Adresse liefern.« Ich deutete auf Fins Adresse auf dem Lieferzettel. »Den Rest bitte an diese.« Ich diktierte die Anschrift meiner Firma. Dort hatten wir genügend leerstehende Räume, die ich kurzfristig umfunktionieren konnte.

»Dann zwei Rechnungen?«, fragte mich die Kassiererin.

Ich nickte. Vorsichtshalber. Fins Bargeld steckte ich in eine Spendenbox auf der Theke. Anscheinend unterstützte der Laden ein *Mental Health Projekt* für queere Jugendliche. Ich zahlte alles mit meiner Kreditkarte.

Mit einem Satz war Fin neben uns. »Hast du alles?«

Ich nickte.

»Ich gebe dem Fahrer eine Liste mit Ihrer Bestellung«, bestätigte die Frau an der Kasse.

»Dann können wir los?«, fragte ich.

Sie nickte. »Wir beladen Ihren Transporter und liefern alles nach London.«

»Und wer fährt ihn?« Fin sah zwischen der Frau und mir hin und her.

»Ähm, er ist mit einem Fahrer gebucht«, meinte meine Komplizin.

»Archer ...« Finley hörte sich erschöpft an.

Ich legte meinen Arm um seine Schulter. »So ist es einfacher. Mein Auto ist hier. Wir müssten wieder zurückfahren. Wirklich, den Stress ist es nicht wert.«

»Sagst du.« Warum auch immer schüttelte er mich nicht ab. Stattdessen lehnte er sich an mich. »Ich bin jetzt richtig glücklich, weißt du. Und erleichtert. Das nimmt mir so viel Stress ab.«

Ich drückte seine Schulter. »Das freut mich wirklich. Sehr. Dir helfen zu können.«

Er schaute hoch. Auf meinen Mund. Sog seine wunderbaren, weichen Lippen ein. Natürlich wollte ich ihn küssen. Die Sekunden tickten voran. Hielten uns gefangen in unserer Unentschlossenheit. Ging es um Mut? Um Umsicht? Verringerte sich der Abstand zwischen uns? Bewegten wir uns aufeinander zu?

Doch seine Entschuldigung und der Rückzug von unserem letzten Kuss nagten immer noch an mir. Fin hatte recht, wir mussten zuerst eine Ebene finden, auf der wir außerhalb des Bettes funktionierten.

»Na komm. Lass uns losfahren. Auf dem Weg nach London kenne ich ein schickes kleines Restaurant. Dort können wir einen Happen essen.«

Er lächelte. »Widerspruch ist zwecklos?«

Ich drückte ihn enger an mich. Himmel, ihn im Arm zu halten, war paradiesisch. Auch wenn seine Nähe, die Schwere, die er an mich abgab, eher seiner Erschöpfung als seiner Hingabe geschuldet war, sog ich sie ein.

Immer wenn ich dachte, er könnte mich nicht mehr begeistern, interessieren, verzaubern, traf mich sein Grinsen, eine typische Bemerkung mitten ins Herz.

»Du musst nichts essen. Aber ich verhungere. Und ich würde dich wahnsinnig gerne einladen.«

»Na, dann will ich mal nicht so sein.« Er hob seine Augenbrauen herausfordernd.

Gemeinsam gingen wir zum Auto. So als ob wir seit Jahren zusammen wären und das schon hundertmal gemacht hätten.

Finley rollte den Sitz zurück und streckte sich auf dem Beifahrersitz aus. »Tut mir leid, das muss ich so machen. Ich kann nicht mehr sitzen. Ich habe zu viel gegessen.«

»Mir geht es nicht besser. Aber keine Sorge, ich bringe uns schon zurück.«

»Danke noch mal!«

Ich warf ihm einen schnellen Blick zu. »Keine Ursache. Ich bin wirklich froh. Siobhan hält mich arbeitsmäßig immer noch an der kurzen Leine. Ich bin für jede Ablenkung dankbar. Ich weiß nicht, ob es dir aufgefallen ist, aber seit fast vier Wochen trainiere ich täglich.« Ich zog meine Augenbrauen hoch und Fin lachte. »Ich bin so fit wie noch nie in meinem Leben.«

»Lass dich mal anschauen.« Er setzte sich aufrechter hin und mustertet mich nickend. »Ja, jetzt, wo du's sagst. Man sieht es klar und deutlich. Du bist ein Tier.« Er drückte meinen Bizeps, den ich auf die Schnelle nicht so anspannen konnte, wie ich mir gewünscht hätte.

»Mach du dich nur lustig über mich.«

Er legte sich zurück auf den Beifahrersitz. »Ist mein absoluter Ernst.«

»Finley.« Mein Herz tat einen Sprung. War es eine gute Idee, die Sache jetzt anzusprechen?

»Hm?« Er drehte den Kopf leicht.

»Also, ich will betonen, dass alles stimmt, was ich heute Mittag gesagt habe. Ich habe dich ohne Bedingung gefahren. Und ich erwarte absolut keine Gegenleistung.«

Er atmete scharf ein und setzte sich wieder aufrechter hin.

»Wahrscheinlich ist das gerade ein ganz schlechter Zeitpunkt.« Stur schaute ich nach vorne.

Die Sekunden tickten vorbei.

»Also, das glaube ich jetzt wohl kaum. Rück jetzt raus, was du sagen willst. Du denkst doch nicht, dass ich hier die letzte Stunde in Ruhe sitze und mir irgendwelche Horrorszenarien ausmale, was du mir sagen willst.«

»Nein.« Ich rutschte auf meinem Sitz herum. Stellte den Rückspiegel ein. Verstellte ihn so, dass ich nicht mehr richtig sah. Stellte ihn in die Ausgangsposition zurück.

»Archer!«, knurrte Finley.

»Okay. Warte. Lass mich kurz meine Gedanken sammeln.« Das hätte ich zugegebenermaßen vorher machen sollen. Es war wie es war. »Wie gesagt, ich hoffe, du meldest dich immer, wenn du irgendwas brauchst. Ich werde dir immer als Freund helfen.«

»Aber?«

»Aber ich denke, es ist auch fair, dir zu sagen, dass meine Gefühle für dich nicht einfach verschwunden sind. Ich mag dich.« Jeden Tag ein bisschen mehr. »Wahrscheinlich sogar mehr als zuvor, weil ich jetzt die Gelegenheit habe, dich wirklich kennenzulernen.«

Ich erlaubte mir einen schnellen Blick auf ihn.

Finley schaute mich mit zusammengepressten Lippen und sorgenverhangenen Augen an.

Er nickte.

Mein Blick ging zurück auf die Fahrbahn.

»Das verstehe ich. Es geht mir ja ähnlich«, murmelte er.

Schon wieder sprang mein Herz in meiner Brust, wie ein Tier im Käfig herum. Wollte heraus. Zu Fin.

»Du bist mir nicht gleichgültig, Archer. Aber das ändert nichts an unserer Situation. Es fällt mir so unglaublich schwer, dich um irgendetwas zu bitten. Immer noch habe ich diese panische Angst, mich wieder von dir abhängig zu machen.« Er fuhr sich durch die Haare. »Du hast mich so eng gehalten. Wie ein Haustier.«

Übelkeit kroch meine Speiseröhre hoch.

»Archer, ich sehe, dass du dich bemühst, es mir in allem recht zu machen. Aber ich weiß nicht, ob das reicht.« Er schnaubte ungeduldig aus. »Ich will dich nicht bestrafen, ich will dich nicht hinhalten, ich will nur genauso ehrlich sein, wie du es bist.« Er strich über seine Oberschenkel. »Als ich mich auf dein Angebot eingelassen habe, ging es mir nicht um eine Beziehung. Das war so ziemlich das Letzte, was ich wollte. Und trotzdem haben mich die Gefühle komplett eingenommen. Du hast mich eingenommen. Ich habe dich so schrecklich vermisst. War für jede Minute, die du mit mir geteilt hast, dankbar.« Er redete immer schneller, hektischer.

Am liebsten hätte ich laut aufgeschrien. Was für ein Trottel ich war. Ich hielt ihm meine Hand hin und er ergriff sie. »Es macht die Vergangenheit nicht ungeschehen, aber du musst wissen, dass es mir so unfassbar leidtut.«

Fin drückte meine Hand und ließ sie wieder los. »Das glaube ich dir sogar. Ich versuche nur, für mich herauszufinden, ob ich wirklich in dich verliebt war oder ob die absurde Situation, in der ich mich befunden habe, mir einen Streich gespielt hat. Vielleicht waren meine Gefühle was ganz anderes. Stockholm Syndrom oder so.«

Ich verzog den Mund und Finley lachte leise. »Es macht es mir nicht leichter, dass du alles für mich machst. Irgendwie fühlt es sich wie die gleiche Situation an, nur eben verdreht. Wenn du weißt, was ich meine.«

Nun schnaubte ich. »Ich befürchte, ich weiß, was du meinst.«

Schweigend fuhren wir die Straße entlang.

Nach gefühlten Stunden drehte sich Fin zu mir. »Bist du sauer?«

»Was? Nein! Nein, auf keinen Fall!« Erneut reichte ich ihm meine Hand, nahm seine, führte sie zum Mund und küsste seine Fingergelenke, ehe ich sie wieder losließ.

Fin strich sich über den Handrücken.

»Ich bin froh! Wirklich! Danke, dass du so offen zu mir bist und mir mein Verhalten nicht mit gleicher Münze heimzahlst.«

»Das wäre doch kindisch!«, meinte er und schaute hinaus durch das Autofenster. »Mach dir keine Gedanken. Wir haben andere Probleme, als Buch darüber zu führen, wer dem anderen was angetan hat, um es ihm zurückzuzahlen. Gefühle sind doch viel komplexer.«

Ha. War das so?

War es kindisch, was ich mit Steve trieb? Nein! Bei der Sache ging es nicht um Kleinigkeiten, sondern um Firmenanteile im Wert von Millionen. Und dieser verdammte Mistkerl hatte mich so hochmütig verarscht, er würde nur verstehen, was er mir angetan hatte, wenn er genau dasselbe spürte.

Ich war besser als Steve. Ich verstand auch so, was ich mit Fin getrieben hatte.

Ich schaute zu ihm. Immer noch strich er über seine Hand. Fuhr über seinen Oberarm. An der Stelle, an der ich mein Feuermal hatte.

Wie betrogen er sich gefühlt haben musste. Und trotzdem war er jetzt hier.

Ich war keinen Deut besser als Steve.

An Fins Wohnung angekommen, parkte ich in zweiter Reihe. »Lass mich dir schnell helfen.«

Nebst seinem Rucksack hatte er noch zwei Taschen bei sich. Krimskram, den er im Lager gekauft hatte. Kleinigkeiten, die letztendlich dann doch zwei Tüten ausmachten.

»Nein, lass. Ist schon okay.«

»Nur ganz schnell. Damit ich weiß, dass du heil oben angekommen bist.«

»Du spinnst. Das ist dir hoffentlich klar.«

»Ist es«, stimmte ich ihm zu. »Na komm.« Diese Adresse würde ich auf keinen Fall wieder vergessen. Ich hielt inne. »Oder ist es dir nicht recht? Dass ich weiß, wo du genau wohnst.«

Er verdrehte die Augen. »Jetzt komm mit, bevor ich es mir überlege.«

Also gut. Diese Chance würde ich nutzen.

Der Eingangsbereich war – heruntergekommen.

An den graugelben Wänden waren schwarze Schmierer. So als wäre jemand mit einem Rad daran entlanggefahren. Werbezettel lagen auf dem Boden unter den Briefkästen. Gekehrt hatte den Flur sicher seit Ewigkeiten niemand mehr.

»Hier gehts lang.« Fin schaute mich nicht an. Deutete auf eine Treppe am Ende des Flures. Er redete ganz leise.

Shit. Ich führte mich sicher auf wie ein Snob. »Ich folge dir!«

Er lächelte schwach.

Im siebten Stock angekommen war ich unglaublich froh, dass ich mich seit einigen Wochen vermehrt sportlich betätigte.

Fin sperrte eine Tür auf. Musik und Stimmen drangen daraus hervor.

Langsam ging ich ihm hinterher.

Mit dem Schritt über die Schwelle stand ich direkt im Wohnzimmer.

An einer Wand entlang, stapelten sich Fins Werke. Ein Bügeleisen stand davor. Ins Eck gedrängt seine alte Nähmaschine. Auf dem Sofa lag eine junge Frau, die irgendwelche Nudeln in sich stopfte. Ein Mann saß neben ihr und redete auf sie ein. Den hatte ich schon mal gesehen. War das sein Freund Freddie? Der Fernseher lief und aus der offenen Küche drangen Geräusche. Gefühlt war jeder kleinste Fleck in dieser Wohnung besetzt. Mit Menschen, Dingen, Gerüchen.

»Oh, hey. Du bist zurück«, sagte *vermutlich Freddi*e zu Fin.

»Fin, wir müssen reden!« Ein anderer Typ kam den Flur entlang.

»Nicht jetzt, Charles«, jammerte Finley.

»Sieh dich um. Deine Sachen müssen weg.«

»Ich räume alles in mein Zimmer. Elliot ist nicht da. Du wirst in Nullkommanichts nicht mehr belästigt sein.«

»Jetzt sei doch nicht beleidigt«, meinte Charles. »Wirklich! Ich freue mich über deine Chance, auf der Fashion Week dabei zu sein. Das ist eine unglaubliche Sache. Aber du musst dich anders organisieren.«

Fin schloss die Augen und fuhr sich über das Gesicht. »In weniger als zwei Monaten kann ich alles in die Hallen bringen. Aber jetzt ...«

»Bei welcher Fashion Week?«, platzte es aus mir raus.

»London.« Fin lächelte mich zaghaft an. »Wenn deine Mum irgendwas damit zu tun hat, will ich es nicht wissen. Klar? Ich will mir keine Gedanken machen, ob ich es wirklich verdient habe, dort zu sein, oder ob sie mich irgendwie reingebracht hat.«

»Was?« Ich stellte seine Tüten ab und umarmte ihn. »Das hätte sie mir gesagt. Das glaube ich nicht. Du hast es verdient!«

Er drückte mich und legte seinen Kopf kurz auf meiner Brust ab. »Oh, Lord. Ich hatte echt Panik, das wäre der ganze Grund. Du kannst dir nicht vorstellen, wie erleichtert ich bin. Ich meine, genau wissen wir es nicht. Aber ich fühle mich besser.« Er hob den Kopf und grinste mich an.

Nur ein kleiner Kuss. Um ihm zu zeigen, wie stolz ich auf ihn war. Aber ich brauchte andere Mittel. Ich strich über seine Oberarme. »Du wirst allen die Show stehlen.«

»Na, mal sehen.« Er löste sich von mir. »Es ist super kurzfristig. *Cozy Opulence*, ein Modemagazin, vergibt jedes Jahr eine Wildcard für eine wirklich winzige Show in Soho. Der diesjährige Designer wurde überführt, von einem anderen Label kopiert zu haben. Und *Cozy Opulence* hat mich gefragt, ob ich einspringen will.« Er schüttelte den Kopf. »Ich habe zuerst ja gesagt und dann nachgedacht.«

»Und das ist ein Problem«, schaltete sich Charles wieder ein.

»Nein, ist es nicht!«, widersprach Fin. »Elliot ist eine Woche weg und ich werde mich auf unsere beiden Zimmer beschränken.«

Charles sah sich um und seufzte. »Krieg das in Ordnung, ja?«

Fin nickte.

Ich nahm seine Hand und zog ihn zu mir. »Hey. Wenn du Platz brauchst, du bist immer bei mir willkommen.«

Heftig schüttelte er den Kopf. »Archer, das geht nicht. So fangen wir mit dem ganzen Zirkus von vorne an.«

Ich presste die Kiefer aufeinander, bis meine Muskeln verspannten. »Wir sind viel weiter als bei unserem ersten Versuch.«

»Es ist zu früh! Und keine Basis!«

Seine Weigerung sollte mich beruhigen. Zu früh bedeutete nicht ausgeschlossen. Verdammt. Es fühlte sich aber nicht besser an.

Ich nickte. »Das Angebot steht. Denk darüber nach.«

Er schaute zwischen Charles, Freddie und mir hin und her. Zerrissen. Wenn ich Charles' Mimik richtig las, hätte er Fin am liebsten verpackt und in mein Auto gebracht.

Ihn so unter Druck zu setzen, war nicht fair.

Ich beugte mich ihm entgegen. »Ein freundschaftlicher Kuss?«

Er sah mich mit zusammengezogenen Augenbrauen an. Nickte. Und ich setzte einen kurzen Kuss auf seine Wange. »Ich muss los. Hoffentlich hat mich niemand abgeschleppt.«

»Scheiße, du stehst in zweiter Reihe.«

»Passt schon.«

Als ich die WG verließ, spürte ich jedes Augenpaar der anwesenden Bewohner in meinem Rücken.

Kapitel 9

August

Mein Telefon vibrierte in der Hand und ich winkte Milton ab. »Geht vor. Ich komme sofort nach. Das ist meine Mutter.«

»Richte ihr Grüße aus!«

Mein bester Freund lief auf das Fußballfeld im Park und ich nahm den Anruf meiner Mum an.

»Ich bin mir ziemlich sicher, das war ein Fehlanruf von dir. Oder du steckst in Schwierigkeiten. Archer, siehst du, was du mit deiner armen Mutter gemacht hast? Seit ich deinen verpassten Anruf gesehen habe, mache ich mir Sorgen.«

Ich lachte. »Mum, jetzt hör auf, mir ein schlechtes Gewissen zu machen.«

»Pfff. Als ob«, konterte sie. »Was kann ich denn für mein liebstes ältestes Kind tun? Oder wolltest du nur wissen, wie es mir geht?«

Ich stöhnte leise. »Natürlich, Mum. Wie geht es dir? Wie geht es Dad?«

»Gut, mein Schatz, danke der Nachfrage und jetzt rück raus damit, was du willst.«

Jubel brach vor mir aus. Irgendjemand hatte wohl ein Tor geschossen. Milton lachte sich schlapp. Das konnte nun wieder alles Mögliche bedeuten. »Ich soll dir übrigens viele Grüße von Milton und Edward ausrichten.«

»Ja?« Sie hörte sich ganz aufgeregt an. »Du hast sie getroffen? Das ist ja toll. Wie geht es ihnen? Ihr wart so enge Freunde.«

Ich nickte vor mich hin. »Ja, Fin und ich haben sie vor kurzem hier im Clapham Common getroffen. Ich bin gerade zum Fußballspielen mit ihnen verabredet.«

Sie gab einen leisen Ton von sich. »Das ist wirklich wundervoll, Archer. Das freut mich. Bitte richte meine besten Grüße aus. Vielleicht können wir ja alle mal zusammen essen gehen.«

»Das wäre schön. Der Grund, wieso ich aber angerufen hatte, ist Fin.«

»Den würde ich auch gerne wiedersehen. Ein wirklich wunderbarer junger Mann. Gibt es Neuigkeiten?«

»Ja, Mum. Die gibt es.«

»Oh!«

Nichts oh! »Er hat von *Cozy Opulence* eine Einladung zur Fashion Week bekommen und wollte wissen, ob du dahintersteckst.«

»Also bitte!«, empörte sie sich. »Ich kenne Bethany ja wirklich schon lange, aber ich würde so was nicht hinter deinem oder euren Rücken machen. Wobei ...« Sie hielt inne. »Sie hatte mich tatsächlich vor kurzem nach ihm gefragt. Ob ich ihn kenne. Ich dachte, sie plant irgendeinen Beitrag im Magazin über ihn. Wegen dieser Bloggergeschichte. Ich habe ihn gelobt. Mit bestem Gewissen. Der Rock, den ich gerade trage, ist von ihm. Um ehrlich zu sein, glaube ich, das ist eigentlich ein Herrenrock. Aber auf so was kann ich keine Rücksicht nehmen. Er hat Taschen.«

Mir wurde warm. Und mein Körper kribbelte. »Danke Mum!«

»Keine Ursache! Ehre, wem Ehre gebührt. Ich will die Daten für seine Show haben. Selbstverständlich werde ich dabei sein.«

»Selbstverständlich!« Sobald ich wieder von ihm hörte, würde ich ihn fragen. »Ich muss jetzt, Mum! Ich halte dich auf dem Laufenden.«

»Tu das!«

Ich steckte mein Telefon weg und schnürte meine Schuhe. Dann holte ich das Handy hervor, knipste ein Bild von den Fußballspielern und schickte es an Fin.

Vile Grüse von meiner Mum und Milton.

Ich kopierte den Satz, fügte ihn in mein Rechtschreibprogramm ein, kopierte die korrigierte Version und schickte sie ihm.

Viele Grüße von meiner Mum und Milton.

Zwei Häkchen setzten sich an die Nachricht und ich fühlte mich wie der König der Welt.

Für manche war es eine Textnachricht. Für mich war es ein Blankoscheck an Finley.

Milton legte seinen Arm um mich und ich schüttelte ihn ab. »Geh weg! Du bist komplett verschwitzt.«

Er lachte. »Dafür bist du wie frisch aus der Dusche, oder was?«

»Ach, halt die Klappe!«

Edward trat an uns heran. »Toll, dass du wieder dabei warst. Können wir nächstes Wochenende auch mit dir rechnen?«

»Bisher habe ich nichts vor und ich versuche, das hier zu einem festen Termin werden zu lassen.«

»Ah! Wir haben dich vermisst.« Maarten gab mir einen Kuss auf die Wange.

In den vergangenen Jahren hatte ich mir keine großen Gedanken über die Jungs gemacht. Was für ein Freund war ich eigentlich? »Ich will es wirklich nicht wieder so weit kommen lassen. Die letzten Jahre waren intensiv.« In meinem Rachefeldzug gegen Steve hatte ich mich verloren. Und mir mehr selbst geschadet, als ich gedacht hatte.

»Wenn du uns lässt, passen wir auf.« Milton knuffte mich mit seinem Ellbogen in die Seite.

Die richtige Antwort wäre *klar!* Doch sowohl Milton als auch ich wussten, dass es so einfach nicht war. »Ich werde Siobhan Bescheid geben, dass du mein persönlicher Assistent meiner privaten Angelegenheiten bist. Ihr müsst mich organisieren.«

»Du würdest mir Siobhans private Nummer geben? Die will ich seit Jahren, aber sie lässt mich immer wieder abblitzen.« Milton sah mich mit funkelnden Augen an.

»Dann wird es wohl einen guten Grund dafür geben. Führ dich ihr gegenüber ordentlich auf. Ohne sie gäbe es Ferringsworth Enterprises ganz sicher nicht mehr. Und mich vermutlich auch nicht.«

Milton klopfte auf meinen verschwitzen Rücken. »Nur ein dummer Spaß. Und wenn sie mir hilft, dich hinter deinem Schreibtisch vorzulocken, ist sie eh eine Heilige und viel zu gut für mich.«

»Das ist sie so oder so!«, schaltete sich Edward ein und alle brachen in Gelächter aus.

Zurück an unseren Taschen wurden T-Shirts gewechselt, Wasserflaschen gierig ausgetrunken, Rucksäcke gepackt.

Beim Blick auf mein Smartphone lachte mir Fins Antwort entgegen.

Ein Smiley mit Sternaugen und eine Nachricht.

Park und der Matcha Iced Tea aus dem Bowling Green Café wären jetzt schön.
Ich sitze über der Nähmaschine.

Den Abschluss bildete ein trauriger Smiley.

»Kommst du mit zur U-Bahn?« Edward deutete mit dem Kinn den Weg entlang.

»Ah. Ich gehe noch am Bowling Green Café vorbei und nehme mir vom Parkausgang ein Uber.« Schnell packte ich meine Sachen zusammen.

»Hast du noch ein Date?« Milton schulterte seinen Rucksack und wir liefen in dieselbe Richtung los.

»Nicht wirklich. Fin muss arbeiten. Aber er wünscht sich einen Iced Tea. Den bringe ich ihm noch vorbei.«

Milton nickte. »Wie läuft es zwischen euch?«

Seufzend erhöhte ich unser Tempo. Ich wollte jetzt zu Fin. »Gut. Und gar nicht. Es ist ... ich habe so riesige Scheiße gebaut. Wenn er mich nie wieder an sich ranlassen würde, wäre das meine gerechte Strafe.«

»Dann ...« Milton zögerte. »... ist es die Jagd, die dich reizt?«

Abrupt blieb ich stehen, sodass Milton noch zwei Schritte weiterlief, bis er bemerkte, dass ich zurückgeblieben war. Er drehte sich um und sah mich fragend an.

»Nein!« Heftig schüttelte ich den Kopf. »Ich meine, tatsächlich hatte ich meinen Wunsch, ihn zurückzugewinnen als Projekt bezeichnet. Aber das ist lange vorbei. Ich bewundere ihn. Alles an ihm. Es ist außergewöhnlich, was er sich aufbaut und dabei auf dem Boden bleibt. Seine Reife, wie er mit unserer Beziehung umgeht, ist bemerkenswert. Ich kenne kaum Menschen, die derart verantwortungsbewusst mit Gefühlen umgehen. Seinen und meinen.«

Wir gingen langsam weiter. Meine eigenen Worte gaben mir eine Erkenntnis. Fin war jemand, auf den ich mich verlassen konnte. Er war durch und durch zuverlässig. In einer Beziehung könnte ich mich an ihn lehnen. Nicht, dass ich das je tun würde. Etwas zog in meiner Magengrube. Etwas wie Sehnsucht. Wünschte ich mir, dass jemand da war, der mir eine Stütze war? Der Gedanke war völlig absurd. Niemals würde ich ihn in die Position bringen, dass er für mich da sein müsste. Die Idee, dieses süße Ziehen, dass die Möglichkeit bestünde, versetzte mich aber fast in einen Rausch.

Leicht benebelt bestellte ich den Iced Tea für Fin, einen Mocca für Milton und einen Cappuccino für mich.

Milton und ich tranken in der Sonne unsere Getränke und ich schickte Fin ein Bild seines Matcha Iced Teas zusammen mit einer Sprachnachricht.

Ich würde dir den kurz vorbeibringen.

Als Antwort erhielt ich einen sabbernden Smiley. Ich deutete das Mal als Ja.

»So oder so.« Milton sah mich an der Treppe zur Bahn an. »Es ist gut, solche Menschen wie Fin im Leben zu haben. Sie sind selten.«

Ich nickte. »Bis nächste Woche!«

»Ich zähl darauf!«

Das Uber brachte mich direkt vor Fins Haustür. Kurzentschlossen ließ ich es weiterfahren. Je nachdem wie schnell mich Finley loswerden wollte, konnte ich ein neues bestellen.

Nach meinem Klingeln wurde die Haustür mit dem Summer geöffnet. Bereits auf der Treppe konnte ich Geschrei hören. Je näher ich Fins Stockwerk kam, umso lauter wurde es.

Die Tür zur WG war geöffnet und ich schaute vorsichtig hinein.

Pures Chaos erwartete mich.

Hatte ich bei meinem ersten Besuch schon gedacht, dass alles sehr beengt war, schien das Wohnzimmer mit Fins neuen Stoffrollen, die wir besorgt hatten, aus allen Nähten zu platzen. Und es roch seltsam.

Nach Rauch. Verbranntem Plastik?

An der Wand, an der letztes Mal Finleys Designs aufgereiht gewesen waren, zog sich eine schwarze Brandspur entlang. Weißer Schaum klebte an Stoffresten. Charles brüllte irgendwas. Die Frau wimmerte vor sich hin.

Und Fin ... Tränen liefen über sein Gesicht. Doch er gab keinen Mucks von sich.

In zwei Schritten war ich bei ihm. »Ist dir was passiert?«

Er sah mich aus weit aufgerissenen Augen an. Schüttelte den Kopf. »Nein.«

»Ihm ist nichts passiert. Aber er hätte die Bude beinahe abgebrannt. Das ist es, was ich sage. Das ist eine Wohnung. Keine Werkstatt. Finley! Himmel noch mal. Wer trägt den Schaden? Das muss ich der Hausverwaltung melden. Fuck, fuck!«

»Hey. Reiß dich zusammen!«, fuhr ich ihn an. »Ich verstehe deinen Ärger. Aber im Moment reden wir doch nur über Geld. Wenn jemand Grund zur Sorge hat, ist es Finley. Seine Arbeit ist hinüber.«

»Sagt Mister Money!« Charles sah mich verächtlich von oben bis unten an. »Nur Geld. Du Arschloch.«

»Archer, halt dich raus.« Fin hob die Hände. »Ich sag die Show ab. Ich schaffe es eh nie. Es war von Anfang an eine Schnapsidee.« Seine Stimme holperte über die Tränen, die weiter über seine Wangen liefen. »Ich zahle alles ab, Charles. Du musst dir keine Sorgen machen.« Mit dem Handrücken fuhr er sich über die Augen. »Jetzt muss ich erst mal den Dreck wegräumen.« Sofort fing er an, Stoffreste von der Wand zu ziehen.

Charles drehte sich um und stapfte unter wütendem Geschimpfe davon.

Ich stellte den Iced Tea auf die Durchreiche der Küche. Fin sah darauf und brach erneut in Tränen aus.

»Danke!«, schluchzte er.

Ich nahm ihn in die Arme und er ließ sich gegen mich sinken. »So eine Scheiße. Lindy hat sich über meinen Stoff auf der Couch beschwert. Während ich den Tüll gebügelt habe. Sie hat nicht aufgehört. Dann hab ich nicht aufgepasst. Hab das Bügeleisen nicht richtig hingestellt. Hab den Stoff weggeräumt. Und dann kam eines zum andern.«

Ich strich über seinen Rücken. »Verdammt. Was brauchst du jetzt?«

Er schüttelte den Kopf. Sah mich aber nicht an. Brach wieder in Schluchzen aus. »Jetzt hab ich dein T-Shirt dreckig geschnoddert.«

Die Situation war dramatisch, es war trotzdem schwer, ein Lachen zurückzuhalten. Es gelang mir nicht ganz. »Das macht nichts. Ich hätte dich warnen sollen. Es ist ein vollgeschwitztes Shirt vom Fußball.«

»Das ist egal!«, jammerte er. Leise lachend wiegte ich ihn, dass wir sacht von einer Seite zur anderen schaukelten.

Nach viel zu kurzer Zeit löste er sich, strich sich die letzten Tränen aus den Augen und nickte. »Danke. Das hab ich gebraucht. Ich bin völlig übermüdet. Die letzten Nächte hab ich durchgearbeitet. Alles umsonst.«

Ich griff ihn an den Schultern. »Das muss es nicht sein. Ich helfe dir jetzt aufräumen und dann machen wir einen Plan.«

Er seufzte. »Da gibt es nichts mehr zu planen.«

Ich straffte die Schultern, nahm eine etwas lächerliche arrogante Pose ein. »Du weißt offensichtlich nicht, dass ich der Chef der Pläne und aussichtslosen Situationen bin.«

Das brachte mir sein Lachen ein. Ich schnappte mir den Matcha Tee, drückte ihn ihm in die Hand. »Du gibst mir jetzt eine Mülltüte, dann setzt du dich und trinkst das.«

»Ich lasse dich doch nicht alleine aufräumen!«, schimpfte er und nahm einen Schluck aus dem Strohhalm.

»Das machst du ja nicht. Du stärkst dich und gibst mir Anweisungen. Los jetzt.«

Er nahm einen weiteren Schluck und ging in die Küche. Über die Durchreiche gab er mir eine Rolle mit Müllbeuteln.

Ich begann die zerfetzten Teile aufzusammeln und Fin setzte sich auf das Sofa. »Sag mir einfach, was ich stehen lassen soll oder noch gebraucht wird.«

Hinter mir brummte er.

Nach ein paar Minuten schaute ich mich zu ihm um. Er beobachtete mich mit roten Augen. »Alles okay?«

Er nickte. »Ich bin nur so enttäuscht von mir. Ich weiß gar nicht, wie ich dem Magazin sagen soll, dass ich es nicht schaffe.«

»Hör mal zu! Und lass mich ausreden, bevor du ablehnst.«

Fin zog eine Schnute und ließ sich in die Sofakissen sinken.

»Komm zu mir. Dort hast du Platz. Richte dich ein, wie du es willst. Nimm dir ein weiteres Arbeitszimmer. Stelle das ganze Wohnzimmer mit deinen Designs voll. Das Haus ist groß genug. Kein Hintergedanke.«

Er sah auf seinen Ice Tea, als ob dieser die Antworten für sämtliche Fragen der Welt hätte.

Ich kniete mich vor ihn. »Du hast eine unglaubliche Chance, deine Designs auf der Fashion Week auszustellen. Eine eigene Show. Du weißt, wie das Business ist. Wenn du jetzt einen Rückzieher machst, verbaust du dir zukünftige Chancen. Ich sage nicht, dass mit der geplatzten Show deine Karriere zu Ende ist, aber ich biete dir an, das Beste aus der jetzigen Situation zu machen.«

Er schloss die Augen und drückte seine Finger auf die Lider. »Es fühlt sich nicht richtig an«, flüsterte er. »Ich wollte ganz langsam vorwärtsgehen und aus den richtigen Gründen. Wenn ich jetzt wieder bei dir einziehe, tue ich es nicht, weil ich so weit bin, sondern, weil ich meine Karriere vorantreiben will.«

Seine Worte taten weh. Aber wieder bewunderte ich ihn für seine Offenheit, seine Rationalität. »Das ist okay. No funny business während du bei mir bist. Versprochen. Der Vollständigkeit halber: Ja, wenn du es zulassen würdest, würde ich dich jetzt hier und sofort in mein Bett tragen und wenn wir fertig sind, jeder und jedem, der und die es wissen wollen oder nicht, mitteilen, dass wir zusammen sind. Wirklich. Ohne Wenn und Aber.«

Er blinzelte hinter seinen Fingern hervor und lächelte. Sofort wurde er wieder ernst. »Wir können nicht einfach wiederholen, was wir schon mal falsch gemacht haben.«

»Richtig. Deshalb habe ich dich. Der mir das immer wieder sagt, wenn ich es vergessen will. Ich will dich nicht bedrängen. Du sollst nur wissen, wo ich stehe.« Ich hatte ein Projekt gehabt: Fin zurück in meine Wohnung zu bringen. Mittlerweile hatte ich ein anderes Ziel: Fin wirklich zu sehen. Ihn wertzuschätzen. Ihm zu zeigen, was er mir bedeutete.

»Und ich will nicht, dass du denkst, ich nutze dich aus und ich mache mir deine Gefühle zu Nutze, damit ich die Show schaffe. Das Problem bei der Sache ist, ohne dich schaffe ich es vermutlich nicht. Ich hatte schon mit Werkstätten Kontakt aufgenommen, aber die Kosten sind immens. Auch sind so flexible Mietverhältnisse nicht vorgesehen.«

»Wärest du Milton oder Edward oder Maarten oder sonst wer von meinen Freunden, würde ich dir genau dasselbe anbieten. Wenn es dir lieber ist, dass ich für eine Werkstatt zahle, dann ...«

Fin griff meine Hand und drückte sie. »Nein, das hört sich noch schlimmer an. Ich könnte dir das Geld nicht auf absehbare Zeit zurückzahlen. Ich will nicht in deiner Schuld stehen. Obwohl ich das wohl tue.«

»Keine Schuld«, korrigierte ich ihn. »Nur Freunde, die sich gegenseitig unterstützen.«

Er verschränkte unsere Finger ineinander und nickte. »Okay. Dann danke ich dir, Freund!«

Finley kam zu mir zurück. Ich schwebte.

Mit meiner Zusage, dass nichts zwischen uns passieren würde. Ich war am Arsch.

»Dann bringen wir meine Arbeitssachen zu dir. Schlafen werde ich weiter hier.«

Für einen Moment wurde mir schwindlig. Als hätte jemand gegen meine Brust geschlagen.

»Natürlich«, presste ich hervor. »Wie es für dich am besten passt.«

So schnell wie die Ereignisse auf mich einprasselten, bekam ich noch ein Schleudertrauma.

Kapitel 10

Ich öffnete die Augen. Das Licht vom Flur fiel in mein Schlafzimmer. Klamotten raschelten. Fin räusperte sich.

Ich griff nach meinem Telefon. 4:48 morgens.

Gerade knappe fünf Stunden waren vergangen, seit ich Finley den letzten Tee gebracht und mich schlafengelegt hatte.

Die dritte Nacht in Folge. Wie schaffte er das?

Seine Fußtritte waren deutlich draußen vernehmbar, obwohl er anscheinend bemüht war, zu schleichen. Um die Uhrzeit wäre mir das auch nicht möglich.

Ich rappelte mich hoch und ging zur Tür.

Direkt davor kam gerade Finley vorbei. »Sorry, ich wollte dich nicht wecken.«

»Das ist kein Problem. Fin, du musst auch schlafen.«

Er winkte ab. »Es ist fast fünf. Die erste U-Bahn fährt gleich. Dann lege ich mich noch ein zwei Stunden daheim aufs Ohr, bevor ich in den Laden fahre.«

Meine Schultern sackten hinab. So ging das doch nicht weiter. Er hatte nahezu schwarze Augenringe. Seine Wangen waren eingefallen und seine Haut wirkte blass. Fast grau.

»So machst du dich krank.«

Fin schüttelte den Kopf. »Es ist ja nicht für die Ewigkeit. Die Show ist in ein paar Wochen. Dann geht alles wieder zurück auf normal.«

Ich seufzte. »Möchtest du noch was zu essen mitnehmen? Einen Tee?«

»Nein, danke. Leg dich wieder schlafen.«

Ich hielt ihn am Handgelenk zurück. »Dann komme ich in deiner Mittagspause vorbei. Du musst was Ordentliches essen.«

Er nagte an seiner Unterlippe. Bereit das Angebot auszuschlagen. »Das musst du nicht tun.«

»Ich weiß. Elliot reißt mir aber meine Eier ab, wenn ich dich nicht irgendwie am Leben erhalte. Wenn du zusammenbrichst, wird er mir die Schuld geben. Das dient also nur meinem Eigenschutz.«

Finley lachte. »Dann machen wir das natürlich.«

»Pass auf dich auf.«

Statt einer Antwort winkte er mir von der Treppe aus zu.

Ich verzichtete ebenfalls darauf, wieder schlafenzugehen und nutzte die Gunst des frühen Morgens zum Joggen, ehe ich mich fürs Büro fertig machte.

Siobhan hatte ein paar Unterschriften für mich vorbereitet, die ich problemlos digital über das Tablet erledigen konnte.

Es war aber Zeit, meine Mitarbeiterin ein bisschen auf Trab zu halten.

Als ich um halb acht das Londoner Büro betrat, wurde ich am Empfang freundlich begrüßt.

Weniger nett kam mir Siobhan entgegen, als sie mich von ihrem Büro aus entdeckte. »Was machst du hier?«

»Ich habe zu arbeiten. Du hast mir doch die Verträge geschickt.«

Sie runzelte die Stirn. »Du weißt genau, dass das online geht. Was ist los?«

Ich spazierte in ihr Büro und pflanzte mich auf ihre Couch. »Nichts ist los. Ich war früh wach. Finley muss arbeiten. Joggen war ich auch schon. Deine kleinen Fleißarbeiten, die du mir aufgegeben hast, habe ich gemacht.«

Sie setzte sich auf ihren Schreibtischstuhl und rollte zu mir. »Du weißt, dass ich dachte, du würdest diesen lange aufgeschobenen Urlaub mit Fin verbringen. Das ist der Grund, wieso ich anfangs so streng mit dir war. Du hast eine Beziehung verdient, ja? Eine, die funktioniert. Und da erfordert das mal ein bisschen Einsatz.« Sie lehnte sich zurück. »Auch, wenn das jetzt nichts wurde, schienst du mir in unseren kurzen Gesprächen ausgeglichener. So, als ob dir der Zwangsurlaub guttut. Deshalb habe ich den aufrechterhalten.«

»Das ist schon okay. Ich bin ein großer Junge. Wenn ich wirklich hätte zurückkommen wollen, hätte ich es getan. Aber nach meinem ersten halbtrunkenen Auftritt wusste ich, dass es wichtig war, einen Schritt zurückzugehen.«

Sie nickte. »Gut! Und du kannst immer noch eine Sprache lernen, wenn dir langweilig wird. Oder stricken. Das soll sehr entspannend sein.«

Ich lachte. »Lass mal. Ich bin froh, dass ich langsam zurückkomme. Allerdings habe ich viel nachgedacht.«

»Ach ja. Über was?«

Ich zuckte mit den Schultern. »Alles und nichts. Über Steve.« Ich atmete gedehnt aus. »Sag mal, denkst du, es ist richtig, Steve meine Anteile hinterrücks wieder abzujagen?«

Sie senkte den Kopf. Schaute mich aus zusammengezogenen Augenbrauen an. »Das sind deine Firmenanteile. Nicht mehr in der Form, wie sie mal waren, dank diverser Übernahmen, Fusionen und was er sonst noch für Schindluder getrieben hat. Aber Steve hat kein Anrecht darauf. Er hat sich die Anteile weit unter Wert erschlichen.«

»Legal hätten wir kaum was machen können. Ist das immer noch erschleichen?«

Sie faltete ihre Hände auf ihrem Schoß. »Ob Steves Machenschaften wirklich legal gewesen wären, werden wir nie wissen, da wir den Rechtsweg nicht gegangen sind. Es bringt absolut nichts, sich über Wasser, das den Fluss hinabgelaufen ist, Gedanken zu machen.«

»Ja, das ist richtig. Und ich will meine Firma zurück.«

»Du bist mittlerweile schon wieder größer als er.«

Ich sog meine Unterlippe ein. »Da ist was dran. Aus dem Mist, den er mit mir abgezogen hat, habe ich richtig viel gelernt.«

»Nein, nein, nein! Wir werden dem Arsch keinen Funken Dankbarkeit für irgendwas entgegenbringen.«

Abwinkend machte ich es mir bequemer. »So meine ich das nicht. Aber ich habe drei Jahre lang versucht, den Schaden, den er angerichtet hat, rückgängig zu machen. Dabei habe ich irgendwie aus den Augen verloren, dass viel mehr in der Zeit passiert ist als nur mein Projekt, Steve zur Strecke bringen, in greifbare Nähe zu holen.«

»Wir machen ihn aber trotzdem fertig, ja?« Siobhan sah mich mit verzogener Miene an.

Ich lachte. »Ich werde nichts mehr aufhalten!«

Sie rieb sich die Hände. »Dieses nutzlose Wiesel. Es wird mir eine Ehre sein.«

»Du hast dich von Victoria aufhetzen lassen.«

Aus funkelnden Augen strahlte sie mich an. »Du versuchst an jedes Geschäft mit so einem riesigen Maß an Seriosität und Rationalität ranzugehen, dass es nicht schadet, wenn ich in dieser einen Sache, ein bisschen Blutdurst zeige.«

Wohin war eigentlich meine Blutlust verschwunden? Ich würde mir meine Anteile zurückholen. Keine Frage. Aber ich verabscheute Steve mittlerweile auf einer Ebene, dass ich am liebsten nicht an den bevorstehenden Vertragsschluss denken wollte. »Nein, meine Liebe. Gerade wegen deiner Blutrünstigkeit habe ich dich eingestellt. So was gibt es nicht alle Tage.«

Sie schmunzelte. »Genug der Lobhudelei! Wenn du schon da bist, mach dich wenigstens nützlich. Um neun haben wir Staffmeeting. Komm doch dazu. Es ist nichts Dringendes zu besprechen. Aber das wäre ein softer Wiedereinstieg für dich! Dann darfst du vielleicht noch ein zweites Mal die Woche kommen.«

Ich stand auf und strich meine Hose glatt. »Das ist eine fantastische Idee. Ich muss aber mittags raus, da ich Fin zum Essen entführe. Sonst kippt er noch irgendwann um. Nachmittags könnte ich noch mal vorbeischauen.«

Sie legte den Kopf schräg. »Das ist eine gute Idee. Nimm dir die Zeit für dich und deinen Mann.«

Mein Mann. Davon träumte ich. »Leider ist er kein Deal, den ich erzwingen kann.«

Siobhan erweckte mit ihrer Maus den PC. »War dir das immer klar, oder ist das eine neue Erkenntnis?«

»Kein Kommentar!« Ich stolzierte aus ihrem Büro. Ihr Lachen verfolgte mich bis in die Küche, wo ich mir einen Kaffee holte.

Unser Mittagessen verlief hektisch. Fin schlang sein Essen in sich, um schnellstmöglich in den Laden zurückzukommen.

Vor seinem hotShop gab ich ihm seinen alten Ersatzschlüssel, damit er selbst in mein Haus konnte, wenn er mit seiner Arbeit fertig war.

»Was möchtest du heute zum Abendessen? Dann gebe ich Helen Bescheid.«

Er pfriemelte den Schlüssel an seinen Bund. Dass er dies ohne weiteren Kommentar tat, führte ich auf seine absolute Erschöpfung zurück.

»Ah. Nichts. Egal. Mach dir keine Umstände wegen mir. Ich brauche nichts.«

Kopfschüttelnd sah ich ihm zu, wie er im Laden verschwand. Es war sinnlos, jetzt mit ihm zu diskutieren.

Bevor die Tür hinter ihm zuging, drehte er sich um und lief auf mich zu. Hatte er etwas vergessen?

Ich schaffte es nicht, zu reagieren. Er umarmte mich so heftig, dass mir ein Laut entwich, als wir zusammenstießen. Er drückte mir einen Kuss auf die Wange. »Danke für alles!«, hauchte er mir entgegen und verschwand nun wirklich.

Minutenlang stand ich da. Mit einem sicher dämlichen Grinsen im Gesicht.

Im Büro konnte ich noch einiges erledigen und verstand nun vollends, wieso mich Siobhan so abgeschieden hatte. Sobald ich einmal meinen Fuß in die Arbeit gesetzt hatte, wurde ich in den Alltag gesogen. Es tat gut, gebraucht zu werden.

Erstaunlicherweise versank ich nicht komplett. Vielmehr hatte ich immer ein Auge auf die Uhrzeit.

Wann Fin bei mir ankommen wollte. Wann Helen hoffentlich Tee für ihn zubereitete. Wann er sich an seine Nähmaschine setzte.

Siobhan klopfte an meinen Türrahmen. »Ich bin gleich beim Dinner mit ein paar Leuten von PLOST Enterprises. Bist du noch länger da?«

Ich schaute auf die Uhr und schüttelte den Kopf. »Ich bin weg. Schicke nur noch raus, was du mir abgesegnet hast. Ist jemand dabei, den ich kenne?«

Sie zählte einige Namen auf, die mir vage bekannt vorkamen, die ich aber nicht persönlich kannte. »Beste Grüße von mir. Und lass dich nicht abwerben.«

Siobhan lachte lauthals. »Nicht ich werde heute abgeworben werden, aber du hast vielleicht schon bald einen neuen Mitarbeiter für die freie Stelle in der Marketingabteilung. Die Leute dort haben schwer geschuftet, Jennys Weggang auszugleichen, aber nun ist es auch genug.«

»Du stehst diesbezüglich mit HR in Kontakt?«

Sie sah mich an, als ob ich nicht mehr ganz bei Trost wäre. »Natürlich. Für wen hältst du mich? Jetzt muss ich aber wirklich. Einen schönen Abend dir!«

Ich packte meine Sachen zusammen und machte mich auf den Heimweg.

Das Gefühl, das ich nach meinen letzten Reisen gehabt hatte, die Freude, dass Fin bei mir sein würde, flackerten wieder in mir auf. Ließen mich ein bisschen schneller gehen, den Knopf des Aufzugs ein bisschen energischer drücken.

Mir war bewusst, dass er zum Arbeiten bei mir war. Trotzdem zog mich dieses Band zu ihm.

»Wie war Ihr Tag, Sir?«, begrüßte mich William im Wagen.

»Wunderbar, William! Wie war Ihr Tag?«

»Ausgezeichnet! Alle Fahrzeuge der Firmenflotte sind nun gewaschen und fünf waren in der Inspektion. Geht es direkt nach Hause oder haben Sie noch Pläne heute Abend?«

»Nur nach Hause William. Vielen Dank!«

»Alles klar, Sir!«

Aus der Küche hörte ich Helen. In der Waschküche war Betrieb und aus dem ersten Stock drang unverkennbar das Summen der Nähmaschine.

Augenblicklich wurde meine Atmung ruhiger. Aus meinen Schultern und Kiefern wich die Anspannung.

»Guten Abend, Helen!«, rief ich in die Küche.

»Guten Abend, Archer! Tee ist bereit, wann möchtest du essen?« Sie streckte den Kopf aus der Tür und lächelte mich an.

»Ich frage Fin, wann es ihm passt.«

Mit zusammengepressten Lippen und verständnisvollem Blick nickte sie. »Mache das. Er arbeitet, seit er angekommen ist.«

Ich schnappte mir eine Tasse Tee und lief ins Gästezimmer.

Dort fand ich Finley. Die Nase an der Nähmaschine, so als ob er sich jeden Moment selbst einnähen würde.

Vorsichtig ging ich auf ihn zu. »Hey.«

Er hob den Kopf. Seine Augen waren ganz klein. Die Müdigkeit strahlte aus jeder seiner Poren.

»Hey.« Er lehnte sich zurück und verzog das Gesicht. »Autsch.«

»Verspannt?« Ich stellte die Tasse ab und Fin nickte.

»Hab gar nicht gemerkt, dass ich schon zu lange gebückt hier hänge.«

»Darf ich?« Ich ließ meine Hände einen Hauch über seinem Nacken schweben.

»Bitte!«

Ich legte meine Finger auf seine Muskeln, knetete sie sanft, tastete mich die Verspannungen entlang, strich über seine Haut.

Fin lehnte sich in meine Hände und stöhnte leise. »Das tut so unfassbar gut.«

Keinen Ton wagte ich von mir zu geben. Folgte Fins leichten Bewegungen, nach links, nach rechts, über seine Halswirbel in den Haaransatz.

Ich rollte meine Lippen ein, unterdrückte jeden Laut, der aus mir herauswollte und Fin zeigen, wie sehr ich es genoss, dass er diese Berührung zuließ.

Schließlich kippte er nach vorne und stützte sein Gesicht in seine Hände. »Weitamachan«, nuschelte er hinein.

»Okay.« Ich fuhr von seinem Nacken auf seine Schultern, massierte sie, seinen oberen Rücken. Strich kraftvoll entlang, tippte leicht meine Fingerspitzen dagegen.

Finley richtete sich auf und schaute mich deutlich entspannter aber genauso müde an. »An dir ist ein Masseur verloren gegangen.«

Ich nickte verhalten und trat einen Schritt zurück. »Stets zu Diensten.«

Er deutete auf den Stoff vor sich. »Ich sollte weitermachen.«

Mit der Tasse wieder in der Hand setzte ich mich auf den Bettrand. »Kommst du gut voran?«

Er nickte, schüttelte abwägend den Kopf. »Ja und nein. Besser wäre, noch eine Näherin zu beschäftigen, die für mich näht. Aber ich habe weder das Geld noch die Nerven, diese Aufgabe abzugeben. Ich würde den ganzen Tag kontrollieren, ob alles passt. Und die ganze Orga stresst mich. Ich habe natürlich absolutes Glück, dass mir mit der Wildcard des Magazins ein Großteil der Planung abgenommen ist. Anders wäre das auch zu dem Zeitpunkt nicht mehr möglich. Allerdings hatte der Designer, der rausgeflogen ist, auch schon alle Models gebucht. Meine Ansprechpartnerin meinte, es sei besser, diese erst mal zu belassen und nur einzelne, die gar nicht zu meinem Konzept passen, zu tauschen. Jetzt ist es auch schwierig neue Leute zu bekommen. Wir sind nur noch wenige Wochen von der Fashion Week entfernt. Also bin ich heilfroh. Und panisch, weil ich tatsächlich ein, zwei Leute wechseln will. Das geht aber nur, wenn ich Ersatz finde.« Er rieb sich über die Augen. »Und ich bin vermutlich der einzige Designer dieses Jahr, der noch an den eigentlichen Ausstellungsstücken arbeiten muss.«

»Ich verstehe. Dass dir ein Teil der Verantwortung abgenommen wird, heißt gleichzeitig, dass dir auch ein Teil der künstlerischen Freiheit genommen wird.«

Er seufzte. »Ein großer Teil der Verantwortung. Ein kleiner Teil der Freiheit. Also habe ich eigentlich keinen Grund zur Klage.«

»Du beschwerst dich nicht, du bist einfach aktiv in der Durchführung eines der weltweit bedeutendsten Fashion Ereignisse beteiligt. Es wäre seltsam, wenn du weniger engagiert wärst.«

Er spielte am Stoff, der in der Nähmaschine hing. »Ja? Danke. Anscheinend musste ich das grade hören.«

Ich stand auf. »Massagen, aufbauende Sprüche. Ich bin dein Mann.« Ich unterbrach mich selbst. Wenn er mich wollte, war ich sein Mann. »Wann möchtest du denn essen?«

»Ich komm einfach dazu, wenn es dir passt.«

»Okay.«

Wie schon das Mittagessen verschlang Fin auch den Stew zum Abendessen.

Während er zurück in seine kleine Werkstatt ging, setzte ich mich an den Schreibtisch in meinem Arbeitszimmer und ging ein paar E-Mails durch.

Gegen elf Uhr nachts brannten meine Augen und ich schloss alle Programme.

Im Flur lauschte ich auf irgendein Geräusch von Finley. Außer seiner Musik, die leise spielte, konnte ich nichts hören.

Langsam ging ich zu ihm und schaute in den Raum.

Er lag zusammengerollt auf dem Bett. Neben ihm Stoffreste. Lediglich seine Socken hatte er ausgezogen.

Seine Füße waren so elegant wie seine Hände.

Unschlüssig streckte ich meine Hand nach ihm aus. Zog sie zurück. Ihn in so einer verletzlichen Position zu berühren, fühlte sich falsch an.

Wahrscheinlich wollte er, dass ich ihn weckte. Aber das brachte ich nicht übers Herz. Er war erschöpft. Komplett am Ende. Dass er eingeschlafen war, war ein Zeichen dafür, dass sein Körper aufgegeben hatte. Das war besser als ein Zusammenbruch auf offener Straße.

Wenn er wieder bei Kräften war, konnte er mich anmosern, dass ich ihn einfach hatte schlafen lassen. Jetzt entschied ich, dass es genau das war, was er brauchte. Ich schob das Material neben ihm aus dem Weg, schaltete die Nähmaschine aus, kontrollierte, ob das Bügeleisen wirklich ausgeschaltet war, und holte eine Decke aus dem Schrank.

Vorsichtig legte ich sie auf ihn. So, dass er nicht gestört wurde und sie ihn später wohlig umschloss.

Mein Finger streifte dabei seine Kinnpartie, fuhr kurz über seine kratzigen Barthaare. Ich zog meine Hand zurück und berührte seinen Oberarm.

Unter meiner Hand regte er sich. Rümpfte seine Nase. Eine Strähne hatte sich darauf verirrt. Mit den Fingerspitzen schob ich sie aus dem Gesicht.

Seine Züge entspannten sich wieder. Seine Muskeln gaben nach und er schien tiefer in seinen Schlaf abzudriften.

Wir mussten uns morgen über sein Schlafpensum und sein Arbeitspensum unterhalten. So konnte er nicht weitermachen.

Während ich das Licht ausmachte, entschied ich, keinen Wecker für ihn zu stellen. Ich wusste auch nicht, welche Schicht er morgen arbeitete. Notfalls musste er sich morgen krankmelden.

In Aussicht auf die Standpauke, die mich wohl erwartete, war ich am nächsten Tag sehr früh wach.

Nichts war im Haus zu hören. Dennoch stand ich auf. Vielleicht war Fin in der Nacht aufgewacht und verschwunden.

Nur in Boxershorts bekleidet tappte ich auf den Flur und zum Gästezimmer.

Mein Herz tat einen Satz, als ich durch den Türspalt lugte. So, wie ich ihn in der Nacht zuvor zurückgelassen hatte, lag er da. Als hätte er sich nicht gerührt.

Die Erleichterung, die mich ergriff, war unwirklich.

Ich eilte in mein Schlafzimmer zurück, duschte mich und zog mich an. Automatisch griff ich zu meinem Lieblingsanzug. Meine Schutzkleidung.

In der Küche fand ich noch Croissants von vor ein paar Tagen, machte mir Kaffee und setzte mich an die Theke.

Es gelang mir nicht, mich in meine Arbeit auf dem Tablet zu vertiefen. Meine Aufmerksamkeit lag im ersten Stock.

Doch der blieb eine weitere Stunde lang ruhig.

Endlich hörte ich Fins Schritte auf der Treppe. Barfuß, mit verschlafenen Augen und zerknitterten Klamotten erschien er in der Tür.

Eine Ausgeburt an Schönheit.

Bedröppelt setzte er sich neben mich und atmete schwer. Legte seinen Kopf mit der Wange auf den Tisch vor uns und schloss die Augen. »Ich bin eingeschlafen«, nuschelte er.

Was auch immer ich erwartet hatte, das war es nicht. Lachend strich ich ihm eine Strähne hinters Ohr. »Hab ich bemerkt.«

»Danke!«

»Wofür?«, fragte ich ehrlich erstaunt.

»Fürs Schlafenlassen, alles ausmachen, Decke.« Er blinzelte mich an und ich strich über seine Wange.

Lächelnd schloss er die Augen wieder.

»Gern geschehen. Möchtest du Frühstück? Musst du zur Arbeit?«

Er schüttelte den Kopf, so gut es auf der Tischplatte ging. »Nein. Frei. Hab mir einen guten Tag ausgesucht, zusammenzubrechen.« Er gähnte. »Tee. Bitte.«

Ich stand auf und bereitete Fins Tee zu, wie er ihn mochte. Seine Atmung hörte sich verdächtig danach an, dass er schlief.

Ohne unnötige Geräusche zu machen, stellte ich die Tasse ab und Fin öffnete die Augen. »Oh.« Er richtete sich auf. »Fantastisch.«

»Finley.« Ich setzte mich wieder neben ihn. Unsere Unterarme lagen nebeneinander. Seine Wärme strich über mich. Keiner von uns zog zurück. Fin nahm mit seiner rechten Hand seinen Tee und ich zerbröselte mit meiner linken die Reste des Croissants. Wir taten weiter so, als bemerkten wir nicht, dass wir aneinanderklebten. Ich räusperte mich. »Bleib die restlichen Tage bis zur Show bei mir. Schlaf hier. Tu dir den Stress mit dem ewigen Hin und Her nicht an. Es ist zu viel.«

Er setzte seine Tasse ab und zog seinen Arm zurück. Verflucht.

»Hm.« Mit dem Zeigefinger fuhr er den Tassenrand entlang. Mein Puls erhöhte sich leicht. Das war noch keine Absage. »Archer, ich habe darüber nachgedacht. Ziemlich jeden Tag, den ich wie bekloppt durch die Stadt gedüst bin.«

Ich hielt es nicht mehr aus. Die Distanz zwischen uns war falsch. Sie musste nicht sein. »Kann ich deine Hand halten?«, platzte es aus mir heraus.

Fin schaute auf und zog seinen Arm an sich. Kopfschüttelnd fuhr er fort. »Ich habe Angst, dass wir alles wiederholen. Ich bin in den letzten Tagen zu dem Ergebnis gekommen, dass, wenn wir beide es wirklich wieder miteinander versuchen wollen, ich nicht hier leben darf. Aber, wenn ich nicht hier schlafe, schaffe ich die Show nicht. Das ist mir klar.«

»Es sollte kein Entweder-Oder sein«, murmelte ich.

»Nein, das sollte es nicht. Aber an dem Punkt stehen wir gerade.« Er nahm einen weiteren Schluck Tee. »Ich wollte dich heute bitten, dass ich bleiben kann. Dass wir aber alles, was uns angeht, hintenanstellen. Dabei komme ich mir wie ein Schmarotzer vor. Ich will nicht mehr und mehr nehmen und dir nichts zurückgeben.«

»Nein.« Ich wollte alles überstürzen. Wollte ihn halten. Wollte für ihn da sein. Nicht nur mit der Wohnung. Mit allem, was ich hatte. Aber wie hatte er so treffend gesagt? Vertrauen konnte ich mir nicht erkaufen.

Mit einem Klirren setzte er seine Tasse ab. »Nein?«

Ich schaute zu ihm. »Nein, du bist kein Schmarotzer. Bleib hier. Niemand versteht besser als ich, was du gerade durchmachst. Du hast keine Wahl, du musst deine Arbeit priorisieren. Und dein Vertrauen in Beziehungen wurde durch einen Mistkerl zerstört.« Ich räusperte mich und fuhr mir durch die Haare. »Dass du hier bist, erfordert keine Gegenleistung. Unsere Beziehung, wie immer sie auch aussehen mag, ist kein Vertrag. Ja, ich will dich in meiner Nähe. Und ja, du brauchst im Moment den Raum hier. Wie und ob wir die Lücken dazwischen füllen, wird die Zukunft zeigen.«

Ich sog meine Lippen ein. In meiner Hilflosigkeit versuchte ich mich an einem Scherz. »Ich weiß, ich bin ein absolut heißer unwiderstehlicher Kerl.« Ich grinste ihn schwach an. »Aber mehr von dir zu fordern, als ich je bereit war zu geben, wäre heuchlerisch.«

Er grinste mich an. »Ein absolut heißer Kerl also?« Nun griff er nach meiner Hand und drückte sie. »Ich will mehr geben, aber ich kann es nicht. Noch nicht. Es ist der Stress der Show. Es ist ... das Tempo. Ohne dich würde ich das alles nicht schaffen.«

Automatisch schüttelte ich den Kopf.

Doch Fin winkte ab. »Damit meine ich nicht deine Wohnung. Zu wissen, dass du im Raum nebenan bist, hat mir in den letzten Nächten die Kraft gegeben, durchzuarbeiten, und gestern die Ruhe, hier in Sicherheit schlafen zu können.«

»Fin. Ich werde dich nicht bedrängen. Du hast hier einen sicheren Ort, um zu arbeiten, zu leben, die Nacht zu verbringen.« Ich drückte unsere Hände und ließ sie dann los.

»Danke!«, flüsterte er. Und sah mich an. Kam er mir näher? Beugte ich mich ihm entgegen? Der Abstand zwischen uns verringerte sich.

Ich konnte seinen Atem spüren. Öffnete er seine Lippen? Rutschte ich näher an ihn heran?

Unsere Oberschenkel pressten aneinander.

Sein Mund war nur noch einen Hauch von mir entfernt.

Ich musste nur noch meinen Hals minimal strecken und ...

»Guten Morgen! Oh, guten Morgen, Finley. Sie sind auch hier!« Helens Worte waren wie eine kalte Dusche zwischen uns. Ich wich zurück. Fin stieß seine Tasse mit dem Ellbogen um, die scheppernd auf dem Fußboden zerbrach.

Er sprang auf und sammelte sofort die Scherben ein.

Helen eilte auf ihn zu. »Ach herrje. Setzen Sie sich. Ich mach das schon.«

Doch Fin blieb, wo er war. Den Kopf gesenkt.

Was in dem Moment wohl wirklich alles kaputt gegangen war?

Kapitel 11

»Wie war das erste Fitting?«

»Argh.« Finley stapfte an der Küche vorbei in den ersten Stock.

Ich ging ihm hinterher. »So gut?«

Er knallte seinen Rucksack auf das Gästebett und ließ sich daneben fallen. »Hm. Es war okay. Doch es war gut. Alle Models sind aufgetaucht. Auch die Neuen. Das Magazin hat die Verträge schon angepasst, es ist nur ...« Er fuhr sich über das Gesicht.

»Was ist es?« Ich lehnte mich an den Türrahmen und musste mich gewaltvoll zurückhalten, nicht auf ihn zuzuspringen und ihm zu garantieren, ich würde jeden Menschen, der ihm heute das Leben schwer gemacht hatte, zur Rechenschaft zu ziehen.

Er rollte sich auf die Seite, schob den Rucksack vom Bett und sah mich an. »Es ist alles gut. Aber es fehlen mir ein paar wenige Designs, die ich nicht machen kann, weil ich nicht mehr Stoff vom Abverkauf gekauft habe. Die gehören aber eigentlich zur Kollektion und machen sie erst vollständig. Was hab ich mir nur gedacht?«

»Mhm. Diesbezüglich hätte ich eine Info für dich.« Wieso war ich so nervös, ihm zu sagen, dass ich die Stoffe gekauft hatte? Sie waren immer für ihn gewesen.

»Was?« Er richtete sich mit gerunzelter Stirn auf.

»Tatsächlich habe ich alle Stoffe und Dinge, die du in Erwägung gezogen hast, gekauft. Sie liegen in einem Lager im Büro.«

Fins Mund klappte auf. Er fuhr sich über die Stirn. »Ha!« Der Laut war eine Mischung aus einem Jammern und Lachen.

»Wir können sie sofort holen und du kannst loslegen.«

Er ließ sich auf das Bett zurückfallen. »Himmel! Das ist das Beste und Blödeste gleichzeitig. Ich will nicht noch tiefer in deiner Schuld stehen. Und ich will diesen verdammten Stoff.« Ruckartig richtete er sich auf. »Du hast wirklich alles gekauft?« Sein Blick huschte herum. Es war ihm anzusehen, dass er angestrengt nachdachte. »Das heißt, ich könnte ...« Vehement schüttelte er den Kopf. »Wenn ich sie nicht annehme, lege ich mir selbst Steine in meinen Karriereweg. Wenn ich sie annehme, bin ich nur einen Schritt davon entfernt, wie Steve zu sein.«

Mit zwei Schritten war ich bei ihm. »Du könntest niemals wie Steve sein. Er hat mich betrogen und hintergangen. Ich biete dir etwas an, was ich dir aus vollstem Herzen gerne gebe.«

Fin setzte sich im Schneidersitz hin und sah zu mir hoch. »Du warst dir vor einiger Zeit nicht sicher, ob du mir so trauen kannst.«

Ich fuhr mir durch die Haare. Tief in mir zog immer noch diese Ungewissheit, diese Stimme, die mich mahnte, aufzupassen. Niemandem – zumindest keinem Partner – zu trauen. Und dann saß da Fin vor mir. Der nie seine Gefühle und Absichten verheimlicht hatte. Warum war es für mich so schwer, einfach alles hinter mir zu lassen?

»Ich kann nicht sagen, dass ich einfach alles vergessen habe und mir keine Gedanken mehr mache.« Das war nicht genug. »Du hast vor zwei Tagen gesagt, dass du mehr geben willst und nicht kannst. Und ich denke, dass dies für dich nicht möglich ist, weil mir immer noch der letzte Funken Vertrauen fehlt. Du musst mir glauben, ich suche ihn. Will ihn finden. Aber in diesem einen Punkt vertraue ich dir zu tausend Prozent. Und mir ist absolut bewusst, was dein Denken als Geschäftsmann von dir verlangt. Du brauchst die Stoffe. Du sollst sie haben. Das hat nichts mit uns zu tun. Ich bin nur froh, dass es irgendetwas gibt, was ich dir geben kann.«

Fin knetete die Hände in seinem Schoß. »Wenn ich mit dieser Show fertig bin, verspreche ich dir, nehme ich mir die Zeit, herauszufinden, was da zwischen uns ist.« Er schüttelte den Kopf und lachte. »Himmel, ich höre mich wie du an. Waren wir an dem Punkt nicht schon mal?« Er nickte vor sich hin. »Aber es ist mir ernst. Ich will herausfinden, ob ich dir noch vertrauen kann. Was ich bereit bin, zu geben.«

»Danke für diese Chance. Und ich bin sicher, dass deine Show großartig wird. Wann ist sie eigentlich genau? Ich kann nicht erwarten, sie zu sehen, und meiner Mum soll ich auch Bescheid geben.«

Schmunzelnd holte er sein Telefon aus der Tasche und hielt mir eine Website hin. »Ich bin nur in einer dieser Neben-Venues. Ganz klein. Da, am siebzehnten September. Ich hoffe, ich krieg den Besucherraum überhaupt voll. Das wäre sonst echt peinlich.« Er lächelte in sich hinein. Wich meinem Blick aus.

Ich starrte auf das Display. Mir wurde leicht übel. »Da ist die Vertragsunterzeichnung mit Steve. Ich ... da kann ich nicht dabei sein.«

»Oh.« Hastig steckte er das Handy wieder weg. »Ist ja auch egal. Es gibt Wichtigeres.«

»Nein, das wollte ich damit überhaupt nicht sagen. Es ist nur ein dummer Zufall.«

Er nickte und stand auf. Immer noch sah er mich nicht an. »Klar. Mach dir keine Gedanken. Ich habe nie erwartet, dass du dabei sein wirst.« Er atmete tief durch und schaute endlich auf. Lächelte offen und frei. »Und das ist das wichtigste Geschäft deines Lebens. Etwas Wichtigeres gibt es nicht!«

Aber es war auch sein größter beruflicher Erfolg bisher. Natürlich wollte ich dabei sein.

»Wir werden beide an diesem Tag riesige Erfolge haben. Und zumindest bei den Vorbereitungen habe ich einen Freund, der mir unter die Arme greift. Wie komme ich jetzt an den Stoff? Da ich weiß, dass er in unmittelbarer Nähe ist, juckt es mir in den Fingern.«

Was? Freund? Hatte ich mich gerade selbst ge-friendzoned?

»Fin, warte. Ich wäre wirklich gerne bei der Show dabei.«

Er nickte heftig. »Ja. Ich weiß jetzt gar nicht, wieso mich das grade so überrascht hat. Du musst zu der Steve-Sache, das verstehe ich.«

Musste ich wirklich zur Vertragsunterzeichnung? Ich war der CEO. Und ich hatte seit fast vier Jahren niemanden mehr in Vertretung für mich unterschreiben lassen. Rechtlich ... Ich wollte Steve ja nicht heiraten.

Meine persönliche Anwesenheit war absolut nicht erforderlich. Aber das war es doch, auf was ich seit drei Jahren hingearbeitet hatte. Ihm ins Gesicht zu sehen, wenn er erkannte, dass ich Mehrheitseigner seiner Firmenanteile war.

Kapitel 12

September

Mein Haus erinnerte an Kings Cross. Models, Bloggende, irgendwelche Menschen, deren Funktion ich nicht kannte, schwirrten darin herum.

Warum hatte ich darauf bestanden, hier zu sein, wenn Finley seine große Homestory bekam?

Meine Haustür stand sperrangelweit offen und die Leute spazierten ein und aus.

Eine junge Frau in einem strahlend gelben Kleid kam gerade in das Foyer und Fin stürzte auf sie zu. »Mel!« Er küsste sie auf die Wangen und die beiden umarmten sich. »Danke! Danke für alles. Ryota ist ein Schatz, und ich kann gar nicht in Worte fassen, was gerade passiert. Ich bin völlig überwältigt.«

Sie schob sich ihre Sonnenbrille ins Haar und strahlte ihn an. »Du hast es verdient. Aber du weißt, ich bin nicht auf den Mund gefallen. Ich halte meine Versprechen und vielleicht kannst du ja bei deinen Kontakten zur Fashion Week ein gutes Wort für mich einlegen.« Sie blinzelte ihn unschuldig an und lachte dann.

»Alles, was du willst!«, versicherte Fin. »Wirklich. Ich weiß nicht, ob mein Wort irgendwas zählt, aber ich werde nicht vergessen, was du für mich getan hast.«

Sie winkte ab. »Pfff. Kleinigkeit. Ich freu mich schon riesig auf deine Show. Weißt du, dass Pasqual alle aus der Abschlussklasse angeschrieben hat. Wir wollen dich alle sehen!«

Fin verzog das Gesicht. »Pasqual? Höchstens, um sich das Maul zu zerreißen.«

Mel zog eine Grimasse. »Vielleicht. Führst du mich rum?«

Immer noch stand ich wie ein vergessener Koffer am Bahnhof neben den beiden.

Fin drehte sich zu mir. »Also, das ist Archers Haus. Er lässt mich hier nur arbeiten, bis die Fashion Week abgeschlossen ist.«

Innerlich rang ich mit mir. Einerseits wollte ich klarstellen, dass Fin immer hier sein konnte. Fashion Week hin oder her. Andererseits gebot es meine Erziehung, einfach ein guter Gastgeber zu sein. »Herzlich willkommen! Gerne zeig ich dir alles. Obwohl ich hoffe, dass Fin weiß, dass er sich hier immer wie zuhause fühlen kann.« Ha! Doch was gelernt auf der Eliteschule.

Mel nickte mir mit einem Schmunzeln zu. »So, so. Und wer bist du, Archer?«

Tja, wer war ich?

»Archer ist ein Freund. Er hat mir wirklich in letzter Sekunde den Arsch gerettet. Aber ab morgen ziehe ich Stück für Stück in den Veranstaltungsraum um. Dann sieht es hier noch viel besser aus.«

Da war er wieder. Der Freund.

»Solche Freunde hätte ich auch gern!« Mel lachte ihr lautes, anscheinend für sie typisches Lachen. »Aber wirklich toll. Und die ganzen Blumen!« Sie lief los und roch an den Arrangements, die Fin mit Helen ausgesucht hatte. Es war ein Kampf gewesen, dass ich sie zahlen durfte. In Zukunft würde ich öfter Blumen für mein Haus bestellen. Sie rochen gut und verliehen meinen vier Wänden eine ungewohnte Wärme. Und der Norweger, dem der Laden gehörte, war auch ein cooler Typ.

Ein Riese auf Samtpfoten, der durch mein Haus schlich und den Anweisungen des Fotografen lauschte. Um dann durch die Stadt zu fahren und noch irgendwelche Dahlien zu bringen.

Mel und Fin verschwanden und ich stand im Auge des Sturms. Alle um mich herum waren beschäftigt.

»Na du?« Elliot kam aus einem der Gästebäder in vollem Make-up und aufgestylt.

Ich nickte anerkennend. »Schick! Und danke, dass du für Fin läufst. Er war wegen der vorausgewählten Models ziemlich gestresst.«

Er winkte ab. »Für meinen Bestie tu ich alles!« Elliot musterte mich. »Ich habe gehört, du wirst leider nicht dabei sein?«

Ich schüttelte den Kopf. »Leider nein. Deshalb bin ich froh, dass ich wenigstens heute ein paar Einblicke bekomme.«

»Ja, wirklich schade.«

Unter Elliots Blick fühlte ich mich wie unter einem Mikroskop. »Hm. Ich wollte dich ohnehin etwas fragen. Ist es üblich, dass es nach so einer Runway-Show eine After-Party gibt? Ich habe Fin gefragt, aber er meinte nur, dafür habe er wirklich keinen Nerv.« Und kein Geld.

Elliot nickte bedächtig. »Klar. Können unterschiedlich ausfallen. Schreckliche Gelage oder höfliches Anstoßen mit Sekt. Ist alles dabei.«

Hatte ich mir schon gedacht. »Ich wollte eine Überraschungsparty für ihn organisieren, aber ich habe leider nicht den geringsten Plan. Könntest du mir helfen? Location, Getränke, kulinarische Versorgung, Gästeliste? Ich mache alles, wenn du mich in die richtige Richtung lenkst. Dann habe ich auch einen kleinen Teil zur Show beigetragen.«

Er kam auf mich zu und zog an meinem Jackettaufschlag. »Eure Hoheit, du überraschst mich.« Er strich über meine Schultern, so als wollte er meine Jacke glattstreichen. »Das ist eine fantastische Idee. Ich hatte überlegt, einfach ein paar Flaschen Schampus mitzunehmen, die ich mit Finny leere, aber dein Vorschlag ist besser.« Er legte seine Hände auf meine Brust und sah mir direkt in die Augen. »Ich leite alles in die Wege und überlasse dir großzügig die Rechnungen.«

Ich nickte und trat einen Schritt zurück. Doch Elliot packte mich erneut am Aufschlag und zog mich zu sich.

»Das ist wirklich eine gute Idee, Archer.« Er senkte seine Stimme. »Aber dir ist schon klar, was ihn noch viel mehr freuen würde?« Ich hielt seinem Blick nicht mehr stand und senkte den meinen. »Wir können ein paar Pappbecher austeilen und Billigsekt rumreichen. Wenn du da bist, wird Fin alles um sich herum vergessen. Es geht ihm nicht um eine mega Party. Es geht ihm um die Gesellschaft. Deine Gesellschaft.« Er ließ mich endlich los und strich über mein Hemd. »Könnte ich mir vorstellen. Aber gut. Du hast diese Sache mit deinem Ex zu klären.«

Ich schaute in Elliots Gesicht. Sein Ausdruck sagte mehr als tausend Worte.

»Elliot?« Fins Stimme klang leise und zaghaft von der Treppe und sein Freund riss seine Hände zurück, als hätte er sich an mir verbrannt.

»Babe?« Er wirbelte zu Fin herum.

»Arlo braucht dich. Du sollst auf die Terrasse.«

»Ich werde gebraucht. Ich komme.« Elliot drehte sich noch mal zu mir um und hob die Augenbrauen. »Denk darüber nach.«

Er stolzierte davon und nahm Finley mit sich. Dieser warf mir über seine Schulter einen kurzen Blick zu. Ratlosigkeit und ein einziges Fragezeichen gewürzt mit ein bisschen Erschütterung.

Ja, den Effekt hatte Elliot auf mich auch.

Nachdem die Crew nach fast fünfzehn Stunden jedes Licht genutzt hatte, vom Sonnenaufgang bis zum Untergang, um die allerbesten Fotos zu schießen, verkrümelten sich langsam alle.

Ich fühlte mich wie nach einem Langstreckenflug. Wobei ich nach fünfzehn Stunden Flug normalerweise erholter war.

Arlo knipste noch irgendwelche Ecken in meinem Haus und Elliot und Finley diskutierten über die Runway Order, was wohl das Line Up der Models war, in welcher Reihenfolge sie auf den Laufsteg kamen.

Ryota hatte offenbar alles, was er für seine Story brauchte, und war schon verschwunden.

Ich ging zum Eingang, um die Haustür endlich zu schließen. Es war schon knapp neun Uhr abends. Bevor ich sie erreichte, trat ein Junge in Schuluniform in mein Haus.

»Hey, brauchst du was?« Etwas breitbeiniger als nötig, stellte ich mich zwischen ihn und das Foyer.

Er schaute sich mit großen Augen um. »Ja, ich muss zu meinem Bruder.«

Mein Blick ging über das Chaos, das überall herrschte. Zu wem der Junge wohl gehörte? »Der ist wahrscheinlich bereits weg. Es sind schon alle aufgebrochen.«

»Was?« Er riss seine großen braunen Augen weiter auf. »Aber wo ist er denn hin?«

»Das ... weiß ich nicht.«

Seine Finger verkrampften sich um den Gurt seines Rucksacks. »Aber er wohnt doch hier.«

Automatisch schüttelte ich den Kopf. Bis mich eine Vermutung erhellte. »Wie heißt denn dein Bruder?«

»Fin. Finley Parker.« Er trat von einem Bein auf das andere.

»Bist du Thomas?«

Er nickte heftig. »Ja. Ist er hier?«

»Ja, komm rein. Ist alles okay? Es ist schon ziemlich spät.«

Als Antwort machte er eine wegwerfende Bewegung. »Ja, Sir!«

»Ich hole ihn, okay? Magst du in der Küche warten?«

»Okay.«

»Dort stehen noch Platten mit Häppchen und so Zeug. Bedien dich.« Die Models hatten kaum etwas gegessen, sehr zu Helens Leidwesen.

Das schien sein Interesse zu wecken und er lief direkt darauf zu.

Ich sprang die Treppen zum Gästezimmer hoch. Elliot und Fin waren noch über ihren Plan gebeugt. »Hey?«

Sie sahen beide zu mir.

»Ja?« Fin wirkte erschöpft.

»Ähm. Dein Bruder ist da. Thomas ist in der Küche.«

Finley ließ seinen Bleistift fallen und rannte auf mich zu. »Ist alles in Ordnung?«

»Er scheint okay.« Ich folgte ihm die Treppen hinab.

»Thomas!« Fin umarmte seinen Bruder, der sich ein Gurkensandwich in den Mund schob.

»Hawwo!«, nuschelte Thomas, wobei sein Gesicht gegen Fins Schulter gedrückt wurde.

»Was machst du denn hier? Weißt du, wie spät es ist? Mum wird verrückt vor Sorge.«

»Mum ist arbeiten. Die kriegt das nicht mit.«

Fin seufzte. »Ist was passiert?«

Unschlüssig stand ich im Türrahmen. Offensichtlich brauchten mich die beiden nicht.

»Du hast gesagt, ich soll vorbeikommen, wenn es wieder Probleme gibt.«

Das war mein Stichwort einen Moment länger zu bleiben.

»Was ist los?«, murmelte Finley.

»Die Zwillinge. Mum musste das Essen in der Kita stornieren. Dann hat sie aber vergessen, dass sie ihnen Essen mitgeben muss. Die Leiterin hat mir heute gesagt, dass die beiden jetzt drei Tage hintereinander nichts zu essen hatten. Ich glaube, das Beste wäre, du würdest einfach für den Monat das Essen bezahlen. Dann merkt sie vielleicht gar nicht, dass sie gekündigt hatte, und vergisst auch das Hin und Her. Oder sie glaubt, sie hat es wieder aufgenommen.«

»Scheiße!« Fin nahm Thomas am Ellbogen und führte ihn aus der Küche. »Lass uns in Ruhe reden.« Er warf mir einen flüchtigen Blick zu und verschwand dann mit seinem Bruder.

Wie angewurzelt blieb ich stehen und sah ihnen hinterher.

Was für ein großer Bruder war Fin und was für ein großer Bruder war ich?

Meine Eltern hatten uns Geschwistern jede erdenkliche Hilfe mit auf den Weg gegeben. Und trotzdem hatte ich es geschafft, meinen Anteil in den Sand zu setzen. Meine kleine Schwester hatte mich rausgehauen. Mit ihrem Knowhow und dem unermüdlichen Willen, an meiner Seite zu stehen, um meinen Traum von Ferringsworth Enterprises wahrwerden zu lassen.

Ich machte mir Sorgen, dass mich Fin nur noch als Freund sah.

Fin musste für seinen Lebensunterhalt sorgen, arbeitete an seiner kreativen Karriere und sorgte dafür, dass seine Geschwister nicht hungern mussten.

In all dem Stress brachte er noch die Kraft auf, seine Gefühle für mich zu analysieren. Mit mir zu reden.

Wenn ich ihm einen Rat geben sollte, wäre es der, dass er mich abschießen sollte. Ein Problem weniger.

Eine Mischung aus Scham und unglaublicher Wärme krabbelte über meine Füße, durch meine Beine, über meinen Rücken und bis in meinen Kopf.

In den letzten Tagen hatte sich meine Bewunderung für diesen unglaublich starken, wunderschönen Mann in etwas anderes verwandelt. Etwas Gewaltiges.

Liebe.

So unfassbar und simpel zugleich.

Ich hatte nun die Wahl, das Richtige zu tun und den Mann, den ich liebte, als Freund zu unterstützen, ihn nicht mit mir zu belasten und gehen zu lassen.

Oder ich bewies ihm, dass ich an seiner Seite würdig war.

Beides schien in dem Moment unmöglich.

Kapitel 13

Mein Blick ging zurück zum Bildschirm. Josh, Anwalt und Leiter des Chicagoer Teams ging die letzten Details der zeitlichen Abläufe durch, wann welche Meldungen an welche Stelle gehen mussten, um keine Probleme mit welcher Aufsichtsbehörde auch immer zu bekommen. Steve hatte in seiner Geldgier bereits alle Weichen für die Übertragung gestellt.

Er hatte den Notaren angekündigt, dass er die Verträge vorab unterschrieben übermitteln würde, damit der Termin vor Ort nur noch Formsache war.

Formsache für ihn. Genugtuung für mich.

Aber ich musste sichergehen, dass mir nicht im Nachhinein von irgendeiner Stelle meine ganze Arbeit zunichtegemacht wurde. Alles musste mit Recht und Ordnung zugehen. Das waren die süßesten Siege.

»Wer wird bei der Vertragsunterzeichnung anwesend sein?«, fragte ein anderer Anwalt.

Drei Mitglieder meines Teams hoben die Hände.

»Und ich!«, fügte ich hinzu.

»Wie viele Vollmachten soll ich vorbereiten?«

Alle Augen richteten sich auf mich. Wie Scheinwerfer, die in mich hineinleuchteten. Natürlich wusste hier niemand, dass ich immer noch hin- und hergerissen war zwischen Fins Show und der Vertragsunterzeichnung.

Mein Zögern zog sich hin. Je länger es dauerte, umso irritierter wurden die Blicke meiner Kolleginnen und Kollegen. »Keine. Ich werde ja selbst da sein.« Die Worte waren säuerlich auf meiner Zunge. Welchen Nutzen hatte es, dass ich selbst anwesend war?

»Wer hat denn Generalvollmacht?« Der Anwalt klickte sich wohl durch die Liste der Firmenbevollmächtigungen. »Mir wäre es lieber, wir wären für alle Eventualitäten vorbereitet. Was, wenn Sie ... verschlafen, Sir?«

Alle Mitglieder des Meetings lachten.

Ich stimmte ein. »Unwahrscheinlich.«

»Sie wissen, was ich meine.«

Ich nickte. »Ich bespreche das noch mit Victoria und Siobhan.«

»Alles klar! Das wäre es dann von meiner Seite.«

Das Meeting wurde geschlossen und alle verabschiedeten sich.

Zurück blieben Siobhan und ich im Konferenzraum und Victoria auf dem Bildschirm.

»Dann hätten wir alles!«, fasste meine Schwester zusammen.

Meine Assistentin nickte mit einem zufriedenen Lächeln.

»Hm.« Anscheinend war ich immer noch nicht mit Zögern fertig.

»Liegt dir noch was auf dem Herzen?« Siobhan setzte sich in ihrem Stuhl aufrechter hin.

»Wegen der Vollmachten.«

»Ja?« Ich hatte die volle Aufmerksamkeit meiner Schwester.

»Du hast Generalvollmacht. Zusammen mit Josh könntet ihr unterschreiben.«

»Ja?«, wiederholte sie.

»Und du wolltest ohnehin hier sein?«, fragte ich weiter.

»Korrekt. Ich reise in zwei Tagen nach London und bleibe bis nach Vertragsschluss.«

»Hm.« Ich fuhr über mein Kinn. »Josh wird auch da sein und Siobhan sowieso.«

»Archer, was ist los? Hast du deine Pläne geändert?«

Mein Blick huschte zu Siobhan, die mich nur beobachtete, ohne ein Wort zu sagen.

»Noch nicht abschließend«, wandte ich mich wieder an meine Schwester. »Ich frage mich nur, ob die Option überhaupt bestünde.«

Vickys Blick durchbohrte mich. »Archer, das ist *dein* Deal. Wenn du ihn federführend schließen willst, tu das. Wenn du durch Abwesenheit glänzen willst, machst du das. In den letzten Jahren hoffe ich doch, dass ich für dich mehr geworden bin als die kleine Schwester. Ich bin CFO *unserer* Firma. Und diese Firma ist mir genauso wichtig, wie sie dir ist. Aber dieser Deal, ist was Höchstpersönliches für dich. Wir haben alles finanziell, rechtlich, personell abgedeckt, dass wir das durchziehen können. *Wie* wir das machen, liegt bei dir. Ich hatte nur gedacht, ...« Ihre Augen wurden riesig. Ihr Mund klappte auf. »Fins Show. Mum hat erzählt, dass sie hingeht. Die ist am selben Tag.«

Neben uns gab Siobhan einen überraschten Laut von sich. Schnell klappte sie ihren Mund zu und setzte ihre professionelle Miene wieder auf.

»Mhm.« Victoria räusperte sich. »Ich würde dir gerne sagen, was du tun sollst, aber ich befürchte, du hörst eh auf niemanden außer dich selbst.«

Ich nickte. »Ohne dich wäre die Firma nicht dort, wo sie jetzt ist. Ohne euch.« Ich suchte Siobhans Blick, die mir zunickte. »Aber diese Entscheidung muss ich wohl wirklich für mich alleine treffen. Seit knapp vier Jahren will ich Steves Gesicht sehen, wenn meine persönliche Rache zuschlägt. Und jetzt ...« Jetzt gab es jemanden, der am Ende seiner Nerven war. Der vor dem Durchbruch seiner Karriere stand. Der jede Unterstützung gebrauchen konnte, die er erhielt. Der mich – vielleicht – dabeihaben wollte. Dem es wichtig war, dieses Ereignis mit mir zu teilen.

Und falls nicht? Welche Rolle spielte es für mich, bei Finley zu sein? Bei diesen so wichtigen Ereignissen in seinem Leben?

Er war immer irgendwo in meinem Hinterkopf. Unbewusst hatte ich ihn immer bei mir.

Wollte ich mehr bei ihm sein, als Steve meine Rache persönlich zu servieren?

»Steve wird sicher da sein?«, fragte ich Siobhan.

Sie nickte. »Er hat dem Chicagoer Unterhändler großmächtig bestätigt, dass er anwesend sein würde, wenn wir sein Unternehmen zum Marktführer machten und ihn zum Milliardär. Er kann es nicht erwarten, unsere Unterschrift auf seinen vorsignierten Verträgen zu sehen.«

Unwillkürlich schüttelte ich den Kopf. So war Steve.

In einer Bewegung stand ich auf und schob den Stuhl zurück. »Also gut. Es steht alles. Bezüglich einer möglichen Vertretung meiner Person gebe ich euch Bescheid.«

Als ich zuhause ankam, begrüßte mich ein süßer Duft. Wie Kuchen.

Ich ging in die Küche und sah dort Helen und Finley in trauter Zweisamkeit an der Arbeitsplatte stehen.

Finley ging zum Ofen und holte ein Blech heraus.

»Was macht ihr denn hier? Das riecht ja fantastisch.«

Sein Blick huschte zu mir, doch er stellte das Backblech konzentriert ab.

»Wir haben Kekse gebacken«, murmelte er, während er seine Hände vorsichtig zurückzog.

»Finley hat Kekse gebacken. Er glaubt nur, er braucht meine Erlaubnis dafür«, fuhr Helen fort. Sie lächelte Fin an, der vor sich hin schmunzelte.

Er nahm einen kleinen Teller, auf dem bereits eine Auswahl an Gebäck war. »Für dich. Als Dankeschön. Ich weiß, es wiegt nicht auf, was du für mich in den letzten Wochen getan hast, aber ... als Zeichen.«

Ich nahm den Teller und roch daran. Süßlich, Vanille. Zimt?

»Haferkekse mit dem gewissen Etwas. Sie sind nicht besonders ausgefallen. Und Helen konnte mir auch nicht sagen, welche Süßigkeiten du magst. Ich hoffe, sie schmecken dir.«

Ich nahm einen und biss hinein. Der Hafer war so vollmundig wie Finley selbst. So wie er mich erdete, war die Basis der Kekse angenehm für meinen Magen. Aber auch süß. Obwohl ich von mir behauptete, nicht wirklich auf Süßkram zu stehen, war diese Süße unaufdringlich. Rund und definitiv mit Vanille versetzt. Und Zimt. Aber da war noch was. Ich schaute auf den Keks. Kleine rote Flecken waren darin. Meine Zunge prickelte leicht. Angenehm. Aufregend, ohne sich in den Vordergrund zu schieben.

Dieser Keks war Finley in Gebäckform.

Ich starrte ihn an.

»Da ist roter Pfeffer und eine Prise Chili drin. Ich weiß nicht. Findest du das doof?«

Ich öffnete meine Arme und Finley trat hinein. »Danke. Sie sind köstlich. Das ist die beste Überraschung seit langem.«

Er lachte leise. »Da bin ich erleichtert. Aber so besonders ist das nicht.«

»Doch!« Ich streckte meine Hände mit Keks und Teller von mir und drückte ihn mit den Armen enger an mich.

Schließlich ließen wir uns los.

Finley hatte rote Wangen und sah auf den Boden. »Bald hast du deine Ruhe wieder. Ich habe heute bereits mit dem Packen von meinen persönlichen Dingen angefangen.« Er ging zur Arbeitsfläche zurück und pflückte die übrigen Kekse vom Blech. »Heute habe ich die letzten Sachen in die Halle gebracht.«

Seine Worte rissen mir den Boden weg. Sie waren keine Neuigkeit. Aber wir hatten sie so lange nicht ausgesprochen.

»Wie war es im Büro? Heute war euer großes Abschlussgespräch, nicht wahr?« Finley warf mir einen kurzen Blick über seine Schulter zu.

Mein Mund war trocken. »Mhm. Gut. Es ist alles bereit.«

Er drehte sich um und lächelte mich an. »Das freut mich für dich. Endlich bekommst du, was du dir so lange gewünscht hast.«

Ja. Endlich bekam ich, was ich wollte. Oder auch nicht. Denn inzwischen wollte ich längst etwas völlig anderes.

Mein Telefon vibrierte und ich zog es aus der Tasche. Elliot. Sicher mit neuen sarkastischen und schneidenden Anweisungen, was er noch für Finleys Feier brauchte. Ich hoffte wirklich, ich zog mir nie seinen Zorn zu.

Ich legte das Handy auf die Ablage.

Finley kam mit mehr Keksen dazu und sein Blick fiel darauf. Die Anzeige erlosch und Fin riss den Kopf hoch. »Elliot schreibt dir?«

Ich winkte ab. »Ja, nichts Wichtiges.«

Er nickte. »Ich werde dann mal weiter packen gehen.«

Hilflos griff ich nach seiner Hand. »Warte!« Was wollte ich eigentlich? »Du hast die nächsten Tage viel zu tun. Hast du heute Zeit, den Abend gemeinsam zu verbringen? Wir schauen einen Film? Essen Kekse? Auf was immer du Lust hast.«

Finleys Blick huschte wieder zu meinem Smartphone. »Bist du dir sicher?«

»Absolut! Ich will deine letzten Stunden hier gemeinsam mit dir verbringen.«

Er schaute mir direkt in die Augen. »Okay. Gerne.«

Wir saßen nebeneinander auf dem Sofa und Fin tippte sich durch die Streamingauswahl. »Warum nicht in deinem Heim-Kino? Nicht, dass ich mich beschwere. Nur, du hast es.«

Ich streckte mich. »Die Leinwand ist noch immer installiert und das Zimmer ist gemütlicher als der Keller. Finde ich.«

Er hob kurz den Blick und nickte. »Verstehe.«

Ich hielt ihm eine Platte mit seinen Keksen hin. »Willst du?«

Fin öffnete den Mund ein paar Mal wie ein Fisch. »Füttere mich!«

Schmunzelnd brach ich ein Stück ab und schob es auf seine Lippen.

»Mhm.« Er hob den Blick vom Tablet. »Oh. Sorry. Das war jetzt nicht angebracht, oder? Da siehst du mal, wie heimisch ich mich fühle. Das würde ich normalerweise mit Elliot machen.«

»Das ist völlig in Ordnung. Ich füttere dich, wann immer du willst.«

Es war nicht wirklich kalt, doch Finley zog sich eine Decke über die Beine. Seine Wangen färbten sich wieder rötlich. »Dann. Noch ein Stückchen bitte.«

Wir wählten einen kurzweiligen Anime, lachten, fütterten uns gegenseitig. Kamen uns immer näher und es fühlte sich nicht gezwungen oder gestellt an. Eine zufriedene Nähe. Für mich war es Geborgenheit. Dass seine Berührungen und sein Duft mein Gehirn benebelten, stand auf einem anderen Blatt. Ich wollte ihm mit meinem Körper zeigen, dass er alles für mich war. Eine Erfüllung auf jeder Ebene.

Aber um nichts in der Welt hätte ich diesen Moment zwischen uns gefährdet.

Als der Abspann lief, lehnte ich mich zurück. »Fühlst du dich bereit? Für die Show.«

Fin rutschte in die Kissen. »Ja. Also nein. Mir ist übel vor Nervosität. Und ich bin so froh, dass die ersten Proben gut liefen. Morgen noch den Rest rüber schaffen und dann gibt es kein Zurück mehr. Testläufe, Final Fitting, Generalproben, in denen nichts schiefgehen darf.« Er zog sein Bein an. Es klappte zur Seite und sein Knie kam auf meinem Oberschenkel zum Ruhen.

Meine Finger zuckten.

Aber er machte mich nicht an. Wir waren lediglich in unserer kleinen Blase hier. Und ich hatte ihm versprochen, ihn nicht zu bedrängen.

»Hätte mir jemand vor einem Jahr gesagt, dass ich in drei Tagen mein Debüt bei der London Fashion Week habe, hätte ich mich beschwert, so verarscht zu werden.« Er lehnte seinen Kopf gegen meine Schulter und sah zu mir auf. »Geht es dir auch so mit deinem Deal in der Steve-Sache? Pocht dein Herz auch vor Aufregung, weil du dein ultimatives Lebensziel zum Greifen nahe hast?« Er schloss seine Augen und lächelte. »Ich verrate dir ein Geheimnis. Ich hätte mich wahnsinnig gefreut, meine erste Show mit dir zu teilen. Wenn du hättest dabei sein können. Aber um nichts in der Welt möchte ich dir diese Genugtuung nehmen. Wenn ich mir vorstelle, jemand verlangt von mir, drei Tage vor Zieleinlauf, zu verzichten. Nein! Niemals.«

»Fin!«

»Psshhh. Du musst dich nicht rechtfertigen. Ich verstehe dich!«

Da war ich mir nicht so sicher. Ich verstand mich ja selbst nicht mehr.

Der Gedanke, dass ich in drei Tagen Steve gegenübersitzen würde, brachte nichts anderes als ein unwirsches Grunzen aus mir. Ich wollte die Sache durchziehen, damit ich sie hinter mir lassen konnte. Dieser Termin, der mir jahrelang wie eine Erlösung erschienen war, fühlte sich nur noch wie eine lästige Pflicht an. Eine Pflicht, die ich mir selbst aufgehalst hatte.

Herzklopfen hatte ich jetzt. Mit Finley in meinen Armen. Seinem Vertrauen mir gegenüber. Seinem Verständnis.

Er legte seinen Arm um meine Mitte und kuschelte sich an mich. »Heute will ich nur genießen. Die nächsten Tage werden stressig genug. Wenn es für dich okay ist, will ich gerade nur von dir gehalten werden. Alles andere klärt sich oder nicht. Jetzt mach ich erst mal mein Ding und du deins. Und wenn sich danach unsere Wege kreuzen, dann soll es so sein. Oder ... ist das unfair dir gegenüber? Brauchst du jetzt eine Entscheidung?«

Ich schüttelte den Kopf und lachte unwirsch. »Goldene Regel: Ab zwei Wochen vor einem wichtigen Termin werden keine privaten Entscheidungen mehr getroffen. Der Stress und die Gedanken müssen sich erst mal legen. Heute sind wir füreinander da, wie wir beide es können. Als Freunde.«

Fin seufzte. »Das, was wir haben, ist ein bisschen komplexer als Freundschaft.«

»Ich weiß. Und deshalb belassen wir das erst mal dabei.«

Meine Hände fanden ihren Weg wie von selbst in Fins Haar. Strichen durch seine Strähnen. Mit einem Lächeln auf den Lippen drückte er sich enger an meine Brust.

Nicht nur er wurde umarmt. Die ganze Zeit ließ er mich nicht los. Ankerte mich unter ihm. Wann hatte mich zuletzt jemand so gehalten? Wann hatte ich es zugelassen? Es mir gewünscht?

Während seine Worte durch meinen Kopf rasten, wurde sein Atem langsamer, tiefer und er schlief auf mir ein. Der perfekte Ausgang dieses Abends. Meinen Herzschlag beruhigte das alles aber nicht.

Zwei Tage später standen wir uns an der Haustür gegenüber.

Finley hellwach und aufgestylt. Und ich im T-Shirt und Boxershorts, weil ich gerade aufgewacht war.

»Ich wollte dich nicht wecken.«

Kopfschüttelnd umarmte ich ihn. »Unsinn. Ich wollte dich noch sehen.«

Er strich über meinen Rücken. »Ich wünsche dir viel Erfolg heute.«

»Ich dir auch«, murmelte ich gegen seinen Kopf. Ich wollte ihm so viel sagen. Aber es kam nichts Sinnvolles in meinem Gehirn zustande.

»Jetzt muss ich«, flüsterte er und ließ mich los. »Danke für alles!«

»Immer wieder gerne. Ich hoffe, du weißt das.«

Fin nickte, öffnete die Tür und war verschwunden.

Ich begann meinen Tag wie geplant.

Das Team stand untereinander in Kontakt. Die Fahrer waren bestellt. Der Termin bei den Notaren stand. Steve hatte seine Unterschrift formlos bereits geschickt. Er konnte es nicht erwarten.

Meine Joggingrunde lief ich deutlich zu schnell, mein Frühstück aß ich zu hastig.

Bei der Wahl meines Outfits verschwendete ich keinen Gedanken. Mein Anzug. Meine Rüstung.

Tat ich das Richtige?

Ein neues Leben zu beginnen, war nur möglich, wenn das alte abgeschlossen war. Ich fühlte in mich hinein. War es so?

Wie Finley Stunden zuvor stand ich vor der Haustür und öffnete sie. Dahinter wartete William bereits auf mich.

Ja, ich hatte die richtige Entscheidung getroffen.

Mit einem Krachen fiel die Tür hinter mir ins Schloss. Wie symbolisch.

Teil 3 – Finley und Archer

Kapitel 1 – Finley

17. September

Niemals würde ich so ein Event cool durchstehen können. Niemals.

Viele Gedanken konnte ich mir darüber auch nicht machen, da ich tausend Dinge gleichzeitig zu erledigen hatte.

»Sind die Medienvertreter auf den richtigen Plätzen?«, rief ich Chanet, der Koordinatorin von *Cozy Opulence* über fünf Models hinweg zu. »Ich würde selber nachsehen, aber ich muss die letzten Outfits überprüfen!«

Sie hob ihren Daumen. »Ich schaue noch mal nach. Hat aber gut ausgesehen.«

Verdammt. Natürlich hatte sie schon nachgesehen. Ich checkte jeden Zentimeter des Models vor mir ab. Make-up. Passte. Outfit. Korrekt angezogen. Accessoires. Alles an seinem richtigen Platz. »Hey. Danke, dass du dabei bist. Geh jetzt bitte auf deine Position.« Statt darauf zu vertrauen, dass der Kerl das tat, was er in den letzten drei Tagen geübt hatte, begleitete ich ihn und war erst zufrieden, als er auf seinem mit einem X markierten Platz auf einer Galerie stand.

Auf zum nächsten Model. So würde ich nicht fertig werden. »Elliot.« Pure Erleichterung erfasste mich, als ich meinen besten Freund sah. »Bist du bereit?«

Er nickte. Lächeln war unter dem Make-up nicht mehr möglich und das Motto der Show war auch nicht freundlicher Flower-Power. Elliot war wahrscheinlich schon komplett in seiner Rolle aufgegangen.

»Ich bin so was von bereit. Alles sitzt. Aber schau selbst.« Mein Blick huschte über ihn. Jede Rüsche, jede Perle war an der richtigen Stelle.

»Perfekt.«

Elliot griff meine Hand. »Es wird mega. Die Stimmung vibriert. Das wird die Leute vom Hocker reißen.«

»Hoffen wir es. Soll ich dich auf deinen Platz bringen?«

Er schüttelte den Kopf. »Ich weiß Bescheid. Und falls nicht, frage ich einen deiner Minions.« Ein kleines Grinsen stahl sich in sein Gesicht.

Also gut. Nächstes Model. Sofort fiel mir ein zu weiter Nahtüberschlag auf. Aus meinem Notfallkit fummelte ich Nadel und Faden und nähte die Falte einen Zentimeter enger. Hatte das Model in den letzten Tagen abgenommen? Das hätte mir vor drei Tagen schon auffallen müssen. Auch hier konnte ich nicht weiter darüber nachdenken und schickte den jungen Mann weiter.

So arbeitete ich mich die Runway Order entlang, gab letzte Anweisungen, versicherte mich bei Chanet zum hundertsten Mal, dass der Saal gefüllt war, verteilte Notfallkits an Schneiderinnen, die mich unterstützten, falls es während der Show zu einer Katastrophe kam, und lief wie ein kopfloses Huhn herum.

»Bist du bereit?« Chanet stellte sich neben mich.

»Hm? Ja? Nein! Ich weiß nicht.«

Sie lachte. »Ich meine für deinen Auftritt. Du musst auch raus. Willst du dich nicht noch kurz sammeln? Licht und Musik sind fertig eingestellt. Es geht gleich los und der Höhepunkt der Show bist du. Das weißt du, ja?«

»Ich ...« Wie in Zeitlupe drehte ich mich zu ihr. »Ja?«

Sie lachte erneut. »Willst du dich noch umziehen? Willst du eines deiner Outfits anziehen?«

Kopfschüttelnd packte ich ihren Arm. »Niemals. Ich will, dass die Leute die Outfits lieben, nicht sich wundern, was mit mir nicht stimmt.«

»Du wärest sicher süß«, konterte sie.

»Pfff.« Mehr fiel mir nicht ein. Tatsächlich hatte ich komplettes Understatement gewählt. Nichts sollte von meinen Designs ablenken. Ich hatte noch eine simple schwarze Hose und ein weißes T-Shirt dabei. »Ich zieh mich gleich um.« Und war dann wohl die unscheinbarste Person im ganzen Komplex.

Sie musterte mich. »Geh noch kurz in die Maske. Die sollen dich abpudern. Dezentes Make-up?«

»Äh. Was meinst du?«

Sie nickte. »Der Laufsteg verschluckt dich sonst.«

»Okay, danke. Ich weiß nicht, was ich ohne dich täte.«

Lächelnd hakte sie sich bei mir ein. »Mach dir keine Gedanken. Die Zusammenarbeit mit dir war erfreulich angenehm. Die Wildcard letztes Jahr war deutlich schwerer zufriedenzustellen. Und den Betrüger, der gerade noch aufgeflogen ist, konnte ich von Anfang an nicht leiden. Also, ich habe zu danken. Und man sieht sich immer zweimal im Leben.«

Ich drückte sie kurz und raste in die Maske, wo ich mich direkt umzog.

Als hätte ich Hummeln im Hintern, rutschte ich auf dem Schminkstuhl herum. »Bitte nur ganz schnell. Ich muss zurück. Es geht gleich los.«

Meg arbeitete hochkonzentriert an mir herum und ich fühlte mich plötzlich einsam. Meine Mum, Thomas und die Zwillinge, Freddie und ein paar Freunde von der Designschule waren wohl im Publikum. Aber hier hinter der Bühne, wenige Minuten vor der großen Show, war ich allein.

Ob es Archer in dem Konferenzraum, oder wo immer die ihr Treffen hatten, genauso ging? Ich zog mein Telefon aus der Tasche und öffnete unseren Nachrichtenstrang. Nur, um ihm viel Glück zu wünschen. Er war mir zuvorgekommen.

Toi, toi, toi (oder so)

Und ein Herzemoji. Und ein lachender Emoji.

Bin bei dir! Das wird großartig.

Die Tränen schossen mir in die Augen und schnell drückte ich sie weg.

Mit fliegenden Fingern tippte ich meine eigene Nachricht.

Viel Erfolg!
Alle Daumen sind gedrückt!
Mach sie fertig!

Er hatte an mich gedacht. Am wichtigsten Tag seines Lebens.

Vielleicht hatten wir doch noch eine Chance. In den letzten Wochen hatte er mehr als einmal bewiesen, dass er sich geändert hatte.

Doch ich war die quengelnde Stimme in mir nicht losgeworden. *Das ist er in seiner Freizeit. Wenn der nächste große Deal kommt, bist du wieder vergessen.*

Konnte ich mittlerweile besser verstehen, wie es ihm ging? Jetzt, da ich auch eine große Sache geleistet hatte? Was, wenn diese Show eine Eintagsfliege war? Was, wenn Archer in den nächsten Tagen wieder irgendwohin in die Welt verschwand und mich vergaß?

Deshalb hatte ich ausziehen müssen. Falls er wieder weg war, wollte ich nicht in seinem Zuhause warten. Dann wollte ich in meinem Leben sein.

Vielleicht gab es auch keinen Grund, mir irgendwelche Fragen zu Archer zu stellen. Vielleicht stellte er nach dem Abschluss des Deals heute fest, dass ich nicht in seine Zukunft passte.

Auch, wenn sich alles in mir nach ihm ausrichtete wie eine Blume der Sonne entgegen.

Wahrscheinlich war es an der Zeit, dass ich diesen letzten Zweifel einfach runterschluckte. Niemand und keine Beziehung war perfekt.

Was auch immer mich zurückhielt, war es nicht wert, eine Chance auf eine Beziehung mit ihm komplett aufzugeben.

Falls er uns überhaupt noch wollte. Seine Nachrichten und intensiven Gespräche mit Elliot in der letzten Zeit hatten mich nachdenklich gestimmt.

Falls sich Archer neu verliebt hatte, war ihm dies nicht vorzuwerfen. Gefühle änderten sich. Menschen änderten sich.

Aber dass mir beide nichts davon erzählt hätten, war kaum vorstellbar.

»Fertig!« Ich hob den Kopf und sah mich im Spiegel an. »Meg! Ich bin ja ein neuer Mensch.«

Sie lachte. »Nicht ganz. Aber deine Augenringe sind verschwunden, deine Wangenknochen betont, deine Lippen und deine wunderschönen Augen. Du siehst nur wieder wie du selbst aus! Und jetzt geh!«

Ich warf ihr einen Luftkuss zu und lief zum Laufstegaufgang.

Die Chefeditorin von *Cozy Opulence* nickte im Takt der Musik, die bereits spielte. Über die Lautsprecher wurde sie angekündigt und lief auf die Bühne.

Schritt eins.

Ich konnte sie nicht sehen, nur hören, was die Sache komplett surreal machte. Sie kündigte mich und meine Outfits an, als ob es nie einen anderen Designer für diese Show gegeben hätte. Applaus brauste auf. Wie viele Leute waren bitte anwesend?

Sie kam zurück und ich klammerte mich wie ein Kleinkind an die Hand des ersten Models, das am Eingang stand und mich wahrscheinlich für nicht mehr zurechnungsfähig hielt. Oh well!

Die Laufmusik für die Show setzte ein. Baute die Spannung auf bis zum ausschlaggebenden Akkord und gleichzeitig setzte sich das Model in Bewegung und ich ließ los.

Die Konzentration war greifbar. Ich wusste nicht, was ich hätte ändern wollen, hätte ich noch kleine Fehler in den Outfits gesehen. Trotzdem scannte ich jede Person, die auf die Bühne lief, als hinge mein Leben davon ab. Glich sie gedanklich mit unserem Plan ab. Natürlich hatten die Männer nicht einfach ihre Plätze getauscht. Aber möglich war eben alles.

Die Ersten kamen zurück und es begann der Outfitwechsel. Ab da fiel ich in einen reinen Überlebensmodus. Ich spulte nur noch die in den letzten drei Tagen eingeübten Abläufe ab. Es gab keinen Raum, um zu überlegen, zu entscheiden, es wurde einfach gemacht.

Bis das letzte Model auf den Laufsteg lief und nicht mehr zurückkam. Plötzlich war ich mit dem Team alleine und alle klatschten. Zogen an mir.

Völlig perplex starrte ich in die Runde. Was passierte?

Elliot kam in den Aufstiegsbereich des Laufstegs zurück und nahm mich an der Hand. »Jetzt komm mit! Alle warten auf dich!«

»Was?« Wie benebelt folgte ich ihm und war im nächsten Moment auf der Bühne. Umringt von allen Models.

Die Gäste standen und applaudierten wie wild.

»Verbeug dich!«, raunte mir Elliot ins Ohr und ich gehorchte natürlich.

Als ich wieder aufsah, kam mir die Chefeditorin mit einem Blumenstrauß entgegen, den sie mir in die Hand drückte.

»Danke!«, murmelte ich über den Lärm und umarmte sie. Dabei zerdrückten wir wohl die Hälfte der hübschen Blüten.

Als wir auseinandergingen, reichte auch ihr jemand einen Strauß.

Ich war eingehüllt in einem Meer aus Lichtern, Geräuschen, Körpern, Eindrücken, die mich zu überwältigen drohten.

Die Leute liebten die Show.

Ich war kein Flop.

Mein Kopf schaffte nicht, zu verarbeiten, was passierte.

Elliot hakte sich unter und die ganze Masse zog mich vom Laufsteg. Nur um mich alleine noch mal hinauszuschicken.

Mehr als eine minimale Verbeugung brachte ich nicht zustande und floh wieder.

Hinter der Bühne fiel ich Elliot in die Arme und wurde einmal an alle Anwesenden herumgereicht.

Jede und jeder versicherten mir, wie wundervoll alles gelaufen war, wie sehr alle die Outfits liebten, wie toll ich war.

Mir schwirrte der Kopf.

Meg reichte mir ein Glas Sekt. Oder war das Champagner?

»Wo kommt der denn her?«

»Gehört zu jeder guten Show dazu!« Sie lachte.

Okay. Ich stieß mit Elliot an, als ein Kerl von der Security auf mich zukam. »Haben Sie eine Gästeliste? Wir müssen wissen, wer hierher darf und wo Sie jetzt diese Party haben wollen!«

»Die was?«

»Öffnen Sie den Seiteneingang. Dann können die Leute in beiden Teilen der Halle feiern. Das Essen ist hierher geliefert worden«, erzählte Elliot und ich verstand kein Wort.

»Welche Feier?«, fragte ich.

»Deine Feier, mein Schatz. Die hast du dir verdient.«

»Hast du das organisiert?« Ich umarmte meinen besten Freund.

Er schüttelte den Kopf und sah mich geheimnisvoll an. »Das hat Archer in die Wege geleitet.«

Archer?

Meine Mum stürzte auf mich zu und umarmte mich, als gäbe es kein Morgen mehr. Thomas war mit dabei und auch die Zwillinge. Sie klammerten sich an mich, als hätten sie mich seit zehn Jahren nicht mehr gesehen.

Über meine Mum hinweg sah ich – Milton?

Mit dem breitesten Grinsen, das gerade so in sein Gesicht passte, schob er sich durch die Menge. An seiner Seite war noch einer von den Jungs aus dem Park. Morten? Nein Maarten!

Milton breitete die Arme aus und ich ließ mich von ihm hochheben, als wöge ich lediglich zehn Pfund.

»Das war großartig! Brillant! Ein neuer Star am Modehimmel! Echt. Gigantisch!«

»Was macht ihr denn hier?«, brüllte ich gegen die Geräuschkulisse um uns herum. Mein Champagnerglas hatte ich mittlerweile komplett verschüttet.

»Archer hat uns eingeladen«, erklärte Milton.

Archer?

Maarten kam deutlich zurückhaltender auf mich zu und schüttelte meine Hand. »Gratulation. Das war wirklich toll. Und dann noch so eine Party! Nur eine kurze Frage. Gibt es auch was anderes als Nachos?«

»Nachos? Tut mir leid. Ich habe wirklich keine Ahnung. Mich trifft das alles so unerwartet wie euch! Ich weiß nicht ...« Die Worte blieben mir im Halse stecken.

Aus der Menge, die sich durch den Durchgang quetschte, erschien Archer. Im Anzug, weißes Hemd, Krawatte. Trotz der ganzen Models und Branchenleute war er mit Abstand der bestaussehende Mann.

Ich ließ Maarten und Milton stehen und ging Archer entgegen. Mein Herz hüpfte wie ein Ping-Pong-Ball in meinem Brustkorb rum. Völlig unkontrolliert und planlos.

Als er mich entdeckte und sich unsere Blicke fanden, strahlte er. Noch nie hatte ich ihn derart strahlen sehen.

Völlig ungefiltert, ohne jegliche Vorbehalte. Frei.

Schnell drängten wir uns durch die Leute aufeinander zu.

Wir griffen unsere Hände und schauten uns an.

»Bist du wegen Elliot hier?« Das war also mein erster Gedanke. Ich wollte mir gegen die Stirn schlagen.

Archer runzelte die Stirn. »Elliot? Nein. Ich bin wegen dir hier.«

Ich schüttelte den Kopf. »Natürlich. Ihr hättet mir das gesagt, wenn da was zwischen euch wäre. Mich haben nur diese gegenseitigen Nachrichten und die heimlichen Gespräche irritiert.«

Archer hielt meine Hand fester. »Elliot hat mir nur geholfen, die Afterparty zu organisieren. Es tut mir leid, ich wollte dich nicht beunruhigen. Der einzige Grund, warum ich hier bin, bist du! Nur du, Finley!« Mit seinem Daumen fuhr er über meinen Handrücken.

Mir wurde warm. Er war wegen mir hier. Er war hier. Für mich.

»Kommst du gerade von der Vertragsunterzeichnung?«, fiel es mir siedend heiß ein.

Er schüttelte den Kopf und fuhr mit seinen Händen über meine Arme, bis er mich schließlich an sich drückte. »Ich war nicht! Ich bin direkt hierhergekommen! Du warst ... mir fehlen die Worte. Ich bin so unfassbar stolz auf dich, deine Leistung, alles.«

Ich tippelte näher an ihn ran, sodass ich meinen Kopf nach oben strecken musste. »Aber was ist mit dem Vertragsabschluss?«

Archer schüttelte den Kopf. »Du hast gesagt, du wünschst mir, dass ich das bekomme, was ich wirklich will. Was mein innigster Wunsch ist. Und der ist es, hier zu sein.«

Mein Mund klappte auf. »Aber Steve ...«

»Meine Schwester und mein Team haben das im Griff. Es gab für mich keinen Grund, dort zu sein.« Er fuhr mit seinen Händen in meinen Nacken. »Ich hatte diesen Termin so lange auf meiner Agenda, dass ich ihm eine Bedeutung beigemessen habe, den er für mich schon lange nicht mehr hat. Ich bekomme meine Anteile zurück. Aber Steve hat keine Bedeutung mehr für mich. Viel zu lange habe ich ihm erlaubt, mein Leben zu diktieren, obwohl wir nicht mehr zusammen waren. Ich habe ihm Macht über mich gegeben, die ihm nicht zusteht. Es war eine Befreiung für mich, den Termin abzugeben.« Archer massierte meinen Haaransatz, während ich an seinen Lippen hing. »Von Anfang an fühlte ich eine Verbindung zu dir. Auch wenn ich dachte, sie durch meine bescheuerten Regeln kleinzuhalten. Ich habe aber schon vor einer ganzen Weile bemerkt, dass sich das, was da zwischen uns ist, noch viel besser anfühlt, wenn meine ganzen Schutzvorrichtungen runtergefahren sind und du einfach bei mir bist.« Er schüttelte den Kopf. »Lange habe ich gedacht, ich bräuchte diese persönliche Rache, um mit meiner Vergangenheit abzuschließen. Aber das stimmt nicht.« Mit einer Hand fuhr er über meine Wange. »So schrecklich es war, zu sehen, dass du abgehauen warst. Ich glaube, anders hätte ich es nicht verstanden. Danke, dass du mich so weit gebracht hast. Steve hat keine Bedeutung. Und deshalb bin ich hier. Bei dir. Dort wo ich hingehöre. Wenn du mich willst.«

Dieses Gefühl des letzten Widerstands, diese letzte Ungewissheit, die mich bis zu dem Augenblick gequält hatte, lösten sich auf wie Eis in der Sonne. Die heißen Strahlen leckten die Wassertropfen auf und ließen sie verschwinden. Das hatte ich hören müssen.

»Hat dein innerer Risikomanager ein Okay für uns gegeben?« Ich strich über seine Schläfe.

Archer lachte und schnappte sich meine Hand, legte sie über sein Herz. »Dieser innere Risikomanager hat schon längst eine Freigabe erteilt.« Er führte unsere Hände zu seiner Stirn. »Der hat länger gebraucht.«

»Ich erwarte nicht, dass du dich komplett änderst, in Zukunft deine ganze Arbeit stehen und liegen lässt für mich.«

Er lächelte. »Das wird mir leider auch nicht immer möglich sein. Aber ich werde trotzdem immer bei dir sein. Und wenn die Angst aus der Vergangenheit wieder hochkommt, werde ich wissen, was das ist. Und mit dir reden, statt dich wegzuschubsen.«

»Ich wusste nicht, dass ich das grade gebraucht habe!«

Archers Strahlen war zurück. »Ja? Es ist, was ich fühle. Es hat nur gedauert, bis ich es erkannt habe.« Er hielt meine Wangen zwischen seinen Händen, fuhr über mein Gesicht. »Und noch etwas gibt es, was ich dir sagen wollte.« Er legte die Stirn in Falten.

»Was?« Ich wusste nicht, ob er mich über den Lärm überhaupt verstand.

»Ich liebe dich, Finley. Bereits bevor du mich verlassen hattest, dachte ich, ich wüsste, was es heißt, dich zu lieben. Ein Funken Wahrheit war immer darin. Aber ich musste mir des Ausmaßes bewusst werden. Ich liebe dich! Lieben heißt nicht besitzen. Lieben heißt offen zu sein, bereit zu sein, an sich und der Beziehung zu arbeiten. Und das bin ich jetzt.«

Mein Mund klappte auf und ich sah sicher aus, wie ein ratloser Fisch.

Archer fuhr mit seinem Daumen über meine Unterlippe.

»Ich liebe dich auch«, haspelte ich hervor. »Ich dachte, ich weiß, was es heißt, dich zu lieben. Aber dich wirklich zu sehen, hat mir gezeigt, dass ich keine Angst haben muss. Dass meine Liebe echt ist. Dass ich mutig sein darf.« Ich strich über sein Hemd, zog sacht an seiner Krawatte. »Habe ich einen Wunsch frei?«

»Alles, was du willst.«

Ich ging auf meine Zehenspitzen. Ganz nahe an ihn heran. »Küss mich!«

Das offene Lächeln von vorhin war wieder da. Das Gewusel um uns herum verschwamm zu einer Masse und rahmte Archer ein. Es gab nur noch ihn und mich. Uns.

Mit einer Hand fuhr er in meinen Nacken und hielt mich. Sanft und sicher.

Unsere Lippen strichen hauchzart übereinander. Prickelten. Schufen eine Verbindung, von der ich nicht geahnt hatte, dass sie möglich war. Sie krabbelte in mich, hüllte mich von außen ein, obwohl die Berührung nur Sekunden dauerte.

Archer lockerte seinen Griff und ich senkte meine Fersen.

Ich öffnete meine Augen. Archers Blick war offen, verwundbar, ehrlich, hoffnungsvoll.

Schnell kam ich ihm noch mal entgegen und küsste ihn fest. »Nur, um sicherzugehen, dass das kein Traum war.«

Er lachte und vergrub sein Gesicht an meiner Halsbeuge. »Wenn es ein Traum ist, will ich nie daraus erwachen.«

Seine Arme schlangen sich um mich und er hob mich hoch, sodass meine Zehen vom Fußboden abhoben. »Ich hab dich so vermisst.«

»Ihr beiden!« Archers Mum war aus dem Nichts aufgetaucht und umarmte uns beide gleichzeitig.

Wir lösten uns voneinander und Eleanor drückte mich an sich. »Finley, was für eine Show! Ich freue mich so!«

»Ich mich auch! Danke, dass du hier bist.«

»Für nichts auf der Welt würde ich dieses Event verpassen. Und mein Sohn anscheinend auch nicht.« Mit hochgezogener Augenbraue warf sie Archer einen vielsagenden Blick zu.

Der schüttelte den Kopf und legte einen Arm um mich. »Ich brauche in einigen Dingen vielleicht länger, aber ich bin nicht dumm.«

Sofort wurde ihr Blick ernst. Sie griff sein Kinn. »So meinte ich es nicht. Das weißt du.«

Er nickte und drehte sich zu mir. »Ein bisschen vergleichbar ist es aber. Es macht mich verletzlich und das gefällt mir nicht. Nur, wenn ich anerkenne, dass dies ein Teil von mir ist, komme ich weiter. Im Lesen von Buchstaben und im Lesen unserer Beziehung.«

Ob jemand neben uns seine Worte auch gehört hatte, wusste ich nicht. Aber bei mir landeten sie. Gaben meinem Herzen die letzte Gewissheit, dass das, was ich fühlte, echt war.

Sie zeigten mir, wer Archer wirklich war.

»Und ich werde da sein. Bei dir. Bei uns.«

Seine Augen wurden größer und er strahlte mich an. »Bei uns«, flüsterte er und küsste mich.

Kapitel 2 – Archer

Dezember

Unter meinen Fingerspitzen hämmerte Fins Puls. Trieb mein eigenes Blut an und mein Herzschlag beschleunigte.

Fins weicher Blick ruhte auf mir, suchte mich, verankerte sich in mir.

Ich erhöhte den Druck an seinem Hals und seine Lippen öffneten sich.

Ein Laut voll Lust, Vertrauen und Hingabe kam hervor, breitete sich zwischen uns aus. Zog mein Gewicht weiter auf ihn. Seine Atmung wurde schwerer, die Atemzüge kürzer. Fins harter Schwanz drückte gegen meinen Bauch. Seine Lust so offensichtlich und doch war es die Hingabe in seinen verhangenen Augen, die mich komplett berauschte.

Gerade deshalb war meine ganze Aufmerksamkeit auf ihn gerichtet. Auf die Zeichen, dass es ihm zu viel wurde, dass sich aus dem Spiel eine bedrohliche Hilflosigkeit entwickelte.

Doch Fin hatte noch seine Beine um mich geschnürt, fiel immer weiter in seinen glückseligen Zustand, aus dem er mich unter sich ansah. Mein Herz wurde weit. Niemals wollte ich Fin enttäuschen, niemals ihn von mir abhängig sehen. Stattdessen wollte ich ihm alles geben, was er sich wünschte. Jetzt war es der etwas außerhalb seines Bewusstseins entrückte Zustand. Meine Erektion pochte heiß zwischen uns. Das Bedürfnis, mich einfach in ihn zu schieben, wurde immer größer. Ich rollte meine Hüften und rieb meine Erektion gegen Fin. Das Kribbeln in meinem Körper wurde zu einem Rausch in meinem Kopf.

»Archer«, wisperte Finley unter mir. »Stopp!«

Ich löste den Druck an Fins Hals, strich mit einer Hand in seine Haare, mit der anderen suchte ich seine Brustwarzen. Zwischen meinen Fingerspitzen zwirbelte ich sie und Fin sog scharf die Luft ein.

Ich senkte mich zu seinem Arm, sog die Haut zwischen meine Lippen ein und kratzte mit meinen Zähnen leicht darüber. Fins Jammern war die süßeste Bestätigung, die ich mir wünschen konnte. Mit einem ploppenden Laut ließ ich die eingesogene Haut frei.

Seine Beine fielen von mir und er strich über meinen Rücken, meine Seiten. »Nimm mich!«, flüsterte er.

Mit einem Grinsen drückte ich mich hoch, drehte ihn an der Schulter auf den Bauch, schob seine Beine auseinander und positionierte mich dazwischen.

»Du brauchst es hart?« Mit meinen Fingern tippelte ich seine Wirbelsäule entlang bis zwischen seine Schulterblätter.

»Ja!«

Ich spreizte meine Finger und verlagerte mein Gewicht auf den Arm.

Fin atmete schwer aus. Entspannte unter dem Druck. Verschmolz mit meiner Berührung.

Seine Hingabe war mein Untergang. Er würde mir den Verstand rauben. Das Einzige, an was ich noch denken konnte, war, meinen Schwanz in ihn zu rammen und mit ihm verbunden zu sein.

Er hob seine Hüften und streckte mir seinen Hintern entgegen.

Meine Finger fanden sein von Gleitgel feuchtes Loch. Das Gefühl setzte einen Euphorie-Schauer in mir frei. Fin war so bereit für mich.

Geduld! Ich griff nach der Tube neben uns.

»Mach einfach!«, raunte Fin.

»Mhm!« Zögerlich verschmierte ich den Vorsaft über meiner Spitze. Ein Vorteil, dass wir auf Kondome verzichteten, war sicher, dass wir mit natürlichen Mitteln arbeiten konnten. Vorsichtig führte ich meinen Schwanz zu Fins Eingang und schob mich testweise vor.

Widerstandslos glitt ich in ihn. Warm, samtig und eng sog er mich in sich.

Ein Gefühl von Vertrautheit, Aufregung und Spannung hüllte mich ein. Wie immer – und immer wieder neu!

Mit dem ersten Rollen meiner Hüften drückte ich auch Fins Oberkörper weiter gegen die Matratze.

Er stöhnte laut auf.

Jeder Schub holte einen weiteren Laut aus ihm. Befeuerte mich. Mein Tempo.

Immer schneller stieß ich in ihn. Nahm Gewicht von meiner Hand zwischen seinen Schulterblättern. Meine Bewegungen wurden zu unkontrolliert, als dass ich ordentlich auf ihn achten konnte.

Unter mir wurde Fin immer lauter. Rief mich zu sich. Meine ganze Aufmerksamkeit lag auf dem Punkt, an dem wir uns verbanden.

Fins Muskeln spannten sich an und er kam mit einem lauten Stöhnen.

Das hob mich über den Rand, ich ließ alles los und trieb mich fast gewaltvoll in ihn, wo ich verharrte. Der Druck in mir brach durch. Entlud sich in Finley. Heiß und feucht.

Ich sank mit meinem gesamten Gewicht auf ihn herab. Er keuchte und ich rollte von ihm, zog ihn an mich.

»Gib mir ne Minute!«

Lachend küsste ich seinen Hinterkopf. »Will dich nur halten!«

Er drehte sich in meinen Armen und grinste. Sekunden vergingen.

Eng umschlungen lagen wir in meinem Bett. Finleys Atem kam immer noch in heftigen Stößen und sein Herz raste.

Vorsichtig tastete ich über seinen Oberarm. Küsste seine Schulter. »Ich glaube, ich habe endlich ein richtiges Herz geschafft.«

Fin lachte leise und streckte seinen Kopf nach hinten.

Ich fuhr über seinen Hintern. Mein Sperma tropfte aus ihm und ich verstrich es auf seiner Haut. Fuhr über seine Oberschenkel.

Sein Sperma glitschte an unseren Bäuchen zwischen uns. Bald würde es trocknen, und es war mir egal.

Ich setzte trockene Küsse seine Wange entlang, biss zu seinem Ohr.

Fin wand sich. »Zu viel. Kann nicht mehr.«

»Ist das okay?« Ich strich über seinen Rücken und küsste wieder die Haut, die ich erreichte.

Er schmiegte sich an mich. »Ja. Wie war es eigentlich in Chicago?«

»Gut. Unspektakulär. Jetzt muss ich aber lange nicht mehr weg.«

»Ja?« Er hob den Kopf und sah mich mit diesem sanften Lächeln an.

Ich nickte. Küsste seine Stirn. Seinen Scheitel. »Fin, seit Wochen denke ich über eine Frage nach, die ich mich nicht zu stellen traue.«

Er schlug die Augen auf. »Hm? Warum nicht?«

»Weil ich nicht weiß, ob sie angebracht ist.«

»Okay?« Er runzelte seine Stirn und ich fuhr mit meinem Daumen darüber.

Mein Herz schlug so wild, dass ich kaum denken konnte. Das war Fin vor mir. Ich musste keine Angst haben.

Wenn er nicht wollte, würde er mir das sagen, ohne mir den Kopf abzureißen.

»Könntest du dir vorstellen, wieder hier einzuziehen? Aber diesmal richtig. Keine Bequemlichkeit, keine Bedingungen, keine Verpflichtungen. Nur, weil du es willst.«

Seine Lippen öffneten sich und seine Augen weiteten sich. »Oh.«

Oh! Oh?

»Hm.« Er musterte mich. »Vielleicht hätte ich mit der Frage rechnen müssen.«

»Wenn es zu früh ist, vergiss es einfach wieder.« Ich umarmte ihn erneut und schloss nun meinerseits die

Augen. So würde ich nichts mehr um mich herum mitkriegen.

Finley rappelte sich hoch. Strich über mein Gesicht. Meinen Hals.

Die Berührung war so intensiv, da ich sie nicht sah. Nur fühlte.

Er strich über meine Schulter. Fuhr meine Ohrmuschel entlang. »Meine neue Werkstatt liegt näher an der WG.«

»Ich weiß«, murmelte ich.

»Praktischer ist es für mich, dort zu leben. Und für meine Mitarbeiter auch.«

»Ich weiß.« Das Seufzen, das aus mir wollte, unterdrückte ich. »Wir könnten einen Fahrer für dich einstellen, der die Distanz angenehmer macht.«

»Nein!«, säuselte er. »Das machen wir nicht. Ich habe auch grade keine Lust, mir neue Räume zu suchen.«

»Deine Räume sind perfekt.«

»Das ist richtig.« Fin kratzte leicht meine Kopfhaut entlang. Okay. So war die Abfuhr erträglich. »Es ist aber nicht ganz so wichtig, wie lange meine Fahrtzeit zur Arbeit ist.«

»Okay?« War es nicht?

»Nein, denn ich habe seit einiger Zeit darüber nachgedacht, dass mein Zuhause da ist, wo du bist.«

Ich biss auf meine Lippen. Traute mich nicht, die Augen zu öffnen, und blinzelte Finley schließlich doch an. »Ja?«

Er nickte.

»Ich frage nämlich auch deshalb, weil mein Haus kein Zuhause ist, wenn du nicht da bist.«

Fin senkte das Kinn leicht und ein Lächeln zupfte an seinen Mundwinkeln.

»Wenn das so ist ...« Er küsste mich leicht. »... dann lautet meine Antwort ja. Es ist nicht wichtig, wo ich bin. Ich will nur bei dir sein.«

Ich rollte ihn unter mich und vertiefte seinen zaghaften Kuss, saugte an seiner Zunge, drang in seinen Mund ein. Niemals würde ich von ihm genug bekommen.

Schließlich wichen wir nach Luft ringend auseinander.

Wir sahen einander an.

»Das trifft sich gut«, fuhr ich schließlich fort. »Denn ich will mir ein Leben ohne dich nicht vorstellen.«

»Praktisch«, murmelte er und zog mich wieder zu sich.

ENDE